dtv

Deutsche Lyrik
von den Anfängen bis zur Gegenwart

Band 8

Deutsche Lyrik
von den Anfängen bis zur Gegenwart
in 10 Bänden
Herausgegeben von Walther Killy

Band 1: Gedichte von den Anfängen bis 1300
Herausgegeben von Werner Höfer und Eva Willms

Band 2: Gedichte 1300–1500
Herausgegeben von Eva Willms und Hansjürgen Kiepe

Band 3: Gedichte 1500–1600
Herausgegeben von Klaus Düwel

Band 4: Gedichte von 1600–1700
Herausgegeben von Christian Wagenknecht

Band 5: Gedichte 1700–1770
Herausgegeben von Jürgen Stenzel

Band 6: Gedichte 1770–1800
Herausgegeben von Gerhart Pickerodt

Band 7: Gedichte 1800–1830
Herausgegeben von Jost Schillemeit

Band 8: Gedichte 1830–1900
Herausgegeben von Ralph-Rainer Wuthenow

Band 9: Gedichte 1900–1960
Herausgegeben von Gisela Lindemann

Band 10: Gedichte 1961–2000
Herausgegeben von Gerhard Hay und
Sibylle von Steinsdorff

Gedichte 1830–1900

Nach den Erstdrucken in zeitlicher Folge
herausgegeben von
Ralph-Rainer Wuthenow

Deutscher Taschenbuch Verlag

Unveränderter Reprint der in den Jahren 1969–1978
erstmals unter dem Titel ›Epochen der deutschen Lyrik‹
erschienenen Sammlung deutscher Gedichte, Band 8,
München 1970, 1981.

Originalausgabe
September 2001
Deutscher Taschenbuch Verlag GmbH & Co. KG,
München
www.dtv.de
© 1970, 1981, 2001 Deutscher Taschenbuch Verlag, München
Umschlagkonzept: Balk & Brumshagen
Gesamtherstellung: Druckerei C. H. Beck, Nördlingen
Gedruckt auf säurefreiem, chlorfrei gebleichtem Papier
Printed in Germany · ISBN 3-423-59052-1

Einleitung

Eine Sammlung deutscher Lyrik des 19. Jahrhunderts, ausgebreitet zwischen Goethes Greisenjahren und Georges ersten Folgen der *Blätter für die Kunst*, ist ein fast paradoxes Unternehmen: denn es handelt sich doch vor allem um ein Jahrhundert der Prosa, wie sie, noch bei Lebzeiten Goethes, Carl Gustav Jochmann als die *Rückschritte der Poesie* geradezu gefordert hatte, um an gesellschaftlich-politischem Gehalt nun endlich freigesetzt zu sehen, was die hohe Kunstleistung des deutschen Klassizismus und der frühen Romantik eher zu verbergen als zu befördern schien.

In der Lyrik des 19. Jahrhunderts sind Entdeckungen, scheint es, so gut wie nicht mehr zu machen; vielleicht, daß sich in der Zusammenstellung hier und dort die Akzente ein wenig verlagern, dies um so eher, als es sich ja gerade nicht darum handeln sollte, das Durchschnittliche, modisch Erfolgreiche, Konventionelles und Epigonales einem unbestimmten Schönheitsbegriff zuliebe auszusondern. So kann es hier und dort doch bescheidene Überraschungen geben: Heymel etwa vermag noch in seiner anachronistisch-preziösen Rolle zu gefallen, während R. A. Schröders Lyrik als die eines neuen Rückert zu verfließen beginnt und die Liliencrons dagegen stark und durchaus eigentümlich erscheint; man erkennt dann auch den späten Brentano besser und die Abschiedsstimmung beim gealterten Eichendorff; Rückerts glatte Begabtheit erscheint daneben auf die Dauer enervierend, so sehr, daß noch Fontanes Sprödigkeit und lyrisches „Ungeschick" (es ist hier nicht von den Balladen die Rede!) daneben nur gewinnen kann. Und Heine, der so oft Geschmähte, hält sich allen Einwänden zum Trotz nicht nur irgendwie neben den Zeitgenossen, sondern gar nicht weit von Mörike und Hebbel und an einem Platz, den vielleicht Geibel gerne eingenommen hätte.

Überraschend aber bleibt, und das ist neu in diesem Zeitabschnitt, die, später von der sozialen ergänzte, sehr starke politische Tendenz in der Lyrik zwischen Vormärz und Reichsgründung. Das ist ohne Vergleich, nur eine erste Welle, ein Ansatz war ihr zur Zeit der Französischen Revolution vorausgegangen. Neben konsequenten Republikanismus und liberalkritisches Aufbegehren gegen die lähmende Restauration tritt allerdings, früh schon vom alten Gleim präludiert und in den Befreiungskriegen zur Mode geworden, die nationalliberale, bald auch chauvinistische und teutonisierende Tendenz, und nicht etwa den Verfasser des Einheit fordernden Deutschlandliedes muß man mit ihr verbinden! Aber auch wir haben manchen Dichter, der sich als citoyen fühlte, und doch ist keiner je so geehrt worden und so unvergessen geblieben wie Béranger jenseits des Rheines, dem selbst Goethe nicht mehr übelnehmen wollte, daß er sich, politisierend, einer „Tendenz" verschrieben hatte.

Deutsche Dichter jedoch haben diese Entwicklung zur Gesellschaftskritik, zur politischen, lyrischen Publizistik oft erst langsam durchmachen müssen, die Situation forderte sie oft sogar noch gegen ihre Absicht heraus; Freiligrath mit seinen exotischen Anfängen à la Delacroix hat sich erst mit Mühe zu seiner republikanischen Haltung durchgerungen: das Glaubensbekenntnis von 1844 enthält nicht nur Geständnisse, sondern auch wichtige politische Einsichten, hinter die er dann 1870 wieder zurückfällt. –

Die deutsche Sprache, so bemerkte Goethe in seiner Anleitung *Für junge Dichter* sei inzwischen – er mag dabei an sich selbst und seine Wirkungen gedacht haben – „auf einen so hohen Grad der Ausbildung gelangt, daß einem jeden gegeben ist, sowohl in Prosa als in Rhythmen und Reimen sich, dem Gegenstande wie der Empfindung gemäß, nach seinem Vermögen glücklich auszudrücken. Hieraus erfolgt nun, daß ein jeder, welcher durch Hören und Lesen sich auf einen gewissen Grad gebildet hat, wo er sich selbst einigermaßen deutlich wird, sich allsobald gedrängt fühlt seine Gedanken und Urtheile, sein Erkennen und Fühlen mit einer gewissen Leichtigkeit mitzuteilen". Warnend fährt er fort: „Schwer, vielleicht unmöglich, wird es aber dem Jüngeren, einzusehen, daß hierdurch im höhern Sinne noch wenig gethan ist." (1832)

Was Goethe hier herablassend voraussah, die Folgen der durch ein vorgegebenes Niveau, auf das sich nun zu schwingen scheinbar leicht geworden war, gewährleisteten Verfügbarkeit des poetischen Ausdrucks, welche dann rückwirkend sehr bald Empfindungen zu produzieren fähig sein konnte, das alles bestätigt der aufmerksame Blick auf die Durchschnittspoesie des auf Goethes Tod folgenden Zeitalters, bestätigt die ermüdende Lektüre der zahlreichen und nicht gerade dünnen Musenalmanache, deren wirklicher Reichtum in den nicht allzu häufigen Erstdrucken der Gedichte von Chamisso, Mörike, Hebbel, Eichendorff und Keller sich bezeugt; der junge Herwegh steht abseits, bis er mit dem in Zürich veröffentlichten anonymen Buch *Lieder eines Lebendigen* einmal einen fast dem Heineschen *Buch der Lieder* vergleichbaren Erfolg erringt. Von den fünfziger Jahren an sinkt das Niveau sichtbar ab; Heines Nachlaß ist das bei weitem Bedeutendste, was noch erscheint. Es herrschen die Geibel und Bodenstedt, Lingg, Jordan, Kugler und Roquette; Heyses eminente Begabung zeigt eben das, was viele Leute Heine gerne vorwerfen möchten: das bloße epigonale Spiel mit überlieferten Formen. Deshalb bleibt Fontane zum Beispiel ihm gegenüber, den er als Menschen und Autor doch schätzt, was die Gedichte angeht, kritisch-zurückhaltend, während er Freiligrath wie auch Storm bewundert; was er selbst vorlegt, ist nicht immer „dünner", aber ehrlicher im Sinn der historischen Situation: er verweigert sich der bequemen Perpetuierung des einschmeichelnden und doch in jenen Jahren schon unerträglich gewordenen Tones. Das aber tut auf seine Weise auch Gottfried Keller, eine viel stärkere lyrische Begabung als man gemeinhin weiß; ihm gelingt es, sowohl liebenswürdige als auch strenge Gedichte zu schreiben, die nicht, wie die Fontanes oft, aufhören, Lyrik zu sein, um rhythmische, gereimte und kritische Plauderei zu werden.

Entdeckungen sind dabei also kaum zu machen, aber das scheinbar Bekannte ist nicht selten neu zu sehen: unter den spät veröffentlichten Gedichten Brentanos hier, bei Mörike da und dort bei Keller. Auch Heines *Lazarus-Gedichte* gewinnen – nicht nur in dem historischen Kontext, in dem sie hier stehen. Herweghs literarische Erfolge etwa werden begreiflich durch den Elan und Enthusiasmus seiner Verse, wiewohl auch hier die Freiheit meist Stimmung bleibt, angewandt allerdings wird diese auf ein neuartiges Sujet. Das unruhige, doch künstliche Feuer seiner rhetorisch mutwilligen, zuweilen auch phrasenhaft-mißratenen Verse, die Geste des Mitleids in seiner Sozialkritik hebt sich ab vom Epigonentum vieler Zeitgenossen. Er erscheint nicht als kraftvoll, aber rhythmisch sicher und, bei aller Emotionalität, individuell noch dort, wo er abstrakt-idealistisch die Subjektivität durch politischen Inhalt auszugleichen weiß, wohingegen die anderen – der Durchschnitt – nur stimmungsvoll sind, in dem Sinne eben, den Geibel durch das 19. Jahrhundert schleppt, beruhigt und gar nicht mühselig in falschem Bewußtsein. Neben, ja vor Daumer, dessen Verse Brahms vertont hat und der vielleicht nicht verdient hat, so völlig vergessen zu sein, stellt sich Karl Schimper mit einem recht eigenen und umfangreichen Gedichtband: leicht, frei, bewußt, formvollendet, ja virtuos und geistreich, ist er dem berühmteren Rückert zumindest ebenbürtig, und es scheint, im Gegensatz zu manchen Größen seiner Tage, weiß er durchaus, was er tut. Tut er auch weniger als diese, so tut er es meist besser.

Dem annalistischen Prinzip folgend und damit dem Zwang, auf die Erstdrucke zurückzugehen, stehen hier auch Nachlaßverse neben den Produkten von Debütanten auf dem literarischen Markt: die von Gleim und Goethe, Bürger und Humboldt, Hegel, schließlich auch Hölderlin mit den Gedichten aus der Zeit der Umnachtung, Versen mit einer fast Traklschen Fügung und einer geradezu rührenden Banalität des Details. Doch mag es, den Grundsätzen entgegen, durchaus im einen und anderen Falle mißlungen sein, den Erstdruck aufzuspüren: wo uns die kritischen Ausgaben im Stich lassen, wo auch der hilfreiche Goedeke versagt, wo die historischen Vorarbeiten, zumal bei Autoren, mit denen sich kaum noch jemand genauer zu beschäftigen für nötig hielt, fehlen, mag dem Herausgeber oft genug ein Erstdruck entgangen sein, ohne daß er sich dessen bewußt wurde. Bedauerlich wird dies aber allein in den Fällen sein, in denen dadurch eine falsche historische Nachbarschaft hergestellt wird, denn gerade auf die Abbildung der wirklichen Zeitgenossenschaften kam es ja an.

Eben deshalb sind dilettantische, mittlere, ja auch sog. „schlechte" Gedichte durchaus repräsentativ: sie stehen hier für das andeutend wiederherzustellende allgemeine Niveau, den Durchschnittsgeschmack der Zeit, aber auch für etwas, was manche Leute mit Tradition verwechseln: das Festhalten an der Form und am Ton bei völliger, wiewohl unbewußter Preisgabe des Gehaltes (der sog. inneren Form): wie Bodenstedt, Schack und ihresgleichen für das Erbe der Romantik stehen – oder was immer man dafür halten mochte –, so schließlich erscheint Friederike Kempner dann als eine Folge eben dieses Epigonentums und bereits an einem Punkte, wo sie, versehentlich, schon wieder anfängt, interessant zu werden, sei es auch nur als ein Kuriosum. Das durfte nicht fehlen, so wenig wie das liebenswürdige Ungeschick eines Curtius, wie die Anachronismen eines Münchhausen, die Redseligkeit eines Julius Hart, die Verirrungen eines Jacobowski, so wenig wie Rilkes klägliche Anfänge, von denen er sich doch selten und spät erst ganz lösen sollte. Das vollkommene Gedicht dagegen darf nicht mehr repräsentativ heißen – es steht für sich und dies im zweifachen Sinne; es steht auch für sich allein. –

Nachdenklich macht es, wenn ein Poet vom Range – nicht etwa Leutholds oder Mayers, sondern immerhin – Kerners seiner Gegenwart programmatisch absagt, wenn er vor ihr den Blick verschließt und gleichsam blind weiterflötet, wie gefangene Vögel, die ihre Käfigstäbe nicht mehr erkennen. Im Vorwort zu seinem *Letzten Blüthenstrauß* (1852) erklärt er, den schmerzlichen Ton einiger seiner politischen Verse entschuldigend, ganz schlicht: er mißkenne nicht, daß die Politik der Tod aller wahren Poesie sei, sie führe eben zur Äußerlichkeit, fort vom Naturleben und in die, hier das bezeichnende Wort, „Unnatur des Staatenlebens", in welchem nun einmal, zumal in diesem Jahrhundert, Poesie nicht mehr zu finden sei. Hätte wohl ein Bürger Athens so gesprochen? ein Florentiner der Renaissance? ein Pariser citoyen der neunziger Jahre des 18. Jahrhunderts, noch des frühen 19. Jahrhunderts? Kaum. So gesehen wären die gesellschaftlichen Verhältnisse, da nicht natürlich, auch nicht mehr Angelegenheit des „idealen" Menschen. Ist Dichtung wirklich nur auf das bezogen, was das angefochtene Gemüt für Natur halten möchte? So betrachtet könnte es politisch wirksame Dichtung überhaupt nicht geben, nur das getrübte Bewußtsein dürfte zeitlos vor sich hin skandieren, und der Schmerz des Individuums – oder sein Enthusiasmus – sein Glück, seine Trauer wären dann allerdings nichts als eine bloße Stimmung. Sie aber reicht für die Bestimmung des Lyrischen nicht aus, nur für eine, die bescheidenste, Form der Rezeptivität. Aber es ist charakteristisch, daß solche Fragen das deutsche 19. Jahrhundert endlich beschäftigen; der Tendenz-Streit zwischen Herwegh und Freiligrath ist ein Symptom.

Der Wirklichkeit standzuhalten, die eine andere geworden ist, statt der gewesenen Idylle nachzutrauern, das erst ist ein Zeichen von Stärke, ist Mut, nicht aber der dumpfe Wille, sich in der reinen Natur über alle Verwandlung und Vernichtung hinwegzutäuschen und sich schon dadurch so geheilt wie rein zu wissen. Gottfried Keller, der auch als Lyriker eine bedenkenswerte Antwort auf Kerners Klagen gab, hat sehr wohl begriffen, was Büchner anders schon in *Dantons Tod* aussprach: „Heute ist alles Politik und hängt mit ihr zusammen, von dem Leder an unserer Schuhsohle bis zum obersten Ziegel am Dache, und der Rauch, der aus dem Schornstein steigt, ist Politik."

So wenig wie der der Gattungen also, kann der Begriff des Lyrischen ahistorisch gefaßt und willkürlich angewendet werden. Er unterliegt dem Wandel und wird nur solange, als man dies anerkennt, mit Erfolg verwendet werden können. Absichtsvoll gesellschaftlich bezogene, d. h. hier jetzt politisch verstandene Lyrik ist immerhin für Deutschland eine der wichtigsten neuen Erscheinungen im Laufe des 19. Jahrhunderts; wie sie in die Wirklichkeit hineingewirkt hat (anders als nur ästhetisch?), das läßt sich, vom Solidarisierungseffekt abgesehen, nicht einmal genau bestimmen. Nicht weniger deutlich sichtbar ist daneben eine andere Haltung; sie entspringt der Einsicht, daß Kunst wesentlich ungelebtes Leben heißen darf und gehört in dieser Weise der Romantik zu – wie dann auch, als über Frankreich vermitteltes romantisches Erbe, der Dichtung des jungen Stefan George. Nach zwanzig vorausgehenden sichtbarlich mageren Jahren, die manches Scheltwort Nietzsches zu rechtfertigen scheinen, nachdem aber immerhin von Arno Holz wie Detlev von Liliencron, die Hofmannsthal beide bewundert hat, bedeutende einzelne Gedichte veröffentlicht worden waren, endet das Jahrhundert üppig und exklusiv mit Stefan George und Hugo von Hofmannsthal. Poesie wird endlich wieder „als strenge Kunst" (Novalis) getrieben, fünfunddreißig Jahre nach dem Erscheinen der *Fleurs du Mal;* es hat sich *Der Untergang der romantischen Sonne* in Deutschland verspätet.

So ist die Aufgabe, eine charakteristische, historisch gemäße Zusammenstellung der deutschen Lyrik des 19. Jahrhunderts, die von Goethes Alterslyrik bis zu der des sog. Jugendstils führt, vorzulegen, offenbar nur zu leisten, indem man das genaue Gegenteil von dem tut, was eigentlich zu fordern, zu erwarten ist: man muß sich der Versuchung, das jeweils Schönste, das Bedeutendste auszuwählen – wovon es ja auch schließlich schon genug Darbietungen und Blütenlesen gibt – konsequent verschließen, muß sich, zunächst jedenfalls, den Glanzpunkten geradezu verweigern und den Blick auf das richten, was dann übrigbleibt und auf das, was bislang übersehen wurde. Hat man so das Feld vermessen, den Standpunkt gewählt und immer wieder neu überprüft, dann ist auch wieder Platz da für gelegentliche Höhepunkte, für die sog. Meisterwerke, ja, nun erst recht: sie trügen jetzt nicht mehr. Sie müssen sich neuerdings behaupten. Sie sind wieder sichtbar, aber sie dürfen nicht mehr typisch genannt werden. Wo Geibel vielleicht typisch ist – er war es in seinem heute unbegreiflichen Erfolg – und Herwegh jedenfalls bedeutend, Heine immer wieder faszinierend und Storm auch mehr als liebenswürdig, da erscheint Mörike eben als eine Ausnahme – und nur als solche sollte er sichtbar werden.

Deshalb eben war nicht vom Geschmack auszugehen, dessen Subjektivität zugleich geachtet und verdächtigt werden sollte, sondern von der Vorstellung einer Repräsentation im geschichtlichen Sinne, die eben darum das zu seiner Zeit Bedeutende, Meistgelesene, Erfolgreiche, Modische nicht verschmäht, welche aber zugleich die Veränderungen andeutet, die sich seither vollzogen haben, weil nachfolgende Generationen anders und neu zu bewerten begannen, da doch andere Möglichkeiten von Lyrik ihnen inzwischen den Blick verändert hatten. Historisch ist dann nicht etwa die bloße Fixierung des Gewesenen als ein Ausschnitt, sondern der Ausschnitt selbst – aber zusammen mit den Wandlungen und Ergänzungen, Verdrängungen und Umakzentuierungen, die das Geschichtliche zugleich als Medium des Fortlebens, des Fortwirkens, der Wandelbarkeit darstellen.

Keine reproduzierend auslesende Neumagazinierung war hier das Ziel, sondern vor allem doch die Erwartung, den Blick auf das Magazin zugleich mit dem Hinweis auf die Umräumungen, die darin stattgefunden haben und noch stattfinden, freigeben zu können. Eine solche Sammlung bleibt freilich eine Auswahl und als solche unvollständig. Das ist eine Selbstverständlichkeit und sollte also nicht zum Vorwurf werden. Doch sollte die Auswahl, die im eben erläuterten Sinne niemals als abgeschlossen gelten kann, jedenfalls dokumentarisch und repräsentativ sein. So hat der Herausgeber auch versucht, gewisse Auslassungen dadurch wieder wettzumachen, daß bestimmte Entsprechungen sozusagen als Beispiele aufgenommen wurden. Nicht-lyrische Qualität und Eigentümlichkeit hat dann mindestens so viel Platz erhalten wie unqualifizierte Lyrik, die aller Eigentümlichkeit entbehrt und deshalb in nur knappem Auszug oder in der grotesken Übersteigerung ihrer vertrauensvollen Unfähigkeit beispielhaft werden durfte.

Es gilt Entsprechendes auch für die Formen, die zwar hinreichend vertreten sind, – Ballade und Spruch, klassizistische Ode und „reines" Lied, Fabel und Huldigungsvers, Prosagedicht und Sonett, spöttisches Epigramm und traditionelle Elegie – die aber, um die Art des Fortlebens zu dokumentieren, auch in anderer Häufigkeit und Ballung hätten aufgenommen werden können.

Einen Spruch wie etwa den folgenden von Karl Mayer, abgedruckt im vielgelesenen Cottaschen *Morgenblatt für gebildete Leser*, 1846, vermißt, ob seines seltsam mißlungenen und scheinbar weisen Humors, der Herausgeber nur ungern: *Lerche und Wachtel* lautet der Titel:

> Entsteigt dem goldnen Feld mit Schwung
> Die Lerche der Begeisterung,
> Durchtrippelt es mit Fröhlichkeit
> Die Wachtel der Zufriedenheit.

Fast ebenso ungern entbehrt er Scheffels so schnoddriges, wie ehemals berühmtes Gedicht *Die Teutoburger Schlacht* (Als die Römer frech geworden / Zogen sie nach Deutschlands Norden, . . .), auch dies ein einst vielgelesenes Beispiel des sogenannten deutschen Witzes. Auf literarische Polemik mußte ebenfalls weitgehend verzichtet werden. So schreibt Rückert in seinem *Poetischen Tagebuch* über Heine, dessen Witz er wie viele andere nicht zu schätzen scheint:

> Es geht mir fast mit Heine so
> Wie mit Catull: ich kann nicht froh
> Der unvergleichlich leichten Anmut werden
> Vor zwischenlaufenden unzüchtigen Geberden.
>
> Vergleich' ich Heine mit Catull?
> Ja, in der Worte süßem Gift;
> Doch was die Verskunst anbetrifft,
> Ist Heine gegen jenen eine Null. (1888)

Manches Gedicht von Brentano, von Mörike vor allem, aber auch von Herwegh, der Droste, von Keller, Liliencron wie von George hat der Herausgeber mißmutig wieder ausgeschieden; immer wieder galt es vor allem, die Proportionen zu wahren – selbst dort, wo die noch immer reiche, nicht ausgeschöpfte Quelle des deutschen Kitsches, des erotischen wie des nationalen, sich dem suchenden Blick erschloß. Schlimmer ist schon, daß Gedichte eines so mutigen und konsequenten Mannes wie Friedrich von Sallet nicht mehr aufgenommen werden konnten, daß auch Sauerweins *Lied der Verfolgten* hier für viele andere stehen muß und daß Glaßbrenner nicht deutlicher sichtbar wird. –

Der Leser, der an einer jeden Sammlung beteiligt ist, mag, was er für sich zu vermissen glaubt, für sich auch ergänzen, doch möge er dann auch, was ihm bis dahin unbekannt war, dafür um so genauer wägen und ihm nicht voreilig den Platz, den es hier gefunden hat, wieder streitig machen. Auf Ergänzung ist jede Sammlung angewiesen, jedoch nur im Sinn der ihr zugrunde gelegten Intention, nicht aber um einer zum Fetisch gewordenen Vorstellung von Vollständigkeit, Bestand und Kanon „endgültig" Genüge zu leisten.

R. R. Wuthenow

JOHANN WOLFGANG VON GOETHE

Den vereinigten Staaten.

Amerika du hast es besser
Als unser Continent das alte,
Hast keine verfallene Schlösser
Und keine Basalte.
Dich stört nicht im Innern,
Zu lebendiger Zeit,
Unnützes Erinnern
Und vergeblicher Streit.

Benutzt die Gegenwart mit Glück!
Und wenn nun eure Kinder dichten
Bewahre sie ein gut Geschick
Vor Ritter- Räuber- und Gespenstergeschichten.

AUGUST GRAF VON PLATEN

Aschermittwoch.

Wirf den Schmuck, schönbusiges Weib, zur Seite,
Schlaf und Andacht theilen den Rest der Nacht nun;
Laß den Arm, der noch die Geliebte festhält,
　　　Sinken, o Jüngling!

Nicht vermummt mehr schleiche die Liebe, nicht mehr
Tret' im Takt ihr schwebender Fuß den Reigen,
Nicht verziehn mehr werde des leisen Wortes
　　　Üppige Keckheit!

Mitternacht ankünden die Glocken, ziehn euch
Rasch vom Mund weg Küsse zugleich und Weinglas:
Spiel und Ernst trennt stets ein gewagter, kurzer,
　　　Fester Entschluß nur.

JOSEPH FREIHERR VON EICHENDORFF

Malers Morgenlied.

Aus Wolken, eh im nächtgen Land
Erwacht die Kreaturen,
Langt Gottes Hand,
Zieht durch die stillen Fluren
Gewaltig die Conturen,
Strom, Wald und Felsenwand.

Wach auf, wach auf! die Lerche ruft,
Aurora taucht die Stralen
Verträumt in Duft,
Beginnt auf Berg und Thalen
Ringsher ein himmlisch Mahlen
In Meer und Land und Luft.

Und durch die Stille lichtgeschmückt
Aus wunderbaren Locken
Ein Engel blickt –
Da rauscht der Wald erschrocken,
Da gehn die Morgenglocken,
Die Gipfel stehn verzückt.

O lichte Augen ernst und mild,
Ich kann nicht von euch lassen!
Bald wieder wild
Stürmts her von Sorg und Hassen –
Durch die verworrnen Gassen
Führ mich, mein göttlich Bild!

WILHELM WAIBLINGER

Aus: Sizilianische Lieder.

Zweites Lied. Die Felsen der Cyclopen.

Wandle die Gärten, die blühenden, hin am Fuße des Aetna,
Purpurn bietet dir noch Indiens Feige die Frucht.
Schwellend drängt sich zur Erde die Traub' und rankt um die Säule,
Über dem niedrigen Dach lacht die Orange dir zu.

Haus und Garten umschließt das düstere Lavagemäuer,
    Über vulkanisch Gestein führet die Straße dich selbst.
10 Da ermangelt das liebliche Grün, du wandelst in Felsen;
    Eine Wildniß erschließt sich dem befremdeten Blick.
Unten rauscht um das Felsengestad die krystallene Woge,
    Die das mildeste Licht südlichen Himmels durchglänzt.
Kaum entdeckst du das Dörfchen am öden Ufer des Meeres,
15   Fischer nähret in ihm, ärmliche, Vater Neptun.
Doch gewaltig entsteigen der Fluth die cyclopischen Klippen.
    Schwarzen Thürmen vergleichst du ihr gigantisches Bild.
Hier, o Muse Homers, naht' einst der troische Wandrer
    In zehnjähriger Fahrt irrend Trinakriens Strand.
20 Und des Ithakers denk' ich, des schlau'n, dem in mächtiger Höhle
    Der gefräß'ge Cyclop Freund' und Gefährten verschlang.
Doch er blendete tapfer den Feind und mit blökender Heerde
    Stahl sich der griechische Held muthig die Grotte heraus.
Aber die Felsen, wo oft in der Barke der Fischer mich rudert,
25   Warf der ergrimmte Cyclop nach dem entflohenen Feind.
Dank, o Vater Homer, am Strande des waldigen Aetna
    Irrend, wie Dulder Ulyß, hab' ich dein Mährchen gefühlt.
Doch gern denk' ich den Sohn der Erde mir auch, da der Liebe
    Schelmischer Gott ihm in's Herz blutige Pfeile gesandt.
30 Da er gelagert am felsigen Strand der Nymfe des Meeres,
    Ein Verschmähter, den Schmerz brennender Liebe geklagt.
Und wie gerne der Mensch in Anderer Leiden und Freuden
    Seines Herzens Geschick thätig genießt und beweint,
Wie der griechische Wandrer mir oft die eigene Irrfahrt
35   Auf der flüchtigen Welt täuschenden Bahnen gezeigt:
Kehrt mir vergangene Liebe zurück und vergangener Kummer,
    Und am Ufer erschleicht manche Erinnerung mich.
Nymfe der blauen Wellen, so noch den krystallenen Abgrund
    Deine Gottheit bewohnt, höre den Flehenden an.
40 Dünke mein Wort dir albern wie einst das Liebesgeplauder
    Des Cyclopen, es sey doch mein Gedanke dir kund:
Viel einst hab' ich geliebt und Alles hab' ich verloren,
    Was ich mir treu, was ich einst mein bis zum Grabe geglaubt.
Unaussprechlicher Schmerz erfüllte da mir die Seele;
45   Denn an ein fremdes Seyn hatt' ich das eigne geknüpft.

---

19 Trinakriens Strand   *Trinakien (d. i. Dreispitz), alter griechischer Name Siziliens.*
28 ff. *Nach Hesiod (Theog. 139) sind die Zyklopen (eigentlich nur Arges, Steropes und Brontes)*
Söhne der Erde (Gaia) und des Uranos. Hier wird auf die erst bei Philoxenos, Kallimachos u.a.
überlieferte Geschichte von der vergeblichen Liebe des Zyklopen Polyphem zu Galateia, einer der
fünfzig Nereiden, angespielt.

Einem Baum verglich ich mein Herz, den die Wetter geschlagen,
Dem schon im Frühling der Sturm Blüthen und Blätter geraubt.
Doch nun seh' ich ihn männlich gereift im heiteren Sommer
Kräftigen Stammes und tief wurzelnd im fruchtbaren Grund.
50 Früchte trägt er, und glücklich enttäuscht auf die Träume der
Jugend
Blick' ich zurück und es ist nun auch die Erndte nicht fern.
Drum verarge mir nicht, o verschmähende Göttin des Meeres,
Such' ich mein höchstes Glück jetzt in der Liebe nicht mehr.
Sey ihm offen das frische Gemüth, doch begnüge sich Amor,
55 Freund und Gespiele, doch nicht Herr und Gebieter zu seyn.
Noch, Galathea, hat mich kein sprödes Mädchen verschmähet.
Aber trifft mich das Loos, bin ich zu dulden bereit.

Drittes Lied. Agrigent.

Wie aus heiterstem Grün, o erhabenste Tempel Girgentis,
60 Wie vom Himmel umglänzt steigt ihr der Nachwelt empor!
Zwar in Trümmer schlug euch die Zeit; wohin ich mich wende,
Zu des olympischen Zeus altem, titanischen Haus,
Sey's zum furchtbaren Schutt des Herakles, sey's zu dem Hügel,
Wo vom Frühling umblüht, Juno Lucina, du einst,
65 Oder die Eintracht dort in dorischer Schöne gewohnet,
Sey's wo der Tempel Vulkans über der blumigen Kluft
Von Limonen umduftet, umlacht von Indiens Feigen,
Kaum den Blick mir zum Strand, kaum bis zum Meere gewährt.
Euch umglühet Natur, und selbst aus dem Grab in der Mauer
70 Strebt der blühende Baum mächtiger Aloe noch.
Jüngst so irrt' ich im Grün, mir lachten goldene Früchte,
Hier entsprang der Granat, dort die Orange dem Laub.
Eine Nachtigall schlug und die Tempel entragten den Hainen,
Da erfüllete mir Wehmuth das einsame Herz,
75 Unaussprechliche fast. So oft in's zerfallene Leben,
Oft in die Trümmer des Glücks, oft in der Liebe Verlust
Klagt ein süßer, ein seliger Laut mit der Nachtigall Stimme,
Und das Schöne vielleicht wohnet am liebsten im Schmerz.

---

64 *Die Göttermutter der römischen Mythologie wurde unter diesem Namen als Geburtsgöttin,
die den Neugeborenen das Licht zeigt, verehrt.*

Karl Mayer

Aus: Lieder aus des Sommers Tagen.

Wanderlust.

Wer geht dort sonnig über den Steg
Auf Schattengrund, am Waldgeheg?
Wie lustig nimmt sich Wandern aus,
Wie trüb und eng ist es zu Haus!

Sorgenbefreiung.

An dem kühlen Bächlein sitzt
In der Weiden grünem Schatten,
Der noch kaum auf weiten Matten
Sich mit Wandern abgehitzt.

Sorgen, sagt er, gute Nacht!
Seid den Wellen aufgeladen,
Diesen selbstbewegten Pfaden,
Die noch nichts zurückgebracht!

Verlegenheit.

Auf des Waldes Scheidewegen
Bin ich darum wohl verlegen,
Weil mich's nach den grünen Hallen
Allen, allen
Treibt, zu wallen.

Änderung.

Ja, es waren schöne Zeiten,
Als es in des Landes Breiten
Gieng an's Pflügen, Wälderlichten,
Häuserbauen, Thurmerrichten.
Die Natur, ein wilder Traum,
Gab dem Menschenglücke Raum.

Schwanden so der Wildniß Spuren,
Schau' ich nur gefurchte Fluren,
Würd' ich nun umsonst mich quälen,
Jeden Thurm im Gau zu zählen,
Ach, so fehlt es für den Traum
Freier Urwelt nun an Raum!

1831

Nikolaus Franz Niembsch Edler von Strehlenau*

Heidebilder.

Himmelstrauer.

Am Himmelsantlitz wandelt ein Gedanke,
5 Die düstre Wolke dort, so bang, so schwer;
Wie auf dem Lager sich der Seelenkranke,
Wirft sich der Strauch im Winde hin und her.

Vom Himmel tönt ein schwermuthmattes Grollen,
Die dunkle Wimper blinzet manches Mal:
10 So blinzen Augen, wenn sie weinen wollen,
Und aus der Wimper zuckt ein schwacher Strahl.

Schon schleichen aus dem Moore kühle Schauer
Und leise Nebel über's Heideland,
Der Himmel ließ, nachsinnend seiner Trauer,
15 Die Sonne langsam fallen aus der Hand.

Heinrich Heine

Aus: ### Neuer Frühling.

XI.

Durch den Wald, im Mondenscheine,
Sah ich jüngst die Elfen reiten;
5 Ihre Hörner hört' ich klingen,
Ihre Glöckchen hört' ich läuten.

Ihre weißen Rößlein trugen
Güldnes Hirschgeweih' und flogen
Rasch dahin, wie wilde Schwäne
10 Kam es durch die Luft gezogen.

Lächelnd nickte mir die Kön'gin,
Lächelnd, im Vorüberreiten.
Galt das meiner neuen Liebe?
Oder soll es Tod bedeuten?

18

XII.

In Gemäldegallerieen
Siehst du oft das Bild des Manns,
Der zum Kampfe wollte ziehen,
Wohlbewehrt mit Schwert und Lanz.

Doch ihn necken Amoretten,
Rauben Lanze ihm und Schwert,
Binden ihn mit Blumenketten,
Wie er auch sich mürrisch wehrt.

So, in holden Hindernissen,
Wind' ich mich, mit Lust und Leid,
Während andre kämpfen müssen
In dem großen Kampf der Zeit.

Himmel grau und wochentäglich!
Auch die Stadt ist noch dieselbe!
Und noch immer blöd' und kläglich
Spiegelt sie sich in der Elbe.

Lange Nasen, noch langweilig
Werden sie wie sonst geschneuzet,
Und das duckt sich noch scheinheilig,
Oder bläht sich stolz gespreizet.

Schöner Süden! wie verehr' ich
Deinen Himmel, deine Götter,
Seit ich diesen Menschenkehrich
Wiederseh' und dieses Wetter!

ANTON ALEXANDER GRAF VON AUERSPERG*

Warum?

Seht, sie haben an das Rathhaus aufgeklebt ein neu Edikt,
Drauf aus den geschlungnen Lettern noch manch andre Schlinge
blickt;
Ein possierlich kleines Männlein liest's und hält sich still und
stumm,
Unterfängt sich nicht zu murren, leise frägt es nur: Warum?

HIMMEL GRAU ... 3 blöd' *schüchtern, schwächlich.*

Auf der Kanzel stöhnt, wie Eulen, wimmernd gegen's Sonnenlicht,
Hier ein Mönch, an dem die Kutte wohl das einz'ge Dunkle nicht,
Dort ein Abbt, an dem der Krummstab wohl nicht Alles ist, was
krumm;
10 Stets gelassen hört's der Kleine, lispelnd leise nur: Warum?

Wenn mit Hellebard' und Spießen sie auf Spatzen rücken aus,
Wenn sie lichtscheu ohne Fenster aufgebaut ihr neues Haus,
Wenn das Schwerdt, das sie befreyte, sie zu Fesseln schmieden um,
Sieht er's ruhig und gelassen, fragt nur still vor sich: Warum?

15 Wenn sie mit Kanonen schießen auf die Lerche, leichtbeschwingt,
Die, wie ein Gebet der Freyheit, singend durch die Lüfte dringt;
Wenn den Dichtergaul am Markte sie beym Schwanze zäumen um,
Will er drob sogar nicht lachen, sondern seufzet nur: Warum?

Auf der Sprache garbenreichem, unermeßnem Erntefeld
20 Hat ein einz'ges goldnes Körnlein er sich liebend auserwählt;
Und aus ihrem reichen Meere, rauschend laut um ihn herum,
Fischt' er eine einz'ge Perle, nur das Männerwort: Warum?

Doch der weise Rath bescheidet streng vor sich den Mann und
spricht:
,,Eurer frevelhaften Frage ziemt, fürwahr, die Antwort nicht!
25 Unser Thun, es sey dem Volke ein verschloßnes Heiligthum!"
Ruhig hört den Spruch das Männlein, nur bescheiden fragt's:
Warum?

Wüthend springen all' vom Sessel, daß der Rathstisch taumelt
In Arrest bey Brod und Wasser ziehn sie den Rebellen ein, [drein!
Lassen in den Block ihn spannen, und in Eisen schließen krumm:
30 Doch er duldet's still gelassen, spricht kein Wörtlein, als: Warum?

Morgens muß er gehn zur Beichte, dann auf's Feld im Karren fort!
Schützen stehn in Reih' und Gliede, laden stumm die Flinten dort;
Feuer! ruft's, die Röhre krachen! Blutig sinkt der Frevler um,
Doch von bleichen Lippen schaurig stöhnt es röchelnd noch:
Warum?

35 Über seine Leichengrube wälzen sie noch einen Stein,
Dann zum feyerlichen Hochamt eilen sie zum Dom hinein,
Brünstig danken sie dem Himmel, daß der Schreyer endlich stumm,
Doch zur Nachtzeit auf den Grabstein schrieb ein Schalk das Wort:
Warum?

---

9 der   ergänzt nach der 2. Aufl.

Es verfolgt wie Fluch des Vaters, trifft wie Wetterschlag's Gewicht,
40 Dröhnt wie Weltgerichtsposaunen, brennt in's Aug wie
Blitzeslicht,
Wenn das Herz nicht freud'ge Antwort bringt als schützend
Heiligthum,
Jenes kurze kleine Wörtlein, jener flüchtige Laut: Warum!

Unsere Zeit.

Auf dem grünen Tische prangen Kruzifix und Kerzenlicht,
Schöff' und Räthe, schwarzgekleidet, sitzen ernst dort zu Gericht;
Denn sie luden vor die Schranken unsre Zeit, die Frevlerinn,
5 Weil sie trüb' und unheildrohend und von sturmbewegtem Sinn!

Doch es kommt nicht die Gerufne, denn die Zeit, sie hat nicht Zeit,
Kann nicht stille stehn im Saale weltlicher Gerechtigkeit,
Während sie zwey Stunden harren, ist sie schon zwey Stunden fern;
Doch sie sendet ihren Anwalt, also sprechend, zu den Herrn:

10 „Lästert nicht die Zeit, die reine! Schmäht ihr sie, so schmäht ihr
euch!
Denn es ist die Zeit dem weißen, unbeschriebnen Blatte gleich;
Das Papier ist ohne Makel, doch die Schrift darauf seyd ihr!
Wenn die Schrift nicht just erbaulich, nun, was kann das Blatt
dafür?

„Ein Pokal durchsicht'gen Glases ist die Zeit: so hell, so rein!
15 Wollt des süßen Wein's ihr schlürfen, gießt nicht eure Hefen drein!
Und es ist die Zeit ein Wohnhaus, nahm ganz stattlich sonst sich aus,
Freylich seit ihr eingezogen, scheint es oft ein Narrenhaus. [aus,

„Seht, es ist die Zeit ein Saatfeld; – da ihr Disteln ausgesät,
Ey wie könnt ihr drob euch wundern, daß es nicht voll Rosen
steht?
20 Cäsar ficht auf solchem Felde Schlachten der Unsterblichkeit,
Doch auch Memmen, zum Entlaufen, ist es sattsam groß und weit.

„Zeit ist eine stumme Harfe: – prüft ein Stümper ihre Kraft,
Heulen jammernd Hund und Kater in der ganzen Nachbarschaft! –
Nun wohlan, so greift begeistert, wie Amphion, fest darein,
25 Daß auch Strom und Wald euch lausche, Leben fahre in den Stein!"

24f. Amphion *Sohn des Zeus und der Antiope; sein Leierspiel bezauberte* Strom und
Wald *und ließ die Steine freiwillig zur Mauer Thebens sich fügen.*

AUGUST GRAF VON PLATEN

Loos des Lyrikers.

Stets am Stoff klebt unsere Seele, Handlung
Ist der Welt allmächtiger Puls, und deßhalb
5   Flötet oftmals tauberem Ohr der hohe
        Lyrische Dichter.

Gerne zeigt Jedwedem bequem Homer sich,
Breitet aus buntfarbigen Fabelteppich;
Leicht das Volk hinreißend erhöht des Drama's
10   Schöpfer den Schauplatz:

Aber Pindars Flug und die Kunst des Flaccus,
Aber dein schwerwiegendes Wort, Petrarca,
Prägt sich uns langsam in's Herz, der Menge
        Bleibt's ein Geheimniß!

15   Jenen ward blos geistiger Reiz, des Liedchens
Leichter Takt nicht, der den umschwärmten Putztisch
Ziert. Es dringt kein flüchtiger Blick in ihre
        Mächtige Seele.

Ewig bleibt ihr Name genannt und tönt im
20   Ohr der Menschheit; doch es gesellt sich ihnen
Selten freundschaftsvoll ein Gemüt und huldigt
        Körnigem Tiefsinn.

EDUARD MÖRIKE

Sehet ihr am Fensterlein
Dort die rothe Mütze wieder?
Muß nicht ganz geheuer seyn,
5   Denn er geht schon auf und nieder.

LOOS DES LYRIKERS 11 Flaccus *Horaz*.

SEHET IHR AM FENSTERLEIN . . . *Das Gedicht ist hier in der Form abgedruckt, wie es von Christoph im ‚Maler Nolten‘ vorgetragen wird. In der separat veröffentlichten, erweiterten und veränderten Fassung trägt es später den Titel:* Der Feuerreiter.

Und was für ein toll Gewühle
Plötzlich auf den Gassen schwillt –
Horch! das Jammerglöcklein grillt:
Hinter'm Berg, hinter'm Berg
10 Brennt's in einer Mühle!

Schaut, da sprengt er, wüthend schier,
Durch das Thor, der Feuerreiter,
Auf dem rippendürren Thier,
Als auf einer Feuerleiter;
15 Durch den Qualm und durch die Schwüle
Rennt er schon wie Windesbraut,
Aus der Stadt da ruft es laut:
Hinter'm Berg, hinter'm Berg
Brennt's in einer Mühle!

20 Keine Stunde hielt es an,
Bis die Mühle borst in Trümmer,
Und den wilden Reitersmann
Sah man von der Stunde nimmer;
Darauf stille das Gewühle
25 Kehret wiederum nach Haus,
Auch das Glöcklein klinget aus:
Hinter'm Berg, hinter'm Berg
Brennt's! –

Nach der Zeit ein Müller fand
30 Ein Gerippe sammt der Mützen,
Ruhig an der Kellerwand
Auf der beinern' Mähre sitzen.
Feuerreiter, wie so kühle
Reitest du in deinem Grab!
35 Husch! da fällt's in Asche ab –
Ruhe wohl, ruhe wohl,
Drunten in der Mühle!

Früh, wenn die Hähne krähn,
Eh' die Sternlein verschwinden,
Muß ich am Heerde stehn,
Muß Feuer zünden.

Früh ... 1 ff. *Später unter dem Titel:* Das verlassene Mägdlein.

5　Schön ist der Flammen Schein,
Es springen die Funken,
Ich schaue so drein,
In Leid versunken.

Plötzlich da kommt es mir,
10　Treuloser Knabe!
Daß ich die Nacht von dir
Geträumet habe.

Thräne auf Thräne dann
Stürzet hernieder,
15　So kommt der Tag heran –
O ging' er wieder!

Frühling läßt sein blaues Band
Wieder flattern durch die Lüfte,
Süße wohlbekannte Düfte
Streifen ahnungsvoll das Land;
5　Veilchen träumen schon,
Wollen balde kommen;
Horch, von fern ein leiser Harfenton! – –
Frühling, ja du bist's!
Frühling, ja du bist's!
10　Dich hab ich vernommen!

Die Hochzeit[a]).

Aufgeschmückt ist der Freudensaal;
Lichterhell, bunt, in laulicher Sommernacht
Stehet das offene Gartengezelte;
5　Säulengleich steigen,
Reichlich durchwirket mit Laubwerk,

a) Im Munde des Bräutigams gedacht.

FRÜHLING . . . 1 ff. *Später unter dem Titel:* Er ist's.

DIE HOCHZEIT . . . 1 ff. *Die folgenden vier Gedichte erschienen später – in veränderter Reihenfolge und Gestalt – zusammen mit dem in Bd. 7 S. 341 dieser Anthologie abgedruckten Sonett:* Verzweifelte Liebe *unter dem Titel* Peregrina.

Die stolzen Leiber
Sechs gezähmter, riesiger Schlangen,
Tragend und stützend das
10   Leicht gegitterte Dach.

Aber die Braut noch wartet bescheiden
In dem Kämmerlein ihres Hauses.
Endlich bewegt sich der Zug der Hochzeit,
Fackeln tragend,
15   Feierlich stumm.
Und in der Mitte,
Mich an der linken Hand,
Schwarzgekleidet geht einfach die Braut;
Schöngefaltet ein Scharlachtuch
20   Liegt um den zierlichen Kopf geschlagen,
Lächelnd geht sie dahin;
Das Mahl schon duftet.

Später, im Lärmen des Fests,
Stahlen wir seitwärts uns Beide
25   Weg, nach den Schatten des Gartens wandelnd,
Wo im Gebüsche die Rosen brannten,
Wo der Mondstrahl um Lilien zuckte,
Wo die Bäume vom Nachtthau trofen.

Und nun strich sie mir, stillestehend,
30   Seltsamen Blicks mit dem Finger die Schläfe:
Jählings versank ich in tiefen Schlummer.
Aber gestärkt vom Wunderschlafe
Bin ich erwacht zu glückseligen Tagen,
Führte die seltsame Braut in mein Haus ein.

Warnung.

Der Spiegel dieser treuen braunen Augen
Ist wie von innrem Gold ein Widerschein;
Tief aus dem Busen scheint er's anzusaugen,
5   Dort mag solch' Gold in heil'gem Gram gedeihn.
In diese Nacht des Blickes mich zu tauchen,
Unschuldig Kind, du selber lädst mich ein,
Willst, ich soll kecklich dich und mich entzünden –
Reichst lächelnd mir den Tod im Kelch der Sünden!

Scheiden von Ihr.

Ein Irrsal kam in die Mondscheinsgärten
Einer einst heiligen Liebe,
Schaudernd entdeckt' ich verjährten Betrug;
5   Und mit weinendem Blick, doch grausam
Hieß ich das schlanke,
Zauberhafte Mädchen
Ferne gehen von mir.
Ach, ihre hohe Stirn,
10   Drin ein schöner, sündhafter Wahnsinn
Aus dem dunkelen Auge blickte,
War gesenkt, denn sie liebte mich.
Aber sie zog mit Schweigen
Fort in die graue,
15   Stille Welt hinaus.

Von der Zeit an
Kamen mir Träume voll schöner Trübe,
Wie gesponnen auf Nebelgrund,
Wußte nimmer, wie mir geschah,
20   War nur schmachtend, seliger Krankheit voll.

Oft in den Träumen zog sich ein Vorhang
Finster und groß in's Unendliche,
Zwischen mich und die dunkle Welt.
Hinter ihm ahnt' ich ein Haideland,
25   Hinter ihm hört' ich's wie Nachtwind sausen;
Auch die Falten des Vorhangs
Fingen bald an, sich im Sturme zu regen,
Gleich einer Ahnung strich er dahinten,
Ruhig blieb ich und bange doch,
30   Immer leiser wurde der Haidesturm –
      Siehe, da kam's!

Aus einer Spalte des Vorhangs guckte
Plötzlich der Kopf des Zaubermädchens,
Lieblich war er und doch so beängstend.
35   Sollt' ich die Hand ihr nicht geben
In ihre liebe Hand?
Bat denn ihr Auge nicht,
Sagend: da bin ich wieder
Hergekommen aus weiter Welt!

Und wieder.

Die treuste Liebe steht am Pfahl gebunden,
Geht endlich arm, verlassen, unbeschuht,
Dieß kranke Haupt hat nicht mehr wo es ruht,
5   Mit ihren Thränen nezt sie bittre Wunden.

Ach, Peregrinen hab' ich so gefunden!
Wie Fieber wallte ihrer Wangen Gluth,
Sie scherzte mit der Frühlings-Stürme Wuth,
Verwelkte Kränze in das Haar gewunden.

10   Wie? Solche Schönheit konnt' ich einst verlassen?
– So kehrt nun doppelt schön das alte Glück!
O komm! in diese Arme dich zu fassen!

Doch wehe! welche Miene, welch' ein Blick!
Sie küßt mich zwischen Lieben, zwischen Hassen,
15   Und wendet sich und – kehrt mir nie zurück.

Der Himmel glänzt vom reinsten Frühlingslichte,
Ihm schwillt der Hügel sehnsuchtsvoll entgegen,
Die starre Welt zerfließt in Liebessegen,
Und schmiegt sich rund zum zärtlichsten Gedichte.

5   Wenn ich den Blick nun zu den Bergen richte,
Die duftig meiner Liebe Thal umhegen –
O Herz, was hilft dein Wiegen und dein Wägen,
Daß all' der Wonne herber Streit sich schlichte!

Du, *Liebe*, hilf den süßen Zauber lösen,
10   Womit Natur in meinem Innern wühlet!
Und du, *o Frühling*, hilf die Liebe beugen!

Lisch aus, o Tag! Laß mich in Nacht genesen!
Indeß ihr, sanften Sterne, göttlich kühlet,
Will ich zum Abgrund der Betrachtung steigen.

UND WIEDER 1 ff. *Vgl. Mörikes Gedicht* Verzweifelte Liebe *in Bd. 7 S. 341 dieser Anthologie.*

DER HIMMEL . . . 1 ff. *Später unter dem Titel:* Zu viel.

Wahr ist's, mein Kind, wo ich bei dir nicht bin
Geleitet Sehnsucht alle meine Wege,
Zu Berg und Wald, durch einsame Gehege
Treibt mich ein irrer, ungeduld'ger Sinn.

5   In deinem Arm! o seliger Gewinn!
Doch wird auch hier die alte Wehmuth rege,
Ich schwindle trunken auf dem Himmelsstege,
Die Gegenwart flieht taumelnd vor mir hin.

So denk' ich oft: dieß schnell bewegte Herz,
10 Vom Überglück der Liebe stets beklommen,
Wird wohl auf Erden nie zur Ruhe kommen;

Im ew'gen Lichte löst sich jeder Schmerz,
Und all' die schwülen Leidenschaften fließen
Wie ros'ge Wolken, träumend, uns zu Füßen.

Wenn ich, von deinem Anschaun tief gestillt,
Mich stumm an deinem heil'gen Werth vergnüge,
Da hör' ich oft die leisen Athemzüge
Des Engels, welcher sich in dir verhüllt.

5   Und ein erstaunt, ein selig Lächeln quillt
Auf meinen Mund, ob mich kein Traum betrüge,
Daß nun in dir, zu himmlischer Genüge,
Mein kühnster Wunsch, mein einz'ger, sich erfüllt.

Von Tiefe dann zu Tiefen stürzt mein Sinn,
10 Ich höre aus der Gottheit nächt'ger Ferne
Die Quellen des Geschicks melodisch rauschen;

Betäubt kehr' ich den Blick nach oben hin,
Zum Himmel auf – da lächeln alle Sterne!
Ich kniee, ihrem Lichtgesang zu lauschen.

WAHR IST'S . . . 1 ff. *Später unter dem Titel:* An Luise.
WENN ICH . . .1 ff. *Später unter dem Titel:* An die Geliebte.

Schön prangt im Silberthau die junge Rose,
Den ihr der Morgen in den Busen rollte,
Sie blüht, als ob sie nie verblühen sollte,
Sie ahnet nichts vom lezten Blumen-Loose.

5 Der Adler strebt hinan in's Grenzenlose,
Sein Auge trinkt sich voll von sprüh'ndem Golde,
Er ist der Thor nicht, daß er fragen wollte,
Ob er das Haupt nicht an die Wölbung stoße.

Mag einst der Jugend Blume uns verbleichen,
10 So war die Täuschung doch so himmlisch süße,
Wir wollen ihr vorzeitig nicht entsagen.

Und unsre Liebe muß dem Adler gleichen:
Ob Alles, was die Welt gab, uns verließe –
Die Liebe darf den Flug in's Ew'ge wagen.

Am Waldsaum kann ich lange Nachmittage,
Dem Kukuk horchend, in dem Grase liegen,
Er scheint das Thal gemächlich einzuwiegen
Im friedevollen Gleichklang seiner Klage.

5 Da ist mir wohl; und meine schlimmste Plage,
Den Fratzen der Gesellschaft mich zu fügen,
Hier wird sie mich doch endlich nicht bekriegen,
Wo ich auf eig'ne Weise mich behage.

Und wenn die feinen Leute nur erst dächten,
10 Wie schön Poeten ihre Zeit verschwenden,
Sie würden mich zulezt noch gar beneiden.

Denn des Sonnetts vielfält'ge Kränze flechten
Sich wie von selber unter meinen Händen,
Indeß die Augen in der Ferne weiden.

In der Char-Woche.

O Woche, Zeugin heiliger Beschwerde!
Du stimmst so ernst zu dieser Frühlingswonne,
Und breitest im verjüngten Strahl der Sonne
5 Des Kreuzes dunkeln Schatten auf die Erde.

Schön prangt . . . 1 ff. *Später unter dem Titel:* Nur zu!
Am Waldsaum . . . 1 ff. *Später unter dem Titel:* Am Walde.
In der Char-Woche 1 ff. *Später unter dem Titel:* Karwoche.

Du hängest schweigend deine Flöre nieder,
Der Frühling darf indessen immer keimen,
Das Veilchen duftet unter Blüthenbäumen,
Und alle Vöglein singen Jubellieder.

10 O schweigt, ihr Vöglein hoch im Himmelblauen!
Es tönen rings die dumpfen Glockenklänge,
Die Engel singen leise Grabgesänge,
O schweiget, Vöglein auf den grünen Auen!

Ihr Veilchen, kränzt heut' keine Lockenhaare!
15 Euch pflückt mein frommes Kind zum dunkeln Strauße,
Ihr wandert mit zum stillen Gotteshause,
Dort sollt ihr welken auf des Herrn Altare.

Wird sie sich dann in Andachtslust versenken,
Und sehnsuchtsvoll in süße Liebes-Massen
20 Den Himmel und die Welt zusammenfassen,
So soll sie mein – auch mein! dabei gedenken.

Jesu, benigne!
A cujus igne
Opto flagrare,
Et te amare; –
5 Cur non flagravi?
Cur non amavi
Te, Jesu Christe?
– O frigus triste![a]

a) Diese Zeilen finden sich wirklich in einem uralten, wohl längst vergriffe-
nen Andachtsbuch. Sie sind unnachahmlich schön; indessen fügen wir, um
einiger Leser willen, diese Übersetzung bei:

Dein Liebesfeuer,
Ach Herr! wie theuer
Wollt' ich es hegen,
Wollt' ich es pflegen –
Hab's nicht geheget,
Und nicht gepfleget,
War Eis im Herzen,
– O Höllenschmerzen!

IN DER CHAR-WOCHE 6 Flöre   *schwarzseidene Gewebe als Zeichen der Trauer.*
JESU BENIGNE! 1 ff. *Später unter dem Titel:* Seufzer (Altes Lied).

NIKOLAUS FRANZ NIEMBSCH EDLER VON STREHLENAU*

Bitte.

Weil' auf mir, du dunkles Auge,
Übe deine ganze Macht,
Ernste, milde, träumerische,
Unergründlich süße Nacht!

Nimm mit deinem Zauberdunkel
Diese Welt von hinnen mir,
Daß du über meinem Leben
Einsam schwebest für und für.

Aus: Schilflieder.

5.

Auf dem Teich, dem regungslosen,
Weilt des Mondes holder Glanz,
Flechtend seine bleichen Rosen
In des Schilfes grünen Kranz.

Hirsche wandeln dort am Hügel,
Blicken in die Nacht empor;
Manchmal regt sich das Geflügel
Träumerisch im tiefen Rohr.

Weinend muß mein Blick sich senken;
Durch die tiefste Seele geht
Mir ein süßes Deingedenken,
Wie ein stilles Nachtgebet!

Am Grabe Hölty's.

Hölty! dein Freund, der Frühling ist gekommen!
Klagend irrt er im Haine, dich zu finden;
Doch umsonst! sein klagender Ruf verhallt in
        Einsamen Schatten!

Nimmer entgegen tönen ihm die Lieder
Deiner zärtlichen, schönen Seele, nimmer
Freust des ersten Veilchens du dich, des ersten
        Taubengegirres!

10   Ach, an den Hügel sinkt er deines Grabes,
        Und umarmet ihn sehnsuchtsvoll: „mein Sänger
        Todt!" So klagt sein flüsternder Hauch dahin durch
        Säuselnde Blumen.

1833

Johann Wolfgang von Goethe

Dornburg,
September 1828.

    Früh wenn Thal, Gebirg und Garten
5   Nebelschleiern sich enthüllen,
    Und dem sehnlichsten Erwarten
    Blumenkelche bunt sich füllen;

    Wenn der Aether, Wolken tragend,
    Mit dem klaren Tage streitet,
10   Und ein Ostwind, sie verjagend,
    Blaue Sonnenbahn bereitet;

    Dankst du dann, am Blick dich weidend,
    Reiner Brust der Großen, Holden,
    Wird die Sonne, röthlich scheidend,
15   Rings den Horizont vergolden.

Friedrich Rückert

Wer Philolog und Poet ist in Einer Person, wie ich Armer,
    Kann nichts besseres thun als übersetzen wie ich.
Wie Poesie und Philologie einander fördern
5   Und zu ergänzen vermag, hat mein Hariri gezeigt.
Wenn du nicht zu philologisch, nicht überpoetisch es ansiehst,
    Wird dich belehrend erfreun, Leser, das Zwittergebild.
Was philologisch gefehlt ist, vergibst du poetischer Freiheit.
    Und die poetische Schuld schenkst du der Philologie.

Wer Philolog ... 5 Hariri *Rückerts Nachdichtung aus dem Persischen* ‚Die Ver-
wandlungen des Ebu Seid oder die Makamen des Hariri'. *[Frankfurt a.M.] 1826.*

JOSEPH FREIHERR VON EICHENDORFF

Winterlied.

Mir träumt', ich ruhte wieder
Vor meines Vaters Haus
Und schaute fröhlich nieder
In's alte Thal hinaus,
Die Luft mit lindem Spielen
Gieng durch das Frühlingslaub,
Und Blüten-Flocken fielen
Mir über Brust und Haupt.

Als ich erwacht, da schimmert
Der Mond vom Waldesrand,
Im falben Scheine flimmert
Um mich ein fremdes Land,
Und wie ich ringsher sehe:
Die Flocken waren Eis,
Die Gegend war vom Schneee,
Mein Haar vom Alter weiß.

JUSTINUS KERNER

Im Winter.

Als meine Freunde,
Die Bäume, blühten,
Rosen und Feuer-
Lilien glühten,
Waren die Menschen
All mir bekannt,
War mir die Erde
Lieb und verwandt.

Jetzt wo die Freunde,
Die Bäume, gestorben,
Jetzt wo die Lieben,
Die Blumen, verdorben,
Stehen die Menschen
Kalt auf dem Schnee,
Und was sie treiben
Macht mir nur weh.

KARL MAYER

Vorgefühl.

O welche Sprache, leis metallen,
Spricht aus den fernen Glockenhallen!
Ihr blauen Lüfte, gebt Belehrung,
Woher dieß Ahnen der Verklärung?

RAHEL VARNHAGEN

Spanisch.

Wollte klüger sein, als Träume;
Ach wie dumm war Rahlchen da.
Nur die Träume waren klug!
Außen ist man nur verwirret,
Innen ist man klar und deutlich,
O wie hatten Träume Recht!
Könnten wir nur recht erwachen,
Uns besinnen, Trug verscheuchen;
Zu dem wahren Traum hinab!
Alle Geister sind nur Träume,
Träume Eines Geistes nur.
Uns zurück in diesen finden,
Ist Erwachen nur zu nennen;
Oder auch: der schönste Traum.   *[1834]*

Sprüche.

1.

Du sollst nicht rechten und richten;
Du wirst es doch nicht schlichten.

2.

Die Welt ist reizend, viel zu lieben drin.
Sich damit begnügen, ihr innerster Sinn.

3.

Mit Liebe willst du die Welt umfassen?
Du kannst es nicht: sie will sich gar nicht lieben lassen.

4.

Mögst du dies nie verstehn!
Dir heil'ger Jugend Irren nie vergehn!

5.

Vergeblich ist der Wunsch, der Segen!
Lebst du, mußt du durch alle Welten dich bewegen.

6.

Von hohem fremden Geist sind wir bewegt.
Und unser ganzes Dasein so erregt.

7.

Wir können uns nicht selber fassen:
Ergeben müssen wir uns gehen lassen.

8.

Wenn auch das Ganze wir nicht verstehn;
Desto mehr wollen wir auf nächste Schritte sehn.

[1834]

1834

Friedrich Rückert

Herbsthauch.

Herz, nun so alt und noch immer nicht klug,
Hoffst du von Tagen zu Tagen,
Was dir der blühende Frühling nicht trug,
Werde der Herbst dir noch tragen!

Läßt doch der spielende Wind nicht vom Strauch,
Immer zu schmeicheln, zu kosen.
Rosen entfaltet am Morgen sein Hauch,
Abends verstreut er die Rosen.

Läßt doch der spielende Wind nicht vom Strauch,
Bis er ihn völlig gelichtet.
Alles, o Herz, ist ein Wind und ein Hauch,
Was wir geliebt und gedichtet.

ADELBERT VON CHAMISSO

Aus: Die Blinde.

2.

Wie hat mir Einer Stimme Klang geklungen
        Im tiefsten Innern,
Und zaubermächtig alsobald verschlungen
        All mein Erinnern!

Wie Einer, den der Sonne Schild geblendet,
        Umschwebt von Farben,
Ihr Bild nur sieht, wohin das Aug' er wendet,
        Und Flammengarben;

So hört' ich diese Stimme übertönen
        Die lieben alle,
Und nun vernehm' ich heimlich nur ihr Dröhnen
        Im Wiederhalle.

Mein Herz ist taub geworden! wehe, wehe!
        Mein Hort versunken!
Ich habe mich verloren und ich gehe
        Wie schlafestrunken.

JOSEPH FREIHERR VON EICHENDORFF

Nachts.

Das ist's, was mich ganz verstöret:
Daß die Nacht nicht Ruhe hält,
Wenn zu athmen aufgehöret
Lange schon die müde Welt.

Daß die Glocken, die da schlagen,
Und im Wald der leise Wind
Jede Nacht von neuem klagen
Um mein liebes, süßes Kind.

Daß mein Herz nicht konnte brechen
Bei dem letzten Todeskuß,
Daß ich wie im Wahnsinn sprechen
Nun in irren Liedern muß.

Eduard Mörike

An einem Wintermorgen.
Vor Sonnenaufgang.

O flaumenleichte Zeit der dunkeln Frühe!
Welch neue Welt bewegest du in mir?
Was ist's, daß ich auf Einmal nun in dir
Von sanfter Wollust meines Daseyns glühe?

Einem Krystall gleicht meine Seele nun,
Den noch kein falscher Strahl des Lichts getroffen,
Zu fluthen scheint mein Geist, er scheint zu ruhn,
Dem Eindruck naher Wunderkräfte offen,
Die aus dem klaren Gürtel blauer Luft
Zuletzt ein Zauberwort vor meine Sinne ruft.

So hell ich wache, glaub' ich doch zu schwanken,
Ich athme leis, daß nicht der Traum entweiche;
Bin ich in einem holden Feenreiche?
Wer hat die bunte Schaar von Bildern und Gedanken
Zur Pforte meines Herzens hergeladen,
Die glänzend sich in diesem Busen baden,
Goldfarb'gen Fischlein gleich im Gartenteiche?

Ich höre bald der Hirtenflöte Klänge,
Wie um die Krippe jener Wundernacht,
Bald fremde, muntere Gesänge,
– Wer hat so frieden-seliges Gedränge
In meine traurigen Wände hergebracht?

Und dieß Gefühl entzückter Stärke,
Wie ward es in mein krankes Blut gesenkt?
Vom ersten Mark des heut'gen Tags getränkt,
Fühl' ich mir Muth zu jedem frommen Werke.
Die Seele fliegt so weit der Himmel reicht,
Der Genius jauchzt in mir, – doch sage,
Warum wird jetzt der Blick von Wehmut feucht?
Ist's ein verloren Glück, was mich erweicht,
Ist es ein werdendes, was ich im Herzen trage?
– Hinweg, mein Geist! hier gilt kein Stillestehn;
Es ist ein Augenblick, und – Alles wird verwehn!

Dort sieh! am Horizont lüpft sich der Vorhang schon;
Es träumt der Tag, nun sey die Nacht entflohn;

40

Die Purpurlippe, die geschlossen lag,
Haucht, halbgeöffnet, süße Athemzüge,
Auf Einmal blitzt das Aug', und, wie ein Gott, der Tag
Beginnt im Sprung die königlichen Flüge!

1835

WILHELM SAUERWEIN

Lied der Verfolgten.

Mel. Hat man brav gestritten.

5

Wenn die Fürsten fragen:
Was macht Absalon?
Lasset ihnen sagen:
Ei der hänget schon –
Doch an keinem Baume,
Und an keinem Strick,
Sondern an dem Traume
Einer Republik.

10

Wollen sie gar wissen,
Wie's dem Flüchtling geht:
Sprecht, der ist zerrissen,
Wo ihr ihn beseht.
Nichts blieb ihm auf Erden
Als Verzweiflungsstreich
Und Soldat zu werden
Für ein freies Reich.

15

Fragen sie gerühret:
Will er Amnestie?
Sprecht wie sich's gebühret:
Er hat steife Knie.
Gebt nur eure großen
Purpurmäntel her;
Das gibt gute Hosen
Für das Freiheitsheer.

20

25

[1847]

FERDINAND FREILIGRATH

Löwenritt.

Wüstenkönig ist der Löwe; will er sein Gebiet durchfliegen,
Wandelt er nach der Lagune, in dem hohen Schilf zu liegen.
5 Wo Gazellen und Giraffen trinken, kauert er im Rohre;
Zitternd über dem Gewalt'gen rauscht das Laub der Sycomore.

Abends, wenn die hellen Feuer glühn im Hottentottenkraale,
Wenn des jähen Tafelberges bunte, wechselnde Signale
Nicht mehr glänzen, wenn der Kaffer einsam schweift durch die
Karroo,
10 Wenn im Busch die Antilope schlummert und am Strom das Gnu:

Sieh', dann schreitet majestätisch durch die Wüste die Giraffe,
Daß mit der Lagune trüben Fluthen sie die heiße, schlaffe
Zunge kühle; lechzend eilt sie durch der Wüste nackte Strecken,
Knieend schlürft sie langen Halses aus dem schlammgefüllten
Becken.

15 Plötzlich regt es sich im Rohre; mit Gebrüll auf ihren Nacken
Springt der Löwe; welch ein Reitpferd! sah man reichere
Schabracken
In den Marstallkammern einer königlichen Hofburg liegen,
Als das bunte Fell des Renners, den der Thiere Fürst bestiegen?

In die Muskeln des Genickes schlägt er gierig seine Zähne;
20 Um den Bug des Riesenpferdes weht des Reiters gelbe Mähne.
Mit dem dumpfen Schrei des Schmerzes springt es auf und flieht
gepeinigt;
Sieh', wie Schnelle des Kameeles es mit Pardelhaut vereinigt.

Sieh', die mondbestrahlte Fläche schlägt es mit den leichten Füßen!
Starr aus ihrer Höhlung treten seine Augen; rieselnd fließen
25 An dem braungefleckten Halse nieder schwarzen Blutes Tropfen,
Und das Herz des flücht'gen Thieres hört die stille Wüste klopfen.

Gleich der Wolke, deren Leuchten Israel im Lande Yemen
Führte, wie ein Geist der Wüste, wie ein fahler, luft'ger Schemen,
Eine sandgeformte Trombe in der Wüste sand'gem Meer,
30 Wirbelt eine gelbe Säule Sandes hinter ihnen her.

Ihrem Zuge folgt der Geier; krächzend schwirrt er durch die Lüfte;
Ihrer Spur folgt die Hyäne, die Entweiherin der Grüfte;

---

9 karroo *südafrikanische Steppe.* 16 Schabracke *Prunksatteldecke.*

Folgt der Panther, der des Caplands Hürden räuberisch verheerte;
Blut und Schweiß bezeichnet ihres Königs grausenvolle Fährte.

35 Zagend auf lebend'gem Throne sehn sie den Gebieter sitzen,
Und mit scharfer Klaue seines Sitzes bunte Polster ritzen.
Rastlos, bis die Kraft ihr schwindet, muß ihn die Giraffe tragen;
Gegen einen solchen Reiter hilft kein Bäumen und kein Schlagen.

Taumelnd an der Wüste Saume stürzt sie hin und röchelt leise.
40 Todt, bedeckt mit Staub und Schaume, wird das Roß des Reiters
Speise.
Über Madagaskar, fern im Osten, sieht man Frühlicht glänzen; –
So durchsprengt der Thiere König nächtlich seines Reiches
Grenzen.

Anno Domini......?

Hört mich, Kleingläubige! – wie vormals im Gefilde
Der Marne bei Chalons die Sünderin Brunhilde
Durch Knechte binden ließ mit ihrem grauen Haar
5 An einen wilden Hengst, daß an dem dichten Schweife
Er galoppirend sie durch's Frankenlager schleife,
Der Sohn des Chilperich, der andere Chlotar;

Der Hengst riß wiehernd aus; die Hinterhufe schlugen
Das nachgeschleppte Weib; verrenkt in seinen Fugen
10 Ward jedes Glied an ihr; um ihr entstellt Gesicht
Flog ihr gebleichtes Haar; die spitzen Steine tranken
Ihr königliches Blut, und schaudernd sahn die Franken
Chlotars, des Zürnenden, erschrecklich Strafgericht;

Jetzt auf ihr Antlitz, das blutrünst'ge, fiel der rothen
15 Wachtfeuer Gluth, die da vor jedem Zelte loh'ten;
Jetzt wusch mit eis'gem Guß den Staub von ihrer Stirn
Ein Arm des Marnestroms; weit vorgequollen stierte
Ihr Aug', und das Kameel, d'rauf man sie Morgens führte,
Durch's ganze Heer, ward jetzt bespritzt von ihrem Hirn:

20 So wird dereinst, hört mich, ihr Kalten und Verständ'gen,
Der Herr ein feurig Roß, das flammend in unbänd'gen
Courbetten schießt durch den Abgrund des Raumes hin,
Den feurigsten von den Kometen wird er senden,
Und wird an dessen Schweif mit seines Zornes Händen
25 Die Erde fesseln, die bejahrte Sünderin.

Aus ihrer Bahn, die sie sklavisch hat wandeln müssen
Vom Anbeginn, wird sie durch seine Kraft gerissen;
Sie muß ihm folgen als Trabant; tief in den Raum
Schleift er sie mit sich fort; er schnaubt, und Funken sprühen
30 Durch's All, sein Schweif durchweht es stolz, denn mit sich ziehen
Die Erde darf er – Gott verhängte seinen Zaum.

Wer hält den Rasenden? – Die Sonne tritt zurücke,
Und steht zuletzt so fern, daß sie nicht Eines Blicke
Mehr sichtbar ist; dann wird es kalt und finster sein;
35 Und jezuweilen nur, wenn sie den Grenzen neuer,
Entfernter Sonnen nahn, wird, wie des Lagers Feuer
Dem Antlitz der Brunhild, so dieser Sonnen Schein

Dem zuckenden Gesicht der Erde, der halbtodten,
Ein flackernd, gräßlich Licht zuwerfen; im blutrothen
40 Gewande steht alsdann der Himmel; siedend zischt
Die See. Vorüber schießt der Wilde, von der Hitze
Gejagt. Nacht folgt auf's Neu dem momentanen Blitze;
Schwarz wird die Erde, gleich der Kohle, die erlischt.

Und bebt vor Kälte; bis, wenn lange Zeit verronnen,
45 Sie wieder deine Gluth fühlt, mildeste der Sonnen,
Einst ihre Mutter du! Bei deinem ersten Stral
Zuckt sie vor Lust; das Eis zerschmilzt, die Quellen rinnen,
Wie Freudenthränen; doch zum andern Mal von hinnen
Reißt sie das Flammenroß, und neu wird ihre Qual.

50 Doch endlich wird geleert sein deines Zornes Schaale,
O Herr! – du winkst! – sie brennt! sie glüht zum ersten Male
In eignem Licht, doch ist es eines Dochtes Brand,
Der sich durch Glühn verzehrt. Die Schöpfung sieht mit Staunen
Das Sterben einer Welt; alsdann hört man Posaunen,
55 Und die Waagschale schwebt in des Weltrichters Hand.

Ein Flammengürtel blitzt und wallt von Pol zu Pole;
Die Berge stürzen sich mit Zischen in die Soole
Des Meers; bis an den Mond weht Lohe, Schaum und Rauch,
Und – doch dann will ich mich empor im Grabe richten,
60 Und will, wenn ich es kann, dieß Lied zu Ende dichten –
Ich zittre; mit der Hand bedeck' ich Stirn und Aug'.

ADELBERT VON CHAMISSO

Die alte Waschfrau.

Du siehst geschäftig bei dem Linnen
Die Alte dort in weißem Haar,
Die rüstigste der Wäscherinnen
Im sechsundsiebenzigsten Jahr.
So hat sie stets mit sauerm Schweiß
Ihr Brot in Ehr' und Zucht gegessen,
Und ausgefüllt mit treuem Fleiß
Den Kreis, den Gott ihr zugemessen.

Sie hat in ihren jungen Tagen
Geliebt, gehofft und sich vermählt;
Sie hat des Weibes Loos getragen,
Die Sorgen haben nicht gefehlt;
Sie hat den kranken Mann gepflegt;
Sie hat drei Kinder ihm geboren;
Sie hat ihn in das Grab gelegt,
Und Glaub' und Hoffnung nicht verloren.

Da galt's die Kinder zu ernähren;
Sie griff es an mit heiterm Muth,
Sie zog sie auf in Zucht und Ehren,
Der Fleiß, die Ordnung sind ihr Gut.
Zu suchen ihren Unterhalt
Entließ sie segnend ihre Lieben,
So stand sie nun allein und alt,
Ihr war ihr heit'rer Muth geblieben.

Sie hat gespart und hat gesonnen
Und Flachs gekauft und Nachts gewacht,
Den Flachs zu feinem Garn gesponnen,
Das Garn dem Weber hingebracht;
Der hat's gewebt zu Leinewand;
Die Scheere brauchte sie, die Nadel,
Und nähte sich mit eig'ner Hand,
Ihr Sterbehemde sonder Tadel.

Ihr Hemd, ihr Sterbehemd, sie schätzt es,
Verwahrt's im Schrein am Ehrenplatz;
Es ist ihr Erstes und ihr Letztes,
Ihr Kleinod, ihr ersparter Schatz.

Sie legt es an, des Herren Wort
40   Am Sonntag früh sich einzuprägen,
Dann legt sie's wohlgefällig fort,
Bis sie darin zur Ruh' sie legen.

Und ich, an meinem Abend, wollte,
Ich hätte, diesem Weibe gleich,
45   Erfüllt, was ich erfüllen sollte
In meinen Grenzen und Bereich;
Ich wollt', ich hätte so gewußt
Am Kelch des Lebens mich zu laben,
Und könnt' am Ende gleiche Lust
50   An meinem Sterbehemde haben.

ERNST MORITZ ARNDT

Jugend und Alter.

Und in meiner Jugend schalt ich:
Wohin fliegst du, kühner Muth?
5   Wohin flammst du so gewaltig,
Du unstillbar wilde Gluth?
Himmelstürmende Gedanken,
Allertiefste Seelenpein,
Zwischen Erd' und Himmel Schwanken,
10   Unruh, willst du ewig seyn?

Sehnsucht aus der Nacht zur Helle,
Aus der Helle hin zur Nacht,
Nenn' ich's Himmel, nenn' ich's Hölle,
Was mich so unselig macht?
15   Wie ein Jagdhund auf der Fährte,
Der verschiednes Wildpret jagt,
Such ich auf der weiten Erde
Ein Verlornes, das mich plagt.

O du Engel, der die Pfade
20   Zu dem Paradies bewacht,
Aus dem Aufenthalt der Gnade
Adam auf den Schub gebracht, –
Künde, löse dem verlornen
Halbling zwischen Thier und Geist,
25   Dem fürs Distelfeld Gebornen
Doch dieß Räthsel, wenn du's weißt!

JOSEPH FREIHERR VON EICHENDORFF

Auf den Tod meines Kindes.

Freuden wollt' ich dir bereiten,
Zwischen Kämpfen, Lust und Schmerz
5 Wollt' ich treulich dich geleiten
Durch das Leben himmelwärts.

Doch du hast's allein gefunden.
Wo kein Vater führen kann,
Durch die ernste, dunkle Stunde
10 Giengst du schuldlos mir voran.

Wie das Säuseln leiser Schwingen,
Draußen über Thal und Kluft,
Gieng zur selben Stund ein Singen
Ferne durch die stille Luft.

15 Und so fröhlich glänzt' der Morgen,
'S war als ob das Singen sprach:
Jetzo lasset alle Sorgen,
Liebt ihr mich, so folgt mir nach.

LUDWIG UHLAND

Wanderung.

Ich nahm den Stab, zu wandern,
Durch Deutschland ging die Fahrt,
5 Man pries mir ja vor andern
Der Deutschen Sinn und Art.
Dem Lande blieb ich ferne,
Wo die Orangen glühn;
Erst kennt' ich dieses gerne,
10 Wo die Kartoffeln blühn.

Ich kam zum Fürstenhofe,
Wo man die Künste kränzt,
Wo Prunksaal und Alkove
Von Götterbildern glänzt.

Ein Baum, der nicht im groben
Volksboden sich genährt,
Nein einer, der nach oben
Sogar die Wurzeln kehrt!

Ich ging zur Hohenschule,
Da schöpft' ich reines Licht,
Wo vom Prophetenstuhle
Die wahre Freiheit spricht;
Wo uns der Meister täglich
Den innern Sinn befreit,
Indeß ihm selbst erträglich
Der ird'sche Leib gedeiht.

Ich schritt zum Sängerwalde,
Da sucht' ich Lebenshauch;
Da saß ein edler Skalde
Und pflückt' am Lorbeerstrauch;
Nicht hatt' er Zeit zu achten
Auf eines Volkes Schmerz,
Er konnte nur betrachten
Sein groß, zerrissen Herz.

Ich ging zur Tempelhalle,
Da hört' ich christlich Recht:
Hier innen Brüder Alle,
Da draußen Herr und Knecht!
Der Festesrede Giebel
War: duck dich, schweig dabei!
Als ob die ganze Bibel
Ein Buch der Kön'ge sei.

Ich kam zum Bürgerhause,
Gern denk' ich d'ran zurück,
Fern vom Parteigebrause
Blüht Tugend hier und Glück.
Lebt häuslich fort, wie heute!
Bald wird vom Belt zum Rhein
Ein Haus voll guter Leute,
Ja! ein Gutleuthaus sein.

Ich ging zum Hospitale,
Da fand ich Alles nett,
Viel Grütz' und Kraut zum Mahle
Und reinlich Krankenbett;

55 Auch sorgt ein schön Erbarmen
Für manch verwahrlost Kind.
Wer denkt des Volks von Armen,
Die altverwahrlos't sind?

Ich saß im Ständesaale,
60 Da schlief ich ein und träumt',
Ich sei noch im Spitale,
Den ich doch längst geräumt.
Ein Mann, der dort im Fieber,
Im kalten Fieber lag,
65 Er rief: nur nichts, mein Lieber,
Nur nichts vom – –

Ich mischte mich zum Volke,
Das nach dem Festplatz zog,
Wo durch die Staubeswolke
70 Manch dürrer Renner flog;
Da lernt es, daß die Eile
Den Reiter überstürzt,
Und daß man gut die Weile
Mit Wurst und Bier sich kürzt.

75 Ein Adler, flügelstrebend,
War Reichspanier hievor,
Ich sah ihn noch, wie lebend,
Zu Nürnberg an dem Thor.
Jetzt fliegt man nicht zum Zwecke,
80 Der Wahlspruch ist: Gott geb's!
Das Wappen ist die Schnecke,
Schildhalter ist der Krebs.

Als ich mir das entnommen,
Kehrt ich den Stab nach Haus;
85 Wann einst das Heil gekommen,
Dann reis' ich wieder aus:
Wohl werd' ich's nicht erleben,
Doch an der Sehnsucht Hand
Als Schatten noch durchschweben
90 Mein freies Vaterland.

---

66 *im späteren Druck* ‚Bundestag' *ergänzt.*

KARL IMMERMANN

Aus: Sonette.

XVII.

Ich schau' in unsre Nacht und seh' den Stern
　　Nach dem die Zukunft wird ihr Steuer richten,
　　Bei dessen schönem Glanze sich die Pflichten
　　Besinnen werden auf den rechten Herrn.

Einst geht er auf, noch aber ist er fern.
　　Es sollen unsres jetz'gen Tags Geschichten
　　Zu Fabeln erst sich ganz und gar vernichten,
　　Dann wird gepflanzt der neuen Zeiten Kern.

Dann wird der König, den ich meine, kommen,
　　Und um den Thron, den ich erblicke, wird,
　　Wonach gestrebt das allgemeine Ringen,

Und was die Größten einzeln unternommen,
　　Was wir erkannt, worin wir uns geirrt
　　Als leichter Arabeskenkranz sich schlingen!

XVIII.

Er wird als Held nicht kommen, Kriegumweht,
　　Ihn kümmern weder Franken, weder Slaven,
　　Da nur für Tröpfe westlich unsrer Strafen
　　Gefüllte Schale, oder östlich steht.

Er wird auch nicht erscheinen als Prophet.
　　Er macht sie nicht zu eines Wortes Sklaven.
　　Vorüber gehn, so ihn zufällig trafen,
　　Er predigt nicht, er lehrt sie kein Gebet.

Er gibt den Augen nichts und nichts den Ohren,
　　Sein achten weder Reiche, weder Arme,
　　Ihm schallt ein Fluchen und ein Segnen nie.

Doch wie er Speise nimmt und schlummert, wie
　　Er selig atmet in des Weibes Arme,
　　Fühlt alle Welt entzückt sich neugeboren!

XIX.

Wie Wahnwitz müssen klingen euch die Worte.
    Denn nimmer ist der Ding' urmächt'ges Prangen
    In euren ganz verarmten Sinn gegangen,
    Ihr rauft von grünen Wiesen das Verdorrte.

35   Ihr sitzt beständig in des Hauses Pforte
    Und fühlt ein schmerzliches, ein sehnend Bangen,
    Ins Inn're der Gemächer zu gelangen,
    Wollt aber euch nicht rühren von dem Orte.

Ihr seid so ferne jeglichem Genusse,
40   Daß mir die Zähre kommt, euch zu beweinen,
    Wiewohl ihr mich verlacht, wenn ich euch frage:

Ob ihr den Gott genoßt im Brot am Tage?
    Ob Engel mochten eurer Nacht erscheinen?
    Ob Andacht euch durchschauert hat im Kusse?

XX.

45   Wenn auf des Königs Einzug harrt die Menge,
    Und er zu lang ausbleibt der Neubegier,
    So treibet in den Gruppen da und hier
    Zu manchem Possenspiel der Stunden Länge.

Dann springt ein Knabe wohl durch das Gedränge
50   Und ruft: Ich bin's! in nachgemachter Zier,
    Die Krone auf dem Haupt von Goldpapier,
    Und ihn begrüßen lachende Gesänge.

Dieß Gleichnis setz' ich euch, daß Niemand wähne,
    Als ob mein Sehnen auf dem Flügelrosse
55   In niedre Dienste sich begeben habe.

Denn wo der Tand zu Hause, an der Seine,
    Wird jetzt gespielet meines Königs Posse,
    Und Saint Simon heißt der gezierte Knabe.

XXI.

Wenn sich, mein Fürst, vor deiner Sohlen Spangen
60   Dereinst vom Weg empor ein Stäubchen stiehlt
    Und jubelnd vor dir her im Lichte spielt,
    So ist's der Staub des Menschen, der vergangen.

---

58 *Claude Henri Comte de* Saint-Simon *(1780–1825), frz. Sozialutopist.*

Und wenn zu deinen schönen Götterwangen
  Sehnsüchtigwehend sich ein Lüftchen hielt,
65 So ist's mein Seufzer, der nach dir gezielt,
  Eh' du erschienest, hinter Kerkerstangen.

Ich trug mich an der Zeiten Joche matt!
  Nur das Gemeine lebt und ist beständig,
  Im Handwerksschmutz verwaltet von den Zünft'gen.

70 Ach, die Verachtung macht so bald uns satt!
  Ich bin's. Du kommst! Dem Jetzt entronnen, send' ich
  Des Untertanen Eide dem Zukünft'gen!

ANTON ALEXANDER GRAF VON AUERSPERG*

Aus: Der Thurm am Strande.

4.

„Ihr, denen in die Hände ward gegeben,
  Wenn sich's die Händ' etwa nicht selbst genommen,
5 Das Recht, zu schalten über Menschenleben,
  Kennt ihr des Menschenlebens Sinn und Frommen?

Ich rath' euch, wallt aus eurer goldnen Klause
  Einmal hinaus in Frühlings Sonneblicke,
  Doch laßt mir fein den Doctorhut zu Hause,
10 Die grüne Brille, Codex und Perücke!

Und wenn, von all dem Licht und Glanz entborget
  Ein leiser Abglanz schlich in eure Seele,
  Dann ist es Zeit, dann weilet nicht, und sorget
  Daß Flinte, Beil und Messer euch nicht fehle.

15 Seht dort den Rosenstrauch im Duftmeer fluthen!
  Das Messer her, vom Stamme ihn zu trennen! –
  Er liegt im Staub, und scheint nun zu verbluten
  Aus so viel Wunden, als da Knospen brennen.

Seht ihr die Lerche hoch im Frühroth schimmern?
20 Das Feuerrohr herbey, und streckt sie nieder! –
  Vor euch im Rasengrün mit leisem Wimmern
  Versiegt die holde Quelle süßer Lieder.

Seht dort der Linde Haupt die Wolken grüßen!
Die Axt herbey, den Stamm ihr zu zerklüften! –
25 Da liegt die Riesenleiche euch zu Füßen,
Ihr Sterberöcheln ist ein süßes Düften.

Und will euch Wehmut nun in's Herz, so lenket
Heimwärts den Pfad, und nehmt an eurer Schwelle
Den Säugling aus der Gattin Arm, und senket
30 Eu'r sinnend Haupt zu seiner Lockenhelle.

Und denkt des Baum's, zerspellt zu todten Trümmern,
Und denkt der Knosp', erblaßt im Todesbeben,
Und denkt des Liedes, aufgelös't in Wimmern,
Und ahnt es leise, was ein Menschenleben!"

ERNST FREIHERR VON FEUCHTERSLEBEN

Aus: Nach altdeutscher Weise.

1.

Es ist bestimmt in Gottes Rath,
Das man, was man am liebsten hat,
5 Muß meiden;
Wiewohl nichts in dem Lauf der Welt
Dem Herzen, ach! so sauer fällt,
Als Scheiden! ja Scheiden!

So dir geschenkt ein Knösplein was,
10 So thu' es in ein Wasserglas, –
Doch wisse:
Blüht morgen Dir ein Röslein auf,
Es welkt wohl noch die Nacht darauf;
Das wisse! ja wisse!

15 Und hat dir Gott ein Lieb beschert,
Und hältst du sie recht innig werth,
Die Deine, –
Es werden wohl acht Bretter sein,
Da legst du sie, wie bald! hinein;
20 Dann weine! ja weine!

---

9 was   *altertümlich für ,war'.*

Nur mußt du mich auch recht versteh'n,
Ja, recht versteh'n!
Wenn Menschen auseinandergeh'n,
So sagen sie: auf Wiederseh'n!
Ja Wiederseh'n!

1836

Johann Wolfgang von Goethe

Aus: An meinen Freund.
1767.

Erste Ode.

Verpflanze den schönen Baum,
Gärtner! er jammert mich;
Glücklicheres Erdreich
Verdiente der Stamm.

Noch hat seiner Natur Kraft
Der Erde aussaugendem Geize,
Der Luft verderbender Fäulniß
Ein Gegengift widerstanden.

Sieh! wie er im Frühling
Lichtgrüne Blätter schlägt;
Ihr Orangenduft
Ist dem Geschmeiße Gift.

Der Raupen tückischer Zahn
Wird stumpf an ihnen,
Es blinkt ihr Silberglanz
Im Sonnenscheine.

Von seinen Zweigen
Wünscht das Mädchen
Im Brautkranze,
Früchte hoffen Jünglinge.

Aber sieh, der Herbst kömmt,
Da geht die Raupe,
Klagt der listigen Spinne
Des Baums Unverwelklichkeit.

Schwebend zieht sich,
30   Von ihrer Taxuswohnung,
Die Prachtfeindin herüber
Zum wohlthätigen Baum,

Und kann nicht schaden.
Aber die Vielkünstliche
35   Überzieht mit grauem Ekel
Die Silberblätter;

Sieht triumphirend,
Wie das Mädchen schaurend,
Der Jüngling jammernd
40   Vorübergeht.

Verpflanze den schönen Baum,
Gärtner! er jammert mich.
Baum, danke dem Gärtner,
Der dich verpflanzt!

45   [. . .]

Dritte Ode.

Sey gefühllos!
Ein leichtbewegtes Herz
Ist ein elend Gut
50   Auf der wankenden Erde.

Behrisch, des Frühlings Lächeln
Erheitre Deine Stirne nie,
Nie trübt sie dann mit Verdruß
Des Winters stürmischer Ernst.

55   Lehne Dich nie an des Mädchens
Sorgenverwiegende Brust,
Nie auf des Freundes
Elendtragenden Arm.

Schon versammelt,
60   Von seiner Klippenwarte,
Der Neid auf Dich
Den ganzen luchsgleichen Blick.

---

32 *spätere Fassung:* Baume.   51 *Ernst Wolfgang* Behrisch *(1738–1809), Goethes*
Freund in den Leipziger Jahren.

Dehnt die Klauen,
Stürzt, und schlägt
65 Hinterlistig sie
Dir in die Schultern.

Stark sind die magern Arme,
Wie Panther-Arme;
Er schüttelt Dich
70 Und reißt Dich los.

Tod ist Trennung,
Dreifacher Tod
Trennung ohne Hoffnung
Wiederzusehn.

75 Gerne verließest Du
Dieses gehaßte Land,
Hielte Dich nicht Freundschaft
Mit Blumenfesseln an mir.

Zerreiß sie! Ich klage nicht.
80 Kein edler Freund
Hält den Mitgefangnen,
Der fliehn kann, zurück.

Der Gedanke
Von des Freundes Freiheit,
85 Ist ihm Freiheit
Im Kerker.

Du gehst, ich bleibe.
Aber schon drehen
Des letzten Jahrs Flügelspeichen
90 Sich um die rauchende Axe.

Ich zähle die Schläge
Des donnernden Rads,
Segne den letzten,
Da springen die Riegel, frei bin ich wie Du!

Mit der Deutschen Freundschaft
Hat's keine Noth,
Ärgerlichster Feindschaft
Steht Höflichkeit zu Gebot;
5   Je sanfter sie sich erwiesen,
Hab' ich immer frisch gedroht,
Ließ mich nicht verdrießen
Trübes Morgen- und Abendroth,
Ließ die Wasser fließen,
10   Fließen zu Freud' und Noth.
Aber mit allem diesen
Blieb' ich mir selbst zu Gebot:
Sie alle wollten genießen
Was ihnen die Stunde bot;
15   Ihnen hab' ich's nicht verwiesen,
Jeder hat seine Noth.
Sie lassen mich alle grüßen
Und hassen mich bis in Tod.

Nicht mehr auf Seidenblatt
Schreib' ich symmetrische Reime,
Nicht mehr faß' ich sie
In goldne Ranken;
5   Dem Staub, dem beweglichen, eingezeichnet
Überweht sie der Wind, aber die Kraft besteht,
Bis zum Mittelpunkt der Erde
Dem Boden angebannt.
Und der Wandrer wird kommen,
10   Der Liebende. Betritt er
Diese Stelle, ihm zuckt's
Durch alle Glieder.
„Hier! Vor mir liebte der Liebende.
War es Medschnun der zarte?
15   Ferhad der kräftige? Dschemil der daurende?
Oder von jenen tausend
Glücklich-unglücklichen Einer?
Er liebte! Ich liebe wie er,
Ich ahnd' ihn!"
20   Suleika du aber ruhst
Auf dem zarten Polster,
Das ich dir bereitet und geschmückt.

Auch dir zuckt's aufweckend durch die Glieder:
„Er ist, der mich ruft, Hatem.
25   Auch ich rufe dir, o Hatem! Hatem!"

CARL GUSTAV JOCHMANN

An Jenny, in Reading.

Immer ward ich noch krank, verließ ich die gastliche Stätte,
  Ist die Waare daran, ist die Verkäuferin Schuld?
5 Nie genoß ich zu viel, was du mir freundlich geboten,
  Ward ich dessen zu voll, was du nicht hast und doch giebst?

Jenny, at the white heart, gehört zu den seltensten Naturschönheiten des
Städchens Reading, an den Ufern des *Kennet*, und doch nennt sie keine Geo-
graphie, kein Guide du voyageur; in wenigen Jahrzehenden vielleicht kaum
ein Leichenstein.

Stanzen.

Si non amaveris, frigida loquor: da amantem, da
Sentientem, da desiderantem, – sciet quod loquor.
St. Augustinus in confessionibus.

5 Bereuen soll ich jene bess're Stunde,
Den einzigen, den nur zu flücht'gen Tag,
Wo vom Genuß die Bange überwunden
An meiner Brust in süßer Ohnmacht lag?
Warum, ach! ist er mir so rasch entschwunden,
10 Den ich mir nie zu oft erträumen mag?
Er, den ich mir von allen, die ich zählte,
Zum Einzigen und Letzten gern erwählte.

Wie ich, mit stürmisch siegendem Entzücken,
Die holderröthende Gestalt umfing,
15 Und geizig, mit der Liebe Späherblicken,
An jedes reizende Geheimniß hing:
So soll mich die Vergangenheit beglücken,
Wie ich ihr hoffend einst entgegenging,
Wenn jenes Bild, so wahr, als Wirklichkeit,
20 Mit neuer Glut die Sehnsucht mir erneut.

STANZEN 2 f. *Wenn du aber nicht geliebt hast, spreche ich die kalten Worte: gib dem,
der da liebt, gib dem, der da fühlt, gib dem, der da hofft, – er wird wissen, was ich sage.*

Wohl köstlich sind der ersten Liebe Sehnen,
Des Mädchens Furcht, des Jünglings Schüchternheit;
Der räthselhaften Wünsche stille Thränen,
Und aller Reiz, den das Geheimniß leiht;
25　In jeder nächsten Gunst die höchste wähnen,
Wenn sich an jedes Glück ein neues reiht,
Bis siegend, wo sie überwältigt scheint,
Die Liebe klagt und das Vergnügen weint.

So glänzt am leichten Stamm, in weißen Reigen,
30　Ein Blüthenheer, des Frühlings heitre Macht;
Und dichter wölbt das Laub sich an den Zweigen,
Und heimlich glühend ist der Keim erwacht;
Bis sich die reichen Äste spendend neigen, –
Der Baum enthüllt des Herbstes farb'ge Pracht, –
35　Und, von der süßen Fülle angeschwellt,
Dem Lüsternen die Frucht entgegenfällt.

O zügle nicht den Gott der in dir waltet,
Nun vor dem trunknen Blick der Schleier fiel;
Des Lebens Räthsel hat sich dir entfaltet
40　In deiner Sinnen wonnevollem Spiel.
Die Blüthe welkt und die Begier erkaltet,
Und, an der Jahre schnell erreichtem Ziel,
Beut, wie das Glück, nur die Erinnerung
Noch kalte Schatten, nicht Befriedigung.

45　Mit ihrem Glanze stirbt der Blume Leben;
Des Winters Sturm, er kennt die Lerche nicht;
Und langsam tödtet, was ein Lenz gegeben,
Des bleichen Schnees drückendes Gewicht.
Vergebens will sich noch der Wunsch erheben,
50　Wenn einst der Jahre Last die Kräfte bricht.
Ach, einsam lebt das Herz, wenn Alles starb,
Was je der Sinn genoß, der Geist erwarb.

Zwar über alle Keime, die entschliefen,
Schwingt bald ein andrer Lenz den Blüthenstab;
55　Ein Sängerchor, das wärmre Sonnen riefen,
Schwebt auf die heimathliche Flur herab;
Uns weckt kein Frühling in den dunkeln Tiefen,
Kein Sonnenstrahl erwärmt das kalte Grab.
Wohl jeder sinkt; doch Keiner ist erwacht, –
60　Ist unsre Ewigkeit die ew'ge Nacht?

Eroberst du dem Glücke neue Grenzen,
Du armes Herz, das heut durch Träume schweift?
Ach, aus der Jugend bald verwelkten Kränzen
Ist keine Frucht für deinen Gram gereift.
65   Du siehst umsonst vergangne Fernen glänzen,
In die dein Wunsch voll Lust und Ohnmacht greift.
Dir, Kind des Staubes und der Dunkelheit,
Gehört nur Ein Moment aus aller Zeit!

ERNST FREIHERR VON FEUCHTERSLEBEN

Aus: Resultate.

„Ist doch – rufen sie vermessen –
   Nichts im Werke, nichts gethan!"
5   Und das Große reift indessen
   Still heran.
Es erscheint nun; niemand sieht es,
   Niemand hört es im Geschrei:
Mit bescheidner Trauer zieht es
10   Still vorbei.

Mit Stein und Stahl schlägt man sich Licht,
Du, Helios! hast Ruh' und Klarheit:
Im Streite findet sich die Wahrheit,
Doch wer sie hat, der streitet nicht.

15   Erst gab es Lieder ohne Sinn,
Nun hausen Gans und Hegel drinn.

Dir zu bekennen, hast du Muth:
Wer recht gescheidt ist, ist auch gut;
Denn größern Vortheil gibt es nicht,
20   Als Übung der erkannten Pflicht.

---

16 *Eduard* Gans *(1798–1839), Freund und Schüler Hegels, Jurist und Rechtsphilosoph.*

KÖNIG LUDWIG VON BAYERN

Elegie.

Schöner als je ich dich sah, erblick' ich dich, ewige Roma!
Himmel und Erde vereint bilden das herrlichste Fest.
5 Wärmer als in dem Sommer in Teutschland ist's hier jetzt im
Daß in der Jahrszeit leicht irre der Nordländer wird. [Herbste,
Glühender scheinet die Sonne vom Wolken-befreyeten Himmel,
Klar vom besternten der Mond durch die so lauliche Nacht.
Selbst ihr Ernst hat die Römer verlassen, und fröhlich sind alle,
10 Unterschied machet kein Stand, machet kein Alter darin;
Pflicht ist jetzt munter zu seyn; die Jeder auch willig erfüllet.
Wie im Carneval füllt Lust im Oktober das Volk,
Es ist ein Monat der Freude; ein Jeder ergeht sich im Freyen;
Die sonst in Mauern gebannt, strömen nun in die Natur;
15 Unabsehbar drängt sich die Meng' in die Villa Borghese,
Tausende werden gesehn, doch ein Betrunkener nie.
Kirchen, Paläste, Ruinen, sie sind dieselben geblieben,
Rom ist das herrliche noch, es ist das nämliche; blos
Mir ist's verändert. Natur und Kunst sind noch reitzend
verschlungen,
20 Aber die Seele fehlt, Liebe, du fehlst mir in Rom,
Die mich einstens beseligte, die mir zum Himmel es machte!
Nur in Erinnerung lebt, Roma, dein Ruhm und mein Glück.

AUGUST WILHELM VON SCHLEGEL

Recept.

Nach der Weise des Kinderliedes:
Wer will gute Kuchen backen,
5 Der muß haben sieben Sachen, u. s. w.

Zu guten Muß-Almanachen
Muß man haben dreierlei Sachen.
Deutschheit, Romantik und Melancholei
Rühre zu Brei;
10 Schüttle das Kinderpäppchen
In ein fein saubres Läppchen;
Schnürchen herum!
Dann laß zutschen das Publicum.

Gespräch
über die Lieblingsgegenstände der Poesie.

Der Grämliche.

Von Rosen und von Nachtigallen,
Von Schönheit und der Liebe Huld,
5 Hör' ich die Dichter kindisch lallen:
Zuletzt vergeht mir die Geduld.
Schon achtzig Jahr' hab' ich's vernommen;
Es will nicht aus der Mode kommen.

Der Billige.

10 Mein Freund! du mußt dich wohl bequemen,
Daß stets die Jugend neu sich regt.
Soll Heute sich der Freude schämen,
Die Morgen schon zu Grabe trägt?
Es wird nicht aus der Mode kommen,
15 Bevor der Sonne Licht verglommen.

JOSEPH FREIHERR VON EICHENDORFF

Im Walde.

Es zog eine Hochzeit den Berg entlang,
Ich hörte die Vögel schlagen,
5 Da blitzten viel' Reiter, das Waldhorn klang,
Das war ein lustiges Jagen!

Und eh' ich's gedacht, war Alles verhallt,
Die Nacht bedecket die Runde,
Nur von den Bergen noch rauschet der Wald
10 Und mich schauert im Hertzensgrunde.

KARL MAYER

Die Sommerblumen.

Tausend Blumen in dem Busen
Trag' ich heimlich still,
5 Die das Lied der holden Musen
Nicht beschwazen will.

Saatengold mit blauen Nelken,
Purpurmohn beblümt,
Bleibt mir vor der Blumen Welken
10   Selten ungerühmt.

ADELBERT VON CHAMISSO

Sonett.

Ich fühle mehr und mehr die Kräfte schwinden;
    Das ist der Tod, der mir am Herzen nagt,
5   Ich weiß es schon und, was ihr immer sagt,
    Ihr werdet mir die Augen nicht verbinden.

Ich werde müd' und müder so mich winden,
    Bis endlich der verhängte Morgen tagt,
    Dann sinkt der Abend und, wer nach mir fragt,
10   Der wird nur einen stillen Mann noch finden.

Daß so vom Tod ich sprechen mag und sterben,
    Und doch sich meine Wangen nicht entfärben,
    Es dünkt euch muthig, übermuthig fast.

Der Tod! – der Tod? – Das Wort erschreckt mich nicht,
15   Doch hab' ich im Gemüth ihn nicht erfaßt,
    Und noch ihm nicht geschaut in's Angesicht.

EMANUEL GEIBEL

Gondelfahrt.

In den Wassern der Laguna
Schwimmt das goldne Bild der Luna,
5   Kühlung haucht der sanfte Wind,
Und die schlanke Gondel flieget
Von den Fluthen fortgewieget
Unaufhaltsam, pfeilgeschwind.
Welch ein Schweben, welch ein Wogen
10   Bei des Mondes Zauberschein
Durch die hohen Brückenbogen,
Durch die Gassen aus und ein!

Kuppeln rings und Prachtpalläste,
Alle Fenster hell vom Feste,
15 Alle Pforten buntgeschmückt;
Von den prächtigen Altanen
Duften Rosen, flattern Fahnen,
Wehen Kränze kaum gepflückt.
Und des Reigens volle Töne
20 Und der Cither Liebesklang
Schweben in vereinter Schöne
Grüßend den Canal entlang.

Hoch am veilchenblauen Himmel
Zieht der Sterne Goldgewimmel
25 Leuchtend die gemeß'ne Bahn,
Aber schön're Sterne schauen,
Schwarze Augen holder Frauen,
Mich aus jedem Fenster an.
Und darunter purpurblühend
30 Wangen, Lippen voll von Pracht,
Daß du glaubst, es breche glühend
Morgenroth durch finstre Nacht.

Schöne Lippen, rothe Wangen,
Könnt' ich durstig an euch hangen,
35 In mich saugen eure Gluth!
Dunkle Augen, Liebessterne,
O wie taucht' ich mich so gerne
Ganz in eure Strahlenfluth!
Doch vorbei! – Die Gondel flieget
40 Fort von eurem Wunderschein,
Und in Mährchenträume wieget
Mich der Klang der Cither ein.

NIKOLAUS FRANZ NIEMBSCH EDLER VON STREHLENAU*

Heimatklang.

Als sie vom Paradiese ward gezwungen,
Kam jeder Seele eine Melodie
Zum Lebewohl süß schmerzlich nachgeklungen,
5 Darauf umschloß die Erdenhülle sie.

Noch ist dies Lied nicht völlig uns verdrungen,
Doch tönt es leiser stets auf Erden hie.
Gib Acht, o Herz, daß in den Schütterungen
10 Dir nicht des Liedes letzter Hauch entflieh'!
Ein Nachhall dieses Liedes ist entsprungen
Des Morgenlandes süße Poesie.
Von Jugendträumen wird's manchmal gesungen,
Doch dunkel, unbewußt woher? und wie?
15 Wem aber einmal voll und klar geklungen
Die wunderbare Heimatmelodie,
Der wird von bangem Heimweh tief durchdrungen,
Und er genest von seiner Sehnsucht nie.

1837

FERDINAND RAIMUND

›Lied.‹

Wie sich doch die reichen Herr'n,
Selbst das Leben so erschwer'n;
5 Damit's Vieh und Menschen plagen,
Müssen's alle Wochen jagen.
Ich kann's durchaus nicht ergründen,
Und begreif' nicht was' d'ran finden;
Dieses Kriechen in den Schluchten,
10 Dieses Riechen von den Juchten.
Kurz in allem Ernst gesagt,
S' gibt nichts dummer's als die Jagd.

Schon um drei Uhr ist die Stund',
Für die Leut und für die Hund';
15 Jeder kommt mit seinem Stutzen,
Und da fangen's an zum putzen.
Nachher rennen's wie besessen
Ohne einen Bissen z'essen
Ganze Tage durch die Waldung,
20 Und das ist ein' Unterhaltung;
Ah da wird ein' Gott bewahr'n,
D' Jäger sind ja alle Narr'n.

---

2 ff. *Dieses und das folgende* ›Lied‹ *wurden bereits durch die 1834 stattfindende Erstaufführung von* ‚Der Verschwender' *bekannt.*

Kurz, das Jagen laß' ich bleib'n,
Was die Jägerburschen treib'n
Wie's mich hab'n herum gestoßen
Bald hätt' ich mich selbst erschossen.
Über hundert tausend Wurzeln
Lassen ein' die Kerle purzeln;
Und kaum liegt man auf der Nasen,
Fangen's Alle an zu blasen;
Und das heißen's eine Jagd,
Ach, dem Himmel sei's geklagt.

Müd' als wie ein g'hetzter Haas
Setzt man sich in's kühle Gras,
Glaubt, man ist da ganz allein,
Kommt ein ungeheures Schwein.
Und indem man sich will wehren,
Kommen rückwärts ein paar Bären;
Auf der Seiten ein paar Tieger,
Und noch hundert andere Viecher
Und da steht man mitten d'rinn,
Dafür hab' ich halt kein' Sinn.

›Lied.‹

Da streiten sich die Leut' herum
Oft um den Werth des Glück's,
Der Eine heißt den Andern dumm,
Am End' weiß keiner nix.
Das ist der allerärmste Mann,
Der And're oft zu reich,
Das Schicksal setzt den Hobel an
Und hobelt's Beyde gleich.

Die Jugend will halt stets mit G'walt
In Allem glücklich seyn,
Doch wird man nur ein Bissel alt
Da gibt man sich schon drein.
Oft zankt mein Weib mit mir, O Graus!
Das bringt mich nicht in Wuth
Da klopf ich meinen Hobel aus
Und denk' Du brummst mir gut.

Zeigt sich der Tod einst mit Verlaub
Und zupft mich: Brüderl kum,
20   Da stell' ich mich im Anfang taub,
Und schau' mich gar nicht um.
Doch sagt er: Lieber *Valentin*
Mach' keine Umständ, Geh'!
Da leg' ich meinen Hobel hin,
25   Und sag' der Welt Adje!

FRIEDRICH RÜCKERT

Aus: Bruchstücke eines Lehrgedichts.

[. . .]

27.

Das Land der Kindheit ließ ich hinterm Rücken liegen,
5   Und vorwärts wie der Schritt begann der Blick zu fliegen.

Ich hatte Muth und Trieb allein, bergan zu gehn,
Und keine Lust noch Zeit, einmal zurück zu sehn.

Dann als ich umschaun wollt' auf halber Höhe droben,
Da hatt' ein Hügelland dazwischen sich geschoben.

10   Doch als ich angelangt nun auf dem Gipfel war,
Da lag das schöne Thal in Fernen dämmerklar.

Was mir im Reisedrang verschwunden war, vergessen,
Mit sanfter Wehmuth nun erinnr' ich all mich dessen.

Die Sehnsucht trüge gern zum stillen Thal mich wieder,
15   Allein mein Weg geht dort den andern Abhang nieder.

[. . .]

100.

Das Denken, das sich treibt in ungemessnem Gleise,
Hat nirgend Ruh als wo sich's ründet still im Kreise,

Ob enger solch ein Kreis, ob weiter sei, ist gleich;
20   Der Geist, im engsten wohlgeschlossnen fühlt sich reich.

Doch fühlt er reich sich nur auf einen Augenblick,
In neue Kreise treibt ihn ewig sein Geschick.

Und volle Ruhe wird vom Denken nur gefunden,
Wo es in Einen Kreis vermag die Welt zu runden.

25 Solang Planeten sind, die scheinbar irre gehn,
Gedanken, bis bewußt sie eine Sonn' umdrehn.

Um eine Sonne drehn sich meine lange schon,
Die ihnen nur verhüllt ist auf dem Mittelthron.

FERDINAND FREILIGRATH

Vorgefühl.

Mich selber oft im Geist hab' ich gesehn,
Erträumtem Glücke rastlos jagend nach;
5 Unstät und düster schweift' ich auf den Seen –
Ich weiß es nicht, was mir begegnen mag!

Doch allemal, wenn träumend so zu schau'n
In künft'ge Zeiten ich mich unterfing,
Erfaßte mich ein innerliches Grau'n,
10 Und meine Thränen flossen, wie ich ging.

Denn wo ich auch gelegt mein Fahrzeug an,
Wie rings ich auch, was Glück man nennt, geschaut:
Ich kam zurück, ein müder alter Mann,
Mein Bart verwildert und mein Haar ergraut.

15 Wer grüßte mich? wer nahm mir ab den Stab?
Weh', nicht mehr fand ich, die ich einst verließ!
Wo seid ihr? kommt! ich kehrte! – Gott, ihr Grab
War Alles, was ein neu Gesicht mir wies!

Dann starb ich selbst; – ich sah mich auf der Bahr,
20 Doch schaut' ich Keinen, klagend um mein Loos.
Mein Sterbehemd war rein und weiß, doch war
Es nicht das Hemd der Waschfrau Chamisso's.

---

22 *Anspielung auf Chamissos Gedicht S. 42 dieses Bandes.*

EMANUEL GEIBEL

Rheinsage.

Am Rhein, am grünen Rheine
Da ist so mild die Nacht,
Die Rebenhügel liegen
In gold'ner Mondespracht.

Und an den Hügeln wandelt
Ein hoher Schatten her
Mit Schwerdt und Purpurmantel
Die Krone von Golde schwer.

Das ist der Karl, der Kaiser,
Der mit gewalt'ger Hand
Vor vielen hundert Jahren
Geherrscht im deutschen Land.

Er ist heraufgestiegen
Zu Aachen aus der Gruft,
Und segnet seine Reben
Und athmet Traubenduft.

Bei Rüdesheim da funkelt
Der Mond in's Wasser hinein,
Und baut eine goldene Brücke
Wohl über den grünen Rhein.

Der Kaiser geht hinüber,
Und schreitet langsam fort,
Und segnet längs dem Strome
Die Reben an jedem Ort.

Dann kehrt er heim nach Aachen,
Und schläft in seiner Gruft,
Bis ihn im neuen Jahre
Erweckt der Trauben Duft.

Wir aber füllen die Römer,
Und trinken im gold'nen Saft
Uns deutsches Heldenfeuer
Und deutsche Heldenkraft.

Robert Eduard Prutz

Bretagne.
1793

An den Ufern der Bretagne horch! welch nächtlich Wiederhallen!
5 Aus den Wellen, aus den Wogen hört man es wie Lieder schallen,
Und ein Glöcklein tönt herüber leise wundersamen Klang;
Doch das ist nicht Schiffsgeläute, das ist nicht Matrosensang.

An den Ufern der Bretagne wohnt ein Volk von alter Sitte,
Kreuz und Krone, Gott und König gelten hoch in seiner Mitte;
10 Doch der König ist gerichtet und den heiligen Altar
Hält mit blankem Schwert umlagert eine mordgewohnte Schaar.

„Unsern König, den geliebten, wohl! ihr konntet ihn uns nehmen;
Doch des Glaubens heil'ge Inbrunst sollt ihr nimmer uns
                                        bezähmen!
Ist doch Gott an allen Orten, in den Tiefen, auf den Höhn,
15 Und an allen, allen Orten hört er seiner Kinder Flehn." –

Leise, leis! Der Abend dämmert! Süße Nacht! o sei willkommen,
O du Balsam den Geschlagnen, o du Schützerin den Frommen!
Leise, leise! löst den Nachen, nehmet Angel und Geräth, [Gebet! –
Täuscht die Späher, täuscht die Wächter –: in die Wogen zum

20 Flinke Ruder hör' ich rauschen: Alle kommen, Kinder, Greise,
Weib und Mann, dem Herrn zu dienen nach der Väter frommer
Neugeborene zu taufen, einzusegnen Ehebund,   [Weise,
Friedenswort und Trost zu hören aus geweihten Priesters Mund.

In der Mitte schwamm der Priester, Kreuz und Hostie in den
                                        Händen,
25 Fischerbuben ihm zur Seite süßen Weihrauch auszuspenden:
Durch der Wellen dumpfes Murren schallte fröhlich der Choral,
Klang das Glöckchen, tönten Seufzer und Gebete sonder Zahl.

Sprach der Alte durch die Wogen über alle seinen Segen,
Und sie kreuzten sich und neigten seinen Worten sich entgegen:
30 Durch der Wogen wildes Brausen schallte fröhlich der Choral,
Pfiff der Sturmwind, schlug der Regen, zuckten Blitze sonder Zahl.

---

2 ff. *Vgl. hierzu von Chamisso* Die stille Gemeinde, *Musenalmanach für 1839, S. 30.*

„Herr! du bist ja aller Orten, auf den Wassern wie auf Erden:
Laß das Meer, das arg empörte, eine sichre Kirche werden!"
So durch des Gewitters Donnern tönte flehend der Choral,
35 Krachen Bord und Mast und Ruder, pfeifen Kugeln sonder Zahl.

Umgeschaut! Wachtfeuer glänzen auf des Ufers steilem Rücken,
Stehen Krieger, die Verderben in die offnen Boote schicken.
Aufgeschaut! der weite Himmel glüht, ein einzig Flammenmeer. –
Tod im Wasser, Tod am Ufer – keine Rettung rings umher!

40 „Herr! du bist ja aller Orten, auf den Wassern wie auf Erden:
Auch die in dem Meer gestorben, Herr! sie sollen selig werden!"
Also durch der Wogen Wüthen, so durch Kugeln sonder Zahl,
Durch der Feinde Hohngelächter klingt, verklinget der Choral.

Fahret wohl, ihr frommen Beter! – Keiner kam an's Ufer wieder,
45 Die Gemeinde mit dem Priester schlang die falsche Welle nieder;
Nur am Morgen unter Trümmern, zwischen Klippen und Gestein,
Schwamm das Kreuz, das wunderselige, in des Frühroths
                                        Rosenschein.

JOSEPH FREIHERR VON EICHENDORFF

Meeresstille.

Ich seh' von des Schiffes Rande
Tief in die Fluth hinein:
5 Gebirge und grüne Lande
Und Trümmer im falben Schein
Und zackige Thürme im Grunde,
Wie ich's oft im Traum mir gedacht,
Das dämmert alles da unten
10 Als wie eine prächtige Nacht.

Seekönig auf seiner Warte
Sitzt in der Dämm'rung tief,
Als ob er mit langem Barte
Über seiner Harfe schlief';
15 Da kommen und gehen die Schiffe
Darüber, er merkt es kaum,
Von seinem Korallenriffe
Grüßt er sie wie im Traum.

Der Einsiedler.

Komm' Trost der Welt, du stille Nacht!
Wie steigst du von den Bergen sacht,
Die Lüfte alle schlafen,
Ein Schiffer nur noch, wandermüd,
Singt über's Meer sein Abendlied
Zu Gottes Lob im Hafen.

Die Jahre wie die Wolken gehn
Und laßen mich hier einsam stehn,
Die Welt hat mich vergeßen,
Da tratst du wunderbar zu mir,
Wenn ich beim Waldesrauschen hier
Gedankenvoll geseßen.

O Trost der Welt, du stille Nacht!
Der Tag hat mich so müd gemacht,
Das weite Meer schon dunkelt,
Laß' ausruhn mich von Lust und Noth,
Bis daß das ew'ge Morgenroth
Den stillen Wald durchfunkelt.

AUGUST HEINRICH HOFFMANN VON FALLERSLEBEN

Weihnachtslied.

Morgen kommt der Weihnachtsmann,
Kommt mit seinen Gaben.
Trommel, Pfeifen und Gewehr,
Fahn' und Säbel, und noch mehr,
Ja, ein ganzes Kriegesheer
Möcht' ich gerne haben.

Bring' uns, lieber Weihnachtsmann,
Bring' auch morgen, bringe
Musketier und Grenadier,
Zottelbär und Pantherthier,
Roß und Esel, Schaf und Stier,
Lauter schöne Dinge!

DER EINSIEDLER   1 ff. *In der metrischen Form und der Motivik schließt das Gedicht an das Lied des Einsiedlers in Grimmelshausens ‚Simplizissimus' (s. Bd. 4, S. 273 dieser Anthologie) eng an.*

15   Doch du weißt ja unsern Wunsch,
            Kennst ja unsre Herzen.
            Kinder, Vater und Mama,
            Auch sogar der Großpapa,
            Alle, alle sind wir da,
20   Warten dein mit Schmerzen.

GUSTAV GRAF VON SCHLABRENDORF

Aus: Volksthümlichkeiten.

V.

[...]

Amerika's Pflug gewinnt Land; Europens Schwert . . . Knechte!
5 Wer Herren stets wechselt, sieht Käufer nur, fühlt sich Waare.
Erst in der Ahnung lebt manch Volk! denn wie sonst wär' man
                                                        deutsch?
Träumt Deutschblut gar kühl, jagt Forschtrieb es über die Sterne!
Ergriffen glaubt Deutschland oft, womit's gern Blindekuh spielt.

[...]

VI.

10   [...]

Erzeugt hat Schriftblei mehr, als zu tilgen vermag Schußblei.
Sonst floh Wahrheit den Hof, nun wird sie Landes verwiesen.
Gewohnter Freiheitstrank beseelt, Einzeltropfen berauscht.
Edles Wollen ist ahnender Blick auf große Zukunft.
15 Was sonst wär Freisinn, als des Menschthums reinste Verehrung?
Wer nur mit Weltklugen lebt, mißtraut jedem Bürgersinn.
Wie Bürgerkrieg sich melde? gilt Meinung für Hochverrath.
Biedrer Hellblick nur faßt Freiheit, Rechtsgleichheit ahnt jeder.
Der Güter beste, sinds nicht Heimfrieden und Wohlwollen?
20 Langweil nur Theilnahmscheu; drum lebwier'ge . . . nur
                                                Gemüthsfrost.

VOLKSTÜMLICHKEITEN 20 lebwier'ge *Neologismus Schlabrendorfs, wohl in Analogie zu*
,langwierige'.

CARL AUGUST VARNHAGEN VON ENSE

Goethes's Werke.

Nein! Er altert euch nicht; vergebens harret Ihr laurend,
  Daß ihm wechselnde Zeit raube den blühenden Schmuck!
5 Kind und Jüngling und Mann sind hier nicht Stufen des Alters;
  Immer zugleich keimt, blüht, reifet des Genius Kraft.
Ziehn auch Wolken einmal am Himmel vorüber: es trifft euch
  Xenienwetter, *er* klärt immer sich göttlicher auf.

Nur weiter.

Erstlingssonne des Jahres, sie ruft frühzeitiger Blüthen
  Drängende Knospen an's Licht milderer Lüfte hervor;
Noch nicht dauret die mildere Luft, nicht dauren die Blüthen,
5 Nochmals kehret in Eis scheidender Winter zurück.
So bei geistigen Lichtes erweckendem Erstlingsrufe
  Willigster Eifer hervor dringt in Verhöhnung und Tod.
Aber getrost! bald herrscht allschimmernde Fülle des Frühlings
  Doch ringsum, wenn auch früheste Blüthe verkommt.

1838

FRIEDRICH RÜCKERT

Entgegen geh' ich nun den trüben Tagen,
  Der traur'gen Zeit, die mir vom ganzen Jahr
  Die unerfreulichste schon sonst auch war,
5 Eh' sie so herbe Wunden mir geschlagen.

Die Zeit, wo wir um Lichtabnahme klagen,
  Und sehn die Erde Blumenschmuckes baar;
  Dieselbe Zeit hat auch mein schönes Paar
  Wie Sonnenschein und Blumen weggetragen.

10 Und wenn in Mitte dieser Finsternisse
  Sonst ein Gestirn des Trosts und Heiles stand
  Das Kinderfest der heiligen Weihnachten;

O wie ich nun auch dessen Segen misse,
  Da ihr zu Grabe gienget, in der Hand
15 Die Gaben haltend, die vom Fest gebrachten!

KARL MAYER

Meine Gegend.

Preist eure Gegend meinethalb!
Ich sehe, wenn ich steige, bald
Den Schwarzwald und die Schwabenalp,
Im Fernduft Frankens Odenwald.
Ich denk' herum auf ihren Höhn
Und fühle deutsch und wohne schön!

JOSEPH FREIHERR VON EICHENDORFF

Wünschelruthe.

Schläft ein Lied in allen Dingen,
Die da träumen fort und fort,
Und die Welt hebt an zu singen,
Triffst du nur das Zauberwort.

EDUARD MÖRIKE

Verborgenheit.

Laß, o Welt, o laß mich seyn!
Locket nicht mit Liebesgaben!
Laßt dies Herz alleine haben
Seine Wonne, seine Pein!

Was ich traure weiß ich nicht,
Es ist unbekanntes Wehe;
Immerdar durch Thränen sehe
Ich der Sonne liebes Licht.

Oft bin ich mir kaum bewußt,
Und die helle Freude zücket
Durch die Schwere, so mich drücket
Wonniglich in meiner Brust.

Laß, o Welt, o laß mich seyn!
Locket nicht mit Liebesgaben!
Laßt dies Herz alleine haben
Seine Wonne, seine Pein!

Auf ein altes Bild.

In grüner Landschaft Sommerflor,
Bei kühlem Wasser, Schilf und Rohr,
Schau, wie das Knäblein Sündelos
Frei spielet auf der Jungfrau Schoß!
Und dort im Walde wonnesam,
Ach, grünet schon des Kreuzes Stamm!

Frage und Antwort.

Fragst du mich, woher die bange
Liebe mir zum Herzen kam,
Und warum ich ihr nicht lange
Schon den bittern Stachel nahm?

Sprich, warum mit Geisterschnelle
Wohl der Wind die Flügel rührt,
Und woher die süße Quelle
Die verborgnen Wasser führt?

Banne du auf seiner Fährte
Mir den Wind in vollem Lauf!
Halte mit der Zaubergerte
Du die süßen Quellen auf!

Gesang Weyla's.

Du bist Orplid, mein Land!
Das ferne leuchtet;
Vom Meere dampfet dein erwärmter Strand
Den Nebel, so der Götter Wange feuchtet.

Uralte Wasser steigen
Verjüngt um deine Hüften, Kind!
Vor deiner Gottheit beugen
Sich Könige, die deine Wärter sind.

Abschied.

Unangeklopft ein Herr tritt Abends bei mir ein:
„Ich habe die Ehr', Ihr Recensent zu seyn."
Sofort nimmt er das Licht in die Hand,
5   Besieht lang meinen Schatten an der Wand,
Rückt nah und fern: „Nun, lieber junger Mann,
Sehn Sie doch gefälligst 'mal Ihre Nas' so von der Seite an
Sie geben zu, daß das ein Auswuchs is."
– Das? Alle Wetter – gewiß!
10   Ei Hasen! ich dachte nicht,
All mein Lebtage nicht,
Daß ich so eine Welts-Nase führt' im Gesicht!!

Der Mann sprach noch Zerschiednes hin und her,
Ich weiß, auf meine Ehre, nicht mehr;
15   Meinte vielleicht, ich sollt' ihm beichten.
Zulezt stand er auf; ich that ihm leuchten.
Wie wir nun an der Treppe sind,
Da geb' ich ihm, ganz froh gesinnt,
Einen kleinen Tritt
20   Nur so von hinten auf's Gesäße mit –
Alle Hagel! ward das ein Gerumpel,
Ein Gepurzel, ein Gehumpel!
Dergleichen hab' ich nie gesehn,
All mein Lebtage nicht gesehn
25   Einen Menschen so rasch die Trepp' hinab gehn!

NIKOLAUS FRANZ NIEMBSCH EDLER VON STREHLENAU*

Die drei Zigeuner.

Drei Zigeuner fand ich einmal
Liegen an einer Weide,
5   Als mein Fuhrwerk mit müder Qual
Schlich durch die sandige Heide.

Hielt der Eine für sich allein
In den Händen die Fiedel,
Spielte, umglüht vom Abendschein,
10   Sich ein feuriges Liedel.

Hielt der zweite die Pfeif' im Mund,
Blickte nach seinem Rauche,
Froh, als ob er vom Erdenrund
Nichts zum Glücke mehr brauche.

15 Und der Dritte behaglich schlief,
Und sein Cimbal am Baum hing,
Über die Saiten der Windhauch lief,
Über sein Herz ein Traum ging.

An den Kleidern trugen die Drei
20 Löcher und bunte Flicken,
Aber sie boten trotzig frei
Spott den Erdengeschicken.

Dreifach haben sie mir gezeigt,
Wenn das Leben uns nachtet,
25 Wie man's verraucht, verschläft, vergeigt,
Und es dreimal verachtet.

Nach den Zigeunern lang noch schaun
Mußt' ich im Weiterfahren,
Nach den Gesichtern dunkelbraun,
30 Den schwarzlockigen Haaren.

An die Entfernte.

Diese Rose pflück ich hier,
In der fremden Ferne;
Liebes Mädchen, dir, ach dir
5 Brächt ich sie so gerne!

Doch bis ich zu dir mag ziehn
Viele weite Meilen,
Ist die Rose längst dahin,
Denn die Rosen eilen.

10 Nie soll weiter sich in's Land
Lieb' von Liebe wagen,
Als sich blühend in der Hand
Läßt die Rose tragen;

Oder als die Nachtigall
15 Halme bringt zum Neste,
Oder als ihr süßer Schall
Wandert mit dem Weste.

Doppelheimweh.

Zwiefaches Heimweh hält das Herz befangen,
Wenn wir am Rand des steilen Abgrunds stehn
Und in die Grabesnacht hinuntersehn,
5   Mit trüben Augen, todeshohlen Wangen.

Das Erdenheimweh läßt uns trauern, bangen,
Daß Lust und Leid der Erde muß vergehn;
Das Himmelsheimweh fühlt's herüberwehn
Wie Morgenluft, daß wir uns fortverlangen.

10   Dies Doppelheimweh tönt im Lied der Schwäne,
Zusammenfließt in unsre letzte Thräne
Ein leichtes Meiden und ein schweres Scheiden.

Vielleicht ist unser unerforschtes Ich
Vor scharfen Augen nur ein dunkler Strich,
15   In dem sich wunderbar zwei Welten schneiden.

CLEMENS BRENTANO

›Ein Lied‹

Wie so leis die Blätter wehn
In dem lieben, stillen Hain,
5   Sonne will schon schlafen gehn,
Läßt ihr goldnes Hemdelein
Sinken auf den grünen Rasen,
Wo die schlanken Hirsche grasen
In dem rothen Abendschein.
10   Gute Nacht, Heiapopeia!
Singt Gockel, Hinkel und Gackeleia.

In der Quellen klarer Fluth
Treibt kein Fischlein mehr sein Spiel,
Jedes suchet, wo es ruht,
15   Sein gewöhnlich Ort und Ziel,
Und entschlummert überm Lauschen
Auf der Wellen leises Rauschen
Zwischen bunten Kieseln kühl.
Gute Nacht, Heiapopeia!
20   Singt Gockel, Hinkel und Gackeleia.

Schlank schaut auf der Felsenwand
Sich die Glockenblume um,
Denn verspätet über Land
Will ein Bienchen mit Gesumm
Sich zur Nachtherberge melden
In den blauen zarten Zelten,
Schlüpft hinein und wird ganz stumm.
Gute Nacht, Heiapopeia!
Singt Gockel, Hinkel und Gackeleia.

Vöglein, euer schwaches Nest,
Ist das Abendlied vollbracht,
Wird wie eine Burg so fest;
Fromme Vöglein schützt zur Nacht
Gegen Katz und Marderkrallen,
Die im Schlaf sie überfallen,
Gott, der über alle wacht.
Gute Nacht, Heiapopeia!
Singt Gockel, Hinkel und Gackeleia.

Treuer Gott, du bist nicht weit,
Und so ziehn wir ohne Harm
In die wilde Einsamkeit
Aus des Hofes eitelm Schwarm.
Du wirst uns die Hütte bauen,
Daß wir fromm und voll Vertrauen
Sicher ruhn in deinem Arm.
Gute Nacht, Heiapopeia!
Singt Gockel, Hinkel und Gackeleia.

›Kindergebet‹

Guten Abend, gute Nacht,
Von Sternen bedacht,
Vom Mond angelacht,
Von Engeln bewacht,
Von Blumen umbaut,
Von Rosen beschaut,
Von Lilien bethaut,
Den Veilchen vertraut;
Schlupf' unter die Deck'
Dich reck' und dich streck',

Schlaf' fromm und schlaf' still,
Wenns Herrgottchen will,
Früh Morgen ohn' Sorgen
15   Das Schwälbchen dich weck'!

›Reime‹

Wenn der lahme Weber träumt, er webe,
Träumt die kranke Lerche auch, sie schwebe,
Träumt die stumme Nachtigall, sie singe,
5   Daß das Herz des Wiederhalls zerspringe,
Träumt das blinde Huhn, es zähl' die Kerne,
Und der drei je zählte kaum, die Sterne,
Träumt das starre Erz, gar linde thau es,
Und das Eisenherz, ein Kind vertrau es,
10   Träumt die taube Nüchternheit, sie lausche,
Wie der Traube Schüchternheit berausche;
Kömmt dann Wahrheit mutternackt gelaufen,
Führt der hellen Töne Glanzgefunkel
Und der grellen Lichter Tanz durchs Dunkel,
15   Rennt den Traum sie schmerzlich übern Haufen,
Horch! die Fackel lacht, horch! Schmerz-Schallmeien
Der erwachten Nacht ins Herz all schreien;
Weh, ohn Opfer gehn die süßen Wunder,
Geh'n die armen Herzen einsam unter!

›Ausgang‹

Was reif in diesen Zeilen steht,
Was lächelnd winkt und sinnend fleht,
Das soll kein Kind betrüben,
5   Die Einfalt hat es ausgesät,
Die Schwermuth hat hindurch geweht,
Die Sehnsucht hats getrieben;
Und ist das Feld einst abgemäht,
Die Armuth durch die Stoppeln geht,
10   Sucht Ähren, die geblieben,
Sucht Lieb, die für sie untergeht,
Sucht Lieb, die mit ihr aufersteht,
Sucht Lieb, die sie kann lieben,

›AUSGANG‹ 1 *späterer Titel:* Eingang.

Und hat sie einsam und verschmäht
Die Nacht durch dankend im Gebet
Die Körner ausgerieben,
Liest sie, als früh der Hahn gekräht,
Was Lieb erhielt, was Leid verweht,
Ans Feldkreuz angeschrieben,
O Stern und Blume, Geist und Kleid,
Lieb, Leid und Zeit und Ewigkeit!

Johann Peter Eckermann

Land Weimar.

O Land! mit deinen Bergen, deinen Wäldern,
Umgrünten Hügeln, weitgedehnten Feldern,
Mit Flüssen die durch sonn'ge Thäler fließen,
Mit klaren Bächen an umbuschten Wiesen.

Im Frühling deiner Blumen süße Düfte,
Im Sommer deine stets gekühlten Lüfte,
Im Herbst, wie glücklich! Obst und Wein zu brechen,
Die Jagd im Winter auf beschneiten Flächen.

An Leib und Seel' im kräftigsten Gedeihen
Kann jeder hier sich seiner Tage freuen;
Was unentbehrlich, haben wir in Fülle,
Auch ist gesorgt, daß höh'rer Trieb sich stille.

Die ersten Meister in des Liedes Schöne
Es waren deine Bürger, deine Söhne;
Was leise flüsternd an der Ilm entsprungen,
Ist vollen Klangs durch alle Welt gedrungen.

Auf des beglückten Landes Herrscher-Throne
Glänzt neben Ihm die Mutter mit dem Sohne;
Es strahlt auf und aus hehrem Fürstenschilde
Der schöne Stern: Gerechtigkeit und Milde.

Ich sah mich um an manchen fremden Orten,
Doch ist mir's nirgend wohl wie hier geworden.
Mag denn wer will in ferne Länder wandern,
Es lebe Weimar! hoch vor allen andern.

Musengunst.

Mußt kein Gedicht durch tiefes Sinnen
Dem Geiste mühsam abgewinnen:

Dem Dichter muß zu Muthe seyn,
5   Als flög' eine Taube zum Fenster herein
Gebraten, wo er nichts braucht dazu
Als sie zu schmausen in guter Ruh.

Wer so das edle Dichten treibt,
Der stets ein lust'ger Geselle bleibt;
10   Wer's aber auf solche Weise nicht kann,
Thut besser, er fängt was anders an.

Überwunden.
Nach Voltaire.

Der Fürst mit allen Herrlichkeiten
Beschränkt mich nicht zu Dienst und Pflicht.
Zwey hübsche Augen wollen mehr bedeuten,
5   Allein auch sie vermögen's nicht.

Die Großen fürcht' ich wie die Schönen,
Und Beyde wohl mit vollem Recht:
Den Übermächten soll man fröhnen,
10   Und das gefällt dem Freyen schlecht.

Doch siehst du mich als Unterjochten,
Und wunderst drob dich allermeist;
Was Rang und Schönheit nicht vermochten,
That dein Charakter und dein Geist.

ADELBERT VON CHAMISSO

Zweites Lied von der alten Waschfrau.

(Siehe Deutsch. Musenalm. 1835)

Es hat euch anzuhören wohl behagt,
5   Was ich von meiner Waschfrau euch gesagt?
      Ihr habt's für eine Fabel wohl gehalten?
Fürwahr, mir selbst erscheint sie fabelhaft;
Der Tod hat längst sie alle hingerafft,
      Die jung zugleich gewesen mit der Alten.

10   Dies werdende Geschlecht, es kennt sie nicht,
Und geht an ihr vorüber ohne Pflicht
      Und ohne Lust sich ihrer zu erbarmen.
Sie steht allein. Der Arbeit zu gewohnt,
Hat sie, so lang es ging, sich nicht geschont,
15   Jetzt aber, wehe der vergess'nen Armen!

Jetzt drückt darnieder sie der Jahre Last,
Noch ämsig thätig, doch entkräftet fast,
      Gesteht sie's ein: „So kann's nicht lange währen.
Mag's werden, wie's der liebe Gott bestimmt;
20   Wenn er nicht gnädig bald mich zu sich nimmt, –
      Nicht schafft's die Hand mehr, – muß Er mich ernähren."

So lang sie rüstig noch beim Waschtrog stand,
War für den Dürft'gen offen ihre Hand;
      Da mochte sie nicht rechnen und nicht sparen.
25   Sie dachte bloß: „ich weiß, wie Hunger thut." –
Vor eure Füße leg' ich meinen Hut,
      Sie selber ist im Betteln unerfahren.

Ihr Frau'n und Herrn, Gott lohn' es euch zumal,
Er geb' euch dieses Weibes Jahre Zahl
30   Und spät dereinst ein gleiches Sterbekissen!
Denn wohl vor allem, was man Güter heißt,
Sind's diese beiden, die man billig preist:
      Ein hohes Alter und ein rein Gewissen.

2 ff. *Vgl. S.* 42.

FRIEDRICH DE LA MOTTE FOUQUÉ

Wahrhafte Fabel.

Ein Funfziger, noch ziemlich rüstig,
Kam raschen Schritt's, beinah im Trab,
Jüngsthin die Budenreih' hinab.
Da sprach ein Apfelweib, was listig,
Und sah ihn an mit heitern Blicken:
„Mein junger Herr, kauft mir was ab!"
Der Wandrer fühlt ein süß Erquicken
Beim Titel „jung", den man ihm gab,
Und spricht: „ach liebe, gute Frau,
Die Hauptstadt nimmt es sehr genau
Mit Thun und Lassen, Steh'n und Laufen.
Ich kann just hier nicht Äpfel kaufen.
Doch nehmt von mir, für bess'res Glück
Ein Pfand – hier dies Viergroschenstück." –
In einer Bude dicht daneben,
Gefüllt mit Kinderzeitvertreib,
Hört das ein andres kluges Weib,
Und will noch mehr von ihm erheben.
Drum ruft sie: „Junkerchen, heran!
Kauf er sich mal 'nen Hampelmann!"
Der aber hat er nichts gegeben.

KÖNIG LUDWIG VON BAYERN

In Italien im November 1835.

Immer hoffe ich und immer,
Daß ich finde laue Luft;
Doch verwirklicht wird es nimmer,
Überall herrscht kalter Duft.

Nur vergebens ist mein Hoffen,
Die Erfüllung wird ihm nicht,
Warmer Strahlen nicht getroffen,
Doch an ihm es nie gebricht.

Ob wir uns gleich oft betrogen,
Deucht Italien immer mild,

Hoffnung kommt mit uns gezogen,
Malt ein lachend, glänzend Bild.

15   Niemals! niemals es erscheinet
Das, wonach die Seele sehnt;
Doch, was ihr das Heut verneinet,
Sie erblüh'n im Morgen wähnt.

1840

AUGUST HEINRICH HOFFMANN VON FALLERSLEBEN

Schlafe! was willst du mehr?

Mel. O gieb, vom weichen Pfühle.

Wo sind noch Würm' und Drachen,
5   Riesen mit Schwert und Speer?
Was kannst du weiter machen?
Schlafe! was willst du mehr?

Du hast genug gelitten
Qualen in Kampf und Strauß;
10   Du hast genug gestritten –
Schlafe, mein Volk, schlaf' aus!

Wo sind noch Würm' und Drachen,
Riesen mit Schwert und Speer?
Die Volksvertreter wachen:
15   Schlafe! was willst du mehr?

Die modernen Heiden.

Wie ein Vogel des Stricks kommt ab,
Ist unser Seel entgangen:
Strick ist entzwei, und wir sind frei.
                Dr. Martin Luther.
5

Was soll der Pegasus noch springen
Oben auf dem Schauspielhaus?
Was soll noch Apollo singen?
Ach! *sein* Spiel ist längst schon aus.

SCHLAFE! . . . 2 ff. *Vgl. Herweghs Gedicht S. 106 in diesem Band sowie im Bd. 7 dieser An-
thologie Goethes Gedicht S. 87 und Eichendorffs Parodie S. 204.*

10 Rom und Hellas sind versunken,
Und die Götter sind verreist;
Nectar wird nicht mehr getrunken,
Und Ambrosia gespeist.

Unser Gott hat sich erhoben
15 Über allen Raum und Zeit,
Er der große Geist wohnt droben,
Und der Himmel ist sein Kleid.

Und der Vater hat gesendet
Seinen Sohn vom Sternenzelt,
20 Und der Sohn hat sich gewendet
Zu der sündevollen Welt.

Und er hat das Kreuz getragen,
Hat geduldet Spott und Hohn,
Und es ließ ans Kreuz sich schlagen
25 Gottes eingeborner Sohn.

Und zum Baum im Weltenraume
Wuchs das Kreuz in frischer Kraft,
Und die Blüthen an dem Baume
Wurden Kunst und Wissenschaft.

30 Was soll Pegasus noch springen
Oben auf dem Schauspielhaus?
Was soll noch Apollo singen?
Ach! *sein* Spiel ist längst schon aus.

Der Wehrstand.

Gott grüß euch, lieben Kriegsknechte!
Ihr seid die Friedensherren nun:
Wo sind noch Schlachten, wo Gefechte,
5 Seit Völkerhaß und Zwietracht ruhn?

Was wart ihr einst im deutschen Reiche?
Ein Eichwald schier mit Schwert und Speer;
Jetzt seid ihr an der deutschen Eiche
Die Mistel nur und sonst nichts mehr.

Heimweh in Frankreich.
Zwischen Saône und Rhône.

Wie sehn' ich mich nach deinen Bergen wieder,
Nach deinem Schatten, deinem Sonnenschein!
Nach deutschen Herzen voller Sang und Lieder,
Nach deutscher Freud' und Lust, nach deutschem Wein!

Könnt' ich den Wolken meine Hände reichen,
Ich flöge windesschnell zu dir hinein;
Könnt' ich dem Adler und dem Lichtstrahl gleichen,
Wie ein Gedanke wollt' ich bei dir sein!

Die Fremde macht mich still und ernst und traurig;
Verkümmern muß mein frisches junges Herz.
Das Leben hier, wie ist es bang' und schaurig,
Und was es beut, ist nur der Sehnsucht Schmerz.

O Vaterland, und wenn ich nichts mehr habe,
Begleitet treu noch diese Sehnsucht mich;
Und würde selbst die Fremde mir zum Grabe,
Gern sterb' ich, denn ich lebte nur für dich.

EMANUEL GEIBEL

Aus: Jugendliebe als Intermezzo.

VIII.

Die stille Lotosblume
Steigt aus dem blauen See,
Die Blätter flimmern und blitzen,
Der Kelch ist weiß wie Schnee.

Da gießt der Mond vom Himmel
All' seinen gold'nen Schein,
Gießt alle seine Strahlen
In ihren Schooß hinein.

Im Wasser um die Blume
Kreiset ein weißer Schwan,
Er singt so süß, so leise,
Und schaut die Blume an.

15   Er singt so süß, so leise,
                 Und will im Singen vergehn –
                 O Blume, weiße Blume,
                 Kannst du das Lied verstehn?

An Ludwig Achim von Arnim.

Wenn sich ein Geist erhebt in ungeschwächter
Erhab'ner Würde mit gewalt'gem Schritte,
Zu stolz, daß er des Haufens Gunst erbitte,
5   So wird er oft dem niedern zum Gelächter.

So gingest du, der treue Kronenwächter
Altdeutscher Gottesfurcht und edler Sitte,
Verkannt durch deiner Zeitgenossen Mitte,
Doch nur ein Lächeln gönnend dem Verächter.

10   Still schmücktest du indeß mit Kreuz und Blume
Den Dom, an dem du bauetest, den weiten,
Zu Gottes Ehre, deinem Volk zum Ruhme.

Zwar sahst du nicht das Werk zum Ende schreiten,
Doch ragt's gleich jenem Köll'ner Heiligthume
15   Ein riesig Bruchstück in den Strom der Zeiten.

Karl Schimper

Bekenntniß.

Poeterei, die schlichte, lieb' ich:
Falschdichterei-Geschichten schieb' ich!

5   Oft mit dem Strohwisch der Empfindung
Empfindelei-Gesichter rieb' ich!

Ein ächtester Verächter immer
Von Kinderbrei-Gerichten blieb' ich!

Mit Nadelscherzen oft zu Paaren
10   Die Narrethei von Wichten trieb' ich!

An Ludwig Achim von Arnim 6 *Anspielung auf Arnims unvollendeten Roman* ‚Die Kronenwächter'. *1. Bd. 1817.*

Unmuthiger anmaßungsvoller
Lobhudelei zu nichte hieb' ich!

Die ächte Meinung war mir theuer,
Doch blieb dabei, beim Licht, ein Sieb ich!

15   So ward an meinen schönsten Tagen,
Nach Stadtgeschrei-Bericht, ein Dieb ich!

Allein von allem mußt' ich dichten,
Und mancherlei Gedichte schrieb ich!

Frühling.

Du wunderreiche Nachtigall
Wie kannst du mit Entzückungen entzücken,
Wie kannst du zauberhaft ein stilles Herz berücken!
5   Und Rose du, geboren in so süßem Schwall,
Wer wagte sehnend dich zu pflücken
Du Königin im Blumen-All!
O Rose wunderhold und Nachtigall
Ihr könnt ein Herz erwecken und beglücken!

Reifes.

Als dich zuletzt ein warmer Blüthenstreuer
Hervorgelockt mit kosendem Bemühen,
Da wuchs in deinem Duften, deinem Blühen
5   O Rebe, noch ein süßrer Drang, ein scheuer!

Und da die Rebe blühte, sank dein Feuer,
Woraus, o Wein, sonst Geistesfunken sprühen
In Trübung hin, in fieberhaftes Glühen:
Es war in deinem Wesen nicht geheuer!

10   Doch heut und hier in rebenlaubiger Laube,
Du kühl verklärtes Feuer aus dem Keller,
Heut winkst und blinkst du mit gediegnern Flammen!

Und schön begegnest reif und voll du Traube
Dem Wein im Glase hier auf blankem Teller:
15   Erkennet euch! ihr seyd, ihr seyd beisammen!

Ein Leser.

Ein zankender, ein dankender,
Ein schwank hinan sich rankender,
Ein nackt vertrackt sich plackender,
5   Ein zwackender, zerhackender,
Nußknackender, einsackender,
Ein gähnender, ein thränender,
Gedankenspäne spänender,
Ein säumender und träumender,
10 Ein aufgeräumt aufräumender,
Ein schäumender sich bäumender,
Ein lauschend sich berauschender,
Ver- ein- und aus- sich tauschender,
Ein schaudernder, ein zaudernder,
15 Nachplaudernder, nachhaudernder,
Ein blätternder und kletternder,
Ein wetternder und schmetternder,
Ein scherzender und herzender,
Ein sich ein Licht aufkerzender,
20 Ein Schmerz bepillend stillender,
Ein schrillend sich bebrillender,
Das Schillernde betrillernder,
Entwickelnder, verzwickelnder,
Vorsitzender, stibitzender,
25 Ein schweifender und streifender,
Ein keifender und schleifender,
Ein reifend ein sich seifender,
Begreifender und pfeifender,
Ein meidender, ein neidender,
30 Abschneidender, entscheidender,
Ein heuchelnder, ein meuchelnder,
Ein scheuernder, dreinfeuernder,
Ein immer neu durchsteuernder,
Sich freuender, zerstreuender,
35 Ein lobender, erprobender,
Ein grob-verschroben tobender,
Ein stolpernder und polternder,
Abgleitend ab sich folternder,
Ein ver- und über-hörender,
40 Zer- auf- und selbst sich störender,

---

15 nachhaudernder *langsam vorankommender.*

Sich ein den Faden öhrender,
Ver- ab- und zu gleich schwörender,
Ein schlummernd sich vermummender,
Verstummender uns summender,
45 Aus jeder Tonart brummender,
Verdammender, verdummender,
Ein runzelnder, ein schmunzelnder,
Ein schmutzender, ein putzender,
Zustutzender und stutzender,
50 Ein stützender, beschützender,
Besprützender, benützender,
Topfrüttelnder, Kopfschüttelnder,
Mit Titelknütteln büttelnder –
Ein altender, erkaltender,
55 Ein dialektisch spaltender,
Entfaltender, gestaltender,
Ein schaltender und waltender,
Erhaltend sich erhaltender –

Und kurz ein jeder Leser,
60 Als Leser ist der Leser
Des Dichters Witzverweser.

Thema
Mondbeglänzte Zaubernacht,
Die den Sinn gefangen hält,
Wundervolle Mährchenwelt
5 *Steig auf in der alten Pracht!*
Tieck.

Glosse.

Sinds Gedanken, sind es Träume,
Wie prophetische Gestalten
10 Sich entspinnen, sich entfalten
Durch die schimmerhellen Räume?
Lichter durch die Nacht der Bäume,
Schwanke Schatten leis und sacht
Sind verwandelt, sind erwacht!
15 Frühster Schöpfungsmächte Zeugen
Deiner Macht sich alle beugen
Mondbeglänzte Zaubernacht!

1 ff. *Vgl. Bd. 7, S. 94 dieser Anthologie.*

Hebt euch, Wälder schlanker Rohre,
Alter Pinien stolze Dächer,
20   Alter Palmen Sonnenfächer!
Wallet Wiesen, Hügel, Moore!
Tretet aus dem Nebelflore
Schaaren, die ihr durch die Welt
Eh der Mensch sich eingestellt
25   Trugt des Daseyns Ahnungsfülle!
Wehe nieder, bange Hülle,
Die den Sinn gefangen hält!

Schauet, die ihr liebentzündet
Vorgelitten, vorgefreut,
30   Schauet endlich, schauet heut
Menschenthum, das ihr verkündet!
Ihn erkennt, der fern ergründet
Aller Wesen Jugendwelt,
Der in sich sie hergestellt:
35   Seht, er grüßt der alten Zeiten
Wundervolle Wirklichkeiten,
Wundervolle Mährchenwelt!

Ja zum Menschen hergebeten
Seyd ihr zur Erkenntnisfeier:
40   Wollt, ihr Menschenprophezeier,
Nun vor ihm zurück nicht treten.
Ihn vernehmt nun als Propheten:
Schatten – ihr! aus aller Nacht
Weckt dereinst die höchste Macht!
45   Friede, ruft sie, nach der Gährung!
Meine Welt! auf zur Verklärung
Steig auf in der alten Pracht!

Versteck.

Wir saßen schön versteckt und lobten es versteckt zu seyn,
Zu kosen ungesehn und nirgendher erschreckt zu seyn.

Die Amsel oben sang, sanft rauschte fern der Wald im West,
5   Es war so still und wir so sicher unentdeckt zu seyn.

Die Stunden strichen hin, still waren selber wir zuletzt,
Da meinten wir entdeckt, sogar mit Fleiß geneckt zu seyn.

Der Schreck! Es klopfte – was? Es klopfte laut am Baum ein Specht!
Da waren wir vergnügt und freuten uns, geweckt zu seyn!

Das Distichon.

I.

Hob sich der Strahl bis hinan, gleich senkt er wieder und plätschert,
    Daß in dem Thau, in der Luft farbig ein Bogen erscheint.

II.

Treulich ergießt, voll Kraft und Natur, Hexameters Strömung,
5   Ob sie sich hob oder fiel, über das Leben sich aus.

Aber sodann in erhöhtem Gebiet, im Pentameter kehrt sich
    Immer der Geist auf sich, immer bewußter zurück.

Was du erlebt und gestrebt und geforscht, dieß schildert uns Jener,
    Aber Gewinn und Verlust gibt der Pentameter an.

10 Jeglichen Kampf, die Gefahr zeigt Jener, die blutende Wunde,
    Dieser den Sieg und die Lust, oder im Sturze den Schmerz.

Raum ist genug in der Welt, für die That, für jeglichen Ausgang,
    Aber Verstand und Gemüth haben ein anderes Reich.

1841

Johann Wilhelm Ludwig Gleim

Mainzer Siegeslied.
(1793.)

Stoßet an den vollen Becher
Unter Saitenklang;
5 Leben sollen Deutschlands Rächer
Hoch, ihr Leben lang!

Weg mit Freiheitskapp' und Bändern;
Weg mit Freiheitsbaum:
Dafür ist in Deutschlands Ländern
10 Keine Spanne Raum!

Kapp' und Baum sind schlechte Schätze
Für ein deutsches Land:
Unsre Freiheit sind Gesetze,
Und nicht Baum und Band.

15 Jeder deutsche Mann soll leben,
Jeder Ordnungsfreund!
Jeder deutsche Fürst soll leben,
Der es redlich meint!

CLEMENS BRENTANO

Erbarme dich, Herr!

Meister, ohne dein Erbarmen
Muß im Abgrund ich verzagen,
5 Willst du nicht mit starken Armen
Wieder mich zum Lichte tragen.

Jährlich greifet deine Güte
In die Erde, in die Herzen;
Jährlich weckest du die Blüthe,
10 Weckst in mir die alten Schmerzen.

Ein Mal nur zum Licht geboren,
Aber tausend Mal gestorben,
Bin ich ohne dich verloren,
Ohne dich in mir verdorben.

15 Wenn sich so die Erde reget,
Wenn die Luft so sonnig wehet,
Dann wird auch die Fluth beweget,
Die in Todeskämpfen stehet.

Und in meinem Herzen schauert
20 Ein betrübter, bittrer Bronnen;
Wenn der Frühling draußen lauert,
Kommt die Angstfluth angeronnen.

Weh! durch gift'ge Erdenlagen,
Wie die Zeit sie angeschwemmet,
25 Habe ich den Schacht geschlagen,
Und er ist nur schlecht verdämmet.

Wenn nun rings die Quellen schwellen,
Wenn der Grund gebärend ringet,
Brechen her die bittern Wellen,
Die kein Witz, kein Fluch mir zwinget.

Andern ruf' ich: Schwimme! schwimme!
Mir kann solcher Ruf nicht taugen!
Denn *in mir* ja steigt die grimme
Sündfluth, bricht aus meinen Augen.

Und dann scheinen bös Gezüchte
Mir die bunten Lämmer alle,
Die ich grüßte, süße Früchte,
Die mir reiften, bittre Galle.

Herr, erbarme du dich meiner,
Daß mein Herz neublühend werde!
Mein erbarmte sich noch keiner
Von den Frühlingen der Erde.

Meister! wenn dir alle Hände
Nah'n mit süß erfüllten Schaalen,
Kann ich mit der bittern Spende
Meine Schuld dir nimmer zahlen.

Ach! wie ich auch tiefer wühle,
Wie ich schöpfe, wie ich weine,
Nimmer ich den Schwall erspüle
Zum Krystallgrund fest und reine.

Immer stürzen mir die Hände,
Jede Schicht hat mich belogen,
Und die arbeit-blut'gen Hände
Brennen in den bittern Wogen.

Weh! der Raum wird immer enger,
Wilder, wüster stets die Wogen.
Herr, o Herr! ich treib's nicht länger –
Schlage deinen Regenbogen.

Herr, ich mahne dich: verschone!
Herr, ich hört' in jungen Tagen:
Wunderbarer Segen wohne –
Ach! – in deinem Blute, sagen.

Und so muß ich zu dir schreien,
Schreien aus der bittern Tiefe,
65 Könntest du auch nie verzeihen,
Daß dein Knecht so kühnlich riefe.

Daß des Lichtes Quelle wieder
Rein und heilig in mir fluthe:
Träufle einen Tropfen nieder,
70 Jesus! mir von deinem Blute.

Georg Herwegh*

Reiterlied.

Die bange Nacht ist nun herum,
Wir reiten still, wir reiten stumm,
5 Und reiten in's Verderben.
Wie weht so scharf der Morgenwind!
Frau Wirthin, noch ein Glas geschwind
Vorm Sterben, vorm Sterben.

Du junges Gras, was stehst so grün?
10 Mußt bald wie lauter Röslein blüh'n.
Mein Blut ja soll Dich färben.
Den ersten Schluck, an's Schwert die Hand,
Den trink' ich, für das Vaterland
Zu sterben, zu sterben.

15 Und schnell den zweiten hinterdrein,
Und der soll für die Freiheit sein,
Der zweite Schluck vom Herben!
Diß Restchen – nun, wem bring' ich's gleich?
Diß Restchen Dir, o römisch Reich,
20 Zum Sterben, zum Sterben!

Dem Liebchen – doch das Glas ist leer,
Die Kugel saust, es blitzt der Speer;
Bringt meinem Kind die Scherben!
Auf! in den Feind wie Wetterschlag!
25 O Reiterlust, am frühen Tag
Zu sterben, zu sterben!

Die Geschäftigen.

Nicht Einen Hauch vergeuden sie, nicht Einen,
    Nein, Alles wird gleich für den Markt geboren,
    Kein Herzensschlag geht ohne Zins verloren,
5 Die Herren machen Brot aus Ihren Steinen.

Sie machen Brot aus Lachen und aus Weinen –
    Ich hab' mir die Beschaulichkeit erkoren,
    Und niemals streng gerechnet mit den Horen,
Ich denke fromm: „Gott gibt's im Schlaf den Seinen!"

10 Ich kann des Lebens banggeschäftig Rauschen,
    Dieß laute Thun und Treiben nicht verstehn,
Und möcht' mein einsam Glück nicht drum vertauschen.

Laßt mich die stillen Pfade weiter gehn,
    Der Wolken und der Sterne Zug belauschen,
15 Und schönen Kindern in die Augen sehn!

Hölderlin.

Den Klugen leiten sicher stets die Horen,
    Nur mit dem Genius spielen oft die Winde;
    Daß er, so Glück, wie Unglück, früher finde,
5 Wird er mit Schwingen in die Welt geboren.

Doch bleibt ihm treu die Gottheit zugeschworen;
    Sie legt am bösen Tag dem armen Kinde
    Mit weicher Hand um's Aug' des Wahnsinns Binde,
Daß es nie sehe, was das Herz verloren.

10 Die Götter haben freundlich Dein gedacht,
    Die Du so fromm gehalten einst in Ehren,
Und *lebend* schon Dich aus der Welt gebracht.

Nichts Irdisches kann fürder Dich versehren,
    Und reiner, denn ein Stern zum Schooß der Nacht,
15 Wirst Du zurück zur großen Mutter kehren.

Grabschrift.

Sein oder Nichtsein ist hier keine Frage;
    Ich bin gewesen, was ich konnte sein:
      Kein Schelm und Schuft, bei Gott! ein Narr allein,
5   Der auch sein Lämpchen brannt' am hellen Tage.

Kein Turner, aber doch von deutschem Schlage,
    Und wär' mein Vers, wie meine Hände, rein,
      So ruhete diß dichterlich Gebein
Dereinst in einem stolzen Sarkofage.

10 Ich nahm das Leben für ein Würfelspiel,
    Das Keinem seine stete Gunst geschworen,
Doch oft hatt' ich der Augen noch zu viel;

Ich trieb's, ein Thor, wie tausend andre Thoren,
    Und, glücklicher als weiland Freund Schlemihl,
15 Hab' niemals meinen Schatten ich verloren.

1842

Friedrich Hebbel

An eine Unbekannte.

Die Dämmerung war längst herein gebrochen,
    Ich hatt' Dich nie gesehn, Du tratst heran,
5 Da hat Dein Mund manch mildes Wort gesprochen
    In heil'gem Ernst, der Dir mein Herz gewann.
Still, wie Du nahtest, hast Du Dich erhoben
    Und sanft uns allen Gute Nacht gesagt,
Dein Bild war tief von Finsterniß umwoben,
10   Nach Deinem Namen hab' ich nicht gefragt.

Nun wird mein Auge nimmer Dich erkennen,
    Wenn Du auch einst vorüber gehst an mir,
Und hör' ich Dich von fremder Lippe nennen,
    So sagt Dein Name selbst mir Nichts von Dir.
15 Und dennoch wirst Du ewig in mir leben,
    Gleichwie ein Ton lebt in der stillen Luft,
Und kann ich Form Dir und Gestalt nicht geben,
    So reißt auch keine Form Dich in die Gruft.

Grabschrift 14f. *Vgl. Chamisso:* ‚Peter Schlemihl's wundersame Geschichte'.

Das Leben hat geheimnißvolle Stunden,
20   Drin thut, selbstherrschend, die Natur sich kund;
Da bluten wir und fühlen keine Wunden,
    Da freu'n wir uns und freu'n uns ohne Grund.
Vielleicht wird dann zu flüchtigstem Vereine
    Verwandtes dem Verwandten nah gerückt,
25   Vielleicht, ich schaudre, jauchze oder weine,
    Ist's *Dein* Empfinden, welches *mich* durchzückt!

Abendgefühl.

Friedlich bekämpfen
    Nacht sich und Tag.
Wie das zu dämpfen,
5   Wie das zu lösen vermag!

Der mich bedrückte,
    Schläfst Du schon, Schmerz?
Was mich beglückte,
    Sage, was war's doch, mein Herz!

10 Freude, wie Kummer,
    Fühl' ich, zerrann,
Aber den Schlummer
    Führten sie leise heran.

Und im Entschweben,
15   Immer empor,
Kommt mir das Leben
    Ganz, wie ein Schlummerlied vor.

Aus: ## Lebens-Momente.

2.

Schlafen, Schlafen, Nichts als Schlafen!
    Kein Erwachen, keinen Traum!
Jener Wehen, die mich trafen,
5   Leisestes Erinnern kaum,
Daß ich, wenn des Lebens Fülle
    Nieder klingt in meine Ruh,
Nur noch tiefer mich verhülle,
    Fester zu die Augen thu'!

97

Requiem.

Seele, vergiß sie nicht,
Seele, vergiß nicht die Todten!

Sieh, sie umschweben Dich,
Schauernd, verlassen,
Und in den heiligen Gluten,
Die den Armen die Liebe schürt,
Athmen sie auf und erwarmen,
Und genießen zum letzten Mal
Ihr verglimmendes Leben.

Seele, vergiß sie nicht,
Seele, vergiß nicht die Todten!

Sieh, sie umschweben Dich,
Schauernd, verlassen!
Und wenn Du Dich erkaltend
Ihnen verschließest, erstarren sie
Bis hinein in das Tiefste.
Dann ergreift sie der Sturm der Nacht,
Dem sie, zusammengekrampft in sich,
Trotzten im Schooße der Liebe,
Und er jagt sie mit Ungestüm
Durch die unendliche Wüste hin,
Wo nicht Leben mehr ist, nur Kampf
Losgelassener Kräfte
Um erneuertes Seyn!

Seele, vergiß sie nicht,
Seele, vergiß nicht die Todten!

Unsere Zeit.

Es ist die Zeit des stummen Weltgerichts;
    In Wasserfluten nicht und nicht in Flammen:
    Die Form der Welt bricht in sich selbst zusammen,
Und dämmernd tritt die neue aus dem Nichts.

Der Dichter zeigt im Spiegel des Gedichts,
    Wie Tag und Nacht im Morgenroth verschwammen,
    Doch wird er nicht beschwören, nicht verdammen,
Der keusche Priester am Altar des Lichts.

10 Er soll mit reiner Hand des Lebens pflegen,
    Und wie er für des Frühlings erste Blüte
    Ein Auge hat, und sie mit Liebe bricht,

    So darf er auch des Herbstes letzten Segen
    Nicht überseh'n, und die zu spät erglühte
15   Nicht kalt verschmähen, wenn den Kranz er flicht.

Kleist.

Er war ein Dichter und ein Mann, wie Einer,
    Er brauchte selbst dem Höchsten nicht zu weichen,
    An Kraft sind Wenige ihm zu vergleichen,
5 An unerhörtem Unglück, glaub' ich, Keiner.

Er stieg empor, die Welt ward klein und kleiner,
    Und auf der Höhe, die wir nicht durch Schleichen,
    Die wir nur fliegend, oder nie erreichen,
Ward über ihm der Aether immer reiner.

10 Doch, als er nun die Welt nicht mehr erblickte
    Da hatte sie ihn längst nicht mehr gesehen
        Und frech ihm selbst das Daseyn abgesprochen!

Nun mußt' er darben, wie er einst erstickte,
    Ihm blieb Nichts übrig, als zurück zu gehen,
15   Doch lieber hat er seine Form zerbrochen.

MAURITZ KARL WILHELM ANTON
GRAF VON STRACHWITZ

Bei Platens Tode.

    Du bist der Dichtkunst tapf'rer Bogenschwinger,
5   Der rastlos seine goldnen Pfeile sendet,
    Der endlich trotzig sich verblutend endet,
    Als der Philister göttlicher Bezwinger.

    Nun schlumm're sanft, Du kampfesmüder Ringer,
    Dem Nord und Süden Ruhm und Preis gespendet;
10 Es sei Dein Haupt der Heimath zugewendet,
    Du melodienvoller Rhythmenschlinger!

Und ob die Vatererde Du gemieden,
Im Übermaße Deiner Zorngedanken,
Reicht sie die Rechte doch ins Grab zum Frieden.

15 Und dahin, wo ums Grab sich Lorbeer'n ranken,
Sei auch der deutsche Eichenkranz beschieden,
Und Dein verbleib er ewig, ohne Wanken!

Ihr, die ihr schwatzt von Winkeln, Polygonen
Und regelrechten Parallelogrammen,
Die ihr berechnet des Gedankens Flammen
Nach mathematischen Dimensionen;

5 Die ihr festnagelt alle Himmelszonen,
Und abdrescht in Broschüren und Programmen:
So zirkelt fort und baut und brecht zusammen,
Nur mögt ihr mich mit eurem Quark verschonen.

Ich kann mich einmal nicht daran gewöhnen,
10 Ich will mich einmal nicht damit befassen:
Was will die Zahl in meinen wilden Tönen?

Stets werd' ich eure eck'gen Formen hassen,
Und regellos im Labyrinth des Schönen
Mich ohne Faden freudig gehen lassen.

Franz Freiherr von Dingelstedt

Nachtwächters Stillleben.

I.

Weib, gib mir Dekkel, Spieß und Mantel,
Der Dienst geht los, ich muß hinaus.
5 Noch einen Schluck... Adies, Mariandel!
Ich hüt' die Stadt, hüt' du das Haus!
Nun schrei ich wieder wie besessen,
Was sie nicht zu verstehen wagen
Und was sie alle Tag' vergessen:
10 *Uht! Hört, ihr Herrn, und laßt Euch sagen!*

Schnarcht ruhig fort in Eu'ren Nestern
Und habt auf mein Gekreisch nicht Acht!
Die Welt ist akkurat wie gestern,
Die Nacht so schwarz wie alle Nacht.
15 Auch welche Zeit, will niemand wissen,
's giebt keine Zeit in uns'ren Tagen,
Duckt Euch nur in die warmen Kissen,
Die Glokke die hat nichts geschlagen!

Laß keiner sich im Schlaf berükken
20 Vom (vulgo Zeitgeist) Antichrist,
Und sollte wen ein Älplein drükken,
Dankt Gott, daß es nichts Ärg'res ist.
Das Murren, Meistern, Zerr'n und Zanken,
Das Träumen thut es freilich nicht,
25 Drum schluckt sie 'runter die Gedanken,
Bewahrt das Feuer und das Licht!

Auch wakkelt nicht im bösen Willen
An Eu'rem Bett und räkelt nicht,
Die Zipfelmüzze zieht im Stillen
30 Zufrieden über's Angesicht.
Der Hund im Stall, der Mann beim Weibe,
Die Magd beim Knecht, wie Recht und Pflicht,
So ruht und rührt Euch nicht beileibe,
Auf daß der Stadt kein Schad' geschicht!

35 Und wann die Nacht, wie alle Nächte,
Vollendet hat den trägen Lauf,
Dann steigt, doch stäts zuerst das rechte
Bein aus den Federn, sittsam auf!
Labt Euch an dem Zichorientranke
40 Und tretet Eure Mühlen gern,
Freut Euch des Lebens voller Danke
Und lobt, nächst Gott, den Landesherrn!

Aus: Nachtwächters Weltgang.

Deutschland. Erste Stazion.
IV. Abschied von Wien.

Wie bleich, wie hold, wie schmachtend hingegossen
5   Sie daliegt, die gefährliche Sirene,
Die dunklen Augen träumerisch geschlossen,
Das Haupt geneigt an ihrer Berge Lehne!
Es geht ein süßes, winkendes Erwarten
Wie Nachtigallen-Locken durch die Flur,
10   Die Brunnen murmeln heimlich in den Garten,
Die Zweige lallen: Komm, o komm doch nur!

Entschlafen sind Sankt Stephans Wächtersorgen,
Verstummt die Mahnungen des treuen Flusses;
Wie fern der nüchterne, der strenge Morgen,
15   Wie lang die Nacht entfesselten Genusses!
Nun hat sie abgestreift die letzte Hülle,
Den grünen Gürtel der Glacis gelöst,
Frei glänzt und nackt der Schultern Marmorfülle
Und Arm und Busen, jedem Wunsch entblößt.

20   Sieh, durch verhang'ne Fenster schimmert lüstern
Der Mond, im Laube rauscht's wie Regentropfen,
Verbot'ne Schritte rascheln, Küsse flüstern,
Und Herz am Herzen hört sich glühend klopfen!
Ein Meer von Liebe schlägt in heißen Wogen
25   Hoch über dem entzückten Thale hin,
Zum Vorhang wandelt sich des Himmels Bogen,
Ganz Wien in eine Venus-Priesterin!

Buhldirne Du, die hinter der Gardine
Allnächtlich ihre Phallos-Feste feiert,
30   Und Morgens früh mit Magdalenen-Mine
Im Beichtstuhl heuchelnd ihr „Absolve" leiert;
Kannst Du mit Wollust nur ein Leben würzen,
Dem jede geist'ge Kraft und Weihe fehlt,
Und nur in des Genusses Abgrund stürzen,
35   Von keinem heiligeren Drang beseelt?

Ja, Du bist schön in Deinem Rosenkranze,
Die Blüte der Verheißung auf den Wangen,
Wenn Du vorüberfliegst im wilden Tanze,
Begehrlich von der Männer Brunst umfangen!

40 In Deinem Schoos sich welt-vergessen wiegen,
Versinken geh'n in weicher Arme Bucht,
Und Deinem Zauber taumelgleich erliegen, –
Wol ist's ein Ziel, das Götter selbst versucht.

Ich fliehe, Weib, um nicht vor Dir zu knien,
45 Auch Einer von den Proselyten-Schaaren;
Du wirst mich nicht auf Deinen Purpur ziehen,
Weib Potiphars, – laß meinen Mantel fahren!
Vor meinen Blicken schwebt in keuschem Lichte
Ein and'res Bild, das meiner Seelen-Braut,
50 Der hab' ich mich im Leben, im Gedichte
Mit deutschem Wort auf ewig angetraut.

Ihr Aug' ist schön, ob minder schön, als Deines,
Es strahlt nur Frieden, Deines flammt Entzücken,
Dein Kuß ist Glut, der ihre nur ein reines,
55 Ein hauchendes und flüchtiges Beglücken;
Du neigst Dich ganz in duldender Gewährung
Und ziehst die Deinen stark hinab zu Dir,
Sie schwingt sich stats in züchtiger Verklärung,
Lächelnd und wehrend, aus den Armen mir.

60 Ihr Kummer furchte nimmer Deine Stirne,
Doch schwellt ihr Stolz auch nimmer Deine Adern,
Du ahnst die Lust nicht, heit're Schmeicheldirne,
Mit Sklaven und Tyrannen kühn zu hadern;
Ein Kind der Glücklichen, hast Du mit Armen
65 Und mit Gefang'nen nimmermehr geweint,
Hast nie des Himmels Frieden voll Erbarmen
·Mit uns'rer dunklen Erde Kampf vereint.

Geh' und berausch', betäube Dich auf's Neue,
Versuch's, die rasche Stunde festzuhalten;
70 An Deinem Antlitz nagt doch stille Reue,
Und Überdruß zerreißt's mit grauen Falten.
Um eine Nacht, dann welken Rosen-Kränze,
Und Deiner Reize blühend Reich zerfällt,
Der Lorbeer aber grünt im ew'gen Lenze,
75 Und ihr, der And'ren ist die junge Welt.

Du kennst sie nicht, Du wirst sie niemals kennen,
Ihr Zwei könnt nirgends mit einander gehen,
Und wollt' ich Dir den theu'ren Namen nennen,
Dir ist er todt, Dir schwerlich zu verstehen.

80 Fühlst Du's, so schlag' beschämt die Wimper nieder,
Denn eben weht ihr Gruß von Osten her;
Der Tag bricht an – Gottlob! Ich hab' mich wieder:
Die *Lieb'* ist viel, doch ist die *Freiheit* mehr!

Mel. Das Volk steht auf, der Sturm bricht los.

Herr Michel und der Vogel Strauß
Sind leibliche Geschwister:
Aus diesem guckt's Kameel heraus,
5 Aus jenem der Philister.

Sie flögen gern und könnten's auch,
Die Schwingen sind gegeben,
Doch bleiben sie nach altem Brauch
Fein an der Erde kleben.

10 Der Eine birgt den Kopf im Sand
Und läßt den Steiß sich blasen,
Der And're wühlt sich mit Verstand
In Bücher ein und Phrasen.

Indeß hat man dem Strauß geschickt
15 Die Federn ausgerissen,
Indeß die Fremde sich geschmückt
Mit Michels Geist und Wissen.

Sie lassen alle beide sich
Von einem Kinde leiten,
20 Das spornt und treibt sie ritterlich
Und lacht: Ich will Euch reiten.

Und was der Strauß für einen Wanst
Besitzt und welchen Magen!
– Nur du, mein deutscher Michel, kannst
25 Und mußt noch mehr vertragen!

Georg Herwegh*

Die Partei.
An Ferdinand Freiligrath.

> Die ihr gehört – frei hab' ich sie verkündigt;
> Ob jedem recht: – schiert ein Poet sich drum?
> Seit Priam's Tagen, weiß er, wird gesündigt
> In Ilium und außer Ilium.
> Er beugt sein Knie dem Helden Bonaparte,
> Und hört mit Zürnen d'Enghiens Todesschrei:
> Der Dichter steht auf einer höhern Warte,
> Als auf den Zinnen der Partei.
>
> Ferdinand Freiligrath.
> (S. dessen Gedicht auf den Tod von Diego Leon,
> Morgenblatt Nro. 286, Jahrg. 1841)

Du drückst den Kranz auf eines Mannes Stirne,
Der wie ein Schächer jüngst sein Blut vergoß,
Indessen hier die königliche Dirne
Die Sündenhefe ihrer Lust genoß;
Ich will ihm den Cypressenkranz gewähren,
Düngt auch sein Blut die Saat der Tyrannei –
Für *ihn* den milden Regen deiner Zähren!
Doch gegen *sie* die Blitze der Partei!

Partei! Partei! Wer sollte sie nicht nehmen,
Die noch die Mutter aller Siege war!
Wie mag ein Dichter solch ein Wort verfehmen,
Ein Wort, das alles Herrliche gebar?
Nur offen wie ein Mann: Für oder wider?
Und die Parole: Sklave oder frei?
Selbst Götter stiegen vom Olymp hernieder
Und kämpften auf der Zinne der Partei!

Sieh hin! dein Volk will neue Bahnen wandeln,
Nur des Signales harrt ein stattlich Heer;
Die Fürsten träumen, laßt die Dichter handeln!
Spielt Saul die Harfe, werfen *wir* den Speer!
Den Panzer um – geöffnet sind die Schranken,
Brecht immer euer Saitenspiel entzwei,
Und führt ein Fähnlein ewiger Gedanken
Zur starken, stolzen Fahne der *Partei!*

---

9 *Der Herzog von Enghien wurde auf Befehl Napoleons am 21. 3. 1804 widerrechtlich erschossen.*

40 Das Gestern ist wie eine welke Blume –
Man legt sie wohl als Zeichen in ein Buch –
Begrabt's mit seiner Schmach und seinem Ruhme
Und webt nicht länger an dem Leichentuch!
Dem Leben gilt's ein Lebehoch zu singen,
Und nicht ein Lied im Dienst der Schmeichelei;
45 Der Menschheit gilt's ein Opfer darzubringen,
Der Menschheit, auf dem Altar der *Partei!*

O stellt sie ein die ungerechte Klage,
Wenn ihr die Angst so mancher Seele schaut;
Es ist das Bangen vor dem Hochzeittage,
50 Das hoffnungsvolle Bangen einer Braut.
Schon drängen aller Orten sich die Erben
An's Krankenlager unsrer Zeit herbei;
Laßt, Dichter, laßt auch ihr den Kranken sterben,
Für eures Volkes Zukunft nehmt *Partei!*

55 Ihr müßt das Herz an Eine Karte wagen,
Die Ruhe über Wolken ziemt euch nicht;
Ihr müßt euch mit in diesem Kampfe schlagen,
Ein Schwert in eurer Hand ist das Gedicht.
O wählt ein Banner, und ich bin zufrieden,
60 Ob's auch ein andres, denn das meine sei;
Ich hab' gewählt, *ich* habe mich entschieden,
Und *meinen* Lorbeer flechte die *Partei!*

Wiegenlied.

„Schlafe, was willst du mehr?"
Göthe

5 Deutschland – auf weichem Pfühle
Mach' dir den Kopf nicht schwer!
Im irdischen Gewühle
Schlafe, was willst du mehr?

Laß' jede Freiheit dir rauben,
Setze dich nicht zur Wehr,
10 Du behältst ja den christlichen Glauben:
Schlafe, was willst du mehr?

1 ff. *Vgl. Hoffmanns Gedicht auf S. 83 dieses Bandes sowie in Bd. 7 dieser Anthologie Goethe Gedicht S. 87 und Eichendorffs Parodie darauf S. 204.*

Und ob man dir Alles verböte,
Doch gräme dich nicht so sehr,
Du hast ja Schiller und Göthe:
15 Schlafe, was willst du mehr?

Dein König beschützt die Kameele
Und macht sie pensionär,
Dreihundert Thaler die Seele:
Schlafe, was willst du mehr?

20 Es fechten dreihundert *Blätter*
Im Schatten, ein Sparterheer;
Und täglich erfährst du das Wetter:
Schlafe, was willst du mehr?

Kein Kind läuft ohne Höschen
25 Am Rhein, dem freien, umher:
Mein Deutschland, mein Dornröschen
Schlafe, was willst du mehr? –

Aus: Xenien.

iv. Entpuppung.

Deserteur? – „Mit Stolz. Ich habe des Königs Fahne,
Die mich gepreßt, mit des Volks soldlosem Banner vertauscht."

xvii. Unglückliche Liebe.

Nicht an den Königen liegt's – die Könige lieben die Freiheit:
Aber die Freiheit liebt leider die Könige nicht!

xxxiii. Platen.

Kalt und stolz, ein Gletscher, erhebst du dich über die Fläche,
Die das gemüthliche Vieh unsrer Poeten begrast:
Selten gewahrt ein Wandrer den Kranz hochglühender Rosen,
5 Den du vor frevelnder Hand unter dem Schneee verbirgst.

xliii. Guten Morgen, Nachbar!

Krähe nur, Gallischer Hahn! daß endlich die Deutschen Gespenster
Vor dem erwachenden Licht kriechen in's Dunkel zurück.

XLVIII. Metternich.

Weinbau und Politik sind Dir verwandte Geschäfte:
Denn Du ziehest am Stock Völker und Reben herauf.

THEODOR STORM

Das Hohelied.

Der Markt ist leer, die Bude steht verlassen,
Im Winde weht der bunte Trödelkram;
5 Und drinnen sitzt im Wirbelstaub der Gassen
Das schlanke Kind des Juden Abraham.
Sie stützt das Haupt in ihre weiße Hand,
Im Sturm des Busens bebt die leichte Hülle;
Man sieht's, an dieser Augen Sonnenbrand
10 Gedieh der Mund zu seiner Purpurfülle.
Die Lippe schweigt; die schwarzen Locken ranken
Sich um die Stirn wie schmachtende Gedanken. –
Sie lies't vertieft in einem alten Buch
Von einem König, der die Harfe schlug,
15 Und liebefordernd in den goldnen Klang
Manch zärtlich Lied an Zions Mädchen sang.

Käuzlein.

Da sitzt der Kauz im Ulmenbaum,
Und heult und heult im Ulmenbaum.
Die Welt hat für uns Beide Raum!
5 Was heult der Kauz im Ulmenbaum
    Von Sterben und von Sterben?

Und über'n Weg die Nachtigall,
Genüber pfeift die Nachtigall.
O weh, die Lieb' ist gangen all!
10 Was pfeift so süß die Nachtigall
    Von Liebe und von Liebe?

Zur Rechten hell ein Liebeslied,
Zur Linken grell ein Sterbelied!
Ach, bleibt denn nichts, wenn Liebe schied,
15 Denn nichts, als nur ein Sterbelied
    Kaum wegbreit noch hinüber?

THEODOR MOMMSEN*

Sonett.

Wie mich die eignen bösen Geister faßten,
Jagten vorbei den grünenden Gehegen,
Vorbei der Felder junischwerem Segen
Sie mich wie Ahasver den Gottverhaßten.

Todtmüde war ich wohl, doch mußt' ich hasten,
Um zu entfliehn des Herzens schweren Schlägen.
Ich wollte auf des Friedhofs Stein mich legen,
Doch bei den Todten durft' ich noch nicht rasten.

Da sank die Sonne an dem letzten Hügel,
Es duftete zum Himmel jede Dolde
Und Lied und Liebe regten ihre Flügel.

Die Träume flohen vor dem Sternengolde,
Das wiederschien im tiefen Wellenspiegel
Dem Liede gleich von Tristan und Isolde.

THEODOR STORM

Dämmerstunde.

Im Nebenzimmer saßen ich und du;
Der Abendschimmer fiel durch die Gardinen,
Die fleißigen Hände fügten sich der Ruh,
Von rothem Licht war deine Stirn beschienen.

Wir schwiegen Beid' – ich wußte mir kein Wort,
Das in der Stunde Zauber mochte taugen;
Nur nebenan die Alten schwatzten fort –
Du sahst mich an mit deinen Mährchenaugen.

THEODOR MOMMSEN*

Eduard Mörike.

Vorüber fluthen stolz des Elbstroms Wellen,
Die Schiffe tragend mit dem goldnen Horte –
5   Der Reichtum wohnt hier wohl am weiten Porte,
Allein der Friede weilet bei den Quellen.

So will der Strom der Dichtung auch sich schwellen
Und weiter strebt er von der stillen Pforte,
Wo Blumen wuchsen am verborgnen Orte
10 Und wo am Waldsaum gaukelten Libellen.

Ach! wir sind oft anmuthig, oft erhaben,
Allein Gervinus stellt uns zu der Prose,
Und Recht behält er, sind wir erst begraben.

Da fand ich in dem eignen Bett von Moose
15 Erblühend im geheimsten Thal von Schwaben
Des reichen Liedersommers letzte Rose.

GEORG WILHELM FRIEDRICH HEGEL

Eleusis.
An Hölderlin.

Um mich, in mir wohnt Ruhe. Der geschäft'gen Menschen
5 Nie müde Sorge schläft. Sie geben Freiheit
Und Muße mir. Dank dir, du meine
Befreierin, o Nacht! – Mit weißem Nebelflor
Umzieht der Mond die ungewissen Grenzen
Der fernen Hügel. Freundlich blinkt der helle Streif
10 Des See's herüber.
Des Tags langweil'gen Lärmen fernt Erinnerung,
Als lägen Jahre zwischen ihm und jetzt.
Dein Bild, Geliebter, tritt vor mich,

MÖRIKE 12 *Anspielung auf Gervinus' These vom Ende der dichterischen Epoche der Deutschen im 4. Bd. seiner* Geschichte der Deutschen Dichtung.

ELEUSIS 2 *griech. Mysterienstätte.* 2 ff. *Ein Gedichtentwurf, der von Hegel offenbar nie an den Adressaten abgeschickt wurde (vgl. Hegels Briefwechsel mit Hölderlin). Karl Rosenkranz der den Erstdruck in Prutz' ,Literarhistorischem Taschenbuch' besorgte, weicht von Hegels Entwurf in folgenden Punkten ab:* 11 Lärmen *von Hegel unvollständig korrigiert in* Lärm.

Und der entfloh'nen Tage Lust. Doch bald weicht sie
15 Des Wiedersehens süßern Hoffnungen.
Schon malt sich mir der langersehnten, feurigen
Umarmung Scene; dann der Fragen, des geheimern,
Des wechselseitigen Ausspähens Scene,
Was hier an Haltung, Ausdruck, Sinnesart am Freund
20 Sich seit der Zeit geändert; – der Gewißheit Wonne,
Des alten Bundes Treue, fester, reifer noch zu finden,
Des Bundes, den kein Eid' besiegelte:
Der freien Wahrheit nur zu leben,
Frieden mit der Satzung,
25 *Die Meinung und Empfindung regelt, nie, nie einzugehn!*
Nun unterhandelt mit der trägern Wirklichkeit der Sinn,
Der über Berge, Flüsse, leicht mich zu dir trüge.
Doch ihren Zwist verkündet bald ein Seufzer und mit ihm
Entflieht der süßen Phantasieen Traum.

30 Mein Aug' erhebt sich zu des ew'gen Himmels Wölbung,
Zu dir, o glänzendes Gestirn der Nacht!
Und aller Wünsche, aller Hoffnungen
Vergessen strömt aus deiner Ewigkeit herab.
Der Sinn verliert sich in dem Anschau'n.
35 Was mein ich nannte, schwindet.
Ich gebe mich dem Unermeßlichen dahin.
Ich bin in ihm, bin Alles, bin nur es.
Dem wiederkehrenden Gedanken fremdet,
Ihm graut vor dem Unendlichen und staunend faßt
40 Er dieses Anschau'ns Tiefe nicht.
Dem Sinne nähert Phantasie das Ewige.
Vermählt es mit Gestalt. – Willkommen, ihr,
Erhab'ne Geister, hohe Schatten,
Von deren Stirne die Vollendung strahlt.
45 Er schrecket nicht. Ich fühl', es ist auch meine Heimath,
Der Glanz, der Ernst, der euch umfließt.

Ha! sprängen jetzt die Pforten deines Heiligthums,
O Ceres, die du in Eleusis throntest!
Begeistrung trunken fühl' ich jetzt
50 Die Schauer deiner Nähe,
Verstände deine Offenbarungen.
Ich deutete der Bilder hohen Sinn, vernähme
Die Hymnen bei der Götter Mahle,
Die hohen Sprüche ihres Raths.

---

34 Der *bis* 42 Gestalt *von Hegel gestrichen.*   48 *Hs.* ... throntest!

55 Doch deine Hallen sind verstummt, o Göttin!
   Geflohen ist der Götter Kreis in den Olymp
   Zurück von den entheiligten Altären,
   Geflohn von der entweihten Menschheit Grab
   Der Unschuld Genius, der her sie zauberte.
60 Die Weisheit deiner Priester schweigt. Kein Ton der heil'gen
   Hat sich zu uns gerettet und vergebens sucht   [Weih'n
   Des Forschers Neugier mehr, als Liebe
   Zur Weisheit. Sie besitzen die Sucher und verachten dich.
   Um sie zu meistern, graben sie nach Worten,
65 In die dein hoher Sinn gepräget wär'.
   Vergebens! Etwas Staub und Asche nur erhaschen sie,
   Worein dein Leben ihnen ewig nimmer wiederkehret.
   Doch unter Moder und Entseeltem auch gefielen sich
   Die ewigtodten, die genügsamen! – Umsonst, es blieb
70 Kein Zeichen deiner Feste, keines Bildes Spur.
   Dem Sohn der Weihe war der hohen Lehren Fülle,
   Des unaussprechlichen Gefühles Tiefe viel zu heilig,
   Als daß er trock'ne Zeichen ihrer würdigte.
   Schon der Gedanke faßt die Seele nicht,
75 Die außer Zeit und Raum in Ahnung der Unendlichkeit
   Versunken, sich vergißt und wieder zum Bewußtsein nun
   Erwacht. Wer gar davon zu Andern sprechen wollte,
   Spräch' er mit Engelzungen, fühlt der Worte Armuth.
   Ihm graut, das Heilige so klein gedacht,
80 Durch sie so klein gemacht zu haben, daß die Red' ihm Sünde
   Und daß er bebend sich den Mund verschließt.   [deucht,
   Was der Geweihte sich so selbst verbot, verbot ein weises
   Gesetz den ärmern Geistern, das nicht kund zu thun,
   Was sie in heil'ger Nacht geseh'n, gehört, gefühlt.
85 Daß nicht den Bessern selbst auch ihres Unfugs Lärm
   In seiner Andacht stört', ihr hohler Wörterkram
   Ihn auf das Heil'ge selbst erzürnen machte, dieses nicht
   So in den Koth getreten würde, daß man dem
   Gedächtniß gar es anvertraute, daß es nicht
90 Zum Spielzeug und zur Waare des Sophisten,
   Die er obolenweis verkaufte,
   Zu des beredten Heuchlers Mantel, oder gar
   Zur Ruthe schon des frohen Knaben, und so leer
   Am Ende würde, daß es nur im Widerhall
95 Von fremden Zungen seines Lebens Wurzel hätte.
   Es trugen geizig deine Söhne, Göttin,

---

91 *Obolos, griechische Scheidemünze.*

Nicht deine Ehr', auf Gass' und Markt, verwahrten sie
Im innern Heiligthum der Brust.
Drum lebtest du auf ihrem Munde nicht.
100 Ihr Leben ehrte dich. In ihren Thaten lebst du noch.

Auch diese Nacht vernahm ich, heil'ge Gottheit, Dich.
Dich offenbart oft mir auch deiner Kinder Leben,
Dich ahn' ich oft als Seele ihrer Thaten!
Du bist der hohe Sinn, der treue Glauben,
105 Der einer Gottheit, wenn auch Alles untergeht, nicht wankt.

(August 1796)

1844

FRANZ GRILLPARZER

Abschied von Wien.

Leb' wohl, du stolze Kaiserstadt,
Zwar nicht auf lange denk' ich;
5 Zu andern Grenzen, lebensmatt,
Die irren Schritte lenk' ich.

Schön bist du, doch gefährlich auch,
Dem Schüler wie dem Meister,
Entnervend weht dein Sommerhauch,
10 Du Kapua der Geister.

Auf deinen Fluren geht sich's weich,
Und Berg' und Wälder breiten
Rings um dich her ein Zauberreich,
Durch das die Ströme gleiten.

15 Weithin Musik, wie wenn im Baum
Der Vögel Chor erwachte,
Man spricht nicht, denkt wohl etwa kaum
Und fühlt das Halb-Gedachte.

Dazu dein Volk, ein wack'res Herz,
20 Verstand, und vom gesunden,
Das sich mit Märchen und mit Scherz
Der Wahrheit Bild umwunden.

---

10 *Luxus und Ausschweifungen des Capua der Spätantike waren sprichwörtlich.*

Man lebt in halber Poesie,
Gefährlich für die ganze,
25 Und ist ein Dichter, ob man nie
An Vers gedacht und Stanze.

Doch weil, von so viel Schönheit voll,
Wir nur zu athmen brauchen,
Vergißt man, was zum Herzen quoll,
30 Auch wieder auszuhauchen:

Die Tafel bleibt, die Leinwand leer.
D'rum fort aus diesen Gründen!
Ob von der Reiselast Beschwer
Sich fest're Bilder ründen.

ANNETTE ELISABETH FREIIN VON DROSTE-HÜLSHOFF

Das Ich der Mittelpunkt der Welt.

Jüngst hast die Phrase scherzend du gestellt:
„Wer Reichthum, Liebe will und Glück erlangen,
5 Der mache sich zum Mittelpunkt der Welt,
Zum Kreise, drin sich alle Strahlen fangen."
Dein Wort, mein Freund, war wie des Tempels Thür:
Die Inschrift draußen und das Volksgedränge,
Und durch die Spalten blinkt der Lampen Zier,
10 Ziehn Opferduft und heilige Gesänge.

Wie könnte jemals wohl des Glückes Born
Aus andrem als dem eignen Herzen fließen,
Aus welcher Schale wohl des Himmels Zorn
Als aus der selbstgebotnen sich ergießen!
15 O glücklich seyn, geliebt und glücklich seyn –
Möge ein Engel mir die Pfade deuten!
Da schwillt des Tempels Vorhang, zart und rein
Hör' ich's wie Echo durch die Falten gleiten.

Standest an einem Krankenbett du je
20 Nach wochenlangen selbstvergessnen Sorgen,
Hobst deine schweren Wimpern in die Höh
Zu einem Dankgebete nach dem Morgen,
Und sahst um des Genesenden Gesicht
Ein neuerwachtes Seelenschimmern schweben
25 Und einen Liebesblick auf dich, wie nicht
Ihn Freund und nicht Geliebte können geben?

Hieltest du je den Griffel in der Hand
Und rechnetest mit frohem Geiz zusammen
Die Groschen, die du selber dir entwandt,
30 Schien jeder Heller dir wie Gold zu flammen
Des Schatzes für den fremden Sorgenpfühl,
Um den du deine Freuden schlau betrogen,
Und hast in deines Reichthums Vollgefühl
Tief, tief den Odem in die Brust gezogen?

35 Und der Moment, wo eine Rechte schwimmt
Ob theurem Haupte mit bewegtem Segen,
Wo sie das Herz vom eignen Herzen nimmt,
Um freudig an das fremde es zu legen:
Hast du ihn je erlebt und standest dann,
40 Die Arme still und freundlich eingeschlagen,
Selig berechnend, welche Früchte kann,
Wie liebliche das neue Bündniß tragen?

Dann bist du glücklich, bist geliebt und reich,
Ein Fels, an dem sich alle Blitze spalten,
45 Dann mag dein Kranz verwelken, mögen bleich
Krankheit und Alter dir die Stirne falten;
Dann bist der Mittelpunkt du deiner Welt,
Der Kreis, aus dem die Freudenstrahlen quillen,
Und was so frisch der Bäche Ufer schwellt,
50 Wie sollte seinen Born es nicht erfüllen!

FRANZ GRILLPARZER

Episteln.

Weil mich Geselligkeit mit Vielen nicht vereint,
Hält man mich hie und da für einen Menschenfeind.
5 Euch flieht nur mein Verstand, mein Herz ist Euch geblieben,
Und ich entferne mich, um fürder Euch zu lieben.

I.

Ihr wollt denn wirklich deutsche Poesie,
Die es auch sei, nicht blos nur so sich nenne?
Gerecht're Wünsche hörte man wohl nie,
10 Doch deutsche Art macht erst, daß ich sie kenne.

Ich weiß Euch ruhig, fest, von schlichtem Sinn,
Zum Handeln minder rührig als zum Denken,
Doch seh' ich auf des Tags Gestalten hin,
Muß ich zum Widerspiel die Meinung lenken.

15 Da lärmt's und prahlt und tobt und schreit und droht,
Vernichtet jede Stunde zehn Tyrannen,
Will Freiheit, gält' es hundertfachen Tod
Und führt doch Krieg nur mit den vollen Kannen.

Ihr rühmt der Väter Biedersinn und Art.
20 Historisch, nur historisch, ruft's histerisch,
Im Glauben ruht das Heil der Gegenwart!
Und *Strauß* macht Euch mit seinen Mythen närrisch.

Freund Hegel gibt Euch einen neuen Gott,
Und Schelling stutzt Euch zu auf's neu den alten.
25 Die Welt aus Nichts, war schon ein hart Gebot –,
Doch Nichts, – das eine Welt – will gar nicht halten.

Gefühl rühmt man, daß Euer Antheil sei –
Drum kostet wohl Verstand Euch Überwindung –
Doch als Ihr todtschlugt die Empfindelei,
30 Traf mancher harte Schlag auch die Empfindung.

Und statt Gefühl, womit Ihr auch begabt,
Find' ich Euch kalt in holperichten Reimen,
Wo nur Gedanken, die man längst gehabt,
Zum Harlekin sich an einander leimen.

35 Ein Volk von Denkern? Und sprecht plappernd nach,
Was Ihr gehört von nicht'gen Unterweisern,
Gervinus, Menzel stehen wie zur Wach',
Bald abgelöst, in engen Schilderhäusern.

Was heute gut, weicht morgen schon vom Platz,
40 So Billigung als Urtheil ohne Stärke,
Ihr lebt von heut, Euch häuft sich nie ein Schatz,
Ihr habt nur Bücher, aber keine Werke.

Wo ist dann deutsche Art? Auf, zeigt mir sie,
Statt Launen, immer bunter und vertrakter;
45 Und fordert ihr ihn von der Poesie,
So habt vor Allem selber erst Charakter.

22 *David Friedrich* Strauß *(1808–1874)*, *Verfasser des 'Leben Jesu'*. 37 *Georg Gottfried* Gervinus *(1805–1871)*, *Historiker, Literarhistoriker ('Geschichte der deutschen Dichtung')*, *liberaler Politiker; Wolfgang* Menzel *(1798–1873)*, *Schriftsteller, Abgeordneter, Gegner des 'Jungen Deutschland'*.

Allein Ihr möchtet sein, was Ihr nicht seid, –
Geht in die Schule denn und lernt zu leben,
Und seid Ihr zum *Empfangen* erst bereit,
50   Wird Euch die Dichtkunst das Gemäße geben.

II.

Macht nur nicht so ernste Gesichter,
Am End' ist ja viel doch nur Spaß,
Ihr seid nicht Geschworne noch Richter,
Und wär's auch, was hindert uns das?

55   Seht nur Eure Nachbarn, die Franken,
Den Briten, das wandelnde Faß,
Sie richten und streiten und zanken,
Drauf heben sie lustig das Glas.

Wir wissen, Ihr seid Philosophen,
60   Sucht Wahrheit, als gält's Blindekuh,
Doch fragen wir, was Ihr getroffen,
Nimmt kaum die Bewunderung zu:

Des Jenseits Maß wär' die Hierzeit,
Euch selber macht Ihr zum Gott;
65   Doch ist er nicht klüger als Ihr seid,
Dünkt uns der Allweise nur Spott.

Auch habt Ihr die Fremden geschlagen;
Das thaten wohl And're vor Euch:
Der Franke in stürmischen Tagen,
70   Der Spanier – wen nenn' ich nur gleich?

Es stecken da Manche dahinter,
Manch' Helfer stand Mann da für Mann;
Der hitzigste war wohl der Winter,
Der schlug, als noch voll der Tyrann.

75   Euch schmückt ein deutsches Bewußtsein,
Als eins, nicht fältig, nur Ein-,
Wie sollt' auch nicht einig die Brust sein,
Da eins der Zoll im Verein.

Nur, streitet Ihr noch um den Glauben,
80   Fehlt zu Treu und Glauben die Treu',
Auch, wißt Ihr, hält Mancher nur Tauben,
Um Andre zu fangen dabei.

Auch seid Ihr frei. – Nicht in Worten,
Geschrieb'ne bewacht die Censur.
85 In Thaten? Noch minder als dorten.
Wie treff' ich die Sache doch nur?

Nun denn: Ihr seid frei mit dem Maule.
Nun hab' ich den rechten Pfiff,
Wir sitzen auf Hegel'schem Gaule
90 Ihr seid denn frei: im Begriff.

Und da der Begriff auch das Wahre,
Seid frei Ihr in Wirklichkeit.
Man spart so Thaten und Jahre,
Ist wie außer Raum und Zeit.

95 Und so nun mitten im Rechten,
Ziemt Alles Euch groß und neu;
Laßt Schiller und Goethe den Knechten,
Für Euch seid Dichter, die frei.

Die machen Krieg den Tyrannen
100 Und rufen Erhebung Euch zu.
Ihr leert einstimmend die Kannen
Und legt um halb eilf Euch zur Ruh.

Statt länger mit Griechen zu prahlen
Und anderm veralteten Schnack;
105 Von Gothen entstammt und Vandalen,
Sei Euch auch der Väter Geschmack.

Die Nibe- und Amelungen,
Und Gunther, Gudrun, oder was?
Ist's auch etwas knarrend gesungen,
110 Ein Deutscher! und fragt noch um das?

So viel für die Form. Um die Sache
Braucht Ihr zu suchen nicht weit,
Der Stoff Eurer holprigen Mache
Sei eben die Wirklichkeit;

115 Die Helden, die Ruhm sich erworben,
Nur größern in Eurer Näh',
Die für die Freiheit gestorben,
Das heißt: in effigie.

107f. *Anspielung auf die seit Anfang des 19. Jahrhunderts sehr populäre deutsche Helden-
dichtung.* Amelungen *werden die Gefolgsleute Dietrichs von Bern genannt, des historischen Theo-
derichs des Großen aus dem ostgotischen Königsgeschlecht der Amaler.*

120 Was sonst noch des Fortschritts Bürgschaft:
Zolleinung und Eisenbahn,
Zwei-Kammern-, Drei-Felder-Wirthschaft
Beut sich zum Besingen Euch an;

Das Dasein in all seiner Blöße,
Was sonst als Prosa sich gab;
125 Klatscht dichtend die eigene Größe
Auf graues Löschpapier ab.

Und so vermengend die Richtung,
Sei, Alles in eines gepackt,
Ein Daguerreotyp Eure Dichtung,
130 So ähnlich als abgeschmackt.

ANNETTE ELISABETH FREIIN VON DROSTE-HÜLSHOFF

Die todte Lerche.

Ich stand an deines Landes Grenzen,
An deinem grünen Saatenwald,
5 Und auf des ersten Strahles Glänzen
Ist dein Gesang herabgewallt;
Der Sonne schwirrtest du entgegen,
Wie eine Mücke nach dem Licht,
Dein Lied war wie ein Blüthenregen,
10 Dein Flügelschlag wie ein Gedicht.

Da war es mir, als müsse ringen
Ich selber nach dem jungen Tag,
Als horch' ich meinem eignen Singen,
Und meinem eignen Flügelschlag;
15 Die Sonne sprühte glühe' Funken,
In Flammen brannte mein Gesicht,
Ich selber taumelte wie trunken,
Wie eine Mücke nach dem Licht!

Da plötzlich sank und sank es nieder,
20 Gleich todter Kohle in die Saat;
Noch zucken sah ich kleine Glieder,
Und bin erschrocken dann genaht.

---

129 Daguerreotyp *Bild in der Daguerreotypie-Technik, einem von dem Maler Louis
Jacques Mandé Daguerre 1839 erfundenen primitiven photographischen Verfahren.*

Dein leztes Lied, es war verklungen,
Du lagst ein armer, kalter Rest,
25 Am Strahl verflattert und versungen,
Bei deinem halbgebauten Nest.

Ich möchte Thränen um dich weinen
Wie sie das Weh vom Herzen drängt;
Denn auch mein Leben wird verscheinen,
30 Ich fühl's, versungen und versengt.
Dann du mein Leib, ihr armen Reste,
Dann nur ein Grab auf grüner Flur
Und nah nur, nah bei meinem Neste,
In meiner stillen Heimath nur!

Im Grase.

Süße Ruh', süßer Taumel im Gras,
Von des Krautes Arom umhaucht,
Tiefe Flut, tief, tief trunkne Flut,
5 Wenn die Wolke am Azure verraucht,
Wenn aufs müde schwimmende Haupt
Süßes Lachen gaukelt herab,
Liebe Stimme säuselt und träuft
Wie die Lindenblüth' auf ein Grab.

10 Wenn im Busen die Todten dann
Jede Leiche sich streckt und regt,
Leise, leise den Odem zieht,
Die geschloss'ne Wimper bewegt,
Todte Lieb', todte Lust, todte Zeit,
15 All die Schätze, im Schutt verwühlt,
Sich berühren mit schüchternem Klang
Gleich den Glöckchen, vom Winde umspielt.

Stunden, flücht'ger ihr als der Kuß
Eines Strahls auf den trauernden See,
20 Als des zieh'nden Vogels Lied,
Das mir niederperlt aus der Höh',
Als des schillernden Käfers Blitz
Wenn den Sonnenpfad er durcheilt,
Als der flücht'ge Druck einer Hand,
25 Die zum letzten Male verweilt.

Dennoch, Himmel, immer mir nur
Dieses Eine nur: für das Lied
Jedes freien Vogels im Blau
Eine Seele, die mit ihm zieht,
30 Nur für jeden kärglichen Strahl
Meinen farbig schillernden Saum,
Jeder warmen Hand meinen Druck
Und für jedes Glück einen Traum.

Das Spiegelbild.

Schaust mich an aus dem Kristall,
Mit deiner Augen Nebelball,
Kometen gleich die im Verbleichen;
5 Mit Zügen, worin wunderlich
Zwei Seelen wie Spione sich
Umschleichen, ja, dann flüstre ich:
Phantom, du bist nicht meines Gleichen!

Bist nur entschlüpft der Träume Hut,
10 Zu eisen mir das warme Blut,
Die dunkle Locke mir zu blassen;
Und dennoch, dämmerndes Gesicht,
Drin seltsam spielt ein Doppellicht,
Trätest du vor, ich weiß es nicht,
15 Würd' ich dich lieben oder hassen?

Zu deiner Stirne Herrscherthron,
Wo die Gedanken leisten Frohn
Wie Knechte, würd ich schüchtern blicken;
Doch von des Auges kaltem Glast,
20 Voll todten Lichts, gebrochen fast,
Gespenstig, würd, ein scheuer Gast,
Weit, weit ich meinen Schemel rücken.

Und was den Mund umspielt so lind,
So weich und hülflos wie ein Kind,
25 Das möcht in treue Hut ich bergen;
Und wieder, wenn er höhnend spielt,
Wie von gespannten Bogen zielt,
Wenn leis' es durch die Züge wühlt,
Dann möcht ich fliehen wie vor Schergen.

30 Es ist gewiß, du bist nicht Ich,
Ein fremdes Daseyn, dem ich mich
Wie Moses nahe, unbeschuhet,
Voll Kräfte die mir nicht bewußt,
Voll fremden Leides, fremder Lust;
35 Gnade mir Gott, wenn in der Brust
Mir schlummernd deine Seele ruhet!

Und dennoch fühl ich, wie verwandt,
Zu deinen Schauern mich gebannt,
Und Liebe muß der Furcht sich einen.
40 Ja, trätest aus Kristalles Rund,
Phantom, du lebend auf den Grund,
Nur leise zittern würd ich, und
Mich dünkt – ich würde um dich weinen!

FERDINAND FREILIGRATH

Hamlet.

Deutschland ist Hamlet! – Ernst und stumm
In seinen Thoren jede Nacht
5 Geht die begrabne Freiheit um,
Und winkt den Männern auf der Wacht.
Dasteht die Hohe, blank bewehrt,
Und sagt dem Zaudrer, der noch zweifelt:
„Sei mir ein Rächer, zieh' dein Schwert!
10 Man hat mir Gift in's Ohr geträufelt!"

Er horcht mit zitterndem Gebein,
Bis ihm die Wahrheit schrecklich tagt;
Von Stund' an will er Rächer sein –
Ob er es wirklich endlich wagt?
15 Er sinnt und träumt und weiß nicht Rath;
Kein Mittel, das die Brust ihm stähle!
Zu einer frischen, muth'gen That
Fehlt ihm die frische, muth'ge Seele!

Das macht, er hat zu viel gehockt;
20 Er lag und las zu viel im Bett.
Er wurde, weil das Blut ihm stockt,
Zu kurz von Athem und zu fett.

Er spann zu viel gelehrten Werg,
Sein bestes Thun ist eben Denken;
25   Er stack zu lang in Wittenberg,
Im Hörsaal oder in den Schenken.

Drum fehlt ihm die Entschlossenheit;
Kommt Zeit, kommt Rath – er stellt sich toll,
Hält Monologe lang und breit,
30   Und bringt in Verse seinen Groll;
Stutzt ihn zur Pantomime zu,
Und fällt's ihm einmal ein, zu fechten:
So muß Polonius-Kotzebue
Den Stich empfangen statt des Rechten.

35   So trägt er träumerisch sein Weh',
Verhöhnt sich selber in's Geheim,
Läßt sich verschicken über See,
Und kehrt mit Stichelreden heim;
Verschießt ein Arsenal von Spott,
40   Spricht von geflickten Lumpenkön'gen –
Doch eine That? Behüte Gott!
Nie hatt' er Eine zu beschön'gen!

Bis endlich er die Klinge packt,
Ernst zu erfüllen seinen Schwur;
45   Doch ach – das ist im letzten Akt,
Und streckt ihn selbst zu Boden nur!
Bei den Erschlagnen, die sein Haß
Preis gab der Schmach und dem Verderben,
Liegt er entseelt, und Fortinbras
50   Rückt klirrend ein, das Reich zu erben. –

Gottlob, noch sind wir nicht so weit!
Vier Akte sahn wir spielen erst!
Hab' Acht, Held, daß die Ähnlichkeit
Nicht auch im fünften du bewährst!
55   Wir hoffen früh, wir hoffen spät:
O, raff' dich auf, und komm' zu Streiche,
Und hilf entschlossen, weil es geht,
Zu ihrem Recht der fleh'nden Leiche!

Mach' den Moment zu Nutze dir!
60   Noch ist es Zeit – drein mit dem Schwert,
Eh' mit französischem Rapier
Dich schnöd vergiftet ein Laert!

Eh' rasselnd naht ein nordisch Heer,
Daß es für sich die Erbschaft nehme!
65   O, sieh' dich vor – ich zweifle sehr,
Ob dießmal es aus Norweg käme!

Nur ein Entschluß! Aufsteht die Bahn –
Tritt in die Schranken kühn und dreist!
Denk' an den Schwur, den du gethan,
70   Und räche deines Vaters Geist!
Wozu dieß Grübeln für und für?
Doch – darf ich schelten, alter Träumer?
Bin ich ja selbst ein Stück von dir,
Du ew'ger Zauderer und Säumer!

CLEMENS BRENTANO

Lieb und Leid im leichten Leben,
Sich erheben, abwärts schweben,
Alles will das Herz umfangen,
Nur verlangen, nie erlangen.

In dem Spiegel all ihr Bilder
Blicket milder, blicket wilder,
Kann doch Jugend nichts versäumen,
Fort zu träumen, fort zu schäumen.

10   Frühling soll mit süßen Blicken
Mich entzücken und berücken,
Sommer mich mit Frucht und Myrthen
Reich bewirthen, froh umgürten.

Herbst du sollst mich Haushalt lehren,
15   Zu entbehren, zu begehren,
Und du Winter lehr mich sterben,
Mich verderben, Frühling erben.

Wasser fallen um zu springen,
Um zu klingen, um zu singen
20   Schweig ich stille, wie und wo? –
Trüb und froh, nur so, so!

1845

Johann Nestroy

Lied.

1. Ich hab vierzehn Anzüg, theils licht und theils dunkel,
Die Frack und die Pantalon, alles von Gunkel,
5 Wer mich anschaut, dem kommt das g'wiß nicht in Sinn,
Daß ich trotz der Garderob, ein Zerrissener bin.
Mein Gemüth is zerrissen, da is Alles zerstückt,
Und ein zerriss'nes Gemüth wird ein'm nirgend's g'flickt,
Und doch – müßt' ich erklär'n wem den Grund von mein Schmerz,
10 So stündet ich da, wie's Mandl beim Sterz.
Meiner Seel, 's is a fürchterlich's G'fühl,
Wenn man selber nicht weiß, was man will.

2. Bald möcht' ich die Welt durchflieg'n ohne zu rasten,
Bald is mir der Weg z'weit vom Tisch bis zum Kasten;
15 Bald lad' ich mir Gäst a paar Dutzend in's Haus,
Und wie's da sein, so werfet ich's gern Alle h'naus.
Bald ekelt mich's Leben an, das Grab nur mir g'fallt,
Gleich d'rauf möcht' ich wern über 1000 Jahr alt,
Bald ärg're ich mich d'rüber, daß Frauenzimmer gibt,
20 Gleich d'rauf möcht' ich, daß Alle in mich wär'n verliebt.
Meiner Seel, 's is a fürchterlich's G'fühl,
Wenn man selber nicht weiß, was man will.

Gottfried Keller*

Herwegh.

Schäum' brausend auf! – Wir haben lang gedürstet,
Du Goldpokal, nach einem jungen Wein:
5 Da traf in Dir ein guter Jahrgang ein!
Wir haben was getrunken, was gebürstet!

Noch immer steht Zwing-Uri stolz gefirstet,
Noch ist das Land ein kalter Todtenschrein,
Der schweigend harrt auf seinen Osterschein –:
10 Zum Wecker bist vor Vielen Du gefürstet!

Lied 4 Gunkel *Wiener Nobel- und Hofschneiderei.* 14 Kasten *Schrank.*
Herwegh 6 gebürstet *Von ‚die Kehle bürsten', trinken.*

Doch wenn nach Sturm der Friedensbogen lacht,
Wenn der Dämonen finstre Schaar bezwungen,
Zurückgescheucht in ihres Ursprungs Nacht:

Dann soll Dein Lied, das uns nur Sturm gesungen,
Erst voll erblühn in reicher Frühlingspracht!
Nur durch den Winter wird der Lenz errungen.

GEORG HERWEGH

Frühlingsnacht.

So sel'ge Stille traf ich nie!
Kaum lispelt's in den Zweigen,
Als hätten ein Geheimniß sie
Den Menschen zu verschweigen.

Kaum plätschert noch die Welle fort,
Kaum knospet's in den Hecken,
Als gelte es, die Sterne dort
Am Himmel nicht zu wecken.

Die guten Geister senken sich
Auf ihren Strahlen nieder,
Und bringen, die bei Tag entwich,
Die Ruh' den Träumen wieder.

Mein Schifflein treibt im Sturm allein,
Und Niemand will es retten;
So müd' dies Haupt, schläft's doch nicht ein,
Ich muß ihm tiefer betten.

AUGUST HEINRICH HOFFMANN VON FALLERSLEBEN

Classischer Boden.

Ja, bei Gott! ihr Welschen dürfet
Keine alten Römer sein,
Nur allein für Schul' und Kirche
Dürft ihr treiben das Latein.

HERWEGH 11 *Regenbogen; vgl. die biblische Ätiologie des ‚Bundeszeichens‘, 1. Mose 9, 12–17.*

Jede Spur von Römertugend,
Römermuth und Freiheitssinn
Ward getödtet, und die Hoffnung
10 Schönrer Zeiten ist dahin.

Jedes junge Vorwärtsstreben
Ward dem Untergang geweiht,
Übrigblieb ein alt Gesindel
Mit der alten faulen Zeit.

15 Rufen künftige Bandiera
Wie der brüllende Vesuv,
Dann auch sterben sie, und niemand
Höret ihren Freiheitsruf.

Römisches Helldunkel.

Wenn ich die vielen Pfaffen sehe
In Rom in ihrer schwarzen Tracht,
Dann wird's am hellen lichten Tage
5 Vor meinen Augen dunkle Nacht.

Erst beim Ave-Maria-Läuten,
Wenn heim die Pfaffen ziehn zu Nest,
Dann ist es mir in Rom geworden,
Als ob der Tag sich blicken läßt.

Michel-Enthusiast.

Es wächst der Mensch mit seinen höhern Zwecken.
Schiller.

Es reist so mancher Philister
5 Ins Land Italia,
Auf daß er nachher sich rühme:
Auf Ehr', auch ich war da!

Zwar hat er des Ärgers nicht wenig
Und manchen großen Verdruß,
10 Und theuer muß er erkaufen
Den hochgepriesnen Genuß.

CLASSISCHER BODEN 15 *Die Brüder Attilio und Emilio* Bandiera, *Anhänger der italieni-*
schen republikanischen Bewegung und deren Protagonisten Giuseppe Mazzini nahestehend, wurden
durch Verrat bei einem Umsturzversuch 1844 in Kalabrien verhaftet und wenig später, am 25. Juli
1844, in Cosenza erschossen.

Doch nur ein deutscher Philister,
Der achtet nicht Hitz' und Durst,
Nicht Mauth und Paßbeschwerniß,
Es ist ihm alles Wurst.

Trotz glühendem Scirocco,
Trotz drückendem Sonnenschein
Spaziert er zu allen Ruinen,
Zu allen Villen hinein.

Er geht in alle Kirchen,
In alle Gallerien,
Und läßt sich vom Servidore
Wie ein Bär am Seile ziehn.

Noch spät am Abend besteigt er
Ganz müde die steilsten Höhn
Und spricht vom Schweiße triefend:
Italien ist doch schön!

ROBERT EDUARD PRUTZ

Aus: Vier Gedichte

IV.

Noch ist die Freiheit nicht verloren,
Noch sind wir nicht, nicht ganz besiegt:
In jedem Lied wird sie geboren,
Das aus der Brust der Lerche fliegt;
Sie rauscht uns zu im jungen Laube,
Im Strom, der sich durch Felsen drängt,
Sie glüht im Purpursaft der Traube,
Der brausend seine Bande sprengt.

Der sei kein rechter Mann geachtet,
Dem lohne nie der Jungfrau Kuß,
Der nicht aus tiefster Seele trachtet,
Wie er der Freiheit dienen muß.
Das Eisen wächst im Schooß der Erden,
Es ruht das Feuer in dem Stein –
Und wir allein soll'n Knechte werden?
Ja, Knechte bleiben, wir allein?

MICHEL-ENTHUSIAST 14 Mauth *Zoll*   22 Servidore *gemieteter Diener, auch
Fremdenführer.*

Laßt euch die Kette nicht bekümmern,
20 Die noch an eurem Arme klirrt:
Zwing-Uri liegt in Schutt und Trümmern,
Sobald ein Tell geboren wird!
Die blanke Kette ist für Thoren,
Für freie Männer ist das Schwert:
25 Noch ist die Freiheit nicht verloren,
So lang ein Herz sie noch begehrt.

GOTTFRIED KELLER

Aus: Nacht.

IV.

Willkommen, klare Sommernacht,
Die auf thautrunknen Fluren liegt!
Gegrüßt mir, hehre Sternenpracht,
Die spielend sich im Weltraum wiegt!

5 Das Urgebirge um mich her
Ist schweigend, wie ein Nachtgebet:
Weit hinter ihm hör' ich das Meer,
Im Geist, und wie die Brandung geht.

Ich höre einen Flötenton,
10 Den mir der Wind von Westen bringt,
Indes herauf im Osten schon
Die Ahnung, wie vom Tage, dringt.

Ich sinne, wo in weiter Welt
Jetzt sterben mag ein Menschenkind –
15 Und ob vielleicht den Einzug hält
Das längst ersehnte Heldenkind.

Doch wie auf blühn'dem Erdenthal
Ein unermeßlich Schweigen ruht:
Ich fühle mich so leicht zumal
20 Und, wie die Welt, so still und gut.

Der letzte, leise Schmerz und Spott
Verschwindet aus des Herzens Grund:
Es ist, als thät' der alte Gott
Mir endlich seinen Namen kund.

Frühling.

II.

Es wandert eine schöne Sage
Wie Veilchenduft, auf Erden um,
Wie sehnsuchtsvolle Liebesklage
In lauer Frühlingsnacht herum.

Das ist das Lied vom Völkerfrieden
Und von dem letzten Menschenglück,
Von goldner Zeit, die einst hienieden
In ew'ger Klarheit kehrt zurück;

Wo einig alle Völker beten
Zum einen König, Gott und Hirt;
Von jenem Tag, wo den Propheten
Ihr ehern Recht gesprochen wird.

Dann wird's nur eine Schmach noch geben,
Nur eine Sünde auf der Welt,
Das ist: das neid'ge Widerstreben,
Das es für Traum und Wahnsinn hält.

Wer jene Hoffnung gab verloren
Und böslich sie verloren gab:
Er wäre besser ungeboren
Und ihm gebührt kein Menschengrab.

Den Göthe-Filistern.

„Nur Ordnung, Anmuth!" tönt es immerdar.
    Wer spricht von Ordnung wo die Berge wanken?
    Wer spricht von Anmuth während die Gedanken
    Noch schutzlos irren mit zerrauftem Haar?

Noch kämpfen wir, durchringend Jahr um Jahr,
    Noch thut uns noth ein scharf, ob unschön Zanken,
    Durch dieses Zeitenwaldes wirre Ranken
    Lacht eine Zukunftsau' uns noch nicht klar.

Und Göthe ist ein Kleinod, das im Kriege
    Man still begräbt im untersten Gewölbe,
    Es bergend vor der rauhen Feindeshand:

Doch ist der Feind verjagt, nach heißem Siege
    Holt man erinnrungsfroh hervor dasselbe
    Und bringt's zum Ehrenplatz an seine Wand.

1846

FRIEDRICH HEBBEL

Ballade.

Der Knabe träumt: man schike ihn fort
Mit dreißig Thalern zum Heide-Ort;
    Er ward d'rum erschlagen am Wege
    Und war doch nicht langsam und träge.

Noch liegt er im Angstschweiß, da rüttelt ihn
Sein Meister, und heißt ihm, sich anzuzieh'n,
    Und wirft ihm das Geld auf die Deke
    Und fragt ihn, warum er erschreke.

„Ach Meister, mein Meister, sie schlagen mich todt,
Die Sonne, sie ist ja wie Blut, so roth!"
    Sie ist es für dich nicht alleine,
    D'rum schnell, sonst mach' ich dir Beine!

„Ach Meister, mein Meister, so sprachst du schon,
Das war das Gesicht, der Blik, der Ton,
    Gleich greifst du" – zum Stok! will er sagen,
    Er sagt's nicht, er wird schon geschlagen!

„Ach Meister, mein Meister, ich geh', ich geh,
Bring meiner Mutter das letzte Ade!
    Und sucht sie nach allen vier Winden,
    Am Weidenbaum bin ich zu finden!"

Hinaus aus der Stadt! – Und da dehnt sie sich,
Die Haide, nebelnd, gespenstiglich!
    Die Winde darüber sausend!
    „Ach, wäre hier ein Schritt, wie tausend!"

Und Alles so still und Alles so stumm,
Man sieht sich umsonst nach Lebendigem um,
    Nur hungerige Vögel schießen
    Aus Wolken, um Würmer zu spießen.

Er kommt an's einsame Hirtenhaus.
Der alte Hirt schaut eben heraus,
    Des Knaben Angst ist gestiegen,
    Am Wege bleibt er noch liegen.

35   „Ach Hirte, du bist ja von frommer Art,
Vier gute Groschen hab' ich erspart,
    Gib deinen Knecht mir zur Seite,
    Daß er bis zum Dorf mich begleite!

Ich will sie ihm geben, er trinke dafür,
40   Am nächsten Sonntag ein gutes Bier,
    Dieß Geld hier, ich trag' es mit Beben,
    Man nahm mir im Traum d'rum das Leben."

Der Hirt, der winkte dem langen Knecht,
Er schnitt sich eben den Steken zurecht,
45   Jetzt trat er hervor, wie graute
    Dem Knaben, als er ihn schaute!

„Ach Meister Hirte, ach nein, ach nein,
Es ist doch besser, ich geh' allein!"
    Der Lange spricht grinsend zum Alten:
50   „Er will die vier Groschen behalten!"

„Da sind die vier Groschen"! Er wirft sie hin
Und eilt hinweg mit verstörtem Sinn.
    Schon kann er die Weide erbliken,
    Da klopft ihn der Knecht in den Rüken.

55   „Du hältst es nicht aus, du gehst zu geschwind,
Ei, Eile mit Weile, du bist ja noch Kind,
    Auch muß dich das Geld ja beschweren,
    Wer kann dir das Ausruhn verwehren!"

Komm, setz' dich unter den Waidenbaum
60   Und dort erzähl' mir den häßlichen Traum,
    Ich träumte – Gott soll mich verdammen,
    Trifft's nicht mit deinem zusammen!"

Er faßt den Knaben wohl bei der Hand,
Der leistet auch nimmermehr Widerstand,
65   Die Blätter flüstern so schaurig,
    Das Wässerlein rieselt so traurig!

„Nun sprich, du träumtest" – Es kam ein Mann –
„War ich das? Sieh mich doch näher an!
    Ich denke du hast mich gesehen!
70   Nur weiter, wie ist es geschehen"?

– Er zog ein Messer – „War das, wie dieß?"
– Ach ja! ach ja! – „Er zog's?" Und stieß –
    „Er stieß dir's wohl so durch die Kehle? –
    Was hilft's auch, daß ich ihn quäle!"

75 Und fragt Ihr, wie's weiter gekommen sei,
So fragt zween Vögel, sie saßen dabei,
  Der Rabe verweilte gar heiter,
  Die Taube konnte nicht weiter.

Der Rabe erzählt, was der Böse noch that,
80 Und auch, wie's der Henker gerochen hat,
  Die Taube erzählt, wie der Knabe
  Geweint und gebetet habe!

HEINRICH HEINE

Der Asra.

Täglich ging die wunderschöne
Sultanstochter auf und nieder
5 Um die Abendzeit am Springbrunn,
Wo die weißen Wasser plätschern.

Täglich stand der junge Sklave
Um die Abendzeit am Springbrunn,
Wo die weißen Wasser plätschern;
10 Täglich ward er bleich und bleicher.

Eines Tages trat die Fürstin
Auf ihn zu mit raschen Worten:
„Deinen Namen will ich wissen,
Auch die Heimath, auch die Sippschaft?"

15 Und der Sklave sprach: „Ich heiße
Mohamet, ich bin aus Yemmen,
Und mein Stamm sind jene Asra,
Welche sterben wenn sie lieben."

Frau Jutte.

Pfalzgräfin Jutte fuhr über den Rhein,
Im leichten Kahn, bei Mondenschein,
Die Zofe rudert, die Gräfin spricht:
5 „Siehst du die Menschenleichen nicht,
Die hinter uns kommen
Einhergeschwommen?
Wie traurig schwimmen die Todten!

„Das waren Ritter voll Jugendlust,
Sie sanken zärtlich an meine Brust
Und schwuren mir Treu – zur Sicherheit,
Daß sie nicht brächen ihren Eid,
Ließ ich sie ergreifen
Sogleich und ersäufen –
Wie traurig schwimmen die Todten!"

Die Zofe rudert; voll Übermuth
Lacht laut die Gräfin. Es rauscht die Fluth –
Bis an die Hüfte tauchen hervor
Die Leichen und strecken die Finger empor,
Wie schwörend – sie nicken
Mit gläsernen Blicken –
Wie traurig schwimmen die Todten!

FRIEDRICH HÖLDERLIN

Höhere Menschheit.

Den Menschen ist der Sinn in's Innere gegeben,
Daß sie als anerkannt das Beßre wählen,
Es gilt als Ziel, es ist das wahre Leben,
Von dem Sichgeistigen des Lebens Jahre zählen.

Der Herbst.

Den 16. September 1837.

Die Sagen, die der Erde sich entfernen,
Vom Geiste, der gewesen ist und wiederkehret,
Sie kehren zu der Menschheit sich, und vieles lernen
Wir aus der Zeit, die eilends sich verzehrt.

Die Bilder der Vergangenheit sind nicht verlassen
Von der Natur, als wie die Tag' verblassen
Im hohen Sommer kehrt der Herbst zur Erde nieder,
Der Geist der Schauer findet sich am Himmel wieder.

In kurzer Zeit hat vieles sich geendet,
Der Landmann, der am Pfluge sich gezeiget,
Er siehet, wie das Jahr sich frohem Ende neiget,
In solchen Bildern ist des Menschen Tag vollendet.

15 Der Erde Rund mit Felsen ausgezieret
Ist wie die Wolke nicht, die Abends sich verlieret,
Es zeiget sich mit einem goldnen Tage,
Und die Vollkommenheit ist ohne Klage.

Der Sommer.

Wenn dann vorbei des Frühlings Blüthe schwindet,
So ist der Sommer da, der um das Jahr sich windet,
Und wie der Bach das Thal hinuntergleitet,
5 So ist der Berge Pracht darum verbreitet.
Daß sich das Feld mit Pracht am meisten zeiget,
Ist, wie der Tag, der sich zum Abend neiget;
Wie so das Jahr enteilt, so sind des Sommers Stunden
Und Bilder der Natur dem Menschen oft verschwunden.

Das Angenehme dieser Welt hab' ich genossen,
Die Jugendstunden sind, wie lang! wie lang! verflossen,
April und Mai und Junius sind ferne,
Ich bin nichts mehr; ich lebe nicht mehr gerne.

GOTTFRIED KELLER

Aus: ### Nacht.

III.

Es wiegt die Nacht mit sternbesäten Schwingen
Sich auf der Südsee blauen Wassergärten,
5 Daraus zurück, wie Silberblümchen, springen
Die Sterne, die in tiefer Fluth verklärten.

Wie ein entschlummert Kind an Mutterbrüsten,
Ruht eine Insel selig in den Wogen:
So weich und weiß ist um die grünen Küsten
10 Die Brandung rings, ein Mutterarm, gezogen.

Die Insel schläft, doch Träume auf ihr gaukeln,
Wie blüht, wie flimmert, flüstert es so minnig!
Wie lustig sich Lianenkränze schaukeln!
Wie athmet der Orangenhain tiefinnig!

15   Ich wollt', es wär' mein Herz so dicht umflossen
    Von einem Meer der Ruhe und der Klarheit,
    Und drüberhin ein Himmel ausgegossen,
    Deß einzig Sonnenlicht das Licht der Wahrheit!

    Und schöne Menschen schlafen in den Büschen,
20   Wie Bildwerk in ein Blumentuch gewoben:
    Was ein ermüdet Auge kann erfrischen,
    Das hat ein Gott hier sorglich aufgehoben.

    Hehr über Allem wallt ein frohes Ahnen,
    Sein unbewußt und doch so alldurchdrungen, –
25   Der Blutlauf, der in unsichtbaren Bahnen
    Dies reine Leben in den Gang geschwungen.

    Ein Blitz – ein Krach! – die Meeresfläche zittert;
    Braun wälzt der Rauch sich auf gekräustem Spiegel:
    Ein Meeresdrache, der den Raub gewittert,
30   So naht es pfeilschnell mit gespreiztem Flügel!

    Wach auf, wach auf, du stiller Meeresgarten,
    Gieb deine Blüthe hin für – Glaskorallen!
    Sieh, deines rosig frischen Fleisches warten,
    Du schönes Volk, Europa's feine Krallen!

35   Die Anker rasseln, Flagg' und Segel sinken,
    Wie schneidend schallt das Wort der fremden Ferne!
    Viel hundert Bleichgesichter lüstern blicken
    Im fahlen Schein der trüben Schiffslaterne.

    Zuvörderst aus des Schiffes schwarzen Wänden
40   Ragt, schwärzer, aus der giererfüllten Rotte
    Der Christenpfaffe, schwingend in den Händen
    Das blut'ge Kreuz mit dem gequälten Gotte.

Aus: Im Wald.

1.

Arm in Arm und Kron an Krone steht der Eichenwald
                                   verschlungen,
Heut hat er bei guter Laune mir sein altes Lied gesungen.

Fern am Rand fing eine junge Eiche an sich sacht zu wiegen,
5 Und dann ging es immer weiter an ein Sausen, an ein Biegen;

Kam es her in mächt'gem Zuge, schwoll es an zu breiten Wogen,
Hoch sich durch die Wipfel wälzend kam die Sturmesfluth
gezogen.

Und nun sang und pfiff es graulich in den Kronen, in den Lüften,
Und dazwischen knarrt' und dröhnt' es unten in den
Wurzelgrüften.

10 Manchmal schwang die höchste Eiche gellend ihren Schaft alleine:
Donnernder erscholl nur immer drauf der Chor vom ganzen Haine!

Einer wilden Meeresbrandung hat das schöne Spiel geglichen,
Alles Laub war, weißlich schimmernd, starr nach Süden
hingestrichen.

Also streicht die alte Geige Pan der Alte, laut und leise,
15 Unterrichtend seine Wälder in der alten Weltenweise.

In den sieben Tönen schweift er unerschöpflich auf und nieder,
In den sieben alten Tönen, die umfassen alle Lieder.

Und es lauschen still die jungen Dichter und die jungen Finken,
Kauernd in den dunklen Büschen sie die Melodien trinken.

Warnung.

Ja, du bist frei, mein Volk! – von Eisenketten;
Kein Fürst, kein Adel schmiedet dir die Bande;
Frei von des Vorrechts unduldbarer Schande,
5 Und fröhlich magst du deinen Wohlstand betten.

Doch nicht kann dies dich vor der Knechtschaft retten,
Der *schwarzen* – die im weißen Schaafsgewande
An allen Thüren lauscht im Schweizerlande,
Sich als Polyp an jedes Herz zu kletten!

10 Wenn du nicht tapfer magst den *Geist* entbinden
Von alles Dunsts erstickender Umhüllung,
Nicht heilig deiner freien Einsicht pflegen:

So wird der Feind stets offne Thore finden,
All deiner Hoffnung rauben die Erfüllung,
15 All dein gefördert Werk in Asche legen!

Erwiderung auf Justinus Kerner's Lied:
Unter dem Himmel.

Siehe Morgenblatt 1845.

Laßt mich in Gras und Blumen liegen
Und schaun dem blauen Himmel zu,
Wie goldne Wolken ihn durchfliegen,
In ihm ein Falke kreist in Ruh.

Die blaue Stille stört dort oben
Kein Dampfer und kein Segelschiff,
Nicht Menschentritt, nicht Pferdetoben,
Nicht des Dampfwagens wilder Pfiff.

Laßt satt mich schaun in diese Klarheit,
In diesen stillen, sel'gen Raum:
Denn bald könnt' werden ja zur Wahrheit
Das Fliegen, der unsel'ge Traum.

Dann flieht der Vogel aus den Lüften,
Wie aus dem Rhein der Salmen schon,
Und wo einst singend Lerchen schifften,
Schifft grämlich stumm Britannia's Sohn.

Schau ich zum Himmel, zu gewahren,
Warum's so plötzlich dunkel sei,
Erblick' ich einen Zug von Waaren,
Der an der Sonne schifft vorbei.

Fühl' Regen ich beim Sonnenscheine,
Such' nach dem Regenbogen keck,
Ist es nicht Wasser, wie ich meine,
Wurd' in der Luft ein Oehlfaß leck.

Satt laßt mich schaun vom Erdgetümmel
Zum Himmel, eh' es ist zu spät,
Wann, wie vom Erdball, so vom Himmel
Die Poesie still trauernd geht.

Verzeiht dies Lied des Dichters Grolle,
Träumt er von solchem Himmelsgraus,
Er, den die Zeit, die dampfestolle,
Schließt von der Erde lieblos aus.

                                  Justinus Kerner.

Dein Lied ist rührend, edler Sänger!
Doch zürne dem Genossen nicht,
Wird ihm darob das Herz nicht bänger,
Das, Dir erwidernd, also spricht:

Die Poesie ist angeboren,
Und sie erkennt kein Dort und Hier;
Ja, ging' die Seele mir verloren,
Sie führ' zur Hölle selbst mit mir.

45 Inzwischen sieht's auf dieser Erde
Noch lange nicht so graulich aus;
Und manchmal scheint mir, Gottes: Werde!
Ertön' erst recht dem „Dichterhaus."

Schon schafft der Geist sich Sturmesschwingen
50 Und spannt Eliaswagen an –
Willst träumend Du im Grase singen,
Wer hindert Dich, Poet daran?

Ich grüße Dich im Schäferkleide,
Herfahrend, – doch mein Feuerdrach'
55 Trägt mich vorbei, die dunkle Haide
Und Deine Geister schaun uns nach!

Was Deine alten Pergamente
Vom tollen Zauber kund Dir thun,
Das seh' ich durch die Elemente,
60 In Geistes Dienst, verwirklicht nun.

Ich seh' sie keuchend sprühn und glühen,
Stahlschimmernd bauen Land und Stadt:
Indeß das Menschenkind zu blühen
Und singen wieder Muße hat.

65 Und wenn vielleicht, nach fünfzig Jahren,
Ein Luftschiff voller Griechenwein
Durch's Morgenroth käm' hergefahren –
Wer möchte da nicht Fährmann sein?

Dann bög' ich mich, ein sel'ger Zecher,
70 Wol über Bord, von Kränzen schwer,
Und gösse langsam meinen Becher
Hinab in das verlassne Meer!

ANTON ALEXANDER GRAF VON AUERSPERG*

Drei Liebchen.

Schwarze Amsel singt gar schön
Auf des grünen Buchbaums Höh'n;
5 Späht empor der Jägerknab,
Schöße sie so gern herab.

„Jägerknab', o schone mein,
Will noch froh des Lebens sein!
Sieh', mein sind der Länder drei
10 Und darin der Liebchen drei.

Erste ist die Schreiberin,
Zweite die Frau Amtmännin,
Dritte ist Marjetka fein,
Die mein echtes Lieb mag sein.

15 Aß mit der ersten Bakwerk süß,
Mit der zweiten Braten vom Spieß,
Mit der dritten troknes Brod –
Beste Kost ist troknes Brod!

Schlief mit der ersten auf Polstern nett,
20 Mit der zweiten im Federbett,
Mit der dritten im Farrenkraut, –
Bestes Bett ist Farrenkraut!

HEINRICH HEINE

Herr Schelm von Bergen.

Im Schloß zu Düsseldorf am Rhein
Wird Mummenschanz gehalten;
5 Da flimmern die Kerzen, da rauscht die Musik,
Da tanzen die bunten Gestalten.

Da tanzt die junge Herzogin,
Sie lacht lautauf beständig.
Ihr Tänzer ist ein schlanker Fant,
10 Gar höfisch und behendig.

Er trägt eine Maske von schwarzem Sammt;
Draus blitzt hervor, mit Freude,
Ein Auge wie ein blanker Dolch,
Gezogen halb aus der Scheide.

15 Es jubelt die Fastnachts-Geckenschaar,
Wenn beide vorüberwalzen!
Der Drikkes und die Marizzebill
Grüßen mit Schnarren und Schnalzen.

Trompeten blasen, Schnedderedengh!
20 Der närrische Brummbaß brummt!
Bis endlich der Tanz ein Ende nimmt
Und die Musik verstummet.

„Durchlauchtigste Frau! gebt Urlaub mir,
Ich muß nach Hause gehen –"
25 Die Herzogin lacht: „Ich lass' dich nicht fort,
Bevor ich dein Antlitz gesehen."

„Durchlauchtigste Frau! gebt Urlaub mir,
Mein Weilen bringt Schrecken und Grauen –"
Die Herzogin lacht: „Ich fürchte mich nicht,
30 Ich muß dein Antlitz schauen."

Wohl sträubt sich der Mann, doch will das Weib
Von keiner Entschuldigung wissen;
Sie hat ihm endlich mit Gewalt
Die Maske vom Antlitz gerissen.

35 „Das ist der Scharfrichter von Bergen!" schreit auf
Die Menge, die angstvoll weichet.
Die Herzogin schwankt nach ihrem Stuhl,
Sie ist wie Kreide erbleichet.

Der Herzog war ein kluger Herr,
40 Er tilgte auf der Stelle
Der Gattin Schmach. Er zog sein Schwert
Und rief: „Knie nieder, Geselle!

„Ich schlag' dich zum Ritter, und weil du ein Schelm,
So nenn' ich dich Schelm von Bergen." –
45 Lang blühte am Rhein das edle Geschlecht,
Jetzt ruht es in steinernen Särgen.

EDUARD MÖRIKE

Auf einer Wanderung.

In ein freundliches Städtchen tret' ich ein,
In den Straßen liegt rother Abendschein.
5 Aus einem offnen Fenster eben,
Über den reichsten Blumenflor
Hinweg, hört man Goldglockentöne schweben,

Und Eine Stimme scheint ein Nachtigallenchor,
Daß die Blüthen beben,
10 Daß die Lüfte leben,
Daß in höherem Roth die Rosen leuchten vor.
Lang hielt ich staunend, lustbeklommen.
Wie ich hinaus vor's Thor gekommen,
Ich weiß es wahrlich selber nicht.
15 Ach hier, wie liegt die Welt so licht!
Der Himmel wogt in purpurnem Gewühle,
Rückwärts die Stadt in goldnem Rauch;
Wie rauscht der Erlenbach, wie rauscht im Grund die
Ich bin wie trunken, irr' geführt: [Mühle
20 O Muse, du hast mein Herz berührt
Mit einem Liebeshauch!

Götterwink.

Nachts auf einsamer Bank saß ich im thauenden Garten,
   Nah dem erleuchteten Saal, der mir die Liebste verbarg.
Rund umblüheten ihn die Akazien, duftaushauchend;
5   Weiß wie der fallende Schnee deckten die Blüthen den Weg.
Mädchengelächter erscholl und Tanz und Musik in dem Innern,
   Doch aus dem fröhlichen Chor hört' ich nur And're heraus.
Trat sie einmal an's Fenster, ich hätte den dunkelsten Umriß
   Ihrer lieben Gestalt gleich unter Allen erkannt.
10 Warum zeigt sie sich nicht, und weiß, es ist der Geliebte
   Niemals ferne von ihr, wo sie auch immer verweilt?
Ihr umgebt sie nun wohl, o feine Gesellen! ihr findet,
   Schön ist die Blume, noch rein athmend die Würze des Hains.
Dünkt euch dieß Kind nur eben gereift für das erste Verständniß
15   Zärtlicher Winke? Ihr seyd schnelle, doch kommt ihr zu spät.
Stirne, Augen und Mund, voll Unschuld strahlend, umdämmert
   Schon des gekosteten Glücks seliger Nebel geheim.
Blickt sie nicht wie abwesend in euern Lärmen? Ihr Lächeln
   Zeigt nur gezwungen die Zahn-Perlen, die köstlichen, euch.
20 Wüßtet ihr was die Schleife verschweigt im doppelten Kranze
   Ihrer Flechten! ich selbst steckte sie küssend ihr an,
Während mein Arm den Nacken umschlang, den eueren Blicken
   Glücklich der seidene Flor, lüsterne Knaben, verhüllt.
  — Also sprach ich und schwellte mir so Verlangen und Sehnsucht;
25   Kleinliche Sorge bereits mischte sich leise darein.

Aber ein Zeichen erschien, ein göttliches: nicht die Geliebte
   Schickt' es, doch Amor selbst, welchen mein Kummer gerührt.
Denn an dem Altan, hinter dem nächtlichen Fenster, bewegt sich
   Plötzlich, wie Fackelschein, eilig vorüber ein Licht,
30 Stark herstrahlend zu mir, und hebt aus dem dunklen Gebüsche,
   Dicht mir zur Seite, die hoch glühende Rose hervor.
Heil! o Blume, du willst mir verkünden, o götterberührte,
   Welche Wonne noch heut' mein, des Verwegenen, harrt
Im verschloss'nen Gemach. Wie schlägt mein Busen! –
                             Erschütternd
35 Ist der Dämonien Ruf, auch der den Sieg dir verspricht!

Früh, im Wagen.

Es graut vom Morgenreif
In Dämmerung das Feld,
Da schon ein blasser Streif
5 Den fernen Ost erhellt.

Man sieht im Lichte bald
Den Morgenstern vergehn,
Und dort am Fichtenwald
Den vollen Mond noch stehn.

10 So ist mein scheuer Blick,
Den schon die Ferne drängt,
Noch in das Schmerzensglück
Der Abschiedsnacht versenkt.

Dein blaues Auge steht
15 Ein dunkler See vor mir,
Dein Kuß, dein Hauch umweht,
Dein Flüstern mich noch hier.

An deinem Hals begräbt
Sich weinend mein Gesicht
20 Und Purpurschwärze webt
Mir vor dem Auge dicht.

Die Sonne kommt! sie scheucht
Den Traum hinweg im Nu,
Und von den Bergen streicht
25 Ein Schauer auf mich zu.

CLEMENS BRENTANO

Himmel oben, Himmel unten,
Stern und Mond in Wellen lacht,
Und in Traum und Lust gewunden
5   Spiegelt sich die fromme Nacht.

Welch entzückend laues Wehen!
Blumenathem! Traubenduft!
Wie die Felsen ernsthaft sehen
In des Wiederhalles Kluft!

10   Rhein, du breites Hochzeitbette!
Himmelhohes Lustgerüst!
Wo sich spielend um die Wette,
Stern und Mond und Welle küßt.

Wie klinget die Welle!
Wie wehet ein Wind!
O selige Schwelle!
Wo wir geboren sind.

5   Du himmlische Bläue!
Du irdisches Grün!
Voll Lieb und voll Treue,
Wie wird mein Herz so kühn!

Wie Reben sich ranken
10   Mit innigem Trieb,
So meine Gedanken
Habt hier Alles lieb.

Da hebt sich kein Wehen,
Da regt sich kein Blatt,
15   Ich kann draus verstehen,
Wie lieb man mich hat.

Ihr himmlischen Fernen!
Wie seyd ihr mir nah;
Ich griff nach den Sternen
20   Hier aus der Wiege ja.

Treib nieder und nieder
Du herrlicher Rhein!
Du kömmst mir ja wieder,
Läßt nie mich allein.

25 Meine Mühle ist brochen,
Und klappert nicht mehr,
Mein Herz hör' ich pochen
Als wenn's die Mühle wär'.

O Vater! wie bange
30 War mir es nach dir,
Horch meinem Gesange,
Dein Sohn ist wieder hier.

Du spiegelst und gleitest
Im mondlichen Glanz,
35 Die Arme du breitest,
Empfange meinen Kranz.

Herzeleid.

Wer nie sein Brod in Thränen aß,
Wer nie die kummervollen Nächte
Weinend auf seinem Bette saß,
5 Der kennt euch nicht, ihr himml'schen Mächte!

Wer einsam nie am Strome ging,
Wer nie wie die trauernde Weide
Sein Haupt zum Spiegel niederhing,
Der weiß noch nichts vom schweren Herzenleide.

10 ### Chor.

Sieh! wie wandelt der Mond so helle,
Horch! wie eilet die Quelle so schnelle,
Summ, summ, summ,
Kein Tröpflein kommt um.

15 ### Liebesleid.

Wer vor dem Fels die Hände ringt
Und eines Hirten Liedes flucht,
Vom Brunn des Mondes nicht mehr trinkt,
Den hat das bittre Elend heimgesuchet.

2–5 *nach Goethe, aus ‚*Wilhelm Meisters Lehrjahre‘, *11. Buch, 13. Kapitel.*

20   Wer keine Blume brechen mag,
     Sie lieber mitleidlos vernichtet
     Mit seines Pilgerstabes Schlag,
     Den hat der Liebe Leid wohl hingerichtet.

                    Chor.

25   Sieh! wie schlummern die Blumen so leise,
     Horch auf der Nachtigall klagende Weise,
     Summ, summ, summ,
     Der Schmerz geht herum.

                  Liebeseid.

30   Wer glaubt, daß der Treue Schwur,
     Den leicht die Lippe spricht in trunknen Stunden,
     Ein leerer Schall des Rausches nur,
     Deß Ehre ist an einer Frauen Haar gebunden.

     Und wer die Götter lachen hört,
35   Als er den Liebesmeineid ausgesprochen,
     Von dem hat sich der gute Geist gekehrt,
     Sein Herz wird mit dem Glückesrad gebrochen.

                    Chor.

     Sieh! wie das Auge der Eule glüht,
     Horch! wie die Fledermaus rauschend zieht,
     Summ, summ, summ,
     Der Meineid geht um.

                  Liebesneid.

     Wer Steine wirft in's grüne Haus,
     Wo treue Turteltauben girren
     Und falsche Lichter stellet aus,
     Den Schwimmer auf der Liebesfahrt zu irren;

     Wer in dem Thaue auf der Flur,
     Um einer Hirtin Tugend anzuschwärzen,
50   Verräth der nächt'gen Liebe Spur,
     Der nährt den Wurm des Neids in bösem Herzen.

                    Chor.

     Sieh! wie ringelt zwischen Blumen die Schlange,
     Horch! wie seufzet die Nachtigall bange,
55   Summ, summ, summ,
     Der Neid geht herum.

Reu und Leid.

Wer vor der Sünden Strafe bebt
Und nicht vor ihrem innern Tod erschrecket,
60 Noch fremde Schuld in seine webt,
In dem ist noch die Buße nicht erwecket.

Wer seine Zeit und die Gebrechlichkeit
In seiner eignen Schuld wagt anzuklagen,
Dem hat die Reue und das bittre Leid
65 Noch nicht so recht an's kranke Herz geschlagen.

Chor.

Horch! wie der Wurm im Holz dort naget,
Horch! wie die Weid im Teiche klaget,
Summ, summ, summ,
70 Die Reue geht um.

Mildigkeit.

Wer nie der Vöglein Brut gestört,
Wer auf der Schwalbe frühen Morgensegen
Mit süß erquickter Seele hört,
75 Der geht der Armuth mildreich auch entgegen.

Wer die zerknickte Ähre gerne hebt
Und gern die Mücke aus dem Netz befreit,
Der Spinne schonend, die es sinnreich webt,
Deß Herz ist voll von göttlichem Mitleid.

80 ### Chor.

Sieh! an den Dorn hängt das Lamm die Wolle,
Daß sich das Vöglein weich betten solle,
Summ, summ, summ,
Das Mitleid geht um.

85 ### Liebesfreud.

Wer lachend früh die Sonne grüßt
Und heiter an den Mittag blicket,
Und fromm im Abendsterne liest,
Zufrieden, wie die Nacht ihr Haus beschicket:

90 Der wird auch froh in Liebesaugen sehen
Und greifet in das falsche Rad dem Glücke,
Es muß vor seinem Frieden stille stehen,
Daß Liebesfreude gründlich ihn entzücke.

Chor.

95
Sieh! wie lächelt gen Morgen die Ferne,
Horch! wie grüßet die Lerche die Sterne,
Tireli, Tireli –
Der treue Müller ist hie.

ANNETTE ELISABETH FREIIN VON DROSTE-HÜLSHOFF

Durchwachte Nacht.

Wie sank die Sonne glüh und schwer!
Und aus versengter Welle dann
5
Wie wirbelte der Nebel Heer,
Die sternenlose Nacht heran!
– Ich höre ferne Schritte gehn, –
Die Uhr schlägt Zehn.

Noch ist nicht alles Leben eingenickt,
10
Der Schlafgemächer letzte Thüren knarren,
Vorsichtig in der Rinne Bauch gedrückt
Schlüpft noch der Iltis an des Giebels Sparren,
Die schlummertrunkne Färse murrend nickt,
Und fern im Stalle dröhnt des Rosses Scharren,
15
Sein müdes Schnauben, bis, vom Mohn getränkt,
Es schlaff die regungslose Flanke senkt.

Betäubend gleitet Fliederhauch
Durch meines Fensters offnen Spalt,
Und an der Scheibe grauem Rauch
20
Der Zweige wimmelnd Neigen wallt.
Matt bin ich, matt wie die Natur! –
Elf schlägt die Uhr.

O wunderliches Schlummerwachen, bist
Der zartren Nerve Fluch du oder Segen? –
25
S'ist eine Nacht vom Thaue wach geküßt,
Das Dunkel fühl ich kühl wie feinen Regen
An meine Wange gleiten, das Gerüst
Des Vorhangs, scheint sich schaukelnd zu bewegen,
Und dort das Wappen an der Decke Gips,
30
Schwimmt sachte mit dem Schlängeln des Polyps.

---

13 Färse *junge Kuh.*

Wie mir das Blut im Hirne zuckt!
Am Söller geht Geknister um,
Im Pulte raschelt es und ruckt
Als drehe sich der Schlüssel um,
35   Und – horch! der Zeiger hat gewacht,
S'ist Mitternacht.

War das ein Geisterlaut? so schwach und leicht
Wie kaum berührten Glases schwirrend Klingen,
Und wieder, wie verhaltnes Weinen, steigt
40   Ein langer Klageton aus den Syringen,
Gedämpfter, süßer nun, wie thränenfeucht
Und selig kämpft verschämter Liebe Ringen;
O Nachtigall, das ist kein wacher Sang,
Ist nur im Traum gelös'ter Seele Drang.

45   Da kollerts nieder vom Gestein!
Des Thurmes morsche Trümmer fällt,
Das Käuzlein knackt und hustet drein.
Ein jäher Windesodem schwellt
Gezweig und Kronenschmuck des Hains;
50   – Die Uhr schlägt Eins. –

Und drunten das Gewölke rollt und klimmt;
Gleich einer Lampe aus dem Hünenmaale
Hervor des Mondes Silbergondel schwimmt,
Verzitternd auf der Gasse blauem Stahle,
55   An jedem Fliederblatt ein Fünkchen glimmt,
Und hell gezeichnet von dem blassen Strahle
Legt auf mein Lager sich des Fensters Bild,
Vom schwanken Laubgewimmel überhüllt.

Jetzt möcht ich schlafen, schlafen gleich,
60   Entschlafen unterm Mondeshauch,
Umspielt vom flüsternden Gezweig,
Im Blute Funken, Funk' im Strauch,
Und mir im Ohre Melodei;
– Die Uhr schlägt zwei. –

65   Und immer heller wird der süße Klang,
Das liebe Lachen, es beginnt zu ziehen,
Gleich Bildern von Daguerre, die Deck' entlang,
Die aufwärts steigen mit des Pfeiles Fliehen;

---

40 Syringen *Plural von Syringe, sog. spanischer Flieder. Hier spielt das Fliedermotiv gleichzeitig auf die Panflöte, die Syrinx, an.*   67 *Vgl. S. 119 Anm. zu 129.*

Mir ist als seh' ich lichter Locken Hang,
70 Gleich Feuerwürmern seh ich Augen glühen,
Dann werden feucht sie, werden blau und lind,
Und mir zu Füßen sitzt ein schönes Kind.

Es sieht empor, so froh gespannt,
Die Seele strömend aus dem Blick,
75 Nun hebt es gaukelnd seine Hand,
Nun zieht es lachend sie zurück,
Und – horch! des Hahnes erster Schrei!
Die Uhr schlägt Drei.

Wie bin ich aufgeschreckt – o süßes Bild
80 Du bist dahin, zerflossen mit dem Dunkel!
Die unerfreulich graue Dämmrung quillt,
Verloschen ist des Flieders Thaugefunkel,
Verrostet steht des Mondes Silberschild,
Im Walde gleitet ängstliches Gemunkel,
85 Und meine Schwalbe an des Frieses Saum
Zirpt leise, leise auf im schweren Traum.

Der Tauben Schwärme kreisen scheu,
Wie trunken, in des Hofes Rund,
Und wieder gellt des Hahnes Schrei,
90 Auf seiner Streue rückt der Hund,
Und langsam knarrt des Stalles Thür,
– Die Uhr schlägt Vier –

Da flammts im Osten auf – o Morgenglut!
Sie steigt, sie steigt, und mit dem ersten Strale
95 Strömt Wald und Haide vor Gesangesflut,
Das Leben quillt aus schäumendem Pokale,
Es klirrt die Sense, flattert Falkenbrut,
Im nahen Forste schmetten Jagdsignale,
Und wie ein Gletscher, sinkt der Träume Land
100 Zerrinnend in des Horizontes Brand.

1847

KARL ROSENKRANZ

Es ist Alles egal!

Komm, mein Freund, wir wollen lachen
Über diese Narrenwelt,
Ist in ihr doch nichts zu machen,
Ist doch Alles schlecht bestellt.

Was ist denn an unserm Leben
Endlich das reelle Theil?
Daß wir da nur Schätze heben,
Wo sie auch für Schätze feil.

Lustig, Freundchen, hilf mir lachen,
Du bist elend, so wie ich.
Alle sind die Brut des Drachen,
Drum ist keiner fürchterlich.

Der willkommene Tod.

Möcht' ich mir todt sein, möcht' ich doch vergehen!
Das Sterben ist's, wozu der Geist mich drängt.
Wie oft ich auch vom Tod den Blick gelenkt,
Von Neuem stets muß ich doch auf ihn sehen.

O Herz und Sinn zerreißend seid ihr Wehen,
Eh' man das wird, was man zu sein sich denkt;
Hat alle Fibern man auch angestrengt,
Bleibt man doch oft ganz unverändert stehen.

Durch Gottes Geist allein kann dir gelingen,
Dich selbst zu neuem Dasein umzuwandeln,
Die welke Schlangenhaut von dir zu streifen.

Mit Freiheit mußt die Freiheit du ergreifen,
Mit Selbstbewußtsein leben, denken, handeln,
Und nach der Dinge eignem Maaße ringen.

König Ludwig von Bayern

Trennung des Griechen von seinen Göttern.

Die Wahrheit ist's, ich muß mich ihr ergeben,
Es ist *ein* Gott, und Götter giebt es nicht,
5   Nicht darf ich und ich kann nicht widerstreben,
Doch trübe dem Gefühl ist dieses Licht.

So muß ich denn von dem für immer scheiden,
Was mit dem Leben mir verwebet war,
Verpflichtet bin ich ewig das zu meiden,
10   Das, was des Daseyns Wonne mir gebar;

Das, was das Herz so warm, so tief empfunden,
Dieß Alles ist nun ein verwehter Traum,
In's Wesenlose ist es hingeschwunden,
Ich steh' allein im endelosen Raum.

15   Was frommet mir ein traueriges Wissen!
O! gebt mir wieder meinen frohen Wahn,
Aus meiner schönen Welt bin ich gerissen,
Ein Glücklicher gehörte ich ihr an.

Ja! Allem, Allem! muß ich jetzt entsagen,
20   Woran das Herz, seit es empfand, mir hing,
Wofür dasselbe, seit es fühlt, geschlagen,
Was zauberisch das Kind bereits umfing.

Die immer ich geathmet ist genommen
Mir nun die milde, labend leichte Luft,
25   Bin um die Freuden dieser Welt gekommen,
Mir ist die Erde nur noch eine Gruft.

Schon in des Lebens frühem Morgenschimmer
Umgab das zarte Kind der Götter Schaar,
Und sie begleitete den Menschen immer,
30   In jeder Wonne, jeglicher Gefahr;

Verbunden allem, was er vorgenommen,
Mit jeglichem Geschäfte treu vereint,
Ob froh die Seele, oder tief beklommen,
Das Aug' gelächelt oder es geweint.

35   Getrennt der Väter Thaten nicht zu denken,
Nur mit den Göttern werden sie genannt,

Die das Geschick der Völker mächtig lenken,
Nicht ohne Götter giebt's ein Griechenland.

Den Lebenshauch, der durch das Daseyn wehte,
40 Der Licht und Wärme durch dasselbe goß,
Er ist dahin! in Bälde in den Lethe
Der helle Strom des heitern Lebens floß.

So fahr' denn hin! du alter schöner Glauben,
Der stolz und freudig schwellte meine Brust,
45 Die kalte Wahrheit mußte mir dich rauben;
Verschwunden ist die süße Lebenslust.[a])

a) Daß nicht dieses als des Verfassers Ansicht gehalten werde, sondern die im weiter
unten folgenden Gedichte: „Das christliche Seyn" obwaltende, wünscht derselbe sehr.

An mein teutsches Vaterland
in der ersten Hälfte des Jahres 1846.

Kinder die am Rand des Abgrunds spielen,
Ahnend nicht die drohende Gefahr,
5 Wenn in den verschlingenden sie fielen,
Finden nur alsdann erst, daß sie war.

Ihres Zwist's sind Teutsche blos bekümmert,
Nehmen auf die Folgen nicht Bedacht,
Ob darüber Teutschland stürz' zertrümmert,
10 Niemals kömmt die Zukunft in Betracht.

Eigene Erfahrung ist verloren,
Kaum vom Joch, dem eisernen, befreyt,
Wieder ist der inn're Kampf geboren,
Neu erstanden schon der alte Streit.

15 Jetzo aber sind es nicht die Stämme,
Feindlich gen einander selbst gewandt;
In den Staaten brechen alle Dämme;
Überschwemmt ist nun das Vaterland.

Ist des Janus Tempel auch geschlossen,
20 Seh'n wir den der Eris aufgethan,

19 Janus *röm. Gott, wahrscheinlich Gott des Eingangs und Übergangs. ,Ianus' heißt über-
dachter Gang. Der bekannteste röm. ,Ianus' war das Gewölbe, das vom Forum zum Argiletum
führte (,Ianus Quirinus'), seine Tore waren im Krieg geöffnet und im Frieden geschlossen. Die
Meinung, der Ianus Quirinus sei ein Janustempel ist relativ jung.*   20 Eris *griech. Göttin
des Streites.*

Und es hebt, der Lügensaat entsprossen,
Gierig sich der frevelschwang're Wahn;

Außer Acht gelassen wird die Liebe,
Die die Seele doch der Religion,
25 Und des Volks Tribunen führen Hiebe
Gen der Fürsten väterlichen Thron.

Lauernd steht der Feind an euern Pforten;
Unbesorgt als gäb' es keinen mehr,
Eilt von Ost bis West, von Süd bis Norden
40 Hader jetzt im teutschen Land umher.

Am Vesuv sich sicher zu erstrecken
Schienen auch die Städte, plötzlich hub
Doch sein Ausbruch an, mußt' sie bedecken,
Unterm Lavastrome sie begrub.

55 Teutsche, reichet euch die Bruderhände,
Eintracht ziehe unter unser Dach;
Zwietracht sey für ewig nun zu Ende;
Heißgeliebtes Vaterland *sey wach!*

1848

ROBERT EDUARD PRUTZ

Lügenmärchen.

Jüngst stieg ich einen Berg hinan,
    Was sah ich da!
5 Ich sah ein allerliebstes Land,
Der Wein wuchs an der Mauer,
Und dicht am Throne, rechter Hand,
Stand Bürgersmann und Bauer.
    Wunder über Wunder!
10   Keine Barone
       Neben dem Throne?
Unterdessen nimmt mich's Wunder.

Und weiter stieg ich frisch hinan,
    Was sah ich da!
15 Kein Leutnant war, kein Fähnrich dort

Und kein Rekrut zu sehen,
Man wußte nicht das kleinste Wort
Von stehenden Armeen.
    Wunder über Wunder!
20   Keine Barone
       Neben dem Throne?
       Glückliche Staaten
       Ohne Soldaten?
   Unterdessen nimmt mich's Wunder.

25 Und weiter frisch den Berg hinan,
    Was sah ich da!
Das ganze liebe Land entlang
In's Bad und auf die Messe,
Man reis'te frei und reis'te frank
30 Und brauchte keine Pässe.
    Wunder über Wunder!
      Keine Barone
       Neben dem Throne?
       Glückliche Staaten
35   Ohne Soldaten?
       Kein Paßvisiren
       Und Chikaniren?
   Unterdessen nimmt mich's Wunder.

Und wiederum ein Stück hinan,
40   Was sah ich da!
Ein jeder durfte laut und frei
Von Herzen räsonniren,
Man wußte nichts von Polizei
Und nichts von Denunciren.
45   Wunder über Wunder!
      Keine Barone
       Neben dem Throne?
       Glückliche Staaten
       Ohne Soldaten?
50   Kein Paßvisiren
       Und Chikaniren?
       Ohne Spione,
       Denkt Euch nur: ohne?
   Unterdessen nimmt mich's Wunder.

55 Und noch einmal den Berg hinan,
    Was sah ich da!
Die Volksvertreter, Mann für Mann,

Da ging's um Kopf und Kragen!
Da dachte kein Minister d'ran,
60   Den Urlaub zu versagen.
      Wunder über Wunder!
      Keine Barone
      Neben dem Throne?
      Glückliche Staaten
65   Ohne Soldaten?
      Kein Paßvisiren
      Und Chikaniren?
      Ohne Spione,
      Denkt Euch nur: ohne?
70   Ganz ungenirte
      Volksdeputirte?
Unterdessen nimmt mich's Wunder.

Und immer höher ging's hinan,
    Was sah ich da!
75 Sah Poesie und Wissenschaft
Mit Lust die Schwingen breiten,
Und die Censur war abgeschafft
In alle Ewigkeiten.
      Wunder über Wunder!
80   Keine Barone
      Neben dem Throne?
      Glückliche Staaten
      Ohne Soldaten?
      Kein Paßvisiren
85   Und Chikaniren?
      Ohne Spione,
      Denkt Euch nur: ohne?
      Ganz ungenirte
      Volksdeputirte?
90   Freie Autoren
      Ohne Censoren?
Unterdessen nimmt mich's Wunder.

Und weiter, weiter, frisch hinan,
    Was sah ich da!
95 Ich sah die Weisen, Hand in Hand,
Wie sie der Lüge wehrten,
Und wie für Recht und Vaterland
Mitkämpften die Gelehrten.

---

60 Urlaub   *hier in der ursprünglichen Bedeutung von Erlaubnis.*

      Wunder über Wunder!
100   Keine Barone
        Neben dem Throne?
        Glückliche Staaten
        Ohne Soldaten?
        Kein Paßvisiren
105   Und Chikaniren?
        Ohne Spione,
        Denkt Euch nur: ohne?
        Ganz ungenirte
        Volksdeputirte?
110   Freie Autoren
        Ohne Censoren?
        Die Philosophen
        Nicht hinter'm Ofen?
    Unterdessen nimmt mich's Wunder.

115 Und immer wieder ging's hinan,
      Was sah ich da!
Im ganzen Lande keine Spur
Von Muckern und von Frommen,
Und Niemand kann durch Beten nur
120 In's Ministerium kommen.
      Wunder über Wunder!
        Keine Barone
        Neben dem Throne?
        Glückliche Staaten
125   Ohne Soldaten?
        Kein Paßvisiren
        Und Chikaniren?
        Ohne Spione,
        Denkt Euch nur: ohne?
130   Ganz ungenirte
        Volksdeputirte?
        Freie Autoren
        Ohne Censoren?
        Die Philosophen
135   Nicht hinter'm Ofen?
        Kein Pietismus,
        Kein Servilismus?
    Unterdessen nimmt mich's Wunder.

Und nun zum letzten Mal hinan,
140   Was sah ich da!

Ein Jeder durft' auf eignem Bein
Die ew'ge Wahrheit suchen,
Kein Pfaffe durfte „kreuz'ge!" schrei'n
Und von der Kanzel fluchen.
145   Wunder über Wunder!
    Keine Barone
    Neben dem Throne?
    Glückliche Staaten
    Ohne Soldaten?
150   Kein Paßvisiren
    Und Chikaniren?
    Ohne Spione,
    Denkt Euch nur: ohne?
    Ganz ungenirte
155   Volksdeputirte?
    Freie Autoren
    Ohne Censoren?
    Die Philosophen
    Nicht hinter'm Ofen?
160   Kein Pietismus,
    Kein Servilismus?
    Sanfte Theologen –
    Das ist gelogen!
Unterdessen nimmt mich's Wunder.

GEORG WEERTH*

Heute Morgen fuhr ich nach Düsseldorf.

Heute Morgen fuhr ich nach Düsseldorf
In sehr honetter Begleitung:
5 Ein Regierungsrath – er schimpfte sehr
Auf die Neue Rheinische Zeitung.

„Die Redakteure dieses Blatt's –
So sprach er – sind sämmtlich Teufel;
Sie fürchten weder den lieben Gott,
10 Noch den Ober-Prokurator Zweiffel.

Für alles irdische Mißgeschick
Seh'n sie die einzige Heilung

---

6 *Radikaldemokratische Zeitung (1848–1849), Organ der revolutionären Jungbegelianer.*

In der rosenröthlichen Republik
Und vollkommener Gütertheilung.

15 Die ganze Welt wird eingetheilt
In tausend Millionen Parzellen;
In so viel Land, in so viel Sand,
Und in so viel Meereswellen.

Und alle Menschen bekommen ein Stück
20 Zu ihrer speziellen Erheitrung –
Die besten Brocken: die Redakteur'
Der Neuen Rheinischen Zeitung.

Auch nach Weibergemeinschaft steht ihr Sinn.
Abschaffen woll'n sie die Ehe:
25 Daß Alles in Zukunft ad libitum
Mit einander nach Bette gehe.

Tartar und Mongole mit Griechenfrau'n,
Cherusker mit gelben Chinesen,
Eisbären mit schwedischen Nachtigall'n,
30 Türkinnen mit Irokesen.

Thranduftende Samojedinnen soll'n
Zu Britten und Römern sich betten,
Plattnasige düstre Kaffern zu
Alabasterweißen Grisetten.

35 Ja, ändern wird sich die ganze Welt
Durch diese moderne Leitung, –
Doch die schönsten Weiber bekommen die
Redakteure der Rheinischen Zeitung!

Auflösen wollen sie Alles schier;
40 O Lästrer sind sie und Spötter!
Kein Mensch soll in Zukunft besitzen mehr
Privateigenthümliche Götter.

Die Religion wird abgeschafft,
Nicht glauben mehr soll man an Rhenus,
45 An den Nußlaub- und Reben-bekränzten, und nicht
An die medizäische Venus.

Nicht glauben an Kastor und Pollux – nicht
An Juno und Zeus Kronion;
An Isis nicht und Osiris nicht
50 Und an deine Mauern, o Zion!

Ja, weder an Odin glauben noch Thor,
An Allah nicht und an Brama –
Die Neue Rheinische Zeitung bleibt
Der einzige Dalai-Lama.«

55 Da schwieg der Herr Regierungsrath
Und nicht wenig war ich verwundert:
Sie scheinen ein sehr gescheidter Mann
Für unser verrückt Jahrhundert!

Ich bin entzückt mein werther Herr
60 Von Ihrer honetten Begleitung –
Ich selber bin ein Redakteur
Von der Neuen Rheinischen Zeitung.

O fahren Sie fort, so unsern Ruhm
Zu tragen durch alle Lande –
65 Sie sind als Mensch und Regierungsrath
Von unbeschränktem Verstande.

O fahr' er fort mein guter Mann –
Ich will ihm ein Denkmal setzen
In unserm heitern Feuilleton –
70 Sie wissen die Ehre zu schätzen.

Ja wahrlich, nicht jeder Gimpel bekommt
Einen Tritt von unsern Füßen –
Ich habe, mein lieber Regierungsrath,
Die Ehre Sie höflich zu grüßen.

JOHANN WOLFGANG VON GOETHE

›An Frau von Stein‹

Warum gabst du uns die tiefen Blicke
Unsre Zukunft ahndungsvoll zu schau'n,
5 Unsrer Liebe, unserm Erdenglücke
Wähnend seelig nimmer hinzutraun?
Warum gabst uns, Schicksal, die Gefühle,
Uns einander in das Herz zu seh'n,
Um durch all die seltenen Gewühle
10 Unser wahr Verhältniß auszuspähn.

Ach so viele Tausend Menschen kennen
Dumpf sich treibend kaum ihr eigen Herz,
Schweben zwecklos hin und her und rennen
Hoffnungslos in unverseh'nen Schmerz,
15 Jauchzen wieder, wenn der schnellen Freuden
Unerwarte Morgenröthe tagt,
Nur uns Armen liebevollen Beiden
Ist das wechselseit'ge Glück versagt
Uns zu lieben ohn' uns zu verstehen,
20 In dem Andern seh'n, was er nie war
Immer frisch auf Traumglück auszugehen
Und zu schwanken auch in Traumgefahr.

Glücklich, den ein leerer Traum beschäftigt,
Glücklich dem die Ahndung eitel wär',
25 Jede Gegenwart und jeder Blick bekräftigt
Traum und Ahndung leider uns noch mehr.
Sag' was will das Schicksaal uns bereiten?
Sag' wie band es uns so rein genau?
Ach du warst in abgelebten Zeiten
30 Meine Schwester oder meine Frau.

Kanntest jeden Zug in meinem Wesen,
Spähtest wie die reinste Nerve klingt,
Konntest mich mit Einem Blicke lesen
Den so schwer ein sterblich Aug durchdringt.
35 Tropftest Mäßigung dem heißen Blute,
Richtetest den wilden irren Lauf,
Und in deinen Engelsarmen ruhte
Die zerstörte Brust sich wieder auf,

Hieltest zauberleicht ihn angebunden
40 Und vergaukeltest ihm manchen Tag.
Welche Seeligkeit glich jenen Wonnestunden,
Da er dankbar Dir zu Füßen lag,
Fühlt' sein Herz an Deinem Herzen schwellen,
Fühlte sich in Deinem Auge gut,
45 Alle seine Sinnen sich erhellen
Und beruhigen sein brausend Blut!

Und von Allem dem schwebt ein Erinnern
Nur noch um das ungewisse Herz,
Fühlt die alte Wahrheit ewig gleich im Innern,
50 Und der neue Zustand wird ihm Schmerz.

Und wir scheinen uns nur halb beseelet,
Dämmernd ist um uns der hellste Tag.
Glücklich daß das Schicksal, das uns quälet,
Uns doch nicht verändern mag.[a])

a) den 14. April 76.   G.

FRIEDRICH HEBBEL

Sommerbild.

Ich sah des Sommers letzte Rose stehn,
    Sie war, als ob sie bluten könne, roth;
5   Da sprach ich schauernd im Vorübergehn:
    So weit im Leben ist zu nah am Tod!

Es regte sich kein Hauch am heißen Tag,
    Nur leise strich ein weißer Schmetterling;
    Doch ob auch kaum die Luft sein Flügelschlag
10 Bewegte, sie empfand es und verging!

Virtuosen-Portrait's.

Also dies ist der Mann, durch den mich Mozart entzückte!
    Säh' ich die Geige doch auch, die ihm so wacker gedient!
Säh' ich das nützliche Schaf, das dieser die Saiten geliefert,
5   Und das geduldige Pferd, das ihm den Bogen bezog!

EMANUEL GEIBEL

Für Musik.

Nun die Schatten dunkeln,
Stern an Stern erwacht:
5   Welch ein Hauch der Sehnsucht
Flutet in der Nacht!

Durch das Meer der Träume
Steuert ohne Ruh,
Steuert meine Seele
10 Deiner Seele zu.

Die sich dir ergeben
Nimm sie ganz dahin!
Ach, du weißt, daß nimmer
Ich mein eigen bin.

Hoffnung.

Und dräut der Winter noch so sehr
Mit trotzigen Geberden,
Und streut er Eis und Schnee umher,
Es muß *doch* Frühling werden.

Und drängen die Nebel noch so dicht
Sich vor den Blick der Sonne,
Sie wecket doch mit ihrem Licht
Einmal die Welt zur Wonne.

Blast nur ihr Stürme, blast mit Macht,
Mir soll darob nicht bangen,
Auf leisen Sohlen über Nacht
Kommt doch der Lenz gegangen.

Da wacht die Erde grünend auf,
Weiß nicht, wie ihr geschehen,
Und lacht in den sonnigen Himmel hinauf,
Und möchte vor Lust vergehen.

Sie flicht sich blühende Kränze in's Haar,
Und schmückt sich mit Rosen und Ähren,
Und läßt die Brünnlein rieseln klar,
Als wären es Freudenzähren.

Drum still! Und wie es frieren mag,
O Herz, gib dich zufrieden;
Es ist ein großer Maientag
Der ganzen Welt beschieden.

Und wenn dir oft auch bangt und graut,
Als sei die Höll' auf Erden,
Nur unverzagt auf Gott vertraut!
Es muß *doch* Frühling werden.

Aus: Deutsche Klagen vom Jahre 1844.

IV.

Das ist der Fluch von diesen trüben Zeiten,
Wo losgelassen die Parteien toben,
Daß kaum der Starke, welcher blickt nach oben,
5   Vermag in Reinheit mittendurch zu schreiten.

Nur Einen Fußbreit mag er seitwärts weichen,
So hat sein ganzes Wesen sich verschoben,
Nur Einen Schritt, so lernt sein Mund zu loben
Was er noch jüngst bedacht war zu bestreiten.

10   Drum gieb, o Herr, daß ich die Lebensamme,
Die heil'ge Freiheit, nie mit jenem Weibe
Im blut'gen aufgeschürzten Kleid verdamme.

Und ob die Wilde mich an meinem Leibe
Schmerzlich versehren mag mit Erz und Flamme:
15   Gieb, daß ich treu der Himmelstochter bleibe!

Aus: Für Schleswig-Holstein.

X.

O hätt' ich Drachenzähne statt der Lieder,
Daß, sät' ich sie auf diese dürre Küste,
Draus ein Geschlecht von Kriegern wachsen müßte,
5   Im Waffentanz zu rühren Eisenglieder.

Sie alle sollten Deutschlands Heerschild wieder
Erhöhn, unnahbar jedem Raubgelüste,
Und nimmer fragen nach des Kampfes Rüste,
Bis Hauch des Siegs umspielt' ihr Helmgefieder.

10   Nun hab' ich Worte nur; allein wie Saaten
Will ich sie streu'n in deutsche Seelen wacker,
Ob hier und dort mag eine Frucht gerathen.

Doch soll draus aufgehn nicht ein Zorngeflacker,
Nein, ruhig ernst ein Muth zu großen Thaten.
15   Du aber, Herr, bereite selbst den Acker.

Ludwig Wittig

Auf dem Bau.

Am Hals ein Eisen, eins am Fuß,
    Zweifarbig seine Jacke,
Die Haare wirr, den Blick gesenkt,
    So schwingt er seine Hacke.
Wie der, der ihm zur Seite geht
    Mit drohendem Gewehre,
So trug auch er sonst ander Tuch,
    So dient' auch er im Heere.

Die Zeit war schlecht, das Korn war rar
    Und groß die Noth der Armen,
Auf jedem Platz und Wege schlug
    Empor der Schrei: Erbarmen!
Ach lieber Herr, ein Stückchen Brod,
    Hab gestern schon gehungert,
Nach Arbeit, doch vergebens nur,
    Den ganzen Tag gelungert.

Und als für Geld kein Brod mehr feil
    Und leer die Magazine,
Da sprang, die längst schon vollgefüllt,
    Die todesschwangre Mine.
Da heult' es: Arbeit oder Tod!
    Und durch der Städte Straßen
Sah man, vom Hunger angefacht,
    Des Aufruhrs Flamme rasen.

Da reißt der Trommel dumpfer Ton
    Ihn in der Brüder Mitte,
Die Bayonnette aufgepflanzt,
    Gings vor im Sturmesschritte.
Als gält' es nur ein lustig Spiel,
    Ein Schießen nach den Scheiben,
So waren Kugeln ausgetheilt –
    Den Hunger zu vertreiben.

Und horch, ein Schrei! Ein wilder Hauf
    Wogt her im Straßenschatten,
Und gegenüber stehen sich
    Die *Hungernden*, die *Satten*.

Hoch vor dem Trupp 'nen Fetzen Zeug
    An einer hohen Stange,
Als Fahne flatternd in der Luft,
    Trägt eine wilde Range.

Brod – ruft es, – Brüder, gebt uns Brod!
    Macht Brod aus diesen Steinen!
Daß unsre Kinder nicht daheim
    Vor Hunger länger weinen.
Ihr schießt doch nicht?! Um ein Loth Blei
    Wär' das Pfund Brod zu theuer – –
Da tönt es drüben durch die Reih'n:
    „Schlagt an, Gewehre! Feuer!"

Die Salve kracht – nun wilde Flucht,
    Nichts bleibt als – blutge Leiber;
Die haben keinen Hunger mehr,
    Drei Männer und zwei Weiber.
Der Hauptmann ruft: „In Lauf den Stock!"
    Und lauscht mit scharfem Ohre –
„Weh Euch, find ich noch einen Schuß
    Bei Einem in dem Rohre!"

Er fand ihn. – Der dort auf dem Wall,
    Der hatte *nicht* geschossen,
In Königs Rocke fühlte er
    Sich aus dem Volk entsprossen.
Ihm pocht' in wildem Schlag das Herz,
    Ihm zitterten die Glieder.
Auf die er hob das Mordgewehr –
    Die waren seine Brüder.

Sie stellten ihn vors Kriegsgericht,
    Weil, treulos seinem Eide,
Er noch als Mensch gefühlt, gedacht,
    In dem Gehorsamskleide.
Die Kugel bracht' das Urtel ihm,
    Nach Fug und Recht im Staate,
Doch edelmüthig schickte ihn
    „Zum Bau" des Königs Gnade.

THEODOR BERGMANN

An der Eisenbahn.

Hei! da fliegen sie von dannen
Auf den schmalen Eisenschienen,
5   Kaufleut', feile Fabrikanten
Mit verklärten Wuchermienen.

Hört ihr's pfeifen, hört ihr's zischen
Aus dem stolzen Eisenrohre?
Und sie fühlen mit Entzücken
10   Diesen Weihgesang dem Ohre.

Hört sie rollen, hört sie rasseln
Jener Wagen flücht'ge Räder;
Und es dringt mit süßem Wohllaut
In ihr innerstes Geäder.

15   Und ich stehe da und höre,
Auf den Bahnen, welch' Gewimmer!
Und ich stehe da und sehe,
Auf den Schienen, welch' Geflimmer!

Dies Gewimmer? dieses Stöhnen?
20   Ach, es sind die Schmerzenslaute
Jener Armen, deren Stärke
Dieses Riesenwerk erbaute.

Auf den Schienen dies Geflimmer?
Ach, es sind Millionen Thränen,
25   Die dahin die Augen weinten
Unter bangem, leisem Sehnen! –

Und dahin im leichten Fluge
Rollt die Eisenlast der Wagen;
Ja, sie fliegen von der Armuth
30   Schmerz und Jammer fortgetragen!

Fort schleich ich. Ein bleicher Nebel
Hüllt gespenstig ein die Bahnen: –
Weh', wenn einst die tausend Hände
Euch an eure Schulden mahnen!

1849

Ernst Curtius

›Der Aturen-Papagei‹ [a])

In der Orinoco-Wildniß
Sitzt ein alter Papagei,
5   Kalt und starr, als ob sein Bildniß
Aus dem Stein gehauen sei.

Schäumend drängt durch Felsendämme
Sich des Stroms zerrißne Fluth,
Drüber wiegen Palmenstämme
10   Sich in heitrer Sonnengluth.

Wie hinan die Welle strebet,
Nie erreichet sie das Ziel;
In den Wasserstaub verwebet
Sich der Sonne Farbenspiel.

15   Unten, wo die Wogen branden,
Hält ein Volk die ew'ge Ruh;
Fortgedrängt aus seinen Landen,
Floh es diesen Klippen zu.

Und es starben die Aturen,
20   Wie sie lebten, frei und kühn;
Ihres Stammes letzte Spuren
Birgt des Uferschilfes Grün.

Der Aturen allerletzter,
Trauert dort der Papagei;
25   Am Gestein den Schnabel wetzt er,
Durch die Lüfte tönt sein Schrei.

Ach die Knaben, die ihn lehrten
Ihrer Muttersprache Laut,
Und die Frauen, die ihn nährten,
30   Die ihm selbst das Nest gebaut:

a) Der Aturen-Papagei ist der Gegenstand eines lieblichen Gedichtes geworden, welches ich meinem Freunde, Professor Ernst *Curtius*, Erzieher des hoffnungsvollen Prinzen Friedrich Wilhelm von Preußen, verdanke. Er wird es mir verzeihen, wenn ich sein Gedicht, das zu keiner Veröffentlichung bestimmt und mir in einem Briefe mitgetheilt war, hier, am Ende des ersten Bandes der Ansichten der Natur, einschalte. (Anmkg. v. A. v. Humboldt)

Alle liegen sie erschlagen
Auf dem Ufer hingestreckt,
Und mit seinen bangen Klagen
Hat er Keinen aufgeweckt.

35 Einsam ruft er, unverstanden,
In die fremde Welt hinein;
Nur die Wasser hört er branden,
Keine Seele achtet sein.

Und der Wilde, der ihn schaute,
40 Rudert schnell am Riff vorbei;
Niemand sah, dem es nicht graute,
Den Aturen-Papagei.

ADOLF GLASSBRENNER*

1—10.

An Deutschlands bald'ger 1heit
Da 2fle ich noch sehr;
5 Ick jebe keenen 3er
4 diese Hoffnung her.
5 Nationalitäten
Sind, wo 6 Deutsche stehn,
Die Alle abzu7,
10 Gebt 8, det wird nich jehn:
Viel sind dem 9 noch abhold
Vom Scheitel bis zum 10.

Gebet
der belagerten Berliner.

Vater Wrangel, der Du bist im Schlosse,
Gepriesen sei, wie Brandenburgs, Dein Name.
5 Zu uns kamen Deine Kanonen;
Dein Wille geschieht gegen Himmel und Erde!
Unser täglich Brod giebst Du den Soldaten,
Und vermehrst unsere Schulden,
Wie Du vertrittst die Schuldigen.

GEBET 3 *Friedrich Graf von* Wrangel *(1784–1877) Generalfeldmarschall, der im No-
vember 1848 die preußische Nationalversammlung sprengen ließ, im Volksmund Papa Wrangel
genannt.*

10 Führe uns nicht in Versuchung!
Sondern erlöse uns von dem Übel,
Denn Dein ist der Geist des ganzen Preußens
Und seine Kraft und seine Herrlichkeit,
So lange es dauert.   Amen!

ROBERT EDUARD PRUTZ

Aus: Neuspanische Romanzen, nämlich von Einem dem
          Verschiedenes heutzutage spanisch vorkommt.

II.

Sechs und dreißig Vaterländer
5   Hatte sonst der gute Deutsche,
Sechs und dreißig bunte Bänder
Flicht man jetzt zu Einer Peitsche:

Einer Peitsche, leicht und zierlich,
Um die Ohren uns zu wippen,
10   Wenn der Mund zu unmanierlich,
Wenn zu plauderhaft die Lippen.

Ja, ich schwör's bei diesem Blute,
Halten wird man, was versprochen,
Wird uns mit derselben Knute,
15   Einheitselig, unterjochen!

Einen Kaiser, ohne Zweifel
Werden ebenfalls wir kriegen:
Nicolaus, den großen Teufel –
Und dann wird die Freiheit siegen!

Der zehnte November 1848.

Ja wahrlich sie war schön, die Nacht der Barrikaden
In jenem Monat März, da, auch von Gottes Gnaden,
Die Freiheit auf den Thron sich schwang!
5   Da hell im Mondenschein, voran den dunklen Massen,
Die Tricolore flog! da durch die stillen Gassen
Der Donner der Kartätschen klang!

---

18 Nicolaus I., *russ. Zar (1825–1855), setzte die Russifizierung der nichtruss. Nationalitäten durch und machte Rußland wieder zum Polizeistaat.*

Doch schöner jene Nacht, da, Arm in Arm geschlossen,
Aufrechten Haupts, umragt von starrenden Geschossen,
10 Die Volksvertreter wandelten!
Da selbst ein Wrangel sich vor Groll den Bart zerwühlte,
Da in der engen Brust der Füselier es fühlte,
Daß sie wie Männer handelten!

In jener Nacht zuerst, da ist, o Fürst, geschehen,
15 Was Deine Söldlinge im Traum der Angst gesehen
Bei Tag, bei Nacht, seit langer Zeit:
Da wankte, da zuerst der Grund von Deinem Throne,
Da zitterte, o Fürst, auf Deinem Haupt die Krone,
Die Krone der Gerechtigkeit! –

20 Ihr habt von Haus zu Haus sie flüchtig jagen können,
Dürft ihnen selbst daheim die karge Ruh' mißgönnen –
Ihr dürft es –: denn Ihr habt die Macht!
Doch aber, o bedenkt, daß über Jedes Haupte
Das nie verlöschende, von Euch zwar nicht geglaubte,
25 Der Freiheit heil'ges Auge wacht! –

's ist nicht das erste Mal, wird nicht das letzte bleiben,
Noch öfter wird, wie heut, Gewalt das Recht vertreiben,
Und doch berauscht Euch nicht im Glück:
Es ging die Freiheit wohl schon öfters mit Verbannten,
30 In fremdem Sand verweht der Staub der kaum Gekannten,
– Sie selber aber kehrt zurück!

Aus: Aus schuldiger Rücksicht.

I.

Metternich und Messerstich . . .
Kann den Reim ich stehen lassen?
Messerstich und Metternich . . .
5 Zwar der Reim ist jämmerlich,
Doch die Sache scheint zu passen.

---

11 *Vgl. S. 169, Anm. zu Gebet 3.*

1850

GEORG BÜCHNER

›Lied der Rosetta‹

O meine müden Füße, ihr müßt tanzen
In bunten Schuhen,
5   Und möchtet lieber tief
Im Boden ruhen.

O meine heißen Wangen, ihr müßt glühn
In mildem Kosen,
Und möchtet lieber blühn –
10   Zwei weiße Rosen.

O meine armen Augen, ihr müßt blitzen
Im Strahl der Kerzen,
Und schlieft im Dunkel lieber aus
Von euren Schmerzen.

1851

FRANZ VON DINGELSTEDT

Märzveilchen.

1848

Das erste Veilchen dieses Jahres stand
5   Auf Pere-la-Chaise, an eines Grabes Rand.

Dort hat es in der Nacht des dritten März
Getrieben Börnes Staub, – nein, Börnes Herz.

Es war sein Frühlingsgruß ans Vaterland,
Zu dessen spätem Frühling heimgesandt.

MÄRZVEILCHEN   6 *Wahrscheinlich Anspielung auf die Annahme der ‚Offenburger For-*
derungen‘ in den zwei gleichlautenden Anträgen von Hecker und Brentano durch die zweite bad-
sche Kammer am 4. 3. 1848. Die ‚Offenburger Forderungen‘, aufgestellt nach der Spaltung d-
Liberalen in Gemäßigte (die ‚Halben‘) und Radikale (die ‚Ganzen‘) auf der Volksversamm-
lung der Radikalliberalen am 12. 9. 1847 in Offenburg, verlangten u. a. Pressefreiheit, Gewi-
sens- und Lehrfreiheit, eine auf die Verfassung vereidigte Volksmiliz, Schutz der Persönlic-
keitsrechte gegenüber polizeilichen Übergriffen, progressive Einkommensteuer, Beseitigung d-
Mißverhältnisses zwischen Kapital und Arbeit und Abschaffung aller Sonderrechte.

„Verthierte Söldlinge".

Die steh'nden Heere sind der Throne Stützen,
So faselten die kleinen Potentaten
Und spielten dreißig Jahre lang Soldaten
5   Mit Uniformen, Säbeln und Geschützen.

Doch als die Zeit erschien das Spiel zu nützen,
Wo war der Judas, der den Herrn verrathen?
Der erst die Ärndte fraß, zertrat die Saaten
Und schoß den Bürger todt statt ihn zu schützen!

10   Ein Schauspiel voller Schmach für deutsche Herzen!
Ein Flecken, durch kein Blut und keine Reue
Vom Schilde deutscher Ehren auszumerzen!

Das alte Sprichwort gilt nicht mehr; das neue
Brandmarkt in schadenfrohen Fremdlings-Scherzen
15   *Die badische nicht, – o nein! – die deutsche Treue!*

HEINRICH HEINE

Erinnerung.

Dem Einen die Perle, dem Andern die Truhe,
O Wilhelm Wisetzki, du starbest so fruhe –
Doch die Katze, die Katz' ist gerettet[a].

5   Der Balken brach, worauf er geklommen,
Da ist er im Wasser umgekommen –
Doch die Katze, die Katz' ist gerettet.

Wir folgten der Leiche, dem lieblichen Knaben,
Sie haben ihn unter Maiblumen begraben, –
10   Doch die Katze, die Katz' ist gerettet.

a) „Auch der kleine Wilhelm liegt dort (auf dem Kirchhofe) und daran bin
ich schuld. Wir waren Schulkameraden im Franziskanerkloster (zu Düsseldorf)
und spielten auf jener Seite desselben, wo zwischen steinerne Mauern die Düssel
fließt, und ich sagte: ‚Wilhelm, hol' doch das Kätzchen, das eben hineingefal-
len' – und lustig stieg er hinab auf das Brett, das über dem Bach lag, riß das
Kätzchen aus dem Wasser, fiel aber selbst hinein, und als man ihn herauszog,
war er naß und todt. – Das Kätzchen hat noch lange Zeit gelebt." (Heinrich
Heines Reisebilder, zweiter Theil, Capitel VI S. 119)

Bist klug gewesen, du bist entronnen,
Den Stürmen, hast früh ein Obdach gewonnen –
Doch die Katze, die Katz' ist gerettet.

Bist früh entronnen, bist klug gewesen,
Noch eh' du erkranktest, bist du genesen –
Doch die Katze, die Katz' ist gerettet.

Seit langen Jahren, wie oft, o Kleiner,
Mit Neid und Wehmut gedenk ich deiner –
Doch die Katze, die Katz' ist gerettet.

Gedächtnisfeier.

Keine Messe wird man singen,
Keinen Kadosch wird man sagen,
Nichts gesagt und nichts gesungen
Wird an meinen Sterbetagen.

Doch vielleicht an solchem Tage,
Wenn das Wetter schön und milde,
Geht spazieren auf Montmartre
Mit Paulinen Frau Mathilde.

Mit dem Kranz von Immortellen
Kommt sie mir das Grab zu schmücken,
Und sie seufzet: Pauvre homme!
Feuchte Wehmuth in den Blicken.

Leider wohn' ich viel zu hoch,
Und ich habe meiner Süßen
Keinen Stuhl hier anzubieten;
Ach! sie schwankt mit müden Füßen.

Süßes, dickes Kind, du darfst
Nicht zu Fuß nach Hause gehen;
An dem Barrière-Gitter
Siehst du die Fiaker stehen.

---

3 *Gebet der Söhne beim Tode der Eltern und an den Gedenktagen.* 12 *frz.* Armer Mensch.

An die Engel.

Das ist der böse Thanatos,
Er kommt auf einem fahlen Roß;
Ich hör' den Hufschlag, hör' den Trab,
Der dunkle Reiter holt mich ab –
Er reißt mich fort, Mathilden soll ich lassen,
O, den Gedanken kann mein Herz nicht fassen!

Sie war mir Weib und Kind zugleich,
Und geh' ich in das Schattenreich,
Wird Witwe sie und Waise sein!
Ich lass' in dieser Welt allein
Das Weib, das Kind das, trauend meinem Muthe,
Sorglos und treu an meinem Herzen ruhte.

Ihr Engel in den Himmelshöhn,
Vernehmt mein Schluchzen und mein Flehn;
Beschützt, wenn ich im öden Grab,
Das Weib, das ich geliebet hab';
Seid Schild und Vögte Eurem Ebenbilde,
Beschützt, beschirmt mein armes Kind, Mathilde.

Bei allen Thränen, die Ihr je
Geweint um unser Menschenweh,
Beim Wort, das nur der Priester kennt
Und niemals ohne Schauder nennt,
Bei Eurer eignen Schönheit, Huld und Milde,
Beschwör' ich Euch, Ihr Engel, schützt Mathilde.

Enfant perdu.

Verlor'ner Posten in dem Freiheitskriege,
Hielt ich seit dreißig Jahren treulich aus.
Ich kämpfte ohne Hoffnung, daß ich siege,
Ich wußte, nie komm' ich gesund nach Haus.

Ich wachte Tag und Nacht – Ich konnt' nicht schlafen,
Wie in dem Lagerzelt der Freunde Schaar –
(Auch hielt das laute Schnarchen dieser Braven
Mich wach, wenn ich ein bischen schlummrig war).

AN DIE ENGEL   *2 der Todesdaimon in griech. Mythen.*

10 In jenen Nächten hat Langweil' ergriffen
Mich oft, auch Furcht – (nur Narren fürchten nichts) –
Sie zu verscheuchen, hab' ich dann gepfiffen
Die frechen Reime eines Spottgedichts.

15 Ja, wachsam stand ich, das Gewehr im Arme,
Und nahte irgend ein verdächt'ger Gauch,
So schoß ich gut und jagt' ihm eine warme,
Brühwarme Kugel in den schnöden Bauch.

Mitunter freilich mocht' es sich ereignen,
Daß solch ein schlechter Gauch gleichfalls sehr gut
20 Zu schießen wußte – ach, ich kann's nicht läugnen –
Die Wunden klaffen – es verströmt mein Blut.

Ein Posten ist vacant! – Die Wunden klaffen –
Der Eine fällt, die Andern rücken nach –
Doch fall' ich unbesiegt, und meine Waffen
25 Sind nicht gebrochen – Nur mein Herze brach.

GOTTFRIED KELLER

Von Kindern.

I.

Ich sah jüngst einen Schwarm von schönen Knaben,
Gekoppelt und gespannt, wie ein Zug Pferde;
5 Sie wieherten und scharrten an der Erde
Und thaten sonst, was Pferde an sich haben.

Und mehr noch; was sonst diesen ist Beschwerde,
Das schien die Buben köstlich zu erlaben;
Denn lustig sah ich durch die Gasse traben
10 Auf einen Peitschenknall die ganze Heerde.

Das Leitseil war in eines Knirpses Händen,
Der, klein und schwach, nicht sparte seine Hiebe
Und launenhaft den Zug ließ gehn und wenden.

Mich kränkten minder diese Herrschertriebe,
15 Als solchen Knechtsinns zeitiges Vollenden;
Es that mir weh an meiner Kinderliebe.

ENFANT PERDU 15 Gauch *Narr, später auch Spitzbube.*

II.

Die Abendsonne lag am Bergeshang,
Ich stieg hinan und auf den goldnen Wegen
Kam weinend mir ein zartes Kind entgegen,
20   Das, mein nicht achtend, schreiend abwärts sprang.

Um's Haubt war duftig ihm ein Schein gelegen
Von Abendgold, das durch die Löcklein dräng.
Ich sah ihm nach, bis ich den Gramgesang
Des Kleinen nur noch hörte aus den Hägen.

25   Zuletzt verstummte er; denn freundlich Kosen
Hört' ich den Schreihals liebevoll empfangen;
Dann tönt' empor der Jubelruf des Losen.

Ich aber bin vollends hinaufgegangen,
Wo oben bleichten just die letzten Rosen,
30   Fern, wild und weh der Adler Rüfe klangen.

III.

Man merkte, daß der Wein gerathen war:
Der alte Bettler wankte aus dem Thor,
Die Wangen glühend, wie ein Rosenflor,
Muthwillig flatterte sein Silberhaar.

35   Und vor und hinter ihm die Kinderschaar
Umdrängte ihn, ein lauter Jubelchor;
Draus ragte schwank der Selige empor,
Sich vielfach spiegelnd in den Äuglein klar.

Am Morgen, als die Kinderlein noch schliefen,
40   Von jungen Träumen drollig angelacht,
Sah man den rothen Wald von Silber triefen.

Es war ein Reif gefallen über Nacht;
Der Alte lag erfroren in dem tiefen
Gebüsch, vom Rausch im Himmel aufgewacht.

„So lange eine Rose zu denken vermag,
ist noch nie ein Gärtner gestorben."

Fontenelle.

Dich zieret dein Glauben, mein rosiges Kind,
Und glänzt dir so schön im Gesichte!
Es preiset dein Hoffen, so selig und lind,
Den Schöpfer im ewigen Lichte!
So loben die träumenden Blumen im Hag
Die Wahrheit, die ernst sie erworben:
So lange die Rose zu denken vermag,
Ist nimmer ein Gärtner gestorben!

Die Rose, die Rose, sie duftet so hold!
Sie dünkt so unendlich der Morgen!
Sie blüht dem ergrauenden Gärtner zum Sold,
Der schaut sie mit ahnenden Sorgen.
Der gestern des eigenen Lenzes noch pflag,
Sieht heut schon die Blüthe verdorben –
Doch seit eine Rose zu denken vermag,
Ist niemals ein Gärtner gestorben!

Drum schimmert so stolz der vergängliche Thau
Der Nacht auf den bebenden Blättern!
Es zittert und lispelt die Lilienfrau,
Die Vögelein jubeln und schmettern;
Drum feiert der Garten den festlichen Tag
Mit Flöten und feinen Theorben:
So lange die Rose zu denken vermag,
Ist niemals ein Gärtner gestorben!

Aus: Gaselen.

III.

Wie schlafend unter'm Flügel ein Pfau den Schnabel hält,
Von luft'gen Vogelträumen die blaue Brust geschwellt,
Geduckt auf Einem Fuße, dann plötzlich oft einmal,
Im Traume phantasirend das Funkelrad er stellt:
So hing betäubt und trunken, ausreckend Berg und Thal,
Der große Wundervogel in tiefem Schlaf, die Welt.
So schwoll der blaue Himmel von Träumen ohne Zahl,
Mit leisem Knistern schlug er ein Rad, das Sternenzelt.

DICH ZIERET ... 1 ff. *Später ohne das Motto unter dem Titel* Rosenglaube.   25
Theorben   *Lauteninstrumente mit tiefen Bordunsaiten.*

v.

Wenn schlanke Lilien wandelten, vom Weste leis geschwungen,
Wär' doch ein Gang, wie deiner ist, nicht gleicherweis' gelungen!
Wohin du gehst, da ist nicht Gram, da ebnet sich der Pfad,
So dacht' ich, als vom Garten her dein Schritt mir leis erklungen.
5 Und nach dem Takt, in dem du gehst, dem leichten, reizenden,
Hab' ich im Nachschau'n wiegend mich dies Liedchen leis
                                                    gesungen.

FERDINAND FREILIGRATH

Ein Umkehren.
1792.

Vom Meer heran der Abend graute,
5 Aus Dampf und Dunst die Möwe schrie,
Verdrossen auf die Brandung schaute
Der gelbe Strand der Normandie.
O nachtumfloss'ne Wasseröde!
Ein einsam Boot lag auf der Rhede,
10 Ein ruppig Ding zur Küstenfahrt.
Am Bord ein paar Matrosen keuchten;
Man zog die Segel auf, die feuchten,
Und sang dazu nach Schifferart.

Am wüsten Ufer unterdessen,
15 Die Haare naß vom Wellenhauch,
Auf Steinen hat ein Mann gesessen,
Ein kleiner Mann mit großem Aug'.
Er läßt es irren, läßt es schweifen;
Zu den zerriss'nen Wolkenstreifen
20 Aufhebt er die geballte Faust;
Fährt in die Höh', spricht laut und strenge;
Bedräut die Fluth, wie eine Menge,
Die einen Rednerstuhl umbraus't.

Dann wieder mit gesenkten Brauen
25 Setzt er sich hin; was mag ihm sein?
Was, außer Meer und Mast und Tauen,
Sieht er auf seinem harten Stein?
Wenn du es wissen willst, so höre: –
Er träumt von einem andern Meere,

30 Beschwört ein ander Meer, als dies!
Er schaut, das selber er bewegte,
Das selber er als Sturm durchfegte,
Das wild empörte Meer Paris!

Er sieht die Plätze, sieht die Gassen –
35 Da brandet es wie Ebb' und Fluth,
Da wogen ab und zu die Massen,
Da kocht das heiße Frankenblut.
Die Piken und die Säbel blitzen,
Auf schwarzen Haaren rothe Mützen,
40 Trompetenruf und Fackelbrand!
Den Knaben sieht man Waffen tragen,
Die rauhe Trommel wird geschlagen,
Die zornige, von Frauenhand!

Die Glocken rasen auf den Thürmen,
45 Vordringt das Volk mit wüth'gem Schrei!
Ha, das ist der Bastille Stürmen,
Das ist des Marsfelds Metzelei!
Geschützesdonner, Flintenknattern!
Des Volkes junge Fahnen flattern –
50 Die erste dort, wer schwingt sie nur?
Das ist, auf rasselnder Kanone,
Die Lächelnde, die Amazone,
Das stolze Weib: die Mericourt! –

Ja, das die Woge, die zu wecken
55 Er donnernd losbrach in den Klubbs;
In den Spelunken, an den Ecken
Umringt von Sanskulottentrupps.
Das kämpft und gährt auf diesem Meere –
Sieh' da, Camille und Robespierre!
60 Sieh' da, und Dantons Löwenkraft!
Ein Tisch, ein Stuhl die Rednerbühne –
Nun schwingt auch Er sich auf, der Kühne:
Die menschgewordne Leidenschaft!

Ja, das die Woge, die zu wecken
65 Er unablässig hob die Hand!
Die Fluth, auf die er seine kecken
Sturmvögel täglich ausgesandt!

---

52 f. *Théroigne de* Mericourt *(1762–1817), genannt die ‚*Amazone der Freiheit‘*, hielt Salon für die ‚*Freunde des Gesetzes‘ und tat sich im August 1792 hervor.* 59 Camille *Desmoulins (1760–1794), Schriftsteller und Revolutionär.*

„Der Freund des Volks" – durch's Hagelwetter
Hinflatterten die grauen Blätter,
70 Sturmfrohen Nordsee-Möwen gleich!
Anfeuernd, mahnend, stachelnd, fluchend –
Und dennoch einzig, einzig suchend
Den Friedens-, den Olivenzweig!

'S ist Marat, ja! der Große, Gute!
75 'S ist der geächtete Tribun!
Das Haupt, das lang in Kellern ruhte,
Ruht aus am Meergestade nun!
Verkannt, geschmäht, verfolgt, geflüchtet –
Es ist vorbei, er hat verzichtet,
80 Er wählt des Elends bitter Brot!

Er schickt sich an, in See zu stechen –
Mag auch sein Herz in England brechen:
Gleichviel – dort liegt das Schmugglerboot!

Er springt hinein: „Nun, Schiffer, rüste!"
85 Da schwebt der Anker sacht empor.
Ein einz'ger Blick noch nach der Küste –
Da, was geht in dem Starken vor?
Er weint, er schluchzt, er winkt zum Strande,
Er ruft: „Zurück! Zurück zum Lande!
90 Verläßt die Mutter auch der Sohn?
Gescheh', was will!" Er wirft sich nieder,
Er küßt den Sand: „Da nimm mich wieder!
Nimm mich, o Revolution!"

Und nun, die Feinde auf den Hacken,
95 Und nun, auf Wald- und Wiesensteg
Allzeit das Messer über'm Nacken,
Zurück, zurück den langen Weg!
Im Korne muß er sich verstecken,
Muß sich verkriechen hinter Hecken –
100 Bis, die ihn gestern that in Bann,
Er wieder in die grauenhafte,
In die bis auf den Grund zerklaffte
Meerfluth Paris sich stürzen kann.

Was wird sie ihm zu Tage tosen? –
105 Nun ja, wir haben's lang gewußt!
Wir hörten lang von seinen Losen –
Zuerst den zehnten des August!

---

68 *„Ami du Peuple' hieß die von Marat redigierte Zeitung.*   107 *Sturm auf die Tuilerien, Beseitigung des Königtums.*

Dann den Convent, und dann den Schrecken!
Dann, in des Henkers blut'gem Becken,
110 Dein Haupt, o schuldiger Capet!
Die Girondins auf dem Schaffotte,
Das blanke Messer der Charlotte – –
Da, seht ihm nach! – Er muß – er geht!

ANNETTE ELISABETH FREIIN VON DROSTE-HÜLSHOFF

Am zweiten Sonntag nach Ostern.
Evang.: Vom guten Hirten.

Ein guter Hirt läßt seine Schafe nimmer!
5 O wehe, Hirt! den ein verkümmert Lamm
Einst klagend nennen wird mit Angstgewimmer,
Ein blutend wundes Vließ voll Wust und Schlamm.
Was willst du sagen? Schweig!
Dein Wort ist todt, der Stirne Zeichen Cains gleich.

10 Weh', Fürsten euch! die ihr des Volkes Seelen
Gen Vortheil wägt und irdisches Gedeihn.
Weh', Eltern! denen Kindes glänzend Fehlen
Weit lieber ist, als Einfalt sonder Schein.
Ihr werbt euch das Gericht;
15 Sprecht nicht von Ehren! Eure kennt man droben nicht.

Hausväter, wehe! die ein dienend Wesen
Nur an sich nehmen wie gedingten Leib;
Unwürdig seyd zu Hirten ihr erlesen
Freundlosem Manne, unberathnem Weib.
20 Habt ihr gewußt, und schwiegt;
Seht, jeder Fladen Brod ja in der Hand euch lügt!

Und wehe, wehe Allen! deren Händen
Ward anvertraut ein überschwenglich Gut.
Weh', Lehrer euch! die Herzen, leicht zu wenden,
25 Vergiftet habt mit Hohn und Übermuth.
Die Pfund' euch vorgestreckt,
Nicht wohl vergrubt ihr sie, habt sie mit Rost befleckt.

---

110 *Louis XVI.* 111 *Als Präsident des Jacobinerclubs begann marat im Frühjahr 1793
den Vernichtungskampf gegen die Girondisten.* *Am 13. 7. 1793 wurde Marat von* Char-
lotte *Corday erstochen.*

Doch bist du frei? darfst du so kühn denn sprechen
Das Bannwort über tausend Menschen aus?
30 Wem Kron' und Recht, wem Haus und Hof gebrechen,
Schließt ihn die Pflicht von ihren Schranken aus?
Denk' nach, schwer ist die Sach';
Um dein und fremde Seelen gilts darnach.

Wenn Kinderohr an deinen Lippen hänget,
35 Wenn Kinderblick in deinen Augen lies't,
Wenn jedes kecke Wort, das vor sich dränget,
Wie glühend Blei in zarte Ohren fließt:
Bist du denn nicht der Hirt?
Ist dein die Schuld nicht, wenn das arme Lamm verirrt?

40 Und wenn ein schwach Gemüth, ein stumpfes Sinnen,
Neugierig horcht auf jedes Wort von dir,
Um alles möchte Gleichheit sich gewinnen,
Aufzeichnet jede Miene mit Begier:
O, spricht nicht dieß Gesicht:
45 Ich acht' auf dich, bei Gott! verdirb mich nicht?

Hast du mir Herr an diesem Tag erschlossen,
Wem nie so ernst zuvor ich nachgedacht:
So ruf' ich denn, in Flehen hingegossen,
Hier ist der Wille, gib mir nur die Macht;
50 Der Sinn so rasch und leicht –
Leg' deine schwere Hand auf ihn, bis er entweicht!

Gewitter kannst mit deinem Hauch Du hemmen,
Aus dürrem Sande Palmeninseln ziehn;
O hilf auch mir den wilden Strom zu dämmen,
55 Laß nicht an meiner Stirn das Cainszeichen glühn!
Und steht vielleicht es dort,
Nimm meine Thränen Herr und lösch es fort!

Am fünften Sonntag nach Ostern.

„Aber solches habe ich zu Euch geredet,
damit wenn die Stunde kommt, Ihr daran
gedenket, daß ich es Euch gesagt habe."

5 Erwacht! der Zeitenzeiger hat
Auf die Minute sich gestellt;
Dem rostigen Getriebe matt
Ein neues Rad ist zugesellt;
Die Feder steigt, der Hammer fällt.

10 Wie den Soldaten auf der Wacht
Die Runde schreckt aus dumpfer Ruh,
So durch gewitterschwüle Nacht
Ruft uns die Glockenstimme zu:
Wie nennst du dich? Wer bist denn du?

15 Und Mancher, der im langen Traum
Den eignen Namen fast verschlief,
Der stieß von sich den schnöden Flaum
Und hastig die Parole rief;
So ernst die Glocke sprach und tief.

20 Wer möchte sich in solcher Zeit
Von deinem Heere schließen aus?
Was Lenz und Sonne hat zerstreut,
Das sucht in Stürmen wohl sein Haus,
Nur Vagabunden bleiben draus.

25 Dem Kleinsten ward sein wichtig Theil,
Umsonst hat keiner seinen Stand.
Mag was da hoch, zu Kraft und Heil
Uns leuchten von der Zinne Rand;
Doch nur die Masse schützt das Land.

30 Ist es ein schwacher Posten auch,
Auf den mich deine Hand gestellt:
So ward mir doch des Wortes Hauch,
Das furchtlos wandelt durch die Welt,
Ob es nun dunkelt oder hellt.

35 Thu nur ein Jeder was er kann,
Daß hülfreich stehe Schaft an Schaft;
Der Niedre schließe treu sich an,
Der Hohe zeige seine Kraft:
Dann weiß ich wohl, wer Rettung schafft!

Am letzten Tage des Jahres.

Das Jahr geht um,
Der Faden rollt sich sausend ab.
Ein Stündchen noch, das letzte heut,
5 Und stäubend rieselt in sein Grab
Was einstens war lebend'ge Zeit.
Ich harre stumm.

's ist tiefe Nacht!
Ob wohl ein Auge offen noch?
In diesen Mauern rüttelt dein
Verrinnen, Zeit! Mir schaudert doch.
Es will die letzte Stunde sein
Einsam durchwacht.

Geschehen all!
Was ich begangen und gedacht,
Was mir aus Haupt und Hirne stieg,
Das steht nun eine ernste Wacht
Am Himmelsthor. O halber Sieg,
O schwerer Fall!

Wie ras't der Wind
Am Fensterkreuze! Ja es will
Auf Sturmesfittigen das Jahr
Zerstäuben, nicht im Schatten still
Verhauchen unterm Sternenklar,
Du Sündenkind!

War nicht ein hohl
Und heimlich Sausen jeden Tag
In deiner wüsten Brust Verließ,
Wo langsam Stein an Stein zerbrach
Wenn es den kalten Odem stieß
Vom starren Pol?

Mein Lämpchen will
Verlöschen, und begierig saugt
Der Docht den letzten Tropfen Oel.
Ist so mein Leben auch verraucht,
Eröffnet sich des Grabes Höhl
Mir schwarz und still.

Wohl in dem Kreis,
Den dieses Jahres Lauf umzieht,
Mein Leben liegt. Ich wußt, es log;
Und dennoch hat dieß Herz geglüht
In eitler Leidenschaften Joch.
Mir bricht der Schweiß

Der tiefsten Angst
Auf Stirn und Hand! Wie, dämmert feucht
Ein Stern dort durch die Wolken nicht?

Wär' es der Liebe Stern vielleicht,
Dir zürnend mit dem trüben Licht,
Daß du so bangst?

50   Horch, welch Gesumm!
Und wieder Sterbemelodie!
Die Glocke regt den ehrnen Mund.
O Herr! ich falle auf die Knie.
Sey gnädig meiner letzten Stund!
55   Das Jahr ist um!

NIKOLAUS FRANZ NIEMBSCH EDLER VON STREHLENAU*

Die bezaubernde Stelle.

Liebende, die weinend mußten scheiden, –
Wenn nach heißer Sehnsucht langen Leiden
5   Sie ans Herz sich endlich dürften pressen,
Würden sich zu küssen hier vergessen.

Blick in den Strom.

(September 1844.)

Sahst du ein Glück vorübergehn,
Das nie sich wiederfindet,
5   Ist's gut in einen Strom zu sehn,
Wo Alles wogt und schwindet.

O, starre nur hinein, hinein,
Du wirst es leichter missen,
Was dir, und soll's dein Liebstes seyn,
10   Vom Herzen ward gerissen.

Blick' unverwandt hinab zum Fluß,
Bis deine Thränen fallen,
Und sieh durch ihren warmen Guß
Die Fluth hinunterwallen.

15   Hinträumend wird Vergessenheit
Des Herzens Wunde schließen;
Die Seele sieht mit ihrem Leid
Sich selbst vorüberfließen.

1852

PAUL HEYSE

Aus: Speranza.

1.

Wenn das Haus im Wüsten liegt,
Wem gefielen Gäste?
Staub, der aus den Winkeln fliegt,
Kehrt man vor dem Feste.

Tief im Herzen für und für
Wust und Plunder stört' ich;
Da an meines Herzens Thür
Leises Klopfen hört' ich.

Und ich sah, die Liebe stand
Draußen an der Schwelle,
Bat um Einlaß unverwandt,
Sah mich an so helle.

Eh' ich wußte, wie's geschah,
War das Pförtlein offen;
Daß sie's drin unwirthlich sah,
Stand ich gar betroffen.

Doch sie lacht' mich lustig aus,
Schürzte sich behende,
Und sodann im wirren Haus
Rührt' sie flink die Hände.

Staunend sag' ich, wenn ihr fragt:
Welch ein Glanz tiefinnen?
„Die das Haus gefegt als Magd,
Wohnt als Fürstin drinnen."

7.

Dú bist so heiter wie der Tag,
Ich dunkel an Herz und Sinnen.
Ob's auch ein Räthsel scheinen mag,
Wir sind doch eins tiefinnen.

> Der Liebe macht kein Räthsel Noth,
> Es wird sich lösen müssen;
> Die Lieb ist wie ein Morgenroth,
> Wo Tag und Nacht sich küssen.

GOTTFRIED KINKEL

Holzlahr [a]).
Spandau, Sommer 1850.

Und muß ich sterben in Kerkerluft,
Nicht frag' ich, wo ihr mich verscharrt;
Nicht herb ist mir die unheimische Luft
Und die fremde Erde nicht hart.

Ich werde, wo immer zerfällt mein Bau,
In Blumen mich erneu'n,
Und meinen Staub im nächtlichen Thau
Auf kühle Wiesen streu'n.

Nur Eins begehr' ich, es ist nicht viel:
Aus dem todesstarren Leib
Mein Herz, das gebrochne Saitenspiel,
Das fordre, mein treues Weib!

Das soll nicht vermodern im märkischen Sand,
Das sehnt sich nach seiner Wieg' –
Mein Herz soll ruhen im Vaterland,
Im Winde der blauen Sieg!

O Sieg, mein herrlicher Heimatfluß,
So klar, so kühl und wild,
Wie bist du in deinem strudelnden Schuß
Recht deiner Männer Bild!

a) Dieses Lied nebst einem zweiten, das dessen Fortsetzung in leidenschaft-
licher bewegten Gefühlen enthält, dichtete ich in den Nächten des verflossenen
Sommers. Da nichts Poetisches aus meinen Wänden hätte wandern dürfen, weil
man fürchtete, es möchte dadurch eine Erleichterung meines Schicksals er-
reicht werden, so konnte ich nur zerrißne Strofen davon meiner Frau zu-
schicken. In dieser Verstümmelung steht das Gedicht in meiner neuen Samm-
lung: ich gebe es hier zum ersten Mal vollständig, obwohl ohne die Fort-
setzung. Holzlahr ist ein kleines Bergmannsdorf im Siegkreise, unfern meinem
Geburtsdorfe Oberkassel am Rhein.   London, Februar 1851.

Ja du, mein starkes Sikambergeschlecht,
25   Du bist mein Fleisch und Blut,
In Lieb' und Haß so treu, so ächt,
  Und voll von trotzigem Muth.

Ein Dörfchen weiß ich am Waldessaum,
  Geschirmt vor dem nördlichen Wind;
30   Da blüht noch jedes Jahr der Baum,
  Bei dem ich gespielt als Kind.

Ein Kirchhof liegt dem Bachgrund nah
  In blumiger Wiesenflur:
Arme Bergleute begräbt man da
35   Und arme Bauern nur.

So stille, so still! durch den brüchigen Zaun
  Schlüpft nachts vom Walde das Wild,
Und sorglos weidet's im Morgengrau'n
  Das Kraut auf dem Gräbergefild.

40 Die Merle schlägt von dem Kirschbaum dort
  Und der Fink aus dem Haselgesträuch –
O Wald und Wild, am traulichen Ort
  Hier will ich rasten bei Euch! –

KARL MAYER

Die Gewölke.

Masse Wolken ob den Wäldern,
Nasse Pfad' in Thal und Feldern,
5   Alles üppig sommerlich!
Üppig traurig bin auch ich;
Hängt doch auch ob meinem Volke
Schwarze, schwere Unglückswolke!

Leider!

Die deutsche Strömung ward zum Sumpf,
Die deutsche Freiheit zuckt als Rumpf!

---

24 Gemäß der poetischen Mode: Siegerländer.   *40 Amsel.*

Nach langem Leben.

Mein Loos ist, viel zu überleben,
Und werd' ich einst vorüberschweben,
So sei der Rückblick mir gepriesen
Auf's Schöne, was mir Gott gewiesen.
Ist dann vorbei der Deutschen Schmach,
So jubl' ich meinem Leben nach.

ADOLPH FRIEDRICH VON SCHACK

Alte Lust
An Karl v. L.

Ja, die Welt ist alt geworden
Und sie neigt das müde Haupt,
Und der eis'ge Wind vom Norden
Hat den Blätterschmuck geraubt!
Nie mehr in den Weißdornlauben
Beim Gegirr der Ringeltauben
Trifft sich das verliebte Paar,
Nimmer mehr die Blütendolde
Flicht die liebliche Isolde
In des schönen Freundes Haar.

Nimmer mehr zur Zeit des Maien
Auf beblümter Wiesenau'n
Lockt das Tönen der Schalmeien
Kecke Ritter, zarte Frau'n;
Nie mehr ziehn die dichtgescharten
Fröhlichen zu Brunnenfahrten
In den Wald von Tintayol;
Schaurig in den Buchenzweigen
Rauscht der Herbstwind, wo zum Reigen
Harfenklang und Tanzlied scholl.

Nie mehr tönt des Wächters Pfeife,
Die die Liebenden erweckt,
Daß die Dame schnell die Schleife
An den Hut des Freundes steckt,

---

20 *Anspielung auf das Frühlingsfest am Hofe von König Marke nach Gottfrieds von Straß-
burg* ‚Tristan' *Vers 536 ff.*

Und im Trennungsschmerz erbleichend,
Noch den letzten Kuß ihm reichend,
30 Ihn zu dem Balkone zieht,
Wo, wenn er hinabgestiegen,
Sie noch lang den Helmbusch fliegen
Und den Fliehnden grüßen sieht.

Trauernd in der Väter Halle
35 Hängt die Fahne und das Schwert,
Disteln schwanken auf dem Walle
Und der Rüstsaal ist geleert!
Hin der Klang der guten Zitter!
Hin die bunte Tracht der Ritter!
40 Hin das Kämpfen und Turnei'n!
Hin die Lust der Waidgesellen,
Und des Hornes muntres Gellen
Und der Scherz bei Mahl und Wein!

Ja, die Welt ist alt geworden!
45 Aber wenn der Schnee auch flockt,
Sei zu fröhlichen Accorden
Doch der Lei'r ein Klang entlockt!
Laß uns, trotz der Grillenfänger,
Singen, wie die Minnesänger,
50 Lieben, so wie sie geminnt,
Laß die alte Zeit uns preisen,
Und in Lied und Lust beweisen,
Daß wir Gottfrieds Enkel sind!

EMANUEL GEIBEL

Zum Schlusse.

Sieh, das ist es was auf Erden
Jung dich hält zu jeder Frist,
5 Daß du ewig bleibst im Werden,
Wie die Welt im Wandeln ist.

Was dich rührt im Herzensgrunde
Einmal kommt's und nimmer so;
Drum ergreife kühn die Stunde,
10 Heute weine, heut sei froh.

---

53 Gottfried *von Straßburg (um 1200), Verfasser des* ,Tristan'.

Gieb dem Glück dich voll und innig
Trag' es, wenn der Schmerz dich preßt,
Aber nimmer eigensinnig
Ihren Schatten halte fest.

15 Heiter senke was vergangen
In den Abgrund jeder Nacht;
Soll der Tag dich frisch empfangen,
Sei, ein Andrer, heut erwacht.

Frei dich wandelnd und entfaltend
20 Wie die Lilie wächst im Feld
Wachse fort, und nie veraltend
Blüht und klingt für dich die Welt.

FRIEDRICH MARTIN BODENSTEDT

›Stammbuchblatt‹

Und thut dir's weh daß ich von dir geh',
Warum willst du noch daß es dein Auge seh,
5 Und les' es schwarz auf weiß verbrieft,
Wie mir das Herz vor Wehmuth trieft?

Ernst mahnend wie die Freude flieht,
Ein Schatten des Gedankens zieht
Das geschriebene Wort dem Blick einher
10 Und macht das Herz uns trüb und schwer.

Da steht nun das Wort so traut und lieb;
Doch wo ist die Hand die es niederschrieb?
Und wo ist die Brust der es schwer entklang,
Und wo ist der Mund der es wiedersang.

15 Drum thut dir's weh, wenn ich von dir geh,
Warum willst du noch, daß es dein Auge seh?
Der Eine ist für den Andern fort,
Und nichts bleibt als das kalte Wort.

WILHELM MEINHOLD

Das Preußische Hurrah-Lied.
1848.

Was predigt der Pöbel von Volksmajestät
Und Volksregiment uns frühe und spät?
Hurrah Kamerad, marsch, marsch Kamerad:
Das leidet kein Preuß'scher Soldat!

Hat Preußen der Pöbel einst groß gemacht?
Nein, Friedrich, der donnernde König der Schlacht;
Hurrah Kamerad, marsch, marsch Kamerad,
Und mit ihm der Preuß'sche Soldat!

Zog der Pöbel für Deutschland nach Schleswig vorauf?
Nein, Friedrich Wilhelm und Vater „Drauf!"
Hurrah Kamerad, marsch, marsch Kamerad,
Und der Preuß'sche, der Preuß'sche Soldat!

O Friedrich Wilhelm so lieb und so theu'r,
Mein König, wann geht es wieder ins Feu'r?
Hurrah Kamerad, marsch, marsch Kamerad,
Wie sehnt sich der Preuß'sche Soldat!

Erlöste der Pöbel bei Leipzig die Welt?
Nein, Friedrich Wilhelm, der herrliche Held,
Hurrah Kamerad, marsch, marsch Kamerad,
Und mit ihm der Preuß'sche Soldat!

Wann wirbeln die donnernden Trommeln empor
Und die Pfeifen dazwischen im lieblichen Chor?
Hurrah Kamerad, marsch, marsch Kamerad,
Wie sehnt sich der Preuß'sche Soldat!

Wann prüfst du, mein König, die alte Treu,
Wann wird Hohenzollern das Kriegsgeschrei?
Hurrah Kamerad, marsch, marsch Kamerad,
Wie sehnt sich der Preuß'sche Soldat! –

Und stirbt er für seinen König allhier,
Giebt ihm droben der größte König Quartier!
Hurrah Kamerad, marsch, marsch Kamerad:
Ich sterbe als Preuß'scher Soldat! –

PAUL HEYSE

Ach, da ich bei dir saß,
So außer mir,
Und wußte mich so ganz in dir,
5   Wie hoch war das!

Der Seele tiefe Flut
War unbewußt
Des engen Ufers ihrer Brust.

Und wie sie überschwoll
10   Und in sich schlang
All deiner Seele Flutendrang,
War's selig grauenvoll,
Als schauerten vereint die Wogen bang;

Wie an dem Tag
15   Da Gottes Liebe webender Hauch
Über den dunkeln Wassern lag.

CLEMENS BRENTANO

Biondetta singt:

„Herr, ich steh' in deinem Frieden.
Ob ich lebe, ob ich sterbe;
5   Starb mein Heiland doch hienieden,
Daß ich sein Verdienst erwerbe!

„Will der Schmetterling zum Lichte,
Muß die Larve er zerbrechen,
So hast du dies Haus vernichtet,
10   Meine Freiheit auszusprechen!

„Lass' die Flügel mich erquicken,
In der Andacht sie erstrecken,
Und zum Himmelsgarten zücken
Durch der Buße dorn'ge Hecken!

15   „O wie hast du hochgezieret
Diese Weltmacht, mir die letzte,
Eine Seele triumphiret,
Deren Tod mich hoch ergötzte!

„Solchen Tod lass' mich gewinnen!
20 Herr nach einem solchen Leben
Lass' mich mit so klaren Sinnen
Dir die Seele wiedergeben!

„Denn in deinen Händen liegen
Alle demuthvollen Herzen
25 Wie die Kindlein in den Wiegen
Still entschlummert, ohne Schmerzen!" –

›Lied der Biondetta‹

„Meerstern, wir dich grüßen,
Die durch Thränenwüsten
Aus der Sündedunkeln Zeit
5 Einsam steuern müssen
Zu den hellen Küsten
Der gestirnten Ewigkeit!"

[. . .]

„Jungfrau laut verkünden
10 Von des Himmels Bühnen
Engel deine Herrlichkeit;
Und aus Meeres Gründen
Steigt, dich zu versühnen,
Was da lebt in ird'schem Streit."

15 [. . .]

„Jungfrau voller Güten
Wie das Meer sich thürme
Stehest du in Heiterkeit;
Wie gefall'ne Blüthen
20 Schütten dir die Stürme
Himmelssterne auf dein Kleid!"

[. . .]

„Denk, o Muttersüße!
Wie du durch die Wüste
Unsern Herren trugst in Pein,
25 Daß er für uns büße
Trank er deine Brüste,
Sog er deine Milde ein!"

[. . .]

30 „Jungfrau, Himmelsthüre
In des Todes Gründe
Senke deiner Strahlen Schein,
Und helleuchtend führe
Aus dem Meer der Sünde
35 Uns zum Quell des Lichtes ein!"

JUSTINUS KERNER

Wenn ein Baum, ein morscher, alter,
Plötzlich wieder blüht auf's Neu',
Ist's ein Zeichen, daß nun bald er
5 Todt und reif zum Fällen sey.

So auch hat sich ein Erblühen
In mir Alten angefacht,
Ach, nur eines Herbsts Erglühen
Vor des Winters langer Nacht!

10 Was auf's Neu' ich hier gesungen,
Fühl' ich, hat kein Lenz erzeugt;
Meine Saiten sind gesprungen
Und mein Tag hat sich geneigt.

Im Eisenbahnhofe.

Hört ihr den Pfiff, den wilden, grellen,
Es schnaubt, es rüstet sich das Thier,
Das eiserne, zum Zug, zum schnellen,
5 Herbraust's, wie ein Gewitter schier.

In seinem Bauche schafft ein Feuer,
Das schwarzen Qualm zum Himmel treibt;
Ein Bild scheint's von dem Ungeheuer,
Von dem die Offenbarung schreibt.

10 Jetzt welch ein Rennen, welch Getümmel,
Bis sich gefüllt der Wagen Raum!
Drauf „fertig!" schreit's, und Erd' und Himmel
Hinfliegen, ein dämon'scher Traum.

Dampfschnaubend Thier! seit du geboren,
Die Poesie des Reisens flieht;
Zu Roß mit Mantelsack und Sporen
Kein Kaufherr mehr zur Messe zieht.

Kein Handwerksbursche bald die Straße
Mehr wandert froh in Regen, Wind,
Legt müd sich hin und träumt im Grase
Von seiner Heimath schönem Kind.

Kein Postzug nimmt mit lust'gem Knallen
Bald durch die Stadt mehr seinen Lauf,
Und wecket mit des Posthorns Schallen
Zum Mondenschein den Städter auf.

Auch bald kein trautes Paar die Straße
Gemüthlich fährt im Wagen mehr,
Aus dem der Mann steigt und vom Grase
Der Frau holt eine Blume her.

Kein Wand'rer bald auf hoher Stelle,
Zu schauen Gottes Welt, mehr weilt,
Bald alles mit des Blitzes Schnelle
An der Natur vorüber eilt.

Ich klage: Mensch, mit deinen Künsten
Wie machst du Erd' und Himmel kalt!
Wär' ich, eh' du gespielt mit Dünsten,
Geboren doch im wildsten Wald!

Wo keine Axt mehr schallt, geboren,
Könnt's seyn, in Meeres stillem Grund,
Daß nie geworden meinen Ohren
Je was von deinen Wundern kund.

Fahr' zu, o Mensch! treib's auf die Spitze,
Vom Dampfschiff bis zum Schiff der Luft!
Flieg' mit dem Aar, flieg' mit dem Blitze!
Kommst weiter nicht, als bis zur Gruft.

Impromptu im Jahre 1848.
In Schillers Album in Weimar geschrieben.

Ha! würde man dich jetzt erwecken,
Zu schauen dieses Treiben an,
Schnell würd'st das Aug' du wieder decken,
Zurückschau'rn und rufen dann:
„Ja, ja! der schrecklichste der Schrecken,
Das ist der Mensch in seinem Wahn!"

CLEMENS BRENTANO

Wo schlägt ein Herz, das bleibend fühlt?

Wo schlägt ein Herz, das bleibend fühlt?
Wo ruht ein Grund nicht stets durchwühlt?
Wo strahlt ein See, nicht stets durchspült?
Ein Mutterschooß, der nie erkühlt?
Ein Spiegel, nicht für jedes Bild –
Wo ist ein Grund, ein Dach, ein Schild,
Ein Himmel, der kein Wolkenflug,
Ein Frühling, der kein Vögelzug,
Wo eine Spur, die ewig treu,
Ein Gleis, das nicht stets neu und neu?
Ach, wo ist Bleibens auf der Welt,
Ein redlich, ein gefriedet Feld,
Ein Blick, der hin und her nicht schweift,
Und Dies und Das, und Nichts ergreift,
Ein Geist, der sammelt und erbaut –
Ach, wo ist meiner Sehnsucht Braut?
Ich trage einen treuen Stern,
Und pflanzt' ihn in den Himmel gern,
Und find kein Plätzchen tief und klar,
Und keinen Felsgrund zum Altar;
Hilf suchen, Süße, halt, o halt!
Ein jeder Himmel leid't Gewalt.

Ich weiß wohl was dich bannt in mir!

„Ich weiß wohl was dich bannt in mir,
Die Lebensgluth in meiner Brust,
Die süße zauberhafte Zier
5   Der bangen tiefgeheimen Lust,
Die aus mir strahlet, ruft zu dir."
Schließ mich in einen Felsen ein,
Ruft doch dein Herz durch Mark und Bein:
„Komm, lebe, liebe, stirb an mir!"
10   Leg diesen Fels dir auf die Brust,
        Du mußt, du mußt!

THEODOR STORM

Octoberlied.

Der Nebel steigt, es fällt das Laub;
Schenk' ein den Wein, den holden!
5   Wir wollen uns den grauen Tag
Vergolden, ja vergolden.

Und geht es draußen noch so toll,
Unchristlich oder christlich,
Ist doch die Welt, die schöne Welt
10   So gänzlich unverwüstlich!

Und wimmert auch einmal das Herz, –
Stoß' an, und laß es klingen!
Wir wissen's doch, ein rechtes Herz
Ist gar nicht umzubringen.

15   Der Nebel steigt, es fällt das Laub;
Schenk' ein den Wein, den holden!
Wir wollen uns den grauen Tag
Vergolden, ja vergolden.

Wohl ist es Herbst; doch warte nur,
20   Doch warte nur ein Weilchen!
Der Frühling kommt, der Himmel lacht,
Es steht die Welt in Veilchen.

Die blauen Tage brechen an;
Und ehe sie verfließen,
25   Wir wollen sie, mein wackrer Freund,
Genießen, ja genießen!

Lied des Harfenmädchens.

Heute, nur heute
Bin ich so schön;
Morgen, ach morgen
Muß Alles vergehn!
5   Nur diese Stunde
Bist du noch mein;
Sterben, ach sterben
Soll ich allein.

Die Stadt.

Am grauen Strand, am grauen Meer,
Und seitab liegt die Stadt;
Der Nebel deckt die Dächer schwer,
5   Und durch die Stille braust das Meer
Eintönig um die Stadt.

Es rauscht kein Wald, es schlägt im Mai
Kein Vogel ohn' Unterlaß;
Die Wandergans mit hartem Schrei
10   Nur fliegt in Herbstesnacht vorbei,
Am Strande weht das Gras.

Doch hängt mein ganzes Herz an dir,
Du graue Stadt am Meer;
Der Jugend Zauber für und für
15   Ruht lächelnd doch auf dir, auf dir,
Du graue Stadt am Meer.

Hyazinthen.

Fern hallt Musik; doch hier ist stille Nacht,
Mit Schlummerduft anhauchen mich die Pflanzen;
Ich habe immer, immer dein gedacht,
5   Ich möchte schlafen; aber du mußt tanzen.

Es hört nicht auf, es ras't ohn' Unterlaß;
Die Kerzen brennen und die Geigen schreien,
Es theilen und es schließen sich die Reihen,
Und Alle glühen; aber du bist blaß.

10 Und du mußt tanzen; fremde Arme schmiegen
Sich an dein Herz: o leide nicht Gewalt!
Ich seh' dein weißes Kleid vorüberfliegen
Und deine leichte, zärtliche Gestalt. – –

Und süßer strömend quillt der Duft der Nacht
15 Und träumerischer aus dem Kelch der Pflanzen.
Ich habe immer, immer dein gedacht;
Ich möchte schlafen; aber du mußt tanzen.

Waldweg.
Fragment

Durch einen Nachbarsgarten ging der Weg,
Wo blaue Schleh'n im tiefen Grase standen;
5 Dann durch die Hecke über schmalen Steg
Auf eine Wiese, die an allen Randen
Ein hoher Zaun vielfarbgen Laub's umzog;
Buscheichen unter wilden Rosenbüschen,
Um die sich frei die Geißblattranke bog,
10 Brombeergewirr und Hülsendorn dazwischen;
Vorbei an Farrenkräutern wob der Eppich
Entlang des Walles seinen dunklen Teppich.
Und vorwärts schreitend störte bald mein Tritt
Die Biene auf, die um die Distel schwärmte,
15 Bald hörte ich, wie durch die Gräser glitt
Die Schlange, die am Sonnenstrahl sich wärmte.
Sonst war es kirchenstill in alle Weite,
Kein Vogel hörbar; nur an meiner Seite
Sprang schnaufend ab und zu des Oheims Hund;
20 Denn nicht allein wär' ich um solche Zeit
Gegangen zum entlegnen Waldesgrund;
Mir graute vor der Mittagseinsamkeit. –
Heiß war die Luft, und alle Winde schliefen;
Und vor mir lag ein sonnig offner Raum,
25 Wo quer hindurch schutzlos die Steige liefen.
Wohl hatt' ich's sauer und ertrug es kaum;
Doch rascher schreitend überwand ich's bald.

Dann war ein Bach, ein Wall zu überspringen;
Dann noch ein Steg, und vor mir lag der Wald,
30 In dem schon herbstlich roth die Blätter hingen.
Und drüber her, hoch in der blauen Luft,
Stand beutesüchtig ein gewaltger Weih,
Die Flügel schlagend durch den Sonnenduft;
Tief aus der Holzung scholl des Hähers Schrei.
35 Himbeerenduft und Tannenharzgeruch
Quoll mir entgegen schon auf meinem Wege,
Und dort im Walle schimmerte der Bruch,
Durch den ich meinen Pfad nahm in's Gehege.
Schon streckten dort gleich Säulen der Kapelle
40 An's Laubgewölb' die Tannenstämme sich;
Dann war's erreicht, und wie an Kirchenschwelle
Umschauerte die Schattenkühle mich.

Von Katzen.

Vergangnen Maitag brachte meine Katze
Zur Welt sechs allerliebste kleine Kätzchen,
Maikätzchen, alle weiß mit schwarzen Schwänzchen.
5 Fürwahr, es war ein zierlich Wochenbettchen!
Die Köchin aber – Köchinnen sind grausam,
Und Menschlichkeit wächst nicht in einer Küche –
Die wollte von den Sechsen fünf ertränken,
Fünf weiße, schwarzgeschwänzte Maienkätzchen
10 Ermorden wollte dies verruchte Weib.
Ich half ihr heim! – der Himmel segne
Mir meine Menschlichkeit! Die lieben Kätzchen,
Sie wuchsen auf und schritten binnen Kurzem
Erhobenen Schwanzes über Hof und Heerd;
15 Ja, wie die Köchin auch ingrimmig drein sah,
Sie wuchsen auf, und Nachts vor ihrem Fenster
Probirten sie die allerliebsten Stimmchen.
Ich aber, wie ich sie so wachsen sahe,
Ich pries mich selbst und meine Menschlichkeit. –
20 Ein Jahr ist um, und Katzen sind die Kätzchen,
Und Maitag ist's! – Wie soll ich es beschreiben,
Das Schauspiel, das sich jetzt vor mir entfaltet!
Mein ganzes Haus, vom Keller bis zum Giebel,
Ein jeder Winkel ist ein Wochenbettchen!
25 Hier liegt das eine, dort das andre Kätzchen,

In Schränken, Körben, unter Tisch und Treppen,
Die Alte gar – nein, es ist unaussprechlich,
Liegt in der Köchin jungfräulichem Bette!
Und jede, jede von den sieben Katzen
30   Hat sieben, denkt euch! sieben junge Kätzchen,
Maikätzchen, alle weiß mit schwarzen Schwänzchen.
Die Köchin ras't, ich kann der blinden Wuth
Nicht Schranken setzen dieses Frauenzimmers;
Ersäufen will sie alle neun und vierzig!
35   Mir selber, ach, mir läuft der Kopf davon –
O Menschlichkeit, wie soll ich dich bewahren!
Was fang' ich an mit sechs und funfzig Katzen! –

1853

FRIEDRICH HEBBEL

Aus: Neue Epigramme.

Antwort.

Wie mir der Dichter gefällt? Wenn ihm vor innerer Fülle
5   Jegliche Ader zerspringt, daß der entfesselte Strom
Droben die Sterne bespritzt, und drunten die Blumen beträufelt
Und das feurige Herz doch nicht den Mangel verspürt.
Nur vom Überfluß lebt das Schöne, dies merke sich Jeder,
Habt ihr nicht etwas zu viel, habt ihr mit nichten genug!

Die alten Naturdichter Brockes, Geßner
und ihre modernen Nachzügler Stifter, Kompert u.s.w.

Wißt ihr, warum Euch die Käfer, die Butterblumen so glücken?
Weil ihr die Menschen nicht kennt, weil ihr die Sterne nicht
seht!
5   Schautet ihr tief in die Herzen, wie könntet ihr schwärmen für
Käfer,
Säht ihr das Sonnensystem, sagt doch, was wär' euch ein
Strauß?
Aber das mußte so sein; damit ihr das Kleine vortrefflich
Liefertet, hat die Natur klug euch das Große entrückt.

FRIEDRICH MARTIN BODENSTEDT

Verschieden von Gut und von Geld,
Weiß ich einen Schatz in der Welt,
Der guten Menschen sich immer erschließt,
Und deß Quellen sich niemals vermindern,
Denn je mehr der Vater davon genießt,
Desto mehr hinterläßt er den Kindern:

Das ist Lust am Leben und froher Sinn,
Da wächst mit dem Geben der eigne Gewinn,
Das macht uns zum Himmel die Erde,
Macht lieblich von Herz und Geberde.

GOTTFRIED KELLER

Für die Roten.

„Blut ist ein gar besondrer Saft!"

„Ich bin rot und hab's erwogen
Und verkünd' es unverweilt!
Und geköpft sei Jeder, welcher
Das Prinzip nicht mit mir theilt!"

Also in der Baders Stube
Hört' ich Einen, der dieß sprach,
Eben, als 'nem feisten Bäcker
Dieser in die Adern stach.

Und des Blutes munt'rer Bogen
Aus dem runden drallen Arm
Fiel dem Sprecher auf die Nase,
Sie begrüßend freundlich warm.

Bleich, entsetzt fuhr er zusammen,
Wusch darauf sich sieben Mal;
Doch noch lang rümpft sich die Nase,
Fühlt noch lang den warmen Strahl!

Eine Ros' im Wetterscheine
Sah ich blühen brennendrot;
Einen Becher sah ich glühen,
Der noch tief're Röte bot!

FÜR DIE ROTEN   3 *Motto, leicht verändert, nach Faust I, 1740.*

Aber rief etwa die Knospe
25 Vorher, daß sie rot wollt' sein?
Schrie der junge grüne Weinstock:
Ich will geben roten Wein?

Nein, der ewig goldengrüne
Baum des Lebens thut das nie,
30 Das thut nur die ewiggraue,
Graue Eselstheorie!

Reich das eig'ne Blut verschwenden,
Mit dem fremden knaus'rig sein
Ist der Freiheit Wirtschaftslehre,
35 Sie verleiht den Sieg allein.

Doch die wahre Friedenstaube
Dann erst zu den Sternen fliegt,
Wenn mit schallendem Gelächter
Trocken ihr den Feind besiegt!

NICOLAUS DELIUS

Germania rediviva.

Wohl läßt ein Damm sich ziehen einem Bache,
Doch bald, der Haft entwindend seine Glieder,
5 Stürzt auf die durst'ge Flur er voller nieder,
Daß sie in frischem Grün frohlock' und lache.

So, deutsches Volk, stürzt auch mit lauterm Krache
Auf dich der jüngst gehemmte Strom der Lieder;
Frohlock' und lache, denn es kehren wieder
10 Die Musen und die Musenalmanache.

Wohl suchte deinen Theetisch umzustürzen
Das freche Volk in Heckerhut und Blousen
Und deine beste Kost dir zu verkürzen.

Vergebens! Wie das Kind zum Mutterbusen
15 So kehrst auch du zu deines Daseins Würzen,
Den Musenalmanachen und den Musen.

---

12 Heckerhut *wahrscheinlich Attribut der badischen Aufständischen von 1848, nach dem
Anführer des Aufstandes, dem badischen Abgeordneten Friedrich Karl Franz Hecker.*
Blousen *Attribut des Proletariats.*

WILHELM VON HUMBOLDT

Die Tigerin.

Die Tigerin ist aller Thiere Schrecken.
Wenn ihre Spur sie sehn, vor Graun sie beben,
Im Dickicht, wenn empor den Blick sie heben,
Der Augen mörd'risch Funkeln zu entdecken.

Sie aber im naturgemäßen Streben
Fährt fort, die Klaue nach dem Raub zu strecken,
Wie Qual ihn mag und Todesangst umschweben,
Und gähnend satt die Lefzen stolz zu lecken.

In ihre sichre Brust kein Mitleid dringet,
Mit froher Lust sie auf die Beute springet;
Und sieht man buntgefleckt, mit schlanken Seiten

Sie königlich den finstren Wald durchschreiten,
So kann man nicht ihr Herrscherrecht bestreiten,
Daß sie das Niedre sich zum Opfer bringet.

Die Cypressenallee.

Verblühet hinter mir die Jugend lieget,
Wie ödes Feld, das keine Frucht getragen;
Viel Schmerz hat meine starke Brust besieget,
Doch andrer droht des späten Alters Tagen.

Schwer über mir sich euer Wipfel wieget,
Cypressen, die zum finstren Himmel ragen.
Allein auch Hartes oft das Schicksal füget,
Euch zu durchschreiten will ich kühn drum wagen.

Gießt eure Schatten furchtbar auf mich nieder!
Was eure Nacht mir auch für Schauer sende,
Ich gehe muthvoll in euch hin und wieder;

Wie Jahrsbeginn sich schließt an Jahresende,
So setz' ich stillgefaßt durch eure Mitte,
In Gram gehüllt, die alterschweren Schritte.

GEORG FRIEDRICH DAUMER

Aus: Rosa.

XX.

Um Mitternacht, da grüßte hell und golden
Der Sterne Heer.
Da stöhnt' ich auf, wie Tristan um Isolden;
Da schlug mein Herz; da harret' ich der Holden,
Die mein Begehr.

Um Mitternacht, da haucht' ich in die Flöte
All meine Gluth.
Da flehet' ich in Nacht hinaus und Öde:
„Daß mich die Qual, die heiße Qual nicht tödte,
Sei mild und gut!

Enthebe dich dem freudelosen Porte
Eiskalter Ruh';
Nicht füge dich gebot'nem Wonnemorde;
Nein, wende dich aus stillbewegter Pforte
Der Liebe zu!"

Um Mitternacht, da rauschten ihre Tritte,
Da weht' ihr Hauch,
Da faßt' ich sie um ihre schlanke Mitte,
Da höhnete der Menschen harte Sitte
Ein schön'rer Brauch.

O zarter Mund; o Busen ohne Tadel;
O Schmuck des Haars,
Des flüssigen, von Zwange frei und Nadel;
O durch die schönste Schuld gebeugter Adel
Des Augenpaars!

Nein, schaudre nicht! Du bist, dir selbst verloren,
Nicht minder rein;
Bist aus dir selbst so erst in Gott geboren,
Bist heilig erst, nachdem du abgeschworen
Den Heuchelschein.

Komm, komm, laß uns der Sterne schönem Worte
Gehorsam sein!
Vernimmst du nicht die lieblichen Accorde?
Sie segnen uns, die liebevollen Horte,
Harmonisch ein.

Aus: Adele.

XII.

> Mentiri noctem, promissis ducere amantem,
> Hoc erit infectas sanguine habere manus.

Properz

5
    Deiner harrend hingebracht,
Liebefiebernd durchgewacht
Dorten auf der Gartentreppe
Hab ich eine lange Nacht.
Der Minuten träge Schleppe,
10
    Hat sie so, wie nimmer eine,
Meiner Seele kund gemacht.
Dorten auf dem kalten Steine
Wie ich lauscht' und wie ich lag –
Jeder Uhr gemess'ner Schlag,
15
    Viertelstund' auf Viertelstunde
Zählet' ich in alle Runde
Hier und da von Thurm zu Thurm.
Jedes Rauschen in dem Düstern,
Jedes Knarren, jedes Knistern
20
    Peitschte mir der Pulse Sturm
Auf zu doppeltheißem Toben.
Und es war dir wohl bewußt
Auf gelindem Kissen oben,
Welche Qualen meine Brust
25
    Unten auf dem Steine hoben.

Aus: Zerstreute Blätter.

XVI.

Das Weib in unsrer sittlichen Welt
Ist nicht Person, es ist nur Ware.
Die wird gekauft; den Kauf sodann
5
    Segnet der Priester am Altare.

DEINER HARREND . . . 2 f. Properz, Elegien 2. Buch, XVII: *Lügnerisch Nächte versprechen, doch nicht den Liebenden täuschen,* | *wird einst gelten wie Blut, das deine Hände befleckt. (Übersetzung von W. Willige).*

XXI.

Ihr schaudert immer und immer
Nur vor der Anarchie,
Vor falscher und heilloser Ordnung nie,
Und die – die ist doch noch unendlich schlimmer.

XXV.

Sie hat ihm Alles hingeopfert,
Und wurde nicht zur Frau genommen.
Ein Gräuel diesen keuschen Frauen,
Ein Abscheu ist sie diesen frommen.

5 Denn diese ließen sich in Kirchen
Verkünden erst und dann auch trauen;
An solchen herrlichen Exempeln
Mag sich die ganze Welt erbauen.

Von Liebe war da nicht die Rede;
10 Sie wollten nichts, als einen Gatten,
Und wählten unter Denen, welche
Geld, Güter, Ämter, Titel hatten.

XXXII.

Schon sank die Nacht; es dämmert auf den Straßen;
Ich strich vor einer zarten, zierlichen
Gestalt vorbei; ich wandte mich im Gehen
Zurück nach ihr; es wandte sich auch sie,
5 Sah mich dabei so scharf, so leuchtend an,
Daß es die Dunkel wunderbar durchblitzte.
Es war nur ein Moment, ich hatte sie
Niemals geseh'n und sah sie niemals wieder;
Doch nie vergessen hab' ich, werde nie
10 Vergessen dieses Auge, diesen Blick.

Wo Liebende sich finden,
Da sind geweihte Stellen;
Wo sie sich heiß umwinden,
Da Kirchen und Kapellen;

5 Wo Seel' in Seel' ergossen,
   Wo Lipp' an Lippe brennt,
   Da wird ein Sakrament,
   Da wird Gott selbst genossen,
   Wie's auch die tolle Welt benennt.

FRIEDRICH MARTIN BODENSTEDT

Einem jungen Dichter in's Album.

Der Geist genügt sich überall,
   Wo er in rechter Fülle ist,
5 Und schafft Genüge überall,
   Wo er in rechter Hülle ist.

Der Weg liegt allen offenbar,
   Doch schwer ist's ihn zu wandeln,
Wie alle Weisheit leicht und klar,
10   Doch schwer danach zu handeln!

VICTOR PRECHT

Der freie deutsche Mann.

Ich bin kein Mächtiger der Erde,
   Nach Schätzen tracht' ich nicht;
5 Doch bin ich Herr an meinem Herde
   Und steh' in Keines Pflicht.
Im Reich der Wolken und der Blitze
   Hab' ich mein Haus erbaut,
Ein Adler, der vom Felsensitze
10   Stolz in die Thäler schaut.

Der Freiheit Hauch weht auf den Bergen
   Und lautre Himmelsluft;
Doch unten müht ein Volk von Zwergen
   Sich ab in Erdenduft;

15 Und Viele geh'n in Sammt und Seide,
   Mit gold'nen Ketten dran:
Die Waffe nur ist mein Geschmeide,
   Ich bin ein freier Mann.

Ein Mädchen hab' ich mir erkoren
20   In freier Herzenswahl;
Ihr hab' ich jubelnd zugeschworen, –
   So schwört man nur einmal.
Und stolz, wie sie ihr Ja gesprochen,
   Sieht sie noch heut' mich an . . .
25 Noch nie hat seinen Schwur gebrochen
   Ein freier deutscher Mann.

Auf wilder Jagd in grausen Wettern,
   Erprob' ich meinen Muth,
Bis einst der Kriegsdrommete Schmettern
30   Verkündet Schlachtengluth;
Auf der Lawine Spuren eil' ich
   Ins Feld der Ehre dann,
Des Vaterlands Geschicke theil' ich,
   Ein freier deutscher Mann.

1854

JOSEPH FREIHERR VON EICHENDORFF

Prinz Roccocco.

Prinz Roccocco, hast dir Gassen
Abgezirkelt fein von Bäumen
5 Und die Bäume scheeren lassen,
Daß sie nicht vom Wald mehr träumen.

Wo sonst nur gemein Gefieder
Ließ sein bäurisch Lied erschallen,
Muß ein Papagei jetzt bieder:
10 Vivat Prinz Roccocco! lallen.

Quellen, die sich unterfingen,
Durch die Waldesnacht zu tosen,
Läss'st du als Fontainen springen
Und mit goldnen Bällen kosen.

15   Und bei ihrem sanften Rauschen
Geht Damöt bebändert flöten,
Und in Rosenhecken lauschen
Daphnen traumentzückt Damöten.

Prinz Roccocco, Prinz Roccocco,
20   Laß dir rathen, sei nicht dumm!
In den Bäumen, wie in Träumen,
Gehen Frühlingslüfte um.

Springbrunn in dem Marmorbecken
Singt ein wunderbares Lied,
25   Deine Taxusbäume recken
Sehnend sich aus Reih' und Glied.

Daphne mag nicht weiter schweifen
Und Damöt erschrocken schmält.
Können beide nicht begreifen,
30   Was sich da der Wald erzählt.

Laß die Wälder ungeschoren,
Anders rauscht's als du gedacht.
Sie sind mit dem Lenz verschworen,
Und der Lenz kommt über Nacht.

FRANZ KUGLER

Friede.

Wenn der Sternenschein bei Nacht
Leis auf meine Pfade schimmert,
5   Mir's in ungezählter Pracht
Hoch im Dunkel glüht und flimmert;

Dann von Trug und Heuchelei,
Von des Tages falschem Klingen,
Dann von allem Heimweh frei
10   Lösen sich der Seele Schwingen.

Und mir ist: ein Wiederhall
Zittert durch die stille Runde
Jenes Rufes, dem das All
Aufgeglüht zur ersten Stunde.

THEODOR STORM

Und webte auch auf jenen Matten
Noch jene Mondesmährchenpracht,
Und ständ' sie noch im Blätterschatten
Inmitten jener Sommernacht,
Und fänd' ich selber wie im Traume
Den Weg zurück durch Moor und Feld –
Sie schritte doch vom Waldessaume
Niemals hinunter in die Welt.

Trost.

So komme, was da kommen mag!
So lang du lebest, ist es Tag.

Und geht es in die Welt hinaus,
Wo du mir bist, bin ich zu Haus.

Ich seh dein liebes Angesicht,
Ich sehe die Schatten der Zukunft nicht.

THEODOR FONTANE

›James Monmouth‹

Es zieht wie eine blutige Spur
Durch unser Haus von Alters,
Meine Mutter war seine Buhle nur,
Die schöne Luzy Walters.

Am Abend war's, leis wogte das Korn,
Sie küßten sich unter der Linde,
Eine Lerche klang und ein Jägerhorn, –
Ich bin ein Kind der Sünde.

Meine Mutter hat mir oft erzählt
Von jenes Abends Sonne,
Ihre Lippen sprachen: ich habe gefehlt!
Ihre Augen lachten vor Wonne.

15 Ein Kind der Sünde, ein Stuartkind,
Es blitzt wie Beil von weiten,
Den Weg, den alle geschritten sind,
Ich werd' ihn auch beschreiten.

Das Leben geliebt und die Krone geküßt
20 Und den Frauen das Herz gegeben,
Und den letzten Kuß auf das schwarze Gerüst –
Das ist ein Stuart-Leben.

PAUL HEYSE

Aus: Lieder aus Sorrent.

II.

Euch beneid' ich, ihr Lazerten,
Die ihr an der Mauer tänzelt,
5 In den lichten Rebengärten
Sonnig auf und nieder schwänzelt.

Euer lustiges Gelichter
Achtet nicht der Lorbeerhecken
Dort im Garten, die den Dichter
10 Aus der süßen Ruhe schrecken.

Nicht der dunkelgrünen Predigt
Jener stattlichen Cypressen,
Die die Seele, kurzbeseligt,
Mit den bangen Schauern pressen.

15 Ach, und nicht der Myrtenbäume,
Deren Zweige mir verkünden,
Wieviel Wonnen ich versäume,
Bis sie dir das Haar umwinden!

X.

Seit du nun schweigst, sind mir die Dinge stumm.
Mit ausgebrannten Augen sehn mich an
Die hellsten Menschen. Jedes Heiligthum,
Verschlossen find' ich's, poch' ich je daran.

EUCH BENEID' ICH ... 3 *Eidechsen.*

5 Gab deine Stimme doch die Melodie
Zu meines Lebens Lied; du warst das Maß,
Das Werth und Unwerth meiner Welt verlieh;
In dir ergriff ich erst, was ich besaß.

Nun du mir fehlest, bin ich mir entrückt,
10 Mißklang mein Denken, mein Empfinden Streit.
Das Schöne spielt mit mir, das Wahre drückt
Dies Herz zusammen, das es sonst befreit.

Des Lebens Krone fiel aus meinem Haar,
Jedwede Herrschgewalt ist mir entrungen,
15 Und selbst das Lied, das noch mein eigen war,
Hat mir der Schmerz tyrannisch abgezwungen.

HEINRICH HEINE

Babylonische Sorgen.

Mich ruft der Tod – Ich wollt', o Süße,
Daß ich dich in einem Wald verließe,
5 In einem jener Tannenforsten,
Wo Wölfe heulen, Geier horsten
Und schrecklich grunzt die wilde Sau,
Des blonden Ebers Ehefrau.

Mich ruft der Tod – Es wär' noch besser,
10 Müßt' ich auf hohem Seegewässer
Verlassen dich, mein Weib, mein Kind,
Wenn gleich der tolle Nordpol-Wind
Dort peitscht die Wellen, und aus den Tiefen
Die Ungethüme, die dort schliefen,
15 Haifisch' und Crocodile, kommen
Mit offnem Rachen emporgeschwommen –
Glaub' mir, mein Kind, mein Weib, Mathilde,
Nicht so gefährlich ist das wilde,
Erzürnte Meer und der trotzige Wald,
20 Als unser jetziger Aufenthalt!
Wie schrecklich auch der Wolf und der Geier,
Haifische und sonstige Meerungeheuer:
Viel grimmere, schlimmere Bestien enthält
Paris, die leuchtende Hauptstadt der Welt,

25 Das singende, springende, schöne Paris,
Die Hölle der Engel, der Teufel Paradies –
Daß ich dich hier verlassen soll,
Das macht mich verrückt, das macht mich toll!

Mit spöttischem Sumsen mein Bett umschwirr'n
30 Die schwarzen Fliegen; auf Nas' und Stirn
Setzen sie sich – fatales Gelichter!
Etwelche haben wie Menschengesichter,
Auch Elephantenrüssel daran,
Wie Gott Ganesa in Hindostan. – –
35 In meinem Hirne rumort es und knackt,
Ich glaube, da wird ein Koffer gepackt,
Und mein Verstand reist ab – o wehe –
Noch früher als ich selber gehe.

Aus: Zum Lazarus.

1.

Laß die heil'gen Parabolen,
Laß die frommen Hypothesen –
Suche die verdammten Fragen
5 Ohne Umschweif uns zu lösen.

Warum schleppt sich blutend, elend,
Unter Kreuzlast der Gerechte,
Während glücklich als ein Sieger
Trabt auf hohem Roß der Schlechte?

10 Woran liegt die Schuld? Ist etwa
Unser Herr nicht ganz allmächtig?
Oder treibt er selbst den Unfug?
Ach, das wäre niederträchtig.

Also fragen wir beständig,
15 Bis man uns mit einer Handvoll
Erde endlich stopft die Mäuler –
Aber ist das eine Antwort?

3.

Wie langsam kriechet sie dahin,
Die Zeit, die schauderhafte Schnecke!
Ich aber, ganz bewegungslos
Blieb ich hier auf demselben Flecke.

5   In meine dunkle Zelle dringt
    Kein Sonnenstrahl, kein Hoffnungsschimmer;
    Ich weiß, nur mit der Kirchhofsgruft
    Vertausch' ich dies fatale Zimmer.

    Vielleicht bin ich gestorben längst;
10 Es sind vielleicht nur Spukgestalten
    Die Phantasieen, die des Nachts
    Im Hirn den bunten Umzug halten.

    Es mögen wohl Gespenster sein,
    Altheidnisch göttlichen Gelichters;
15 Sie wählen gern zum Tummelplatz
    Den Schädel eines todten Dichters. –

    Die schaurig süßen Orgia,
    Das nächtlich tolle Geistertreiben,
    Sucht des Poeten Leichenhand
20 Manchmal am Morgen aufzuschreiben.

Erinnerung aus Krähwinkels Schreckenstagen.

    Wir Bürgermeister und Senat,
    Wir haben folgendes Mandat
    Stadtväterlichst an alle Classen
5   Der treuen Bürgerschaft erlassen.

    Ausländer, Fremde, sind es meist,
    Die unter uns gesät den Geist
    Der Rebellion. Dergleichen Sünder,
    Gottlob! sind selten Landeskinder.

10 Auch Gottesläugner sind es meist;
    Wer sich von seinem Gotte reißt,
    Wird endlich auch abtrünnig werden
    Von seinen irdischen Behörden.

    Der Obrigkeit gehorchen, ist
15 Die erste Pflicht für Jud' und Christ.
    Es schließe jeder seine Bude
    Sobald es dunkelt, Christ und Jude.

    Wo ihrer drei beisammen stehn,
    Da soll man auseinander gehn.
20 Des Nachts soll niemand auf den Gassen
    Sich ohne Leuchte sehen lassen.

Es liefre seine Waffen aus
Ein jeder in dem Gildenhaus;
Auch Munition von jeder Sorte
25   Wird deponirt am selben Orte.

Wer auf der Straße raisonnirt,
Wird unverzüglich füsilirt;
Das Raisonniren durch Geberden
Soll gleichfalls hart bestrafet werden.

30   Vertrauet Eurem Magistrat,
Der fromm und liebend schützt den Staat
Durch huldreich hochwohlweises Walten;
Euch ziemt es, stets das Maul zu halten.

Epilog.

Unser Grab erwärmt der Ruhm.
Thorenworte! Narrenthum!
Eine beßre Wärme giebt
5   Eine Kuhmagd, die verliebt
Uns mit dicken Lippen küßt
Und beträchtlich riecht nach Mist.
Gleichfalls eine beßre Wärme
Wärmt dem Menschen die Gedärme,
10   Wenn er Glühwein trinkt und Punsch
Oder Grog nach Herzenswunsch
In den niedrigsten Spelunken,
Unter Dieben und Halunken,
Die dem Galgen sind entlaufen,
15   Alle leben, athmen, schnaufen,
Und beneidenswerter sind,
Als der Thetis großes Kind –
Der Pelide sprach mit Recht:
Leben wie der ärmste Knecht
20   In der Oberwelt ist besser,
Als am stygischen Gewässer
Schattenführer sein, ein Heros,
Den besungen selbst Homeros.

EPILOG   17 Pelide   *Achilleus, Sohn des Peleus und der Meernymphe Thetis.*

LUDWIG TIECK

Aus dem Album der k. k. Hofschauspielerin
Frau Christine Hebbel geb. Enghaus[a])

Dem Ärmsten bietet sich des Lebens Gastmahl dar,
Ihm tönt der Sang der Frühlings-Nachtigall,
Er lebt und webt mit einer Elfenschaar,
Und kosend spielt mit sanftem Liederschall:
Wer glücklich wohnt in niedrer Hütte Schutz,
Hat Kind und Enkel tändelnd auf dem Knie,
Er beut befriedigt jedem Wehe Trutz,
Und will, was ihm zu ferne schwebet, nie.
Zufriedenheit wird, wer sie sucht,
In dieses wirren Lebens ewger Flucht: –
Doch wie beglückt vor Allem, wer erfuhr,
Was ihm gegönnt die Kunst und die Natur,
Ihm hat die schönste Beute sich erschlossen,
Er hat das Himmelreich schon hier genossen,
Wenn er entzückt ein kluges Volk entzückt,
Sich und die Welt im Zauberspiel beglückt,
Was wünscht man dem, den so die Musen krönen?
Daß sie sein Leben immerdar verschönen.

a) Diese Verse gehören zu den letzten des ehrwürdigen Romantikers wenn
sie nicht wirklich seine letzten sind. Er schrieb sie für die große, tragische
Künstlerin bei Gelegenheit ihrer Darstellung der Judith auf dem k. Hoftheater
in Berlin „mit gelähmter Hand, in schwerer Krankheit," wie er selbst auf dem
Blatt hinzufügte, zum Andenken nieder.

GOTTFRIED KELLER

Jung gewohnt, alt gethan.

Die Schenke dröhnt und an dem langen Tisch
Ragt Kopf an Kopf verkommener Gesellen;
Man pfeift, man lacht; Geschrei, Fluch und Gezisch
Umtönte wild des Bieres trübe Wellen.

In dieser Wüste glänzt' ein weißes Brod –
Sah man es an, so ward dem Herzen besser –
Sie drehten eifrig d'raus ein schwarzes Schrot
Und wischten dran die schmutzigen Schenkenmesser.

Doch Einem, der da mit den Andern schrie,
Fiel unter'n Tisch des Brod's ein kleiner Bissen;
Schnell fuhr er nieder, wo sich Knie an Knie
Gebogen drängte in den Finsternissen.

15 Dort sucht' er selbstvergessen nach dem Brod;
Doch es begann rings um ihn zu rumoren,
Sie brachten mit den Füßen ihn in Noth
Und schrie'n erboßt: Was, Kerl! hast du verloren?

Erröthend taucht er aus dem dunklen Graus
20 Und barg das Brödchen in des Tischtuchs Falten.
Er sann und sah sein ehrlich Vaterhaus
Und einer edlen Mutter strenges Walten. –

Nach Jahren aber saß derselbe Mann
Bei Herrn und Damen an der Tafelrunde,
25 Wo Sonnenlicht das Silber überspann
Und in gewählten Worten floh die Stunde.

Auch hier lag Brod, weiß wie der Wirthin Hand,
Denn Brod ist weiß in Hütten wie in Hallen;
Er selber hielt's nun fest und mit Verstand,
30 Jedoch ein Fräulein ließ ein Bröckchen fallen.

O lassen Sie es liegen! sagt sie schnell;
Zu spät! schon ist er unter'n Tisch gefahren
Und sucht und späht, der treffliche Gesell,
Wo kleine seid'ne Füßchen steh'n zu Paaren.

35 Die Herren lächeln und die Damen zieh'n
Die Sessel scheu zurück vor dem Beginnen;
Er taucht empor und legt das Brödchen hin,
Erröthend hin auf das damast'ne Linnen.

Zu artig, Herr! dankt ihm das schöne Kind,
40 Indem sie spöttisch sich verneigte;
Er aber sagte höflich und gelind,
Indem er sich gar sittsamlich verneigte:

Wohl einer Frau galt diese Artigkeit,
Doch Ihnen diesmal nicht, verehrte Dame!
45 Sie galt der Mutter, die vor langer Zeit
Entschlafen ist in Leid und schwerem Grame.

1855

ADOLF FRIEDRICH VON SCHACK

Am Grabe Conradin's. a)

Du Stauffe, dem zum Throne
Ein Blutgerüst verliehn,
Der statt der Kaiserkrone
Den Kranz von Rosmarin,

Statt Hermelin und Seide
Ein Leichentuch geerbt,
Und es zum Purpurkleide
Mit eignem Blut gefärbt;

Der nun am wälschen Strande,
Wo fremd die Woge schäumt,
In fremder Männer Lande
Den Todesschlaf verträumt;

Mich grüßt von deinem Steine
Der Heimatklang so traut
Wie dich in deinem Schreine
Vielleicht mein deutscher Laut.

Nimm freundlich hin die Gaben,
Die dir die Liebe weiht,
Die Grüße, die dein Schwaben
Durch meine Hand dir beut,

Zwei grüne Eichenreiser,
Am Stauffenschloß gepflückt,
Wie sie, du junger Kaiser,
Dir oft das Haupt geschmückt,

Wenn über Alp' und Kuppe,
Von Waldesgrün umwogt,
In froher Jägertruppe
Ihr aus zum Birschen zogt!

a) In der Kirche Santa Maria del Carmine zu Neapel.

2 *Conradin wurde sechzehnjährig auf Befehl Karls von Anjou am 29. 10. 1268 in Neapel enthauptet, nachdem er – gegen päpstliches Verdikt zum deutschen König gewählt – vergeblich versucht hatte, sein Erbe, das Königreich Sizilien zurückzuerobern, das vom Papst Karl von Anjou verliehen worden war.*

O schlügen tief und tiefer
Sie Wurzeln in dem Stein,
So wie auf nacktem Schiefer
Die Tannen stolz gedeihn:

35 Und streuten sie als Bäume,
Von frischem Grün umlaubt,
Dir alte, liebe Träume
Um's lebensmüde Haupt!

Dann statt des dumpfen Ave,
40 Das durch die Wölbung hallt,
Umspielte dich im Schlafe
Ein Ton, der süßer schallt,

Ein Ton aus besserm Dome,
Aus deutschem Eichenhain,
45 Ein Gruß vom Donaustrome
Und vom geliebten Rhein;

Und säuselnd stiege nieder
Aus grünem Laub der Klang,
So süß wie Uhlands Lieder
50 Und Walthers Minnesang!

1856

KARL MAYER

Sommeranblick.

Heut' dient zur Augenweide
Der Wind mir im Getreide.
5 Es wogt und schwanket um mich her
Das Korn, ein trock'nes, stummes Meer.

Hier sinkt, dort hebt es sich vom Fall;
Hier hell, dort dunkel ist sein Schwall.
Im weiten Segensqualme,
10 Welch Sommerspiel der Halme!

GEORG FRIEDRICH DAUMER

›Propheteneifer‹

Propheteneifer übermannte mich –
Weh' mir Unglücklichen! – in einer Theevisite.
5 Nie ohne den zeigt ein Prophete sich;
Doch er verträgt sich nicht mit Anstand und mit Sitte.
Wenn ein Jesaias käm',
Ein Jeremias Platz an uns'rer Tafel nähm',
Wenn in die Ohren uns, in die verwöhnten,
10 Die indiskreten Schärfen,
Die zornigen Donner ihrer Rede tönten,
Man würde sie hinaus zur Thüre werfen.

LOUISE HENSEL

Anne Marie.

Sie zog mit kleiner Habe
Zum reichen Bauern hin,
5 Doch manche schöne Gabe
Hat ihr Natur verlieh'n.

Des Hofes jungem Erben
Lacht sie in's Herz hinein;
Da will er lieber sterben
10 Als eine And're frei'n.

Der harte Vater schmähet
Und treibt die Magd hinaus.
Ob auch der Jüngling flehet:
Die Maid verläßt das Haus.

15 Sie dient im Nachbarhause
Um kärglichen Gewinn
Und Nachts aus armer Klause
Schaut sie zum Hofe hin.

Der breitet weit und düster
20 Vor ihrem Blick sich aus;
Der Birnbaum und die Rüster
Verbergen schier das Haus.

Und wenn ein trübes Leuchten
Sich durch die Zweige bricht:
25 Dann reiche Thränen feuchten
Das stille Angesicht.

Im Herzen nagt der Jammer,
Zernagt des Lebens Kern;
Bald trägt zur armen Kammer
30 Der Priester Gott, den Herrn. –

Als Braut des Bauernsohnes
Verschmäht, du arme Maid,
Bist werth du nun des Thrones
Der höchsten Herrlichkeit.

35 Er, aller Himmel König,
Hat dich zur Braut erwählt;
Ihm bist du nicht zu wenig,
Er hat sich dir vermählt.

O, lache nun der Thränen,
40 Die thörig du geweint,
Als noch dein krankes Sehnen
Den Erdensohn gemeint.

O, schlage hoch die Schwingen,
Die mild der Tod befreit:
45 Du sollst nun aufwärts dringen
Zum Thron', der dir bereit. –

Die Glocken *festlich* läuten,
Die *Jungfrau'n-Kerze*a) scheint,
Geschmückt die Träger schreiten
50 Und manches Auge weint.

Die Priester milde beten,
Geh'n mit dem Kreuz voran,
Und die Gespielen treten
Im *grünen Kranz* heran. –

55 Es schwankt vor *seiner* Thüre
Die Bahre hoch empor –
Ob dort wohl Einer spüre
Daß er ein *Herz* verlor? –

a) Bei jungfräulichen Begräbnissen werden dort, wo die arme Anne Marie
starb, solche Feierlichkeiten auch der Ärmsten erwiesen. *Ähnliches* übt die
Kirche wohl fast an allen Orten. Beim Begräbniß unbescholtener Jünglinge
geschieht dasselbe.

CHRISTIAN FRIEDRICH SCHERENBERG

Galeeren-Poesie.

Im silberblauen Mondlicht schwimmt die Bai,
Und Algier schläft, die bleiche Pyramide.
Lind über ihrem wilden Tagsgeschrei
Liegt die lasurne Nacht und träufelt Friede.

Nur tief noch ziehen, rudernd Nacht wie Tag,
Die feuchten Gassen am Palast der Meere
Mit immer gleichem, müdem Ruderschlag
Die lebenslangen Sklaven der Galeere.

Sie singen eintönig ab eine Geschicht',
Zum Lied geworden wie verlor'ne Klage:
Frei wurde mal Einer – Sie glauben's nicht,
Doch singen sie es *alle Nächt' und Tage.*

JULIUS LEVY RODENBERG

Das Leben der Nacht

(An Johanne.)

Die Nacht ist still. Kein Hauch bewegt die Luft;
Vom Wald herein weht frischer Eichenduft,
Durch's Thal hör' ich die kühlen Wasser fallen,
Vertraulich lieber Ton! Du weißt warum –
Aus fernen Dörfern leise Stimmen schallen.
Sonst liegt die Welt versunken, lautlos stumm.
Der Himmel glänzt aus mattem Nebelflore,
Mondlichtdurchflossen; seine Wolkenthore
Leicht angelehnt – zwei Sterne seh'n mich an,
Wie deine lieben Augen sonst gethan.

Gern in der Nacht betracht' ich meine Landschaft.
Wie anders dann erscheint sie! Es durchkreist
Sie heil'ges Leben, und der eig'ne Geist
Fühlt mit dem Geist in ihr dann die Verwandtschaft.

Das Weh'n, das Tags die Bäume nur bewegt,
Macht dann das Herz in seinen Tiefen beben;
Und was man sonst zu überhören pflegt,
Klingt dann wie Melodie und ew'ges Leben.

Die Zweige – sonst von Blättern nur belaubt –
Beleben sich mit seltenem Bewegen;
Und manches wunderlich geformte Haupt
25   Starrt aus dem grünen Dunkel dir entgegen.
Die Blumen all', die anmuthreichen Schläfer,
Die Händchen fromm gefaltet, athmen kaum;
Wie leuchtende Gedanken zieh'n die Käfer
Durch ihren tiefen, düfteschweren Traum.

30   Wohl klopft dein Herz – du aber hörst es nicht –
Vom Wind gejagt weht deiner Kerze Licht;
Und wie um deines Seelenflugs zu spotten,
Versengen sich die Flüglein d'ran die Motten.
O, in die Mitternacht solch' eine Schau
35   Ist wie ein Blick in's Geisterreich! Es lächelt
Der Himmel mild, verheißungsvoll; und lau
Wirst du vom Hauch der Zukunft angefächelt.
Und sanft mit dem Gefühl für Raum und Zeit
Verschwinden auch für dich des Tages Sorgen;
40   Du hast ein Vorgefühl der Ewigkeit,
Und durch die Nacht siehst du den fernen Morgen.

1857

JOHANN NEPOMUK VOGL

Die Braut des Bergmanns.

Vor dem Spiegel auf den Zehen
Steht die junge Bergmannsbraut,
Ei, wie sich so selbstgefällig
5   Heut' das munt're Ding beschaut!

Schwarzes Häubchen, schwarzes Mieder,
Stehen ihr auch gar zu gut,
Und der rothen Bänder spottet
10   Ihrer Wangen Rosenglut.

So vom Spiegel zu dem Fenster
Und von da nach dort zurück
Drängt sie Magdlichkeit und Sehnen
Und der Liebe junges Glück.

15 Viel zu langsam von den Kuppen
Schwindet ihr der Sonne Licht.
Ach, so seufzet sie, wie lange
Währt doch heute seine Schicht.

Und sie tritt hinaus zur Schwelle,
20 Wandelt hin den stein'gen Pfad,
Doch kein Bergmann ist erschienen,
Und kein Bräutigam sich naht.

Horch, da gellt das Stollenglöckchen!
Weh', ein Unfall ist gescheh'n,
25 Und in Angst und grauser Ahnung
Meint die Ärmste zu vergehn.

Sieh, da kommt's den Bühl herunter,
Lauter Jammer füllt die Luft:
„Eingestürzet ist der Salzberg,
30 Und den Bräut'gam birgt die Gruft!"

Da, besinnungslos zur Erde
Sinkt die arme Bergmannsbraut,
Statt der Hochzeitsglocken tönte
Ach, des Todtenglöckchens Laut.

35 Und in Gram und Thränen schwindet
Fürder ihr der Tage Zahl,
Denn das Glück, das sie verloren,
Lächelt nicht ein zweites Mal.

Nimmer harrschet ganz die Wunde,
40 Wird auch milder gleich ihr Schmerz,
Denn so herber Schlag verletzet
Allzu tief ein weiblich Herz.

Doch ergeben dem Geschicke,
Trägt sie, was der Herr beschied,
45 Einsam der Erinn'rung lebend
In dem Grubenhaus am Ried.

Aber als der Tag gekommen,
Der gerissen Hand aus Hand,
Steht sie wieder vor dem Spiegel
50 Wie am Hochzeitstag sie stand.

Schwarzes Häubchen, schwarzes Mieder,
Schmücken sie, wie dazumal,

Doch von ihrer Wangen Blässe
Spricht des Herzens inn're Qual.

55 So als Braut geschmücket, wandert
Sie zum Kirchlein unverweilt,
Und ihr Geist entflieht zur Sphäre,
Wo der Frühverlor'ne weilt.

Und an jedem Jahrestage
60 Schmückt sie sich als Bergmannsbraut,
Alten Pfad zur Kirche wandelnd,
Ohne Wort und Klagelaut.

Fünf und fünfzig Lenze schwanden
So dem schwergeprüften Weib,
65 Silbern ist ihr Haar geworden,
Und gekrümmt und welk ihr Leib.

Da zur Kirche geht sie wieder
Einst im alten Hochzeitsstaat,
Mit dem schwarzen Wollenhäubchen,
70 Mit dem Röckchen von Brokat.

Sieh, was läuft das Volk zusammen,
Welch ein Lärmen und Gebraus?
Aus dem längst verfall'nen Schachte
Grub man einen Knappen aus.

75 Blond von Haaren, roth von Wangen,
Noch geschwellt von Jugendkraft,
Wie vor vielen, vielen Jahren
Ihn der Tod dahingerafft.

Ward von ihm des Grabes Schauder
80 Durch die Soole doch verbannt,
Aber von der Knappschaft keiner,
Der den Jüngling hätt' erkannt.

Da von ihrem Pfade lockt es
Auch das Mütterchen herbei,
85 Und sie schaut die Jünglingsleiche
Und dem Mund entfährt ein Schrei.

Denn, der noch in Jugendfülle
Vor ihr liegt, das ist ja er,
Den seit ihrem Hochzeitstage
90 Sie gesehen nimmermehr.

Schluchzend sinkt sie auf die Leiche,
Ihrer selbst nicht mehr bewußt,
Neigt das Haupt, und hebt es nimmer
Von des Auserkor'nen Brust.

95 So vereint ins Grab auch senkten
Sie darauf das selt'ne Paar,
Bräutigam mit gold'nen Locken
Und die Braut mit weißem Haar.

HEINRICH HEINE[a])

Moral.

Die Ritterzeit hat aufgehört,
Und hungern muß das stolze Pferd.
5 Dem armen Luder, dem Esel, aber
Wird niemals fehlen sein Heu und Haber.

a) Aus des Dichters Nachlasse mitgetheilt durch Henri Julia. D. H.

Jammerthal.

Der Nachtwind durch die Luken pfeift,
Und auf dem Dachstublager
Zwei arme Seelen gebettet sind;
5 Sie schauen so blaß und mager.

Die eine arme Seele spricht:
Umschling mich mit deinen Armen,
An meinen Mund drück fest deinen Mund,
Ich will an dir erwarmen.

10 Die andere arme Seele spricht:
Wenn ich dein Auge sehe,
Verschwindet mein Elend, der Hunger, der Frost
Und all mein Erdenwehe.

Sie küßten sich viel, sie weinten noch mehr,
15 Sie drückten sich seufzend die Hände,
Sie lachten manchmal und sangen sogar,
Und sie verstummten am Ende.

Am Morgen kam der Commissär,
Und mit ihm kam ein braver
20   Chirurgus, welcher constatirt
Den Tod der beiden Cadaver.

Die strenge Witt'rung, erklärte er,
Mit Magenleere vereinigt,
Hat Beider Ableben verursacht, sie hat
25   Zum Mindesten solches beschleunigt.

Wenn Fröste eintreten, setzt' er hinzu,
Sei höchst nothwendig Verwahrung
Durch wollene Decken; er empfahl
Gleichfalls gesunde Nahrung.

Aus: Zum Lazarus.

4.

Mein Tag war heiter, glücklich meine Nacht.
Mir jauchzte stets mein Volk, wenn ich die Leier
Der Dichtkunst schlug! Mein Lied war Lust und Feuer,
5   Hat manche schöne Gluten angefacht.

Noch blüht mein Sommer, dennoch eingebracht
Hab' ich die Ernte schon in meine Scheuer –
Und jetzt soll ich verlassen, was so theuer,
So lieb und theuer mir die Welt gemacht!

10   Der Hand entsinkt das Saitenspiel. In Scherben
Zerbricht das Glas, das ich so fröhlich eben
An meine übermüth'gen Lippen preßte.

O Gott! wie häßlich bitter ist das Sterben!
O Gott! wie süß und traulich läßt sich leben
15   In diesem traulich süßen Erdenneste!

FRIEDRICH HEBBEL

Herbstbild.

Dieß ist ein Herbsttag, wie ich keinen sah!
Die Luft ist still, als athmete man kaum,
5   Und dennoch fallen raschelnd, fern und nah,
Die schönsten Früchte ab von jedem Baum.

O stört sie nicht, die Feier der Natur!
   Dieß ist die Lese, die sie selber hält,
Denn heute lös't sich von den Zweigen nur,
10   Was vor dem milden Strahl der Sonne fällt.

Aus: Dem Schmerz sein Recht.

3.

Alle Wunden hören auf, zu bluten,
   Alle Schmerzen hören auf, zu brennen,
Doch, entkrochen seines Jammers Fluten,
5   Kann der Mensch sich selbst nicht mehr erkennen,
Mund und Augen sind ihm zugefroren,
   Selbst des Abgrunds Tiefe ist vergessen,
Und ihm ist, als hätt' er Nichts verloren,
   Aber auch, als hätt' er Nichts besessen.

10 Denn das ewige Gesetz, das waltet,
   Will die Harmonie noch im Verderben,
Und im Gleichmaß, wie es sich entfaltet,
   Muß ein Wesen auch vergeh'n und sterben.
Alle Theile stimmen nach dem einen
15   Sich herunter, den der Tod beschlichen,
Und so kann es ganz gesund erscheinen,
   Wenn das Leben ganz aus ihm gewichen.

Ja, ein Weh' gibt's, das man nicht ertrüge,
   Wenn es nicht sein eig'nes Maß zerbräche,
20 Und, wie einer abgeschmackten Lüge,
   Der Erinn'rung selber widerspräche.
Dann, vergessend in der innern Öde,
   Daß einst frisch das Herz geschlagen habe,
Ist ein Mensch der Nessel gleich, die schnöde
25   Wuchert über seinem eig'nen Grabe.

HERMAN GRIMM

Sommergefühl.

Es fliehen die Wellen, sie zittern, sie eilen,
Denn Phöbus verfolgt sie mit glühenden Pfeilen,
5 Sie schwirr'n und die Spitze am Felsen zerbricht,
Das kühle Gewässer durchdringen sie nicht.

Und drunten die Nymphen, so grün auf dem Grunde,
Sie athmen die Wellen mit lachendem Munde,
Sie blicken, sie winken dem flammenden Gotte
10 Und weisen die glänzenden Nacken im Spotte.

Und über die Schulter wirft Phöbus den Bogen,
Die Geißel zur Hand jetzt, frisch Pferde, geflogen!
Wie schoß das Gespann in die loseren Zügel,
Wie flogen die Meere, die Wälder, die Hügel.

15 Und als sie aufstampften am Ziele, die Pferde,
Da wirft er den Bogen, die Geißel zur Erde,
Und, die ihm von ferne so lieblich geschienen,
Er taucht in die Fluthen, die frischen, die grünen.

Und um ihn zu kühlen in holdem Erbarmen
20 Umfängt es ihn drunten mit thauigen Armen:
So sucht, so vereint sich was Tages so ferne,
Sich Himmel und Erde bei'm Lichte der Sterne.

FRANZ KUGLER

Karaibisch.

Kleine Schlange, bunte Schlange,
Bleib geringelt in der Sonne,
5 Hier am warmen Steine liegen!
Rufen will ich meine Schwester,
Will die lustig bunten Farben,
Ihr die bunten Ringe zeigen,
Die dir prangen auf dem Rücken.
10 Nach den Ringen, nach den Farben,
Fein von Bast und bunten Federn,
Einen Gürtel soll sie flechten.
Und den Gürtel will ich schenken
Meinem stolzen braunen Mädchen.
15 Und wenn sie sich mit dem Gürtel,
Sich mit deinem Bilde schmücket,
Wird man ehren dich wie keine, –
Kleine Schlange, bunte Schlange.

KARAIBISCH *Vgl. hierzu Goethes Gedicht Bd. 6 S. 160.*

1858

Bettina von Arnim

Petöfi dem Sonnengott.

Wie Vögel, die kaum befiedert im Frühlicht flattern,
Nächtlich aufrauschen im Nest, – schlummertrunken, –
5 Wähnend im Schlaf sich zu heben gen Abend oder gen Morgen:
So aus Träumen auffahrend, ungewohnt schwebender Fühlung,
Nicht ihr vertrauend – sinket betäubt ihr zurück,
Schüchterne Vögel, Gedanken.
Nacht ist's! – Betheuert der Mond euch und glitzernde Sterne,
10 Die Flügel verschränkt, duckt ihr zusammen im Nest;
Da schwellen Träume euch den Busen.
Aus der umfangenden Eos Saffranbinde
Windeln sich los – so träumt ihr – die Morgenwinde und tragen
Goldbewimpelt glorreich durchs leuchtende Blau
15 Euer Gefieder Helikons Gipfel hinan
Zur schwankenden Flut, die sein Bild malt dem Narciß,
Und er liebt sich in ihr – nur des Liebenden Spiegel ist Liebe –
Wie ihm – schönheitlusttrunken euerm Abglanz zu lauschen
Auf sonniger Welle – sendet lieblich der heitere Gott,
20 Euch umleuchtend, euer Antlitz zurück euch –
Träumende Vögel, Gedanken!
Und hymnenbeschwingt, durchrudert ihr rhythmusströmende
                                   Lüfte,
Dem tönenden Schwan nach, der frei von der Sorge Befleckung
Siegender Feuer kraftvoll – das trübe Leben, das sterblich nur ist
25 Über die Alles schauende Zeit,
Zum hochwolkigen Zeus
Mit unsterblichem Liede hinauftönt,
Oder in wolkensammelnder Gewitter Sturmbett,

---

1 ff. *Das Gedicht ist in seiner Tag- und Nachtmetaphorik, in den Attributen des Sonnengottes und in seiner syntaktischen Fügung stark von Hölderlins späten Hymnen beeinflußt. Seine Kommentierung wird durch die willkürlichen mythologischen Kontaminationen und volkstümlichen Assoziationen außerordentlich erschwert.* 2 Sándor Petöfi (*1823–1849*), *ungarischer Dichter und Revolutionsheld, fiel im ungarischen Freiheitskampf am 31. 7. 1849 bei Schäßburg.* 12 Eos Saffranbinde *die Göttin der Morgendämmerung trug den Beinamen,* ,die Safrangewandete'. 15 Helikon *der Musenberg in Boiotien.* 16 Narciß *der boiotische Blumenheros wurde dafür, daß er die Liebe der Nymphe Echo verschmähte, durch unstillbare Liebe zu sich selbst gestraft, als er sein Bild auf dem Wasserspiegel eines Brunnens erblickte.* 23–30 *Hier wird offenbar das volkstümliche Märchenmotiv des Schwans, der im Tode singt, kontaminiert mit dem Schwan als Vogel Apollos, der ihn zu den Hyperboreern bringt.*

Über Donnergeprassel und wirbelnder Purpurglut
30 Getragen euch bringt mit sausendem Fittig.
Euch durchschauern nicht am nachtgedeckten Himmel
Die hintreibenden Winde. Denn warm eingehüllt ganz
In deiner Strahlen goldnem Schnee
Wenden das Antlitz sie *dir* zu, Apollon,
35 Der herablächelnd wieder sie anglühest, Phöbus Apollon!
Und tönest – so wähnen sie träumend und lauschen –
Zärtlichen Wiegengesang ihnen zu.
Willst du die Alles schauende Zeit nicht hinein haben, so laß sie
Und während Dunkel auf irrenden Pfaden   [hinaus.
40 Der Menschen Geschicke umkreist,
Preisen den ahnungsvollen Tag sie
In sonnedurchschimmerter Nacht, dir geheiligt, o Taggott.
O wieder zu früh macht Geräusch ihr Päanszwitschern! –
Horche, Lichtspender! Eh' noch dein siegendes Lied
45 Mächtig dem Wiederhall ruft, dem Io, im Traum dir gesungen,
Süßer Zärtlichkeit voll, schlummerempfangen von dir.

———————

Doch jetzt weckt Mondlicht sie,
Das jenseit der Haine scheidend herabsinkt;
Silbern leuchtet der Fluß durch Morgennebel,
50 Die bald du zertheilest, Himmelwandelnder!
Wie flockigte Heerden hinab zur Flut sie treibend.
Schon streift die frühe Schwalbe
Mit schneidendem Flug die kreiselnden Wasser, –
Durchkreuzt lustathmend deine Bahn.
55 In heiterer Bläue fängt ihr nächtlich Gefieder
Deiner Pfeile blitzenden Glanz auf,
Und am weiten Himmelsbogen erspäht sie
Allein nur *deines* Tempels Zinne, schützender Gott,
Ihr Nest sich zu bauen.

60 So, Leuchtender! der die Himmelsvesten durchmißt,
Ermesse an deines Tempels Gebälk
Mir den Raum – klein, wie ein Vöglein bedarf –
Wo ich schlafe, in Träumen dir nach mich schwingend,
Wo dein frühester Strahl mich weckt

---

43 Päanszwitschern *der Päan ist ein besonders dem Appollon in seiner Eigenschaft als Heiler und Erretter gewidmetes Chorlied; auch feierlich-kriegerischer Gesang.* 45 Io *ursprünglich Klageruf um Io, die Geliebte des Zeus; später verallgemeinert. In Vers 44–46 ist* Eh' noch *bis* ruft *Parenthese;* im Traum *bis* von dir *steht prädikativ zu Io.*

65 Und wie die Schwalbe die Flügel ich netze im Quell
Zwischen Reigen goldumschleierter Musen
Silbern – dem Rossehuf entsprudelnd – hinab vom Gipfel,
Der von allen stolzen Gebirgen zuerst am Morgen
Den purpurhüllenden Mantel abwirft vom Nacken,
70 Deinem feuerküssenden Strahl.
Dann wie die Schwalbe durchkreuz' ich deine Bahn
Mit morgenfrischem Hauch, fort bis zum Abend
In deinem Licht, milder Gott, mich freuend,
Und beseligt, daß dein ich gehöre,
75 Berg' ich, beim Sternenlicht im Nest mich am Tempel,
Wo du, Wissender! der Menschen sterbliche Sinne
Unsterblich erleuchtest.   [rührend,
Da schlaf' süß ich – in Träumen schüchtern deiner Saiten Spiel
Und mich freuet ihr Klang, wie wenn selber du anschlägst das Erz.
80 Gewaltiger! – geheimnißvoll emporblühende Göttersprache
                                                      strömend.
Dann im geträumten Zwielicht blitzet vergoldet der Hain
Des heiligen Lorber, und am wankenden Zweig
Bersten schwellende Knospen dem kommenden Tag.

1859

AUGUST HEINRICH HOFFMANN VON FALLERSLEBEN

Die Fremdherrschaft.

Daher ich bei denen Italiänern und Franzosen zu rühmen gepfleget: Wir
Teutschen hätten einen sonderbaren Probierstein der Gedanken, der andern
5 unbekannt, und wenn sie dann begierig gewesen, etwas davon zu wissen, so
habe ich ihnen bedeutet, daß es unsere Sprache selbst sey, denn was sich darin
ohne entlehnte und ungebräuchliche Worte vernehmlich sagen lasse, das seye
wirklich was *Rechtschaffenes.*   *Leibnitz,* Unvorgreiffliche Gedanken § 11.

            Mel.: Überall bin ich zu Hause,
10   Überall bin ich bekannt.

            Deutsch zu sein in jeder Richtung
            Fordert jetzt das Vaterland:
            Aus dem Leben, aus der Dichtung
            Sei das Fremde ganz verbannt!
15   Ist das Fremde, was ihr sprecht, :|:
            Ist das Fremde denn nicht alles schlecht? :|:

---

67 *Hippokrene, die Quelle des Musenberges, entsprang unter dem Huftritt des Pegasos.*

Ach, es ist doch zum Erbarmen,
Wenn man hört von *Polizei*,
Militair, Censur, Gensd'armen,
20 *Diplomaten,Tyrannei!*
Ist das Fremde, was ihr sprecht, : | :
Ist das Fremde denn nicht alles schlecht? : | :

Schaffet ab die fremden Worte,
Die Bedeutung aber auch!
25 Rein soll sein an jedem Orte
Deutsche Sitt' und deutscher Brauch!
Ist das Fremde, was ihr sprecht, : | :
Ist das Fremde denn nicht alles schlecht? : | :

Drum allaf! Fluch und Vernichtung
30 Allem diesem fremden Tand!
Deutsch zu sein in jeder Richtung
Fordert jetzt das Vaterland.
Ist das Fremde, was ihr sprecht, : | :
Ist das Fremde denn nicht alles schlecht? : | :

Bundeszeichen.

Mel.: Brüder, laßt uns lustig sein.

Frei und unerschütterlich
Wachsen unsre Eichen,
5 Mit dem Schmuck der grünen Blätter
Stehn sie fest in Sturm und Wetter,
Wanken nicht noch weichen.

Wie die Eichen himmelan
Trotz den Stürmen streben,
10 Wollen wir auch ihnen gleichen,
Frei und fest wie deutsche Eichen
Unser Haupt erheben.

Darum sei der Eichenbaum
Unser Bundeszeichen:
15 Daß in Thaten und Gedanken
Wir nicht schwanken oder wanken,
Niemals muthlos weichen.

1860

ERNST MORITZ ARNDT

Der Dämon des Sokrates.
(1856)

Sokrates, der große Geisteskämpfer,
Hatte einen Flüstrer und Erreger,
Einen Weiser Leiter Halter Dämpfer
Und auch Diener und Laternenträger,
Wo es galt durch Finsterniß zu wanken.
Dieser Ohrenflüstrer Haucher Lauscher,
Aller seiner Triebe und Gedanken
Kluger Mitdurchsprecher Gegentauscher
Galt ihm, wie uns Andern das Gewissen;
Dämon schalt er ihn und all sein Wissen
All sein Ahnden Lieben Denken Wollen –
Wie in uns auch Geisterchen sich rollen –
Schob er diesem Führer zu und Folger.

Ach! ruft Jeder, lebt noch wo ein Solcher?
Sind sie denn erloschen jene Sterne,
Woher solche Folger Menschen kamen?

O ihr Gaffer, Greifer in die Ferne!
Könnt ihr des Begleiters kurzen Namen,
Jenes weisen gottgeweihten Griechen,
Euch in gutes Deutsch nicht übersetzen?
Müsset durch den Hochmuth doppelt siechen?
Drum herunter von den hohen Stufen!
Auf die Bank der Schüler mit der Fibel!
Dort wird euch der Kleinste lachend rufen:
Das war ja der Engel aus der Bibel.

ANNETTE ELISABETH FREIIN VON DROSTE-HÜLSHOFF

Das Wort.

Das Wort gleicht dem beschwingten Pfeil,
Und ist es einmal deinem Bogen
In Tändeln oder Ernst entflogen,
Erschrecken muß dich seine Eil'.

Dem Körnlein gleicht es, deiner Hand
Entschlüpft; wer mag es wiederfinden?
Und dennoch wuchert's in den Gründen
10   Und treibt die Wurzeln durch das Land.

Gleich dem verlornen Funken, der
Vielleicht erlischt am feuchten Tage,
Vielleicht am milden glimmt im Haage,
Am dürren schwillt zum Flammenmeer.

15   Und Worte sind es doch, die einst
So schwer in deine Schaale fallen,
Ist Keins ein Nichtiges von Allen,
Um jedes hoffst du oder weinst.

O einen Strahl der Himmelsau,
20   Mein Gott, dem Zagenden und Blinden!
Wie soll er Ziel und Acker finden?
Wie Lüfte messen und den Thau?

Allmächt'ger, der das Wort geschenkt,
Doch seine Zukunft uns verhalten,
25   Woll' selber deiner Gabe walten,
Durch deinen Hauch sei sie gelenkt!

Richte den Pfeil dem Ziele zu,
Nähre das Körnlein schlummertrunken!
Erstick' ihn oder fach' den Funken!
30   Denn was da frommt, das weißt nur du.

Aus: Klänge aus dem Orient.

O Nacht!

O Nacht, du goldgesticktes Zelt,
O Mond, du Silberlampe,
5   Das du die ganze Welt umhüllst,
Und die du allen leuchtest!

Wo birgt in deinen Falten sich
Die allerreinste Perle?
Wo widerstrahlt dein träumend Licht
10   Im allerklarsten Spiegel?

O breite siebenfach um sie
Das schützende Gewinde,
Daß nicht der Jüngling sie erschaut!
Auflodere in Flammen,
15   Daß kein verblühend Weib sie trifft
Mit unheilvollem Auge!
Und, milde Lampe, schauend tief
In ihres Spiegels Klarheit,
Erblicktest du ein Bild darin?
20   Und war es, ach, das meine?

THEODOR FONTANE

Prinz Louis Ferdinand.

Sechs Fuss hoch aufgeschossen,
Ein Kriegsgott anzuschaun,
5   Der Liebling der Genossen,
Der Abgott schöner Fraun,
Blauäugig, blond, verwegen
Und in der jungen Hand
Den alten Preussendegen:
10   Prinz Louis Ferdinand.

Den Generalitäten
lebt er zu undiät,
Sie räuspern sich und treten
Vor seine Majestät,
15   Sie sprechen: „Nicht zu dulden
Ist dieser Lebenslauf,
Die Mädchen und die Schulden
Zehren den Prinzen auf."

Der König halb mit Lachen:
20   „Dank schön, ich wußt' es schon;
Und der Weg ihn kirr zu machen,
Heißt: Festungs-Garnison;
Er muß in die Provinzen
Und nicht länger hier verziehn, –
25   *Nach Magdeburg mit dem Prinzen*
Und nie Urlaub nach Berlin."

---

2 Louis Ferdinand *(eigentl. Friedrich Ludwig Christian), Neffe Friedrichs II., fiel am 10. 10. 1806 bei Saalfeld als Kommandeur der preuß. Vorhut vor der Schlacht von Jena.*

Der Prinz vernimmt die Mähre,
Saß eben bei seinem Schatz:
„Nach Magdeburg, auf Ehre,
30   Das ist ein schlimmer Platz."
Er meldet sich am Orte,
Und es spricht der General:
„Punkt elf Uhr zum Rapporte
Ein für allemal!"

35   O Prinz, das will nicht munden!
Doch denkt er: Sei gescheidt;
Volle vierundzwanzig Stunden
Sind eine hübsche Zeit;
Relais; viermal verschnaufen,
40   Auf dem Sattel Nachtquartier,
Und kann's *ein* Pferd nicht laufen,
So laufen's ihrer vier.

Hin fliegt er wie die Schwalben,
Fünf Meilen ist Station;
45   Vom Braunen auf den Falben
Das ist die Havel schon;
Vom Falben auf den Schimmel,
Nun faßt die Sehnsucht ihn,
Drei Meilen noch – hilf Himmel!
50   Prinz Louis in Berlin.

Gegeben und genommen
Wird einer Stunde Glück,
Dann flugs, wie er gekommen
Im Flug' auch geht's zurück.
55   Elf Uhr am nächsten Tage
Hält er am alten Ort,
Und mit dem Glockenschlage
Dasteht er zum Rapport. –

Das war nur bloßes Reiten,
60   Doch wer so reiten kann,
Der ist in rechten Zeiten
Auch wohl der rechte Mann; –
Schon über die Salischen Hügel
Stürmt ostwärts der Koloß;
65   Prinz Louis sitzt am Flügel
Im Rudolstädter Schloß.

---

64 *Napoleon.*

Es blitzt der Saal von Kerzen,
Zwölf Lichter um ihn stehn,
Nacht ist's in seinem Herzen,
Und Nacht nur kann er sehn,
70 Die Töne schwellen, rauschen,
Es klingt wie Lieb' und Haß,
Die Damen stehn und lauschen
Und was er spielt, ist Das:

75 Zu spät zu Kampf und Beten!
Der Feinde Rosses-Huf
Wird über Nacht zertreten,
Was ein Jahrhundert schuf,
Ich seh' es fallen, enden,
80 Und wie Alles zusammenbricht –
Ich kann den Tag nicht wenden,
Ihn Leben will ich nicht.

Und als das Wort verklungen,
Rollt Donner schon der Schlacht;
85 Er hat sich aufgeschwungen,
Und sein Herze noch einmal lacht;
Vorauf den Andern allen
Er stolz zusammenbrach –
Prinz Louis war gefallen
90 Und Preußen fiel ihm nach.

1861

ROBERT EDUARD PRUTZ

Aus: Terzinen.

II.

Das sind der Freiheit schlimmste Feinde nicht,
Die zu dem Dienst der Knechtschaft sich bekennen,
5 Und stolz sich rühmen der betreßten Pflicht.

Nein, jene sind es, welche frei sich nennen,
Und insgeheim in tiefster Seele doch
Von ekler Gier, ein Sklav zu sein, entbrennen.

Mit Blumen schmücken sie das feile Joch,
10 Darunter sie den Nacken willig neigen,
Und rühmen sich erlogner Kränze noch.

Stets hängt der Himmel ihnen voller Geigen:
Denn wie das Los des Vaterlands auch fällt,
Stets machen sie den Vortheil sich zu eigen.

15 Seht, wie sie dastehn! Jeder Zoll ein Held,
Dem Gaukler gleich auf lampenheller Bühne,
Der alles kann und macht – das heißt für Geld.

Und hörst du gar sie erst auf der Tribüne,
Wie sprudelt da der Worte stolze Flut,
20 Wie blitzt der Rede Schwert, das heldenkühne!

Nie, seit der Himmel auf der Erde ruht,
Gab es so ganz ausbünd'ge Patrioten,
Nie solche Treue, solchen Opfermuth!

Da wird die ganze Vorzeit aufgeboten,
25 Vom blonden Hermann bis zum alten Fritz,
Die ganze Heerschar unsrer „großen Todten".

Da keucht der arme, abgehetzte Witz,
Da wird mit Fäusten donnernd dreingeschlagen –
Doch Michel sitzt dabei und denkt: „Gotts Blitz,

30 Das ist ein Mann, der kann's, das muß ich sagen!
Zwar ich versteh's nur halb, doch rührt mich's sehr . . ."
Nun stärke Gott, o Michel, deinen Magen!

Sie aber spähen rechts und links umher,
Liebäugelnd, wie verliebte alte Näscher,
35 Und flüstern leise: „Bietet keiner mehr?"

O ihr der Freiheit richt'ge Leichenwäscher,
Die ihr mit Redensarten balsamirt,
Armsel'ge Heuchler, feile Zungendrescher!

Indeß ihr hier mit Tugend kokettirt,
40 Sitzt ihr zu Hause bei dem Schwelgermahle,
Das euch die Sünde dienstbar hat servirt.

Nur zu! nur zu! Erhebt nur die Pokale,
Lärmt, höhnt und prahlt! Ich sehe doch die Hand,
Dieselbe Hand, die in Belsazer's Saale
45 Der Zecher trunkne Blicke hielt gebannt . . .

IX.

Nie wird der Zukunft goldner Morgen tagen,
Bevor wir nicht mit männlichem Entschluß
Der angeerbten Feigheit uns entschlagen.

Wohl reift die Zeit, was endlich reifen muß;
Doch selbst mit eigner Hand sein Glück zu schmieden,
Ist freien Mannes Ehre und Genuß.

Darum entreißt euch diesem faulen Frieden,
Der allzulange schon den Arm euch lähmt
Und vor der Zeit euch macht zu Invaliden.

O Volk, mein Volk, wie hat man dich gezähmt!
Vor dessen Tritt der Erdkreis einst gezittert,
Wie stehst du jetzt verschüchtert und vergrämt!

Dein fürstlich Kleid hat Bubenhand zerknittert,
Vom Haupte sank der goldnen Krone Zier,
Und deines Ruhmes Säulen sind verwittert.

So stehst du mit zerrissenem Panier
Und glühend brennt, wie Biß von gift'gen Schlangen,
Das Roth der Scham im Angesichte dir.

Und dennoch Heil der Scham auf deinen Wangen!
Ein Funke soll ihr keuscher Purpur sein,
Dran kalte Herzen endlich Feuer fangen.

Die Götter schenken nichts; nur das ist dein,
Was du dir selbst erkämpft hast und errungen;
Den Boden ack're, soll die Frucht gedeihn.

Schau' um dich her, was andern ist gelungen!
Weil sie den Muth besaßen, darum ging's;
Mit Schwertern schlägt man Schlachten, nicht mit Zungen.

O deutsches Volk, wie bist du doch so links!
An deinem Leibe nagt, dem armen kranken,
Mit blut'gem Zahn die nimmersatte Sphinx:

Doch du, versenkt in klassische Gedanken,
In müß'gem Räthselrathen suchst du Rath?
Auf, nimm dein Schwert, hau' ab die gier'gen Pranken,
Der Oedipus der Zukunft ist die That!

---

28 links *ungeschickt, schüchtern, linkisch.*

Emanuel Geibel

Aus: Erinnerungen aus Griechenland

III.

Wo des Oelwalds Schatten dämmern
Rast' ich matt vom Sonnenschein;
Fern am Berg bei ihren Lämmern
Lagern Hirten und schalmei'n.

Müd eintönig schwimmt die Weise
Durch den Mittagsduft heran,
Und mir träumt, es sei das leise
Flötenspiel des großen Pan.

X.

Zwei Schwesten sah ich heut geschmückt,
Die zum Altare gingen,
Da hört' ich am Granatenbaum
Die spröde Dritte singen:

Sie sang: Geplündert steht der Baum,
Die Äpfel sind gefallen,
Doch blieb am Ast, am höchsten Ast
Der süßeste von allen.

Wer pflücken ging vergaß ihn wohl,
Den Apfel ohne gleichen;
Wer pflücken ging *vergaß* ihn nicht,
Er konnt' ihn nicht erreichen.

Joseph Victor Scheffel

Wiedersehen.

Ich hab die Jahre nicht gezählt,
Seit mich und dich der Sturm verschlug;
Ein Leben, dem das Liebste fehlt,
Zerfliegt wie flücht'ger Athemzug.

Ich glaub', ich hab viel Zeit versäumt,
Ich glaub', ich hab' viel Leid verträumt;
Doch alte Lieb', die rostet nicht,
10 Und Herzog Hans von Brabant spricht:
        Herba flori fa!

Dort ragt, vom Morgenduft umdeckt,
Dein Städtlein in das Thal hinaus,
Und dort, im grünen Busch versteckt,
15 Das wohlbekannte Erkerhaus.
War's auch nur Jugendscherz und Spiel,
Mein Herz fand nie ein ander Ziel,
Und alte Lieb', die rostet nicht,
Und Herzog Hans von Brabant spricht:
20   Herba flori fa!

Das du gepflanzt, das Lindenreis,
Zum stolzen Baume zweigt es sich,
Derweil in fahles Grau und Weiß
Die Locke meines Haupts verblich.
25 So geht's, wenn man zur Fremde fährt,
Das hat noch selten Heil bescheert;
Doch alte Lieb', die rostet nicht,
Und Herzog Hans von Brabant spricht:
        Herba flori fa!

30 Halt' aus, o Herz, noch faß ich's kaum:
Dort winkt Sie selber, mild und klar, –
Nichts weiß ich mehr von Zeit und Raum,
Da ich von ihr geschieden war;
Ich glaub', 's war nur ein Augenblick,
35 Ich glaub', dort winkt mein altes Glück,
Und alte Lieb', die rostet nicht,
Und Herzog Hans von Brabant spricht:
        Herba flori fa!

M

10 *Herzog Johann I. von Brabant (2. Hälfte des 13. Jh.), prominenter Vertreter des späten Minnesangs.*

FRIEDRICH MARTIN BODENSTEDT

Völkerhaß.

Durch Zäune trennt man Heerden auf der Weide,
Nach Grenzen, die durch Herrschermacht sich ändern,
5 Nach Ursprung, Sitten, Sprachen und Gewändern
Zieht man der Menschheit bunte Völkerscheide.

Doch Gott will nicht, daß Volk und Volk sich meide:
Das Meer bis zu des Erdballs fernsten Rändern
Wogt als Vermittler zwischen allen Ländern,
10 Es trennt zwei Welten und vereinigt beide.

Allein der Vorurtheile tiefe Kluft
Trennt Volk von Volk. Wie Gras auf beiden Seiten
Wuchert die Thorheit, die das Fremde meidet.

Doch hohe Bäume ragen durch die Luft,
15 Die Zweig' und Krone sich entgegenbreiten
Der Kluft nicht achtend, die die Wurzeln scheidet.

FELIX DAHN

Jung Sigurd.

Jung Sigurd war ein Wickinger stolz,
Der fuhr in den Sturm mit Lachen,
5 Und schwang er die Lanze von Eschenholz,
Da mußten die Schilde zerkrachen.
Die Traube von Chios, das Gold von Byzanz
Begehrte sein Herz und sein Hammer gewann's.

Doch priesen die Freunde den blühenden Leib
10 Der Römerin, die sie gefangen,
Und lobt' ihm ein And'rer sein ehelich Weib,
Das daheim sein harre mit Bangen,
Und sprach ihm von Liebe und Liebesgluth:
Laut lachte Jung Sigurd wie brandende Fluth.

15 „Mein schwellendes Segel hat weißere Brust
Als euere Buhlen, ihr Schelme,

JUNG SIGURD 7 *Der Wein von* Chios *und* das Gold von Byzanz, *„der griechen golt', waren*
feste Topoi in der mittelalterlichen Literatur.

Mir ist kein Weiberauge bewußt
So licht wie der Stein hier am Helme,
Und lüstet nach lieblicher Süße mein Mund
20   So schlürf' ich den feurigen Wein von Burgund.

Ja, stieg' umflossen von Asgards Licht
Mir Freya selber hernieder,
Fürwahr, ich höbe die Wimper nicht,
Zu schaun die unsterblichen Glieder;
25   Wenn je mir die Schönheit ein Sehnen erweckt,
So werde mit Nacht dies Auge bedeckt." –

Und sie landen am öden Felsengestad
Im Stral mittäglicher Sonnen;
Jung Sigurd schweift auf verlassenem Pfad,
30   Da lockt ihn der rieselnde Bronnen,
Und als er schreitet zum Quellenrand,
Da steht ein Mädchen im Bettlergewand.

Wohl birgt sie der Schleier, wohl deckt sie der Rock,
Doch es schimmern so schneeig die Füße,
35   Und es glänzt durch die Hülle wie golden Gelock,
Und die Stimme wie klingt sie so süße!
Und als sie zum Trunke den Krug ihm bot:
Da wurden die Wangen ihm bleich und roth.

Und es wallte sein Blut und sein Herz schlug laut,
40   Und er rief: „O lege geschwinde,
Daß dich mein verlangendes Auge schaut,
Vom Haupt die verhüllende Binde!
Aus Mantel und Schleier, wie strahlt es licht!
Wie hold muß erst strahlen dein Angesicht!"

45   Und er greift nach den Falten und bittet und fleht –
Da ruft sie: „Dir werde dein Wille!"
Und der Mantel fällt und der Schleier verweht,
Da wurde Jung Sigurd stille, –
Denn hehr, von unsterblichem Glanz umwallt,
50   Erkannt' er der Liebesgöttin Gestalt.

Licht floß von den Schläfen das goldene Haar,
Wie Frühroth blühten die Wangen,
Aus den Augen, den siegenden schimmer' es klar,
Als käme die Sonne gegangen,
55   Und den Nacken umschloß das goldne Geschmeid,
Das der Anmuth allmächtigen Zauber leiht.

Jung Sigurd starrt'. Ihm versagte der Laut,
Da sprach sie mit zürnendem Munde:
„Des Himmels Königin hast du geschaut,
60   Und die Sehnsucht kennst du zur Stunde.
So werde vollendet dein trotzig Wort,
Und Nacht bedecke dein Aug hinfort." –

Und es ließ der Blinde von Schwert und Schild
Und begann die Harfe zu schlagen;
65   Doch es schuf ihm das Eine, das göttliche Bild
Sein Dunkel zu leuchtenden Tagen.
Kein Sänger vermocht ihn im Kampf zu besteh'n,
Denn er hatte die Göttin der Schönheit gesehn.

EMANUEL GEIBEL

Julin.

Es rauscht der Wind, es rinnt die Welle,
Beflügelt schwebt das Schiff dahin;
5   An jenes Kreidefelsens Schwelle
Dort, sagt der Schiffer, lag Julin.

Julin, die hohe Stadt am Sunde,
Die still die Meerflut überschwoll;
Wie klingt die fabelhafte Kunde
10   Mir heut an's Herz erinnrungsvoll!

Ich denk' an meiner Kindheit Tage,
Da mir von Märchenlust beseelt
Die Schwester jene Wundersage
Des Abends vor der Thür erzählt.

15   Noch steht's mir deutlich im Gemüthe,
Wir saßen auf der Bank von Stein,
Am Nachbarhaus die Linde blühte,
Am Himmel quoll des Mondes Schein.

Die schlanken Zackengiebel hoben
20   So ernst sich, wo der Schatten fiel,
Und dann und wann erklang von oben
Von Sankt Marie'n das Glockenspiel.

---

2 *Wollin in Pommern, das Vineta der Sage.*

Dann ging's hinein zum Nachtgebete
Und linder Schlaf umfing mich drauf;
25 Ich baute die versunknen Städte
Im Traume prächtig wieder auf.

O Knabenträume rein und helle,
O Jugendlust wo gingt ihr hin! –
Es rauscht der Wind, es rinnt die Welle,
30 Wo sind Vineta und Julin?

HERMANN LINGG

Am Telegraphen.

Ich schritt, die Nacht war schon genaht,
So vor mich hin, vertieft in Träume,
5 Da klang vom Telegraphendraht
Ein Tönen durch die luft'gen Räume.

Vom Zug der Abendluft bewegt
Durchbebte ein melodisch Klingen
Den Leiter, der die Funken hegt,
10 Der Worte blitzesschnelle Schwingen.

Ha, dacht' ich, spielt so meisterlich
Der Nordwind seine Riesenharfe?
Denn meilenweit erstrecken sich
Die Saiten, die er rührt, der scharfe.

15 Auf Fittigen des Lichts, zugleich
Mit Noten und Musikbegleitung,
Fliegt durch der Melodien Reich
Der Börsencours in seine Zeitung.

Doch in des Markts verworr'nen Chor,
20 In's Pfeilgezisch der Staatskunst fallen
Auch Stimmen ein, die an das Ohr
Wie Ruf des Weltgeschicks erschallen.

Denn wenn in Gluth und Aschengrab
Der Menschen Wohnung stürzt zusammen,
25 So dröhnt es am metallnen Stab
Und ruft um Hülfe durch die Flammen.

Es tönt von naher Wassernoth
Mit Warnungsruf die Luft durchjagend,
Es ruft zu Krankenbett und Tod
30   Wie mit in Trauertönen klagend.

Zum frohen Gruß von Fest und Mahl
Erbebt es, wie wenn angeklungen
Noch lange nachhallt ein Pokal,
Zum Hochruf froh emporgeschwungen.

35   Und saust es nicht wie Waffenschall,
Wenn von des Krieges Donnerrollen
Die Flügelboten im Metall
Beschwingte Kunde bringen sollen?

O sprich – die Zeit ist schwül und bang –
40   Beseeltes Erz, wann tönst du wieder
Durch's Vaterland mit hellem Klang
Als Harfe deutscher Siegeslieder!

1864

EMANUEL GEIBEL

Einst geschieht's, da wird die Schmach
Seines Volks der Herr zerbrechen;
Der auf Leipzigs Feldern sprach,
5   Wird im Donner wieder sprechen.

Dann, o Deutschland, sei getrost!
Dieses ist das erste Zeichen,
Wenn zum Bündniß West und Ost
Wider dich die Hand sich reichen.

10   Wenn verbündet Ost und West
Wider dich zum Schwerte fassen,
Wisse, daß dich Gott nicht läßt,
So du dich nicht selbst verlassen.

Deinen alten Bruderzwist
15   Wird das Wetter dann verzehren;
Thaten wird zu dieser Frist,
Helden dir die Noth gebären,

Bis du wieder stark, wie sonst,
Auf der Stirn der Herrschaft Zeichen,
20   Vor Europa's Völkern thronst,
Eine Fürstin sonder Gleichen.

Schlage, schlage denn empor,
Läutrungsglut des Weltenbrandes!
Steig' als Phönix draus hervor,
25   Kaiseraar des deutschen Landes!

Deutsch und Fremd.

Wenn Wald und Haide junges Grün gewinnen,
Das Veilchen schüchtern aus dem Grase sieht,
Die Wolken segeln und die Bäche rinnen,
5   Und rudernd hoch im Blau der Kranich zieht:
Da wacht dem Deutschen in Gemüth und Sinnen
Alljährlich auf der alten Sehnsucht Lied;
Ein leis' Erinnern fühlt er in ihm wogen,
Daß einst sein Stamm von fern in's Land gezogen.

10   Und wieder möcht' er wandern, schweifen wieder
Nach traumverheiß'nem Glück auf fernen Au'n,
Bald nordwärts, wo umschwirrt vom Seegefieder
Auf's Meer basalt'ne Pfeilergrotten schau'n,
Gen Mittag nun, wo sanft in's Thal hernieder
15   Um Lorbeerwipfel sonn'ge Lüfte blau'n,
Und über's Grab versunk'ner Heldenzeiten
Den blühenden Teppich Ros' und Rebe breiten.

Das zog den Angelsachsen über's Meer,
Das ließ, ob blutig auch um solch Gelüsten
20   In welsche Grüfte sank manch deutsches Heer,
Stets neuen Römerzug die Kaiser rüsten;
Das trieb mit blanker Waar' und blank'rer Wehr
Der Hansa segelnd Volk zu Lieflands Küsten,
Das läßt noch heut, wo dumpf die Stämme fallen,
25   Im Urwaldsrauschen deutschen Gruß erschallen.

Die Fremde lockt uns all. Und wem an's Haus
Der Fuß gebannt, der schickt auf luft'ger Schwinge
Den Wolkenpilger, den Gedanken, aus,
Daß forschend er, was draußen liegt, bezwinge.

30 So zieht noch heut erobernd fern hinaus
Der deutsche Geist, und schweift in weitem Ringe
Von Ort zu Ort, sich an den Wundergaben
Des Auslands allempfänglich zu erlaben.

Zu Theil ward uns die echoreiche Brust
35 Vor allen Völkern. Hell, wohin wir schritten,
Klang's in uns nach. Des Griechen Schönheitslust,
Des Römers Hochsinn, den Humor des Britten,
Die Weisheit, die dem Morgenland bewußt,
Des Spaniers Ernst, des Franzmanns heitre Sitten,
40 Was Nord und Süd in hundertfält'gen Zungen
Dem Lied vertraut, wer hat's wie wir durchdrungen?

Das Leben aller Weltgeschlechter schlossen
In unsres wir; wir haben kühngemuth
Den fremden Geist in deutsch Gefäß ergossen,
45 Die fremde Form durchströmt mit deutschem Blut.
Da ward, im Ringen tiefer nur genossen,
Zum Eigenthum uns das entlehnte Gut,
Und keine Blume, die mit frohem Glanze
Der Menschheit aufging, fehlt in unserm Kranze. –

CONRAD FERDINAND MEYER*

Der Hugenot.

Wild zuckt der Blitz, der Donner kracht,
Es kämpft ein Reiter mit dem Sturm,
5 Ein neuer Blitz zerreißt die Nacht
Und grell beleuchtet steht ein Thurm.
Der Reiter spornt sein scheues Roß,
Und eine Brücke führt zum Schloß.
Rasch springt er ab und pocht an's Thor,
10 Sein Mantel saust im Wind empor.

Er drückt sich in die Stirn den Hut
Und hält das Thier am Zügel fest,
Verdoppelt tobt des Sturmes Wuth,
Der kaum den Renner schnaufen läßt.

---

2 ff. *Erstfassung des später erheblich veränderten und gekürzten Gedichtes,* ‚Die Füße im Feuer'.

15 Ein Gitterfenster schimmert schnell,
Dann öffnet sich die Thüre hell,
Ein Edelmann im schwarzen Kleid
Erscheint, und Diener steh'n bereit.

Der Reiter ruft: „Des Königs Knecht!
20 Nach Nîmes eil' ich als Kourier!
Beherbergt mich, es wettert schlecht,
Den Rock des Königs kennet ihr!"
Des Schlosses Herr versetzt: „Mein Gast,
Was kümmert's mich, welch' Kleid du hast.
25 Komm' an den Herd, tritt in's Gemach
Und wärme dich, ich folge nach."

Ein knisternd Feuer flackert gut;
Der Kriegsknecht tritt an den Kamin,
Und Ahnenbilder von der Glut
30 Beleuchtet, schauen rings auf ihn,
Die Ritter mit den strengen Brau'n,
Im Sammtgewand die Edelfrau'n.
Des Hauses Wappen wiederholt
Sich oft, es ist ein Kreuz in Gold. –

35 Der Reiter staunt, ihm scheint bekannt
Der heller stets geword'ne Saal;
Scheu blickt er in des Herdes Brand
Und auf das Wappen noch einmal, –
Da tritt mit Sohn und Töchterlein
40 Der ernste Herr des Hauses ein,
Und spricht ihm zu: „Du rittest weit,
Komm zu dem Mahl, es steht bereit."

Dem fremden Gaste tönt wie Droh'n
Des Wirthes mahnendes Geheiß.
45 Gerüstet ist die Tafel schon,
Das Linnen schimmert blendend weiß.
Erschaudernd wie in Fieberglüh'n
Wirft er auf einen Stuhl sich hin,
Und in die Runde treten sacht,
50 Die Drei in ihrer schwarzen Tracht. –

Es haftet auf dem Fremden bald
Der Kinder unverwandter Blick;
Der wünscht sich in den nächt'gen Wald
Und in den finstern Sturm zurück.

55 Den Becher faßt der wilde Gast
Und füllt, und übergießt ihn fast,
Da wehrt der Herr des Hauses: „Nein!
Laß erst das Mahl gesegnet sein."

Unruhig wird der Knabe jetzt
60 Und ist zum Vater hingerückt;
Das bleiche Mädchen starrt entsetzt,
Als hätt's ein reißend Thier erblickt.
Den Kindern winkt der Vater: „Still!"
Und weiß nicht, was da werden will –
65 Der Reiter stammelt: „Ich bin matt, –
Herr, gebt mir eine Lagerstatt."

Er eilt davon mit Ungestüm
Und seine Tritte dröhnen schwer,
Ein alter Diener leuchtet ihm,
70 Doch mit dem Leuchter zittert er.
Und an der Schwelle wirft zurück
Der Reiter einen wilden Blick,
Da sieht den Knaben er empor
Sich heben zu des Vaters Ohr.

75 Er stürzt erschreckt zum Saal hinaus,
Und alle Sinne sind ihm wirr,
Er flöhe gern in Nacht und Graus,
Doch seine Schritte gehen irr,
Und wie ein Trunk'ner folgt er nach
80 Dem Diener in das Schlafgemach.
Da ist er nun und weiß nicht wie,
Er prüft die Thür und riegelt sie.

Fest preßt er mit der Hand die Stirn
Und frägt sich: „Ist es Sinnentrug?"
85 Da fügt im dämmernden Gehirn
Zum düstern Bild sich Zug an Zug.
„In dieser Burg vor einem Jahr
Lagst du mit deiner Reiterschaar,
Wie du die Hugenottenjagd
90 In den Gebirgen mitgemacht. –

„Wo hat der Junker sich versteckt?
Frag' ich ein bleiches Frauenbild.
Sie weint und hat mir's nicht entdeckt,
Die Kinder schrei'n, – ich werde wild, –

95 Da seh ein Feuer ich verglüh'n,
Da reiß ich sie zum Herde hin,
Die Füße hab' ich ihr gepackt
Und hielt sie in die Gluten nackt.

„Will sich die Kammer mit mir dreh'n?
100 Bin ich berauscht? Nein! es ist wahr!
Wer hieß dich hier zu Gaste geh'n,
Du blöder Thor! Du blinder Narr!
Hat er nur einen Tropfen Blut,
So rächt er deinen Übermuth,
105 Er überfällt dich heute Nacht,
Da liegst du morgen umgebracht."

Wild greift nach Schwert er und Pistol
Und stellt sich an die Thür und lauscht;
Es pfeift der Sturm und ras't wie toll,
110 Der Erker bebt, die Diele rauscht;
Und will es einmal stille sein,
So zuckt ein fahler Blitz herein
Und über seinem Haupte rollt
Der Donner schwer und zürnt und grollt.

115 Schon weit ist's über Mitternacht,
Noch immer steht der Reiter da,
Und wenn im Haus ein Balken kracht,
Glaubt er den Schritt der Rache nah.
Doch endlich bricht des Sturmes Wuth
120 Und plätschernd stürzt die Regenflut,
Da schließt sich ihm das Augenlid
Und nieder sinkt er bleiern müd.

Er schlummert... Fackeln in dem Saal,
Ein höllisches Gelächter schallt:
125 Weib, wo versteckst du den Gemal?
Sprich! oder du bereust es bald!
Er zerrt mit widerwill'ger Wuth
Die Füße nieder in die Glut;
Da sprüht die Flamme weit umher
130 Und wird ein lodernd Feuermeer.

Er krümmt auf feuchtem Lager sich
Und er erwacht... Es ist so still.
Am Himmel steht ein lichter Strich,
Der schon den Tag verkünden will.

135   Er schleppt sich an das Fenster sacht
   Und öffnet und blickt in die Nacht,
   Es zwitschert in dem nahen Baum
   Ein Vögelein, noch halb im Traum.

   Die Scholle athmet kräft'gen Duft,
140   Gebadet ist der Garten ganz,
   Es schwimmen Wolken in der Luft
   Mit einem matten Silberglanz,
   Und in dem ersten Dämmerschein
   Wie ist die Erde still und rein! –
145   Da fühlt er dumpf wie sich verwies
   Er aus des Friedens Paradies.

   Rasch klopft es an: „Mach dich bereit!
   Bist du bereit? Der Tag bricht ein.
   Ich gebe selbst dir das Geleit,
150   Du solltest schon von hinnen sein." –
   Mit seinem Führer reitet bald
   Der Kriegsknecht durch den dichten Wald,
   Mit Ästen ist der Weg bestreut,
   Doch nicht ein Lüftchen regt sich heut.

155   Der Reiter lauert tückisch scheu
   Indem sie rüstig fürder zieh'n,
   Erstaunt, daß er am Leben sei,
   Und fragt sich: „Weiß er, wer ich bin?"
   Da däucht ihn halb ergraut das Haar,
160   Das gestern noch so dunkel war,
   Da scheint ihm, wie vom Sturm gebeugt,
   Der ihm des Waldes Wege zeigt.

   Und schon im Felde seh'n den Pflug
   Sie in der Morgensonne geh'n,
165   Da ruft der Reiter: „Herr, genug!
   Habt Dank! Auf Nimmerwiederseh'n!
   Ihr seid ein Mann von weisem Sinn,
   Und seht, daß ich des Königs bin,
   Des größten Königs in der Welt,
170   Der meinen Weg im Auge hält!"

   Jetzt spricht der Andre feierlich:
   „Du hieltst in meinem Hause Rast,
   Und durch den Wald geleit' ich dich,
   Der du mein Weib gemordet hast!

Ich weiß, daß du *des* Königs bist,
Der über Alle mächtig ist...
Doch wurde heut sein Dienst mir schwer;
Mein ist die Rache! spricht der Herr."

1868

JOSEPH VICTOR SCHEFFEL

Wanderlied.

Wohlauf, die Luft geht frisch und rein,
Wer lange sitzt, muß rosten;
Den allersonnigsten Sonnenschein
Läßt uns der Himmel kosten.
Jetzt reicht mir Stab und Ordenskleid
Der fahrenden Scholaren,
Ich will zu guter Sommerzeit
Ins Land der Franken fahren!

Der Wald steht grün, die Jagd geht gut,
Schwer ist das Korn gerathen;
Sie können auf des Maines Flut
Die Schiffe kaum verladen.
Bald hebt sich auch das Herbsten an,
Die Kelter harrt des Weines;
Der Winzer Schutzherr Kilian
Bescheert uns etwas Feines.

Wallfahrer ziehen durch das Thal
Mit fliegenden Standarten,
Hell grüßt ihr doppelter Choral
Den weiten Gottesgarten.
Wie gerne wär' ich mitgewallt,
Ihr Pfarr' wollt mich nicht haben!
So muß ich seitwärts durch den Wald
Als räudig Schäflein traben.

Zum heiligen Veit von Staffelstein
Komm ich emporgestiegen,
Und seh die Lande um den Main
Zu meinen Füßen liegen:

Von Bamberg bis zum Grabfeldgau
Umrahmen Berg und Hügel
Die breite, stromdurchglänzte Au –
Ich wollt', mir wüchsen Flügel.

35 Einsiedelmann ist nicht zu Haus,
Dieweil es Zeit zu mähen;
Ich seh ihn an der Halde draus
Bei einer Schnittrin stehen.
Verfahr'ner Schüler Stoßgebet
40 Heißt: Herr, gib uns zu trinken!
Doch wer bei schöner Schnitt'rin steht,
Dem mag man lange winken.

Einsiedel, das war mißgethan,
Daß du dich hub'st von hinnen!
45 Es liegt, ich seh's dem Keller an,
Ein guter Jahrgang drinnen.
Hoiho! die Pforten brech' ich ein
Und trinke was ich finde...
Du heiliger Veit von Staffelstein
50 Verzeih mir Durst und Sünde!

1869

HEINRICH HEINE

Hymnus.

Ich bin das Schwert, ich bin die Flamme.

Ich habe euch erleuchtet in der Dunkelheit, und als die
5 Schlacht begann, focht ich voran, in der ersten Reihe.

Rund um mich her liegen die Leichen meiner Freunde,
aber wir haben gesiegt. Wir haben gesiegt, aber rund um mich her
liegen die Leichen meiner Freunde. In die jauchzenden Triumph-
gesänge tönen die Choräle der Todtenfeier. Wir haben aber weder
10 Zeit zur Freude noch zur Trauer. Aufs Neue erklingen die Trom-
meten, es gilt neuen Kampf –

Ich bin das Schwert, ich bin die Flamme.

1649–1793–????

Die Britten zeigten sich sehr rüde
Und ungeschliffen als Regicide.
Schlaflos hat König Karl verbracht
In Whitehall seine letzte Nacht.
5 Vor seinem Fenster sang der Spott
Und ward gehämmert an seinem Schafott.

Viel höflicher nicht die Franzosen waren.
In einem Fiaker haben Diese ◦
10 Den Ludwig Capet zum Richtplatz gefahren;
Sie gaben ihm keine Calèche de Remise,
Wie nach der alten Etikette
Der Majestät gebühret hätte.

Noch schlimmer erging's der Marie Antoinette,
15 Denn sie bekam nur eine Charrette;
Statt Chambelan und Dame d'Atour
Ein Sanskülotte mit ihr fuhr.
Die Witwe Capet hob höhnisch und schnippe
Die dicke habsburgische Unterlippe.

20 Franzosen und Britten sind von Natur
Ganz ohne Gemüth; Gemüth hat nur
Der Deutsche, er wird gemüthlich bleiben
Sogar im terroristischen Treiben.
Der Deutsche wird die Majestät
25 Behandeln stets mit Pietät.
In einer sechsspännigen Hofkarosse,
Schwarz panaschiert und beflort die Rosse,
Hoch auf dem Bock mit der Trauerpeitsche
Der weinende Kutscher – so wird der deutsche
30 Monarch einst nach dem Richtplatz kutschiert
Und unterthänigst guillotiniert.

Die Wanderratten.

Es giebt zwei Sorten Ratten:
Die hungrigen und satten.

1649–1793–???? 3 *Königsmörder.* 10 *Louis XVI.* 11 *Wie der* Fiaker *ist auch
die* Calèche de Remise *eine Mietkutsche, nur erheblich aufwendiger.* 15 *Zweirädriger
Karren.* 16 *Kämmerer und Hofdame.* 19 *Marie Antoinette war die Tochter Maria
Theresias.* 27 *mit schwarzen Straußenfederbüschen geschmückt.*

Die satten bleiben vergnügt zu Haus,
Die hungrigen aber wandern aus.

Sie wandern viel' tausend Meilen,
Ganz ohne Rasten und Weilen,
Gradaus in ihrem grimmigen Lauf,
Nicht Wind noch Wetter hält sie auf.

Sie klimmen wohl über die Höhen,
Sie schwimmen wohl durch die Seen;
Gar manche ersäuft oder bricht das Genick,
Die lebenden lassen die todten zurück.

Es haben diese Käuze
Gar fürchterliche Schnäuze,
Sie tragen die Köpfe geschoren egal,
Ganz radical, ganz rattenkahl.

Die radicale Rotte
Weiß nichts von einem Gotte.
Sie lassen nicht taufen ihre Brut,
Die Weiber sind Gemeindegut.

Der sinnliche Rattenhaufen,
Er will nur fressen und saufen,
Er denkt nicht, während er säuft und frisst,
Daß unsre Seele unsterblich ist.

So eine wilde Ratze,
Die fürchtet nicht Hölle, nicht Katze;
Sie hat kein Gut, sie hat kein Geld
Und wünscht aufs Neue zu theilen die Welt.

Die Wanderratten, o wehe!
Sie sind schon in der Nähe.
Sie rücken heran, ich höre schon
Ihr Pfeifen, die Zahl ist Legion.

O wehe! wir sind verloren,
Sie sind schon vor den Thoren!
Der Bürgermeister und der Senat,
Sie schütteln die Köpfe und Keiner weiß Rath.

Die Bürgerschaft greift zu den Waffen,
Die Glocken läuten die Pfaffen.
Gefährdet ist das Palladium
Des sittlichen Staats, das Eigenthum.

Nicht Glockengeläute, nicht Pfaffengebete,
Nicht hochwohlweise Senatsdecrete,
Auch nicht Kanonen, viel' Hundertpfünder,
45　Sie helfen euch heute, ihr lieben Kinder!

Heut helfen euch nicht die Wortgespinste
Der abgelebten Redekünste.
Man fängt nicht Ratten mit Syllogismen,
Sie springen über die feinsten Sophismen.

50　Im hungrigen Magen Eingang finden
Nur Suppenlogik mit Knödelgründen,
Nur Argumente von Rinderbraten,
Begleitet mit Göttinger Wurst-Citaten.

Ein schweigender Stockfisch, in Butter gesotten,
55　Behaget den radicalen Rotten
Viel besser als ein Mirabeau
Und alle Redner seit Cicero.

Wo?

Wo wird einst des Wandermüden
Letzte Ruhestätte sein?
Unter Palmen in dem Süden?
5　Unter Linden an dem Rhein?

Werd' ich wo in einer Wüste
Eingescharrt von fremder Hand?
Oder ruh' ich an der Küste
Eines Meeres in dem Sand?

10　Immerhin! Mich wird umgeben
Gotteshimmel, dort wie hier,
Und als Todtenlampen schweben
Nachts die Sterne über mir.

---

53 *Die Güte der Göttinger Würste war sprichwörtlich; vgl. den Anfang von Heines ,Harz-*
reise'.　56 *Honoré Gabriel Comte de Riqueti Marquis de* Mirabeau *(1749–1791),*
Schriftsteller und Redner, Führer der französischen Revolution in ihrer ersten, konstitutionellen
Phase.

FRIEDRICH RÜCKERT

Entzauberung
zum zweiten Sommer der Amaryllis. 1813.

Ihr Amorn und ihr Grazien, welch' ein Schwindel
War euch gefallen auf die klaren Sinnen,
Als ihr, die ihr sonst schwebt auf goldnen Zinnen,
Mir folgtet hier zum Dach von schlechtem Schindel?

Wolltet ihr Seide spinnen von der Spindel,
Der bäurischen, die nur für grobe Linnen?
Die Spul' ist voll, des Irrthums werd' ich innen;
Wir müssen abziehn, auf und schnürt die Bündel.

Die Hütte, die durch euch zum Zauberschlosse
Verwandelt war, sei nackte Hütte wieder,
Und wieder Magd sei, die durch euch war Nymphe.

Wir spielten eine lächerliche Posse;
Jetzt ist sie aus. Schwingt, Grazien, eu'r Gefieder,
Und tragt sammt euch mich weg von unserm Schimpfe.

HERMANN LINGG

Die Genesene

Sie war so gut! Der Himmel war's ihr schuldig,
Daß er sie leben und genesen ließ.
Sie litt so lang und litt es so geduldig,
Daß oft sie selbst zu klagen uns verwies.
„Bist du noch wach? So geh' doch schlafen, Rette!
Du hörtest mich noch immer, wenn ich rief:
Die Medicin!" sprach sie, „dann geh' zu Bette,"
Und stellte sich, als ob sie wieder schlief.

Das waren Nächte! Winternächte, lange,
Wenn drauß' der Sturmwind um die Dächer schnob
Und heulend umtrieb auf dem alten Gange
Und schier die Fenster aus den Angeln hob!
Im Ofen knisterte das Holz; ein Leben
Rang mit dem Tode; durch dies Schlafgemach,
So traut es war, sah man doch leise schweben
Den Engel, der die Lebensblüthen brach.

Ein Hüsteln und dann wieder tiefe Stille,
20   Ein Seufzer, und dann sprach sie was im Traum.
Der Wohlgeruch der römischen Camille
Durchfloß des Zimmers matterhellten Raum
Zuweilen flackerte das Licht, es däuchte
Ein Bild des Lebens uns, das auch so lag,
25   Und zu erlöschen drohte wie die Leuchte;
Doch drauß' indeß entdämmerte der Tag.

Es kam der Tag, und mit ihm neues Hoffen,
Es kam der Arzt, und neue Zuversicht,
Dann war's als liege wieder vor uns offen
30   Die weite Welt im schönen Sonnenlicht.
Es durften an ihr Bett die Kinder kommen,
Sie kamen von der Schule, wangenroth
Vom Winterweh'n! ach, wie der Guten, Frommen
Zum Gruß die kleinen Händchen Jedes bot!

35   Jetzt ist es Frühling, jubelnd in die Lüfte
Schwingt sich der Lerche Lied zum Himmelsblau;
Nimm hier des Gartens erste Blumendüfte,
Du auferstandne, junge, schöne Frau!
Erfrische Dich an ihrem Duft, erheit're
40   An ihren Farben Dich, daß Deine Brust
Vergnügt in die Natur sich froh erweit're
Zum Vollgenuß der neuen Lebenslust.

JOSEPH VICTOR SCHEFFEL

Maimorgengang.

So die bluomen ûz dem grase dringent,
same sie lachen gegen der spilnden sunnen
5   in eime meien an dem morgen fruo,
und diu kleinen vogellîn wol singent
in ir besten wîse die sie kunnen,
waz wünne mac sich da genôzen zuo?
ez ist wol halb ein himelrîche.
10   *Walther von der Vogelweide.*

Maimorgengang, o still Entzücken:
Der Aether strahlt im reinsten Blau
Und bräutlich will der Wald sich schmücken
Mit zartem Grün und Silberthau.

---

35 ist *ergänzt auf Grund eines offensichtlichen Druckfehlers im Original.*

15 Mit weichem träumerischem Schläfern
Strömt rings ein lauer Frühlingsduft,
Und mit den Faltern und den Käfern
Durchfliegt ein Blüthenschnee die Luft;
    Die Halden blühn, die jüngst noch dorrten:
20   *Sieh! es ist Alles neu geworden.*

Erneut im Licht! so will's des Lebens
Gesetz, das allen Stoff durchkreist,
Ahriman's Winter droh'n vergebens,
Der Sieg verbleibt dem guten Geist.
25 Sein weltverjüngend Maienwunder
Weckt Saft und Farbe, Ton und Klang,
Drum schallt von allen Wipfeln munter
Der Nachtigallen Lobgesang.
    Sie jubeln feiner denn in Worten:
30   *Sieh! es ist Alles neu geworden.*

Im Kies verstrüppter Uferdämme
Schleicht heut mein Pfad feldaus waldein,
Da spiegeln wilde Birnbaumstämme
Mit Ulm und Esche sich im Rhein.
35 Auch ihn erfreun des Maien Wonnen,
Sein Schuppenvolk taucht wohlig vor,
Der Aal kommt schlängelnd sich zu sonnen,
Lautplätschernd schnalzt der Hecht empor,
    Und murmelnd trägt's die Fluth gen Norden:
40   *Sieh! es ist Alles neu geworden.*

Gekränktes Herz, wozu dein Härmen?
Streif' ab den fleckendunkeln Rost,
Laß Dich von diesen Lüften wärmen
Und schöpf' aus dieser Landschaft Trost:
45 Kein Leid, kein Groll darf allzeit dauern,
Es kommt der Tag, da Alles grünt,
Da Kränkung, Schuld und herbes Trauern
In goldner Sonne Strahl sich sühnt.
    Auch im Gemüth, wie allerorten,
50   *Sieh! ist dann Alles neu geworden.*

Und ruht im kühlen Schooß der Erde
Von allem Schmerz Dein sterblich Theil,
Getrost, getrost! ein kräftig „Werde!"
Beruft Dich einst zu bess'rem Heil.

---

23 Ahriman   *in der Religion des Zarathustra die Verkörperung des Bösen.*

55 Aus ird'schen Stoffs und Grams Verzehrung
Reift unsichtbar ein frischer Keim,
Den eines andern Mai Verklärung
Zur Blüthe bringt in anderm Heim.
    Dort rauscht's in höheren Accorden:
60 *Sieh! es ist Alles neu geworden!*

1871

Wilhelm Jordan

Reichslied.
10. Juli 1870.

Nun seid bereit mit Gut und Blut
5 In jedem deutschem Stamme,
Nun lodre deutscher Mannesmuth
Als himmelhohe Flamme.
Die Stunde schlug,
Zum Siegeszug
10 Uns heilig zu verbünden
Und, ob sich auch die halbe Welt
Entgegenstellt,
Das deutsche Reich zu gründen.

Der Friedenslügner ist entlarvt,
15 Er will den Rhein uns rauben!
Ihr dürft, bis ihr ihn niederwarft,
Für Gott zu streiten glauben;
Denn zornentflammt
Hat ihn verdammt
20 Der Herr der Ewigkeiten;
Wir sollen – fragt nicht länger, wie? –
Nun oder nie
Das deutsche Reich erstreiten.

Geknebelt und geknechtet lag
25 In Bonapartes Banden
Die halbe Welt. Die Kette brach,
Als Deutschland aufgestanden

Und siegesfroh
Bis Waterloo
30   Ihn unsre Väter trieben.
Doch, ob sie fochten heldengleich,
Ihr Preis, das Reich,
Wo ist das Reich geblieben?

Mit Tücken stürzt zum zweiten mal
35   Sein Garn ein Bonaparte!
Schon zeichnet man wie er's befahl
Europa's neue Karte.
Doch Uns bestellt
Der Herr der Welt,
40   Ihm sein Gelüst zu dämpfen.
So seien wir den Vätern gleich,
Daß wir das Reich,
Das deutsche Reich erkämpfen.

Ein heilig ernstes Rüsten sei
45   Von Niemen bis zum Rheine,
Vom Schneeberg zu den Küsten sei
Nur eine Kampfgemeine,
Ein waltend Wort
Ein Herr, ein Hort,
50   Ein Regen und ein Ringen.
So werden wir, ob sich die Welt
Entgegenstellt,
Das deutsche Reich erzwingen.

Psalm 90.

Herr, von Geschlechte zu Geschlecht mein Hort,
Bevor die Welt entsprang aus deinem Wort,
Bevor die Erde noch geschaffen war,
5   Bevor ihr Schooß die Berge noch gebar,
Warst du, o Herr, der Gott vor aller Zeit
Und bleibst von Ewigkeit zu Ewigkeit.
    Dem Tag, der gestern hingegangen ist
Kommt gleich vor Dir die tausendjährige Frist;
10   Sie gleicht für Dich dem Theile nur der Nacht,
Den auf dem Posten ein Soldat durchwacht.

---

35 *Louis Napoleon (1808–1873), als Napoléon III. 1852–1870 Kaiser der Franzosen.*

Wenn du dem Menschenkinde zurufst: halt! –
Dann ist in Staub verwandelt die Gestalt.
Du greifst nach ihm – und wie ein Traum verweht er,
So schnell verwelkend wie das Gras vergeht er;
Wie blühend es am frühen Morgen stand,
Am Abend liegt es trocken und verbrannt.
  Vor deines Blickes Leuchte sind erhellt
Uns unbewußte Sünden hingestellt;
Drum werden wir von deinem Grimme taub,
Drum werden wir vor deinem Zorn zu Staub.
Ja, durch dein Grollen schwinden unsre Tage
Und wir verhauchen sie wie *eine* Klage.
Nur siebzig Jahre währt die Lebenszeit,
Wer achtzig Jahr' erlebt, der bracht es weit,
Und war das Leben köstlich auserlesen,
So ist es Müh' und Arbeit nur gewesen.
Als ob nicht rasch genug die Tage zögen,
Wir eilen uns noch mehr als ob wir flögen.
  Wer wüßte nicht, wie stark, o Gott, dein Groll,
Wer wäre nicht der Furcht des Herren voll?
So lehr' uns wirthlich unsre Tage zählen
Und Weisheit unsern Herzen anbefehlen.
  Kehr um o Herr, wie lange willst du rechten?
Erbarmend wende dich zu deinen Knechten
Daß wir uns sättigen an deiner Gnade
Und freun auf unserm kurzen Lebenspfade
So lange Zeit als Thränen wir vergossen
Und gib uns Glück so viel wir Noth genossen.
Laß *uns* o Herr die That sehn, die befreit
Und unsre Söhne deine Herrlichkeit.
Gib deine Huld zum Werke unsrer Hände
O Herr, damit es sich für uns vollende.

UNBEKANNTER VERFASSER

Die letzten Kämpfe bei Belfort.
30.–31. Januar und 1. Februar 1871.

1. Das waren harte Tage
   Bei Belfort, Pontarlier,
   Bis wir den Feind geschlagen,
   Daß bluthroth Eis und Schnee!

2. Gar mancher ist da geblieben,
Schaut Sonn' nicht mehr und Mond,
10 Liegt tief in Schnee begraben,
Den sonst der Tod verschont.

3. Drei Tag' ist's so ergangen,
Stets wüthiger ward der Feind,
Bis ihm der Muth vergangen,
15 Und uns der Sieg verbleibt.

4. Bourbaki, Garibaldi,
Mit euch ist's jetzt zu End';
Kann auch die Schweiz nicht retten,
So fallt ihr in uns're Händ'!

20 5. O Belfort, o Belfort,
An jener Tage That,
Wird mancher noch gedenken,
So lang' er's Leben hat! –

UNBEKANNTER VERFASSER

Am Friedenstage.

Mel.: Ich hatt' einen Kameraden etc.

1. Der Krieg, der hat ein Ende,
5 Bald geht es wieder nach Haus!
Was Alles wir erlitten,
Da wir den Feind bestritten,
:|: Das ist nun glücklich aus. :|:

2. In Regen, Sturm und Wetter,
10 In mancher heißen Schlacht,
Haben wir in all' den Tagen
Mit unserm Feind geschlagen,
:|: Bis er zu Fall gebracht. :|:

3. Er, der uns wollte bestreiten
15 Den freien Deutschen Rhein,
Der liegt todtwund darnieder
Kommt wohl so bald nicht wieder,
:|: So kann es Friede sein. :|:

DIE LETZTEN KÄMPFE ... 16 *Charles Denis Sauter* Bourbaki, *1870 Kommandeur der Kaisergarde, scheiterte in der Schlacht an der Lisaine im Januar 1871 bei dem Versuch, die Verbindung der dt. Truppen zwischen dem Rhein und Paris zu unterbrechen. Giuseppe* Garibaldi *versuchte nach der Abdankung Napoleons III. der frz. Republik zu Hilfe zu kommen.*

4. Ihr Brüder in der Erde,
20 Die ihr gefallen seid,
Ruht sanft im Grab indessen!
Wir woll'n euch nicht vergessen,
:|: Ihr Helden in dem Streit. :|:

5. Victoria, Victoria!
25 Zum Himmel hebt die Hand:
Der Herr thut gnädig walten,
Im Schlachtsturm uns erhalten –
:|: Grüß Gott dich, deutsches Land! :|:

1872

THEODOR FONTANE

Der 6. November 1632
(Schwedische Sage)

Schwedische Haide, Novembertag,
5 Der Nebel grau am Boden lag.
Hin über das Steinfeld von Dalarn
Holpert, stolpert ein Räderkarrn.

Ein Räderkarren, beladen mit Korn;
Lorns Atterdag zieht an der Deichsel vorn,
10 Niels Rudbeck schiebt; Sie zwingens nicht,
Das Gestrüpp wird dichter, Niels aber spricht:

„Busch-Ginster wächst hier über den Steg,
Wir geh'n in die Irr', wir missen den Weg,
Wir haben links und rechts vertauscht, –
15 Hörst du, wie die Dal-Elf rauscht?"

„Das ist nicht die Dal-Elf, die Dal-Elf ist weit,
Es rauscht nicht vor uns und nicht zur Seit',
Es lärmt in Lüften, 's klingt wie Trab,
Wie Reiter wogt es auf und ab.

20 Es ist wie Schlacht die herwärts dringt,
Wie Kirchenlied es zwischen klingt,
Ich hör' in der Rosse wieherndem Trott:
Eine feste Burg ist unser Gott!"

Und kaum gesprochen, da Lärmen und Schrei'n,
In tiefen Geschwadern bricht es herein,
Es brausen und dröhnen Luft und Erd',
Vorauf ein Reiter auf weißem Pferd.

Signale, Schüsse, Rossegestampf,
Der Nebel wird schwarz wie Pulverdampf,
Wie wilde Jagd so fliegt es vorbei; –
Zitternd ducken sich die Zwei.

Nun ist es vorüber... Da wieder mit Macht
Rückwärts wogt die Reiterschlacht,
Und wieder dröhnt und donnert die Erd',
Und wieder vorauf das weiße Pferd.

Wie ein Lichtstreif durch den Nebel es blitzt,
Kein Reiter mehr im Sattel sitzt.
Das fliehende Thier, es dampft und raucht,
Sein Weiß ist tief in Roth getaucht.

Der Sattel blutig, blutig die Mähn';
Ganz Schweden hat das Roß gesehn; –
Auf dem Felde von *Lützen* am selben Tag
Gustav Adolf in seinem Blute lag.

UNBEKANNTER VERFASSER

Freifrau von Droste-Fischering.

1845.

1. Freifrau von Droste-Fischering
Zum heil'gen Rock nach Trier ging;
Sie kroch auf allen Vieren,
Das that sie sehr genieren,
Sie mußt' auf zweien Krücken
Durch dieses Leben rücken.

2. Sie sprach, als sie zum Rocke kam:
Ich bin auf allen Vieren lahm,
Du Rock bist ganz unnäthig,
Und ganz entsetzlich gnädig,
Zeig mir dein Gnadenlichte!
Ich bin des Bischofs Nichte.

12 *nahtlos.*

3. Da gab der Rock in seinem Schrein
Auf einmal einen hellen Schein;
Das fuhr ihr durch die Glieder,
Sie kriegt das Laufen wieder,
20   Sie ließ die Krücken drinnen,
Und ging vergnügt von hinnen.

4. Freifrau von Droste-Fischering
Noch selb'gen Tag zum Tanze ging.
Dies Wunder, göttlich grausend,
25   Geschah im Jahre Tausend
Achthundert fünfundvierzig,
Und wer's nicht glaubt, der irrt sich.

UNBEKANNTER VERFASSER

Nachtwächterlied

Aus den Papieren eines reaktionären Ober-Nachtwächters.
1848.

5   1. Ihr Deutschen hört und laßt euch sagen:
Wollt ihr die Freiheit noch länger ertragen?
Ihr habt sie lang genug doch besessen,
Und könnt sie endlich mit Freuden vergessen.
                    Tu tu!

10   2. Schaut um euch nur zu dieser Stunde!
Geht das Geschäft nicht ganz zu Grunde,
Seit Preßfreiheit die Volksversammelten
Erzwungen von unsern Angestammelten?
                    Tu tu!

15   3. Wie thaten wir uns früher gütlich:
Wie war der Censor so gemüthlich,
Wenn er allerunterthänigst sich sputete
Und Schriftsteller und Verleger knutete!
                    Tu tu!

20   4. O schöne Zeit in vergangnen Jahren,
Wo wir rasiert und bezopft noch waren,
Und jeder glaubte in unsern Landen
Nur was in der „Allgemeinen" gestanden!
                    Tu tu!

NACHTWÄCHTERLIED 23 *Augsburger Allgemeine Zeitung*.

25   5. Da ging der Bürger mit seiner Familie
     Des Sonntags im Felde durch Ros' und Lilie
     Und freute sich, bis zu Thränen gerührt,
     Daß Gott die Welt so schön ausstaffiert.
                       Tu tu!

30   6. Auch hatt er noch andere glückliche Zeiten
     Bei fürstlichen Taufen und Lustbarkeiten,
     Bei Kirchenparaden und so weiter,
     Und der Zopf war immer sein treuer Begleiter.
                       Tu tu!

35   7. Jetzt aber ist Alles anders geworden,
     Auf den Straßen nichts als Banditenhorden.
     Heckerianer mit Turnern im Arme,
     Und Alles ohne Zopf – daß sich Gott erbarme!
                       Tu tu!

40   8. Wie soll das enden, ihr Treuen und Frommen?
     Schon seh' ich der Schrecken schrecklichstes kommen,
     Den Adel abgeschafft, Alle gleich,
     Und die Jesuiten verjagt aus dem Reich.
                       Tu tu!

45   9. Der Tag vertreibt die finstre Nacht,
     Ihr Krebse und Reactionaire, habt Acht,
     Habt Acht und laßt verbrüdert uns halten
     An unsrer Parole: „'s bleibt Alles beim Alten!"
                       Tu tu!

FRIEDRICH RÜCKERT

Aus: Kindertodtenlieder

     Du bist ein Schatten am Tage
     Und in der Nacht ein Licht;
5   Du lebst in meiner Klage
     Und stirbst im Herzen nicht.

     Wo ich mein Zelt aufschlage,
     Da wohnst du bei mir dicht;
     Du bist mein Schatten am Tage
10   Und in der Nacht mein Licht.

---

37 *Anhänger des ‚roten Hecker' (vgl. Anm. zu 12 S. 205).*

Wo ich auch nach dir frage,
Find' ich von dir Bericht,
Du lebst in meiner Klage
Und stirbst im Herzen nicht.

15 Du bist ein Schatten am Tage,
Doch in der Nacht ein Licht;
Du lebst in meiner Klage
Und stirbst im Herzen nicht.

Der Mond sieht in die Kammer
Mit Jammer,
Und Morgens ohne Wonne
Die Sonne.

5 Er sieht mir an im Schlummer
Den Kummer,
Und sie sieht mich mit Achen
Erwachen.

Mich sieht die Sonn' erwachen
10 Mit Achen,
Und wieder gehn mit Kummer
Zum Schlummer.

Mich sieht der Mond im Schlummer
Mit Kummer,
15 Und höret mich mit Achen
Erwachen.

Drum sieht er in die Kammer
Mit Jammer,
Und Morgens ohne Wonne
20 Die Sonne.

Ich hab' es allen Büschen gesagt,
Und hab' es allen Bäumen geklagt,
Und jeder grünenden Pflanze,
Und jeder Blum' im Glanze.

5 Und wieder von neuem klag' ich es,
Und immer von neuem sag' ich es,
Und immer haben indessen
Sie wieder mein Leid vergessen.

Vergessen bist du in diesem Raum
Von Blum' und Pflanze, Busch und Baum,
Nur nicht von diesem Herzen,
Kind meiner Wonnen und Schmerzen.

WILHELM BUSCH

Trauriges Resultat einer vernachlässigten Erziehung.

Ach, wie oft kommt uns zu Ohren,
Daß ein Mensch was Böses that,
Was man sehr begreiflich findet,
Wenn man etwas Bildung hat.

Manche Eltern sieht man lesen
In der Zeitung früh bis spät;
Aber was will dies bedeuten,
Wenn man nicht zur Kirche geht?

Denn man braucht nur zu bemerken,
Wie ein solches Ehepaar
Oft sein eig'nes Kind erziehet,
Ach, das ist ja schauderbar!

Ja, zum In'stheatergehen,
Ja, zu so was hat man Zeit,
Abgeseh'n von and'ren Dingen,
Aber wo ist Frömmigkeit?

Zum Exempel, die Familie,
Die sich Johann Kolbe schrieb,
Hatt' es selbst sich zuzuschreiben,
Daß sie nicht lebendig blieb.

Einen Fritz von sieben Jahren
Hatten diese Leute blos,
Außerdem, obschon vermögend,
Waren sie ganz kinderlos.

Nun wird Mancher wohl sich denken:
Fritz wird gut erzogen sein,
Weil ein Privatier sein Vater;
Doch da tönt es leider: Nein!

Alles konnte Fritzchen kriegen,
Wenn er seine Eltern bat,
Äpfel-, Birnen-, Zwetschkenkuchen,
Aber niemals guten Rath.

35   Das bewies der Schneider Böckel,
Wohnhaft Nr. 5 am Eck;
Kaum, daß dieser Herr sich zeigte,
Gleich schrie Fritzchen: meck, meck, meck!

Oftmals, weil ihn dieses kränkte,
40   Kam er und beklagte sich,
Aber Fritzchens Vater sagte:
Dieses wäre lächerlich.

Wozu aber soll das führen,
Ganz besonders in der Stadt,
45   Wenn ein Kind von seinen Eltern
Weiter nichts gelernet hat?

So was nimmt kein gutes Ende. –
Fast verging ein ganzes Jahr,
Bis der Zorn in diesem Schneider
50   Eine schwarze That gebar.

Unter Vorwand eines Kuchens
Lockt er Fritzchen in sein Haus,
Und mit einer großen Scheere
Bläst er ihm das Leben aus.

55   Kaum hat Böckel dies verbrochen,
Als es ihn auch schon schenirt,
Darum nimmt er Fritzchens Kleider,
Welche grün und blau karrirt.

Fritzchen wirft er schnell in's Wasser,
60   Daß es einen Plumpser thut,
Kehrt beruhigt dann nach Hause,
Denkend: So, das wäre gut!

Ja, es setzte dieser Schneider
An die Arbeit sich sogar,
65   Welche eines Tandlers Hose
Und auch sehr zerrissen war.

Dazu nahm er Fritzchens Kleider,
Weil er denkt: dich krieg' ich schon!

Aber ach! ihr armen Eltern,
70 Wo ist Fritzchen, euer Sohn?

In der Küche steht die Mutter,
Wo sie einen Fisch entleibt,
Und sie macht sich große Sorge:
Wo nur Fritzchen heute bleibt?

75 Als sie nun den Fisch aufschneidet,
Da war Fritz in dessen Bauch. –
Todt fiel sie in's Küchenmesser,
Fritzchen war ihr letzter Hauch.

Wie erschrak der arme Vater,
80 Der g'rad' eine Priese nahm;
Heftig fängt er an zu niesen,
Welches sonst nur selten kam.

Stolpern und durch's Fenster stürzen,
Ach, wie bald ist das gescheh'n!
85 Ach! und Fritzchens alte Tante
Muß auch g'rad' vorüber geh'n.

Dieser fällt man auf den Nacken,
Knacks! da haben wir es schon! –
Beiden theuren Anverwandten
90 Ist die Seele sanft entfloh'n.

D'rob erstaunten viele Leute
Und man munkelt allerlei,
Doch den wahren Grund der Sache
Fand die wack're Polizei.

95 Nämlich Eins war gleich verdächtig:
Fritz hat keine Kleider an!
Und wie wäre so was möglich,
Wenn es dieser Fisch gethan?

Lange fand man keinen Thäter,
100 Bis man einen Tandler fing,
Der, es war ganz kurz nach Ostern,
Eben in die Kirche ging.

Ein Gensdarm, der auf der Lauer,
Hatte nämlich gleich verspürt,
105 Daß die Hose dieses Tandlers
Hinten grün und blau karrirt.

Und es war ein dumpf' Gemurmel
Bei den Leuten in der Stadt,
Daß 'ne schwarze Tandlersseele
110   Dieses Kind geschlachtet hat.

Hochentzücket führt den Tandler
Man zur Exekution;
Zwar er will noch immer mucksen,
Aber Wupp! da hängt er schon. –

115   Nun wird Mancher hier wohl fragen:
Wo bleibt die Gerechtigkeit?
Denn dem Schneidermeister Böckel
Thut bis jetzt man nichts zu leid.

Aber in der Westentasche
120   Des verstorb'nen Tandlers fand
Man die Quittung seiner Hose
Und von Böckel's eig'ner Hand.

Als man diese durchgelesen,
Schöpfte man sogleich Verdacht,
125   Und man sprach zu den Gensdarmen:
Kinder, habt auf Böckel acht!

Einst geht Böckel in die Kirche.
Plötzlich fällt er um vor Schreck,
Denn ganz dicht an seinem Rücken
130   Schreit man plötzlich: Meck, meck, **meck**!

Dies geschah von einer Ziege;
Doch für Böckel war's genug,
Daß sein schuldiges Gewissen
Ihn damit zu Boden schlug.

135   Ein Gensdarm, der dies verspürte,
Kam aus dem Versteck herfür,
Und zu Böckel hingewendet
Sprach er: Böckel geh' mit mir!

Kaum noch zählt man 14 Tage,
140   Als man schon das Urtheil spricht:
Böckel sei auf's Rad zu flechten.
Aber Böckel liebt dies nicht.

Ach! die große Schneiderscheere
Ließ man leider ihm, und Schnapp!

145 Schnitt er sich mit eig'nen Händen
Seinen Lebensfaden ab.

Ja, so geht es bösen Menschen.
Schließlich kriegt man seinen Lohn.
Darum, o ihr lieben Eltern,
150 Gebt doch Acht auf Euern Sohn.

THEODOR STORM

Nächtens.

Es ist ein Flüstern in der Nacht,
Es hat mich ganz um den Schlaf gebracht;
5 Ich fühl's, es will sich was verkünden
Und kann den Weg nicht zu mir finden.

Sind's Liebesworte, vertrauet dem Wind,
Die unterwegs verwehet sind?
Oder ist's Unheil aus kommenden Tagen,
10 Das emsig ringt sich anzusagen?

1873

FRIEDERIKE KEMPNER

Drei Schlagworte.

Wie heißt das Wort, das in der halben Welt
Man gleichbedeutend mit dem Gelde hält,
5 Doch mit dem Geld, das stets im Säckel bleibt,
Und schon von selbst die besten Zinsen treibt?
Es ist, es heißt, die, die, die, die
Die theure Bourgeoisie!

Wie heißt das Wort, das in der halben Welt
10 Man gleichbedeutend mit dem Elend hält,
Doch mit dem Elend, das mit wackrem Muth
Die schwere, große Arbeit thut?
Es ist, es heißt, der, der, der, der
Es heißet: Proletarier!

15 Wie heißt das Wort, das in der halben Welt
    Man gleichbedeutend mit Utopien hält,
    Doch mit Utopien, ähnlich Morgenlicht,
    Das licht und warm zu jedem Herzen spricht?
    Es ist, es ist mein Ideal,
20 Das große Wort, es heißt: social!

Wollte Gott.

    Die dunkelgrünen Tannen
    Auf grünem Rasenland,
    Darüber Sonnenstrahlen
5   Und Himmel ausgespannt.

    Die Sonne ist gesunken,
    Die Senner geh'n nach Haus,
    Zerlumpte, bleiche Leute,
    Sie seh'n gespenstisch aus.

10 Ihr schönen grünen Tannen,
    Ihr glänzt im Abendroth,
    O wollte Gott, so hinge
    An euren Zweigen Brod!

Die Poesie.

    Die Poesie, die Poesie,
    Die Poesie hat immer Recht,
    Sie ist von höherer Natur,
5   Von Übermenschlichem Geschlecht.

    Und kränkt ihr sie, und drückt ihr sie,
    Sie schimpfet nie, sie grollet nie,
    Sie legt sich in das grüne Moos,
    Beklagend ihr poetisch Loos!

    Dorten aus der grünen Hecke,
    An des Gartenzaunes Ecke
    Schaut mein Schatz heraus:
    Haare braun, nicht kraus;

5   Klein Gesichtchen, rund;
Kirschenrother Mund;
Augen braun, nicht blau;
Wird bald meine Frau!

Poesie ist Leben,
Prosa ist der Tod,
Engelein umschweben
Unser täglich Brod.

Dem Kaiser Wilhelm.

Sonett.

Staunest ob der Alpenhöhe,
Sinkest nieder vor den Sternen,
Vor dem Glanz des Meteores
5   Aus den unbegriffnen Fernen?

Staun' nicht ob der Alpenhöhe,
Sink' nicht nieder vor den Sternen,
Vor dem Glanz des Meteores
10   Aus den unbegriffnen Fernen:

An und für sich sind sie wenig,
– Wahre Größe wohnt im Geist –
Staune an den großen König,
Den mit Recht man „Ersten" heißt –
15   Jeder Zoll ein Kaiser-König,
Der die Völker mit sich reißt! –

O Faust, Du Bild des Menschen,
Bald groß und klar, bald düster wild,
Wer Dich gemalt, es war an Kunst ein Riese,
Gigantisch war der Stoff, und schön gelang das Bild.

1874

Wilhelm Busch

Wirklich, er war unentbehrlich!
　Überall, wo was geschah
Zu dem Wohle der Gemeinde,
　Er war thätig, er war da.

Schützenfest, Kasinobälle,
　Pferderennen, Preisgericht,
Liedertafel, Spritzenprobe,
　Ohne ihn da ging es nicht.

Ohne ihn war nichts zu machen,
　Keine Stunde hatt' er frei.
Gestern, als sie ihn begruben,
　War er richtig auch dabei.

Früher, da ich unerfahren
Und bescheidner war als heute,
Hatten meine höchste Achtung
Andre Leute.

Später traf ich auf der Weide
Außer mir noch mehre Kälber,
Und nun schätz ich, so zu sagen,
Erst mich selber.

Die Liebe war nicht geringe.
　Sie wurden ordentlich blaß;
Sie sagten sich tausend Dinge
　Und wußten noch immer was.

Sie mußten sich lange quälen.
　Doch schließlich kam's dazu,
Daß sie sich konnten vermählen.
　Jetzt haben die Seelen Ruh.

Bei eines Strumpfes Bereitung
　Sitzt sie im Morgenhabit;
Er liest in der Kölnischen Zeitung
　Und theilt ihr das Nöthige mit.

FRIEDRICH MARTIN VON BODENSTEDT

Der Kampf um's Dasein.

Es wandelt der Neuzeit gewaltiger Fortschritt
In oft viel Staub aufwirbelndem Wortschritt,
Wobei Mancher die kühnsten Sprünge wagt,
Ohne selbst recht zu wissen, was er sagt.

„Der Kampf um's Dasein" heißt die Phrase
Als Schlagwort der neuen Erkenntnißphase,
Und wirklich ist, wie man's erkor,
Dies Wort ein Schlag auf's deutsche Ohr,
Der das Gehör gleich wirksam dämpft
Beim Eingang zur Erkenntnißpforte.

Wer hat um's *Dasein* je gekämpft?
In welcher Zeit? an welchem Orte?

Bewußtlos ward es uns gegeben
Mit unserm ersten Athemzug.
Wir kämpften nur, um *fortzuleben.*
Und Mancher hat gar bald genug
An diesem Kampf und sucht der Zuchtwahl,
Sammt den Gesetzen der Vererbung
Und alles Erdenglücks Erwerbung,
Sich zu entziehn durch freie Fluchtwahl
Aus dieser Kampfeswelt, die schmerzlos
Niemand betritt und Niemand flieht,
Und wo nur glücklich ist, wer herzlos
Auf all' das Elend um sich sieht.

Lebensregel.

Wer etwas freudig will genießen,
Muß halb das Auge dabei schließen.
Wenn der Havannah reiner Brand

DER KAMPF . . . *2 und 7 Schlagwort aus dem Titel von Darwins* ‚On the origin of species
by means of natural selection, or the preservation of favoured races in the struggle of
life', *deutsch seit 1860.*

Dir würzig Zung' und Nase prickelt,
So denk' nicht an die schwarze Hand
Des Negers, der sie Dir gewickelt.

THEODOR STORM

Über die Haide.

Über die Haide hallet mein Schritt,
Dumpf aus der Erde wandert es mit.

Herbst ist gekommen, Frühling ist weit.
Gab es denn einmal selige Zeit?

Brauende Nebel geisten umher;
Schwarz ist das Kraut und der Himmel so leer.

Wär' ich hier nur nicht gegangen im Mai! –
Leben und Liebe, wie flog es vorbei!

GOTTFRIED AUGUST BÜRGER
(Fragment. Sommer 1793.)

Für Wen, du gutes deutsches Volk
Behängt man dich mit Waffen?
Für Wen läßt du von Weib und Kind
Und Heerd hinweg dich raffen?
Für Fürsten- und für Adelsbrut,
Und für's Geschmeiß der Pfaffen.

War's nicht genug, ihr Sklavenjoch
Mit stillem Sinn zu tragen?
Für sie im Schweiß des Angesichts
Mit Frohnen Dich zu plagen?
Für ihre Geißel sollst du nun
Auch Blut und Leben wagen?

Sie nennen's Streit fürs Vaterland,
In welchen sie dich treiben.
O Volk, wie lange wirst du blind
Beim Spiel der Gaukler bleiben?
Sie selber sind das Vaterland,
Und wollen gern bekleiben.

FÜR WEN . . . 20 *sich festhalten, verharren, haften bleiben.*

Was ging uns Frankreichs Wesen an,
Die wir in Deutschland wohnen?
Es mochte dort nun ein Bourbon,
Ein Ohnehose thronen.

25 ─

─ ─

THEODOR FONTANE

„O trübe diese Tage nicht".

O trübe diese Tage nicht,
Sie sind der letzte Sonnenschein,
Wie lange, und es lischt das Licht
Und unser Winter bricht herein.

Dies ist die Zeit, wo jeder Tag
Viel Tage gilt in seinem Werth,
Weil man's nicht mehr erhoffen mag
Daß so die Stunde wiederkehrt.

Die Fluth des Lebens ist dahin,
Es ebbt in seinem Stolz und Reiz,
Und sieh, es schleicht in unsern Sinn
Ein banger, nie gekannter Geiz;

Ein süßer Geiz, der Stunden zählt
Und jede prüft auf ihren Glanz,
O sorge, daß uns keine fehlt
Und gönn' uns jede Stunde *ganz*.

Mittag.

Am Waldessaume träumt die Föhre,
Am Himmel weiße Wölkchen nur;
Es ist so still, daß ich sie *höre*,
Die tiefe Stille der Natur.

Rings Sonnenschein auf Wies' und Wegen,
Die Wipfel stumm, kein Lüftchen wach,
Und doch, es klingt als ström' ein Regen
Leis tönend auf das Blätterdach.

---

24 *Sansculotte.*

1877

GEORG HERWEGH

Immer mehr!
April 1866.

Allüberall Geschrei nach Brot,
5 Vom Atlas bis Archangel!
In halb Europa Hungersnot,
Im halben bittrer Mangel!
Die Scheuern leer, die Steuern schwer,
Die Ernten schlecht geraten –
10 Doch immer mehr und immer mehr
Und immer mehr Soldaten!

Geld her für Pulver und für Blei!
Für Reiter und für Rosse!
Chassepots, Zündnadeln, allerlei
15 Weittragende Geschosse!
Dem Kaiser Geld! Dem Papste Geld!
Nur immer frisch von hinten
Geladen! denn der Lauf der Welt
Hängt ab vom Lauf der Flinten.

Groß.
Mai 1872.

„Seid umschlungen, Milliarden!"
  Hör ich mit Begeisterung
5 Singen unsre Einheits-Barden:
  Welche Federn! welcher Schwung!
Sah man jemals solche Beute?
  Wir verstehen unser Fach,
Ja, ihr Professorenleute,
10 Wir sind groß, brüllt Auerbach.

Gottesfurcht und fromme Sitte,
  Blut und Eisen wirkten gut,
Und vor unserm Reich der Mitte
  Zieht Europa stolz den Hut.

IMMER MEHR! 14 *Französisches und preußisches Infanteriegewehr.*

GROSS 10 *Berthold* Auerbach *(1812–1882)*, *Verfasser der sehr populären* ,Schwarzwälder Dorfgeschichten'.

15 Geibel wird ein Epos schreiben;
 Einen blinderen Homer
Wüßt' ich nirgends aufzutreiben:
 Wir sind groß – es freut mich sehr.

Elsaß unser – Dank, Ihr Streiter!
20   Lothringen in deutscher Hand!
Immer länger, immer breiter
 Machen wir das Vaterland.
Eine Million Soldaten
 Stehen da, wenn Cäsar spricht,
25 Stramm gedrillt zu Heldenthaten:
 Wir sind groß – ich leugn' es nicht.

Thöricht zwar ins Herz geschlossen
 Hatt' ich einst ein Ideal,
Das zerfetzt nun und zerschossen
30   Liegt im preußischen Spital.
Doch was kümmern uns die Wunden
 Die der Ruhm der *Freiheit* schlug!
Mag sie, wie sie kann, gesunden:
 Wir sind groß – das ist genug.

An Richard Wagner.
8. Februar 1873.

Die nüchterne Spree hat sich berauscht
Und ihren Verstand verloren;
5 Andächtig hat Dir Berlin gelauscht
Mit großen und kleinen Ohren.

Viel Gnade gefunden hat Dein Spiel
Beim gnädigen Landesvater,
Nur läßt ihm der Bau des Reichs nicht viel
10 Mehr übrig für Dein Theater.

Wärst Du der lumpigste General,
So würd' man belohnen Dich zeusisch;
Genügen laß Dir für dieses Mal
Dreihundert Thälerchen preußisch.

15 Ertrage heroisch dies Mißgeschick
Und mache Dir klar, mein Bester,
Die einzig wahre Zukunftsmusik
Ist schließlich doch Krupps Orchester.

Den Reichstäglern.

(Nach bekannter Melodie.)
Juni 1873.

Elsaß und Lothringen habt Ihr,
Habt Alles, was Moltke's Begehr,
Und habt die deutsche Einheit –
Ihr Lieben, was wollt Ihr noch mehr?

Auf Euere deutsche Einheit
Hat Redwitz ein ganzes Heer
Langweil'ger Sonette gedichtet –
Ihr Lieben, was wollt Ihr noch mehr?

Mit Euerer deutschen Einheit
Habt Ihr Euch blamirt so sehr
Und die Freiheit zu Grunde gerichtet –
Was will der Bismarck noch mehr?

1879

Gottfried August Bürger

Zu spät.

(August 1789).

Lenettchen schlief im weichen Gras,
Beschattet von der Weide.
Sie träumte von – ich weiß nicht was –
Doch gab's ihr große Freude.
Gleich sanft geschlagnen Saiten schien
Bei ihres Busens Girren
Und seinem schnellen Athemziehn
Ihr jeder Nerv zu schwirren.

Ihr Liebster fuhr stromab, stroman
Auf seinem Fischernachen;
Er fuhr bei ihr an's Ufer an,
Sein Kuß hieß sie erwachen.
„Ach Lieber", seufzte sie halb laut,
Mit Äuglein, halb verglommen,
„Ach, wärst Du doch zu Deiner Braut
Ein wenig eh'r gekommen!"

FELIX DAHN

Welt-Anschauung.

Natur durchforschend und Geschichte
  Gelangst du zu dem herben Schluß,
Daß alles Einzelne zu nichte
5   Gesetznothwendig werden muß. –

Das schmerzt! – Doch mußt du's lernen tragen. –
  Zwar niemals trägst du's ohne Schmerz:
Es will durchaus nicht ruh'n, zu schlagen,
10   Wie schwer es schlagend litt, das Herz.
Der Held sogar, der hochbegeistert
  Für's Vaterland zu sterben sprang –
Wann ihn die Wunde nun bemeistert,
  Wie hangt am Leben all sein Drang!

15 Das aber ist das Große eben,
Daß du das heißgeliebte Leben
  Doch opferst für dein Ideal:
  Das ist des Menschen Ruhm – und Qual.
Das Thier weiß nichts von Todesgrauen:
20 Der Mensch soll festen Muthes schauen
  In's Angesicht der Vollvernichtung!
  Wohl dem, den Glaube, Traum und Dichtung
Hinwegtäuscht über diesen Schlund!
Doch wer dem Sein sah auf den Grund,
25 Den majestätischen Gesetzen,
  Die, ob sie wohlthun, ob verletzen,
Gleich unerbittbar sich vollziehn – –
Kein frommes Wähnen tröstet ihn! –

Ihm hilft nur Eins: der bittern Wahrheit
30 In furcht- und hoffnungsfreier Klarheit
  Als des Nothwend'gen sich gewöhnen
  Und mit dem Weltzwang sich versöhnen.

Vielleicht herrscht in dem „Kosmos" doch
Nicht blos des dumpfen Zwanges Joch,
35 Vielleicht, wenn wir *das Ganze* hörten
  Der ew'gen Welten-Melodie, –
Die schrillen Töne, die uns störten,
  Sie lösten sich in Harmonie! –

Wer will das leugnen? wer beweisen?
40 In *unsres Wissens* engen Kreisen
   Steht nur das Eine traurig fest,
   Daß sich nicht Mehr *beweisen* läßt,
Als eines Urgesetzes Walten,
   Das sonder Gnade, sonder Liebe,
45   Endlos in ew'gem Radgetriebe
Stets neue Welten muß gestalten. –

Das nennt ihr: „trostlos", „unertragbar?"
Ja wohl! Es leidet auch unsagbar
   Die Seele, welche dies erkannt –
50   Bis daß sie – selbst sich überwand:
Bis sie erfaßt, daß unvergänglich
   Doch ward, was einmal sich vollendet:
   Denn niemals mehr wird rückgewendet,
Was sich an Schönheit überschwänglich,
55   An Kraft und Weisheit wunderbar
   Auf Erden Einmal lebte dar!

Was Einmal selig du genossen
   An Liebe, Freundschaft, Volkesruhm,
   An Wissen, Kunst und Heldenthum –
60 Das hältst auf ewig du umschlossen,
Das ist auf ewig dir gegeben,
   So lang du denkst, zu Eigenthum!

„So lang du denkst! – da liegt es eben!"
   Nun sage, Freund: Ist's gar so schwer,
65 Daß Einmal nicht du denkest mehr?
Der Augenblick ist Ewigkeit,
Den du dem Ideal geweiht.

„Beglückt dich solche Lehre? Nein!
Der Glaube nur beglückt allein."
70 Müßt ihr denn durchaus „glücklich" sein?
Begeisterung ist Glück allein:
Und *sie* kann auch *mein* Denken leih'n,
Sich allem Edelsten zu weih'n.

Ich rüttle nicht an eurem Glauben –
75 Wollt' mir auch nicht die Einsicht rauben,
Die nicht aus Muthwill', nein, gezwungen
   Von des Gedankens Machtgebot,
In Kämpfen schwer ich mir errungen,
   In Kämpfen, bitter wie der Tod. –

80 Und lästert nicht, bei solcher Lehre
Verloren sei der Menschheit Ehre!
Mich dünkt, wer, ohne Lohn zu hoffen
        In eines Jenseits Seligkeit,
Wo ihm die Himmel stehen offen,
85   Der Pflicht sein Leben selbstlos weiht,
In seines Volkes Herrlichkeit
Das höchste Gut des Mannes findet,
        Für das er lehren, schaffen, werben,
        Für das er leben soll und sterben –
90 Mir dünkt, daß den ein Kranz umwindet,
Der höchsten Menschenruhm verleiht.

Leonidas stirbt ohne Wanken,
        Obgleich ihm grau der Hades dräut:
Soll minder ihm die Menschheit danken,
95   Als einem Martyr, der sich freut
        Im Tod die Seligkeit zu erben?
Wie *König Teja* leben, sterben,
        Ganz für sein Volk, ein ernster Held: –
Das ist die Art, die mir gefällt.

100 Nicht Freude spendet solche Lehre:
So gönnt ihr doch des Lorbeers Ehre.
Die Seelenstimmung aber, die
        Aus solcher Weltbetrachtung fließt,
Ist zwar nicht jene Melodie,
105   Die *Mozart's* Silberton ergießt: –
Doch ist nicht auch Vollharmonie
Beethoven's Helden-Symphonie?

So zwischen Lust und Jammer schweben,
        Gedämpften Tons, nicht laut, nicht zag,
110 Und stets empor zum Lichte streben
        Mit nimmer müdem Flügelschlag,
Sich selbst genügend, hilfreich Andern,
Der Rose: „Kunst" im heißen Wandern
Sich manchmal freu'n: jedoch das Schwert
115 Des Kampfs nie legen aus den Händen: –
Das scheint ein Leben, völlig werth,
        Als Mann, als Held es zu vollenden:
Denn bei der Art, die mir gefällt,
        Heißt „Mann" genau soviel als – Held.

---

92 *König von Sparta, fiel 480 v.Chr. bei der Verteidigung des Thermopylenpasses gegen die Perser.* 97 *Letzter König der Ostgoten, fiel 552 im Kampf gegen den oström. Feldherrn Narses.*

1881

CONRAD FERDINAND MEYER

Möwenflug.

Möwen sah um einen Felsen kreisen
Ich in unermüdlich gleichen Gleisen,
5 Auf gespannter Schwinge schweben bleibend,
Eine schimmernd weiße Bahn beschreibend,
Und zugleich in grünem Meeresspiegel
Sah ich um *die selben* Felsenspitzen
Eine helle Jagd gestreckter Flügel
10 Unermüdlich durch die Tiefe blitzen.
Und der Spiegel hatte solche Klarheit,
Daß sich anders nicht die Flügel hoben
Tief im Meer, als hoch in Lüften oben,
Daß sich völlig glichen Trug und Wahrheit.
15 Allgemach beschlich es mich wie Grauen,
Schein und Wesen so verwandt zu schauen,
Und ich fragte mich, am Strand verharrend,
Ins gespenstische Geflatter starrend:
Und du selber? Bist du ächt beflügelt?
20 Oder nur gemalt und abgespiegelt?
Gaukelst du im Kreis mit Fabeldingen?
Oder hast du Blut in deinen Schwingen?

1882

CONRAD FERDINAND MEYER

Fülle.

Genug ist nicht genug! Gepriesen werde
Der Herbst! Kein Ast, der seiner Frucht entbehrte!
5 Tief beugt sich mancher allzureich beschwerte,
Der Apfel fällt mit dumpfem Laut zur Erde.

Genug ist nicht genug! Es lacht im Laube!
Die Pfirsche hat dem Munde zugewunken!
Ein helles Zechlied summt die Wespe trunken –
10   Genug ist nicht genug! – um eine Traube.

Genug ist nicht genug! Mit vollen Zügen
Schlürft Dichtergeist am Borne des Genußes,
Das Herz, auch es bedarf des Überflußes,
Genug kann nie und nimmermehr genügen!

Lenzfahrt.

Am Himmel wächst der Sonne Glut,
Aufquillt der See, das Eis zersprang,
Das erste Segel theilt die Flut,
5   Mir schwillt das Herz wie Segeldrang.

Zu wandern ist das Herz verdammt,
Das seinen Jugendtag versäumt,
Sobald die Lenzessonne flammt,
Sobald die Welle wieder schäumt.

10   Verscherzte Jugend ist ein Schmerz
Und einer ew'gen Sehnsucht Hort,
Nach seinem Lenze sucht das Herz
In einem fort, in einem fort!

Und ob die Locke dir ergraut
15   Und bald das Herz wird stille stehn,
Noch muß es, wann die Welle blaut,
Nach seinem Lenze wandern gehn.

Schwüle.

Trüb verglomm der schwüle Sommertag,
Dumpf und traurig tönt mein Ruderschlag –
Sterne, Sterne – Abend ist es ja –
5   Sterne, warum seid ihr noch nicht da?

Bleich das Leben! Bleich der Felsenhang!
Schilf, was flüsterst du so frech und bang?
Fern der Himmel und die Tiefe nah –
Sterne, warum seid ihr noch nicht da?

Eine liebe, liebe Stimme ruft
Mich beständig aus der Wassergruft –
Weg, Gespenst, das oft ich winken sah!
Sterne, Sterne, seid ihr nicht mehr da?

Endlich, endlich durch das Dunkel bricht –
Es war Zeit! – ein schwaches Flimmerlicht –
Denn ich wußte nicht wie mir geschah.
Sterne, Sterne, bleibt mir immer nah!

Der römische Brunnen.

Aufsteigt der Strahl und fallend gießt
Er voll der Marmorschaale Rund,
Die, sich verschleiernd, überfließt
In einer zweiten Schaale Grund;
Die zweite giebt, sie wird zu reich,
Der dritten wallend ihre Flut,
Und jede nimmt und giebt zugleich
    Und strömt und ruht.

Stapfen.

In jungen Jahren war's. Ich brachte dich
Zurück ins Nachbarhaus, wo du zu Gast,
Durch das Gehölz. Der Nebel rieselte,
Du zogst des Reisekleids Capuze vor
Und blicktest traulich mit verhüllter Stirn.
Naß ward der Pfad. Die Sohlen prägten sich
Dem feuchten Waldesboden deutlich ein,
Die wandernden. Du schrittest auf dem Bord,
Von deiner Reise sprechend. Eine noch,
Die läng're, folge drauf, so sagtest du.
Dann scherzten wir, der nahen Trennung klug
Das Angesicht verhüllend, und du schiedst,
Dort wo der First sich über Ulmen hebt.
Ich ging denselben Pfad gemach zurück,
Leis schwelgend noch in deiner Lieblichkeit,
In deiner wilden Scheu, und wohlgemuth
Vertrauend auf ein baldig Wiedersehn.
Vergnüglich schlendernd, sah ich auf dem **Rain**
Den Umriß deiner Sohlen deutlich noch

Dem feuchten Waldesboden eingeprägt,
Die kleinste Spur von dir, die flüchtigste,
Und doch dein Wesen: wandernd, reisehaft,
Schlank, rein, walddunkel, aber o wie süß!
25 Die Stapfen schritten jetzt entgegen dem
Zurück dieselbe Strecke Wandernden:
Aus deinen Stapfen hobst du dich empor
Vor meinem innern Auge. Deinen Wuchs
Erblickt' ich mit des Busens zartem Bug.
30 Vorüber gingst du, eine Traumgestalt.
Die Stapfen wurden jetzt undeutlicher,
Vom Regen halb gelöscht, der stärker fiel.
Da überschlich mich eine Traurigkeit:
Fast unter meinem Blick verwischten sich
35 Die Spuren deines letzten Gangs mit mir.

Die todte Liebe.

Im Schatten wir,
Das Dorf im Sonnenkuß,
(Fast wie das Jüngerpaar,
5 Das ging nach Emmaus,
Dazwischen leise
Redend schritt
Der Meister, dem sie folgten
Und der den Tod erlitt.)
10 So schreitet zwischen uns
Im Dämmerlicht
Unsre todte Liebe,
Die leise spricht.
Sie weiß für das Geheimniß
15 Ein heimlich Wort,
Sie kennt der Seelen
Allertiefsten Hort.
Sie deutet und erläutert
Uns jedes Ding,
20 Sie sagt: So ist's gekommen,
Daß ich am Holze hing.
Ihr habet mich verleugnet
Und schlimm verhöhnt,
Ich saß im Purpur,
25 Blutig, dorngekrönt,

Ich habe Tod erlitten,
Den Tod bezwang ich bald,
Und geh' in eurer Mitten
Als geistige Gestalt –
Die Weggesellin
Blieb unerkannt,
Doch hat uns wie den Jüngern
Das Herz gebrannt.

Napoleon im Kreml.

Er nickt mit seinem großen Haupt
Am Feuer eines fremden Herds:
Im Traum erblickt er einen Geist,
Der seines Purpurs Spange löst.

Der Dämon schreit mit wilder Gier:
„Mich lüstet nach dem rothen Kleid!
In ungezählter Menschen Blut
Getaucht, verfärbt der Purpur nicht!"

Die Beiden rangen Leib an Leib.
„Gieb her!" „Gieb her!" Der Dämon fleucht
Mit spitzen Flügeln durch die Nacht
Und schleift den Purpur hinter sich.

Und wo der Purpur flatternd fliegt,
Sprühn Funken, lodern Flammen auf!
Der Corse fährt aus seinem Traum
Und starrt in Moskau's weiten Brand.

1883

GOTTFRIED KELLER

Die öffentlichen Verläumder.

Ein Ungeziefer ruht
In Staub und trocknem Schlamme
Verborgen, wie die Flamme
In leichter Asche tut.

Ein Regen, Windeshauch
Erweckt das schlimme Leben,
Und aus dem Nichts erheben
10   Sich Seuchen, Glut und Rauch.

Aus dunkler Höhle fährt
Ein Schächer, um zu schweifen;
Nach Beuteln möcht' er greifen
Und findet bessern Wert:
15   Er findet einen Streit
Um nichts, ein irres Wissen,
Ein Banner, das zerrissen,
Ein Volk in Blödigkeit.

Er findet, wo er geht,
20   Die Leere dürft'ger Zeiten,
Da kann er schamlos schreiten,
Nun wird er ein Prophet;
Auf einen Kehricht stellt
Er seine Schelmenfüße
25   Und zischelt seine Grüße
In die verblüffte Welt.

Gehüllt in Niedertracht
Gleichwie in einer Wolke,
Ein Lügner vor dem Volke,
30   Ragt bald er groß an Macht
Mit seiner Helfer Zahl,
Die hoch und niedrig stehend,
Gelegenheit erspähend,
Sich bieten seiner Wahl.

35   Sie teilen aus sein Wort,
Wie einst die Gottesboten
Getan mit den fünf Broten,
Das klecket fort und fort!
Erst log allein der Hund,
40   Nun lügen ihrer Tausend;
Und wie ein Sturm erbrausend,
So wuchert jetzt sein Pfund.

Hoch schießt empor die Saat;
Verwandelt sind die Lande,
45   Die Menge lebt in Schande
Und lacht der Schofeltat!

46 *Von jiddisch ,schofel'; gemein, geizig.*

Jetzt hat sich auch erwahrt,
Was erstlich war erfunden:
Die Guten sind verschwunden,
50   Die Schlechten stehn geschart!

Wenn einstmals diese Not
Lang wie ein Eis gebrochen,
Dann wird davon gesprochen
Wie von dem schwarzen Tod;
55   Und einen Strohmann bau'n
Die Kinder auf der Haide,
Zu brennen Lust aus Leide
Und Licht aus altem Grau'n.

1885

WILHELM ARENT

Á la Makart.

Mit dämonischen Reizen
Schmückte dich Venus,
5   Die Göttin der Liebe:
Du wollüstig blasse,
Lustheischende Dirne.
Wie schön bist du!
Leise heben sich
10   In zitternden Wogen
Deiner üppigen Brüste
Zartknospende Rosen.
Phantastisch flutet
Deines Seidenhaars
15   Duftige Lockenfülle
Auf den blüthenweißen
Nacken hernieder,
Der so lieblich gerundet ...
Immer heißer zehrt
20   Am innersten Mark mir
Deiner nachtschwarzen Augen
Wildlodernde Glut.

---

2 *Hans* Makart *(1840–1884), akademischer Historien- und Allegorienmaler; seine über-*
ladenen Dekorationen beeinflußten Mode und Wohnungsausstattung der Gründerjahre.

Wollustathmend,
Fieberheiß,
25 Blüht mir entgegen
Deines schwellenden Leibes
Nacktschimmernde Pracht;
Und wonnig umschlungen
Von dem sammetweichen Fleische
30 Deiner weißkosigen Arme
Sinke ich liebeächzend
In deines feuchten
Brünstigen Schooßes
Thauspendende Tiefen.
35 Voll süßer Gier,
In wahnsinniger Trunkenheit
Preß ich dich an mich;
Lippe brennt auf Lippe,
Leib schwelgt an Leib,
40 In seligen Schauern
Rinnt ineinander
Der Seelen Geheimniß . . .

FRIEDRICH ADLER

Nach dem Strike.

Wir schweigen schon. Ihr habt gewonnen,
Ihr Männer von Gesetz und Recht,
5 Und sicher seid ihr eingesponnen
In eurer Ordnung eng' Geflecht.
Wir schweigen schon. Stolz durft ihr zeigen,
Wie ihr gebeugt, was euch bedroht:
Wir schweigen schon und werden schweigen,
10 Allein wir hungern, schafft uns Brod!

Ihr sagt, uns eine keckes Wagen,
Zu stürzen eures Staates Bau –
O glaubt, in uns das grimme Nagen
Umgrenzt das Denken sehr genau;
15 Wir achten still, was fest und eigen,
Und uns're Fahne ist nicht roth:

---

2 *Strike.*

Wir schweigen schon und werden schweigen,
Allein wir hungern, schafft uns Brod!

Im tiefen Schacht, von Luft und Lichte,
20   Von jedem frohen Blick entfernt,
Gefahr, wohin der Fuß sich richte –
Wir haben tragen es gelernt.
Wir wissen uns dem Loos zu neigen,
Wir geh'n für's Leben in den Tod:
25   Wir schweigen schon und werden schweigen,
Allein wir hungern, schafft uns Brod!

Vernehmt uns! Euer Ohr verwehre
Nicht mehr den Eingang uns'rem Flehn!
Und helft, daß von des Mangels Schwere
30   Nicht Weib und Kinder uns vergeh'n!
Und laßt es nicht zum Höchsten steigen,
Bedenket, Eisen bricht die Noth –
Wir schweigen schon und werden schweigen,
Allein wir hungern, schafft uns Brod!

HERMANN CONRADI

Pygmäen.

Die Zeit ist todt, da große Helden schufen
Die mit der Fackel der Begeisterung,
5   Mit kühn erhabenem Gedankenschwung
Des Lebens florumhüllte Stufen
Und weiter – weiter bis zum Gipfel klommen,
Wo ihnen vor den sehgewalt'gen Blicken
Jach barst der Vorhang mitten in zwei Stücken –
10   Wo über sie der Friede dann gekommen!

Die Zeit ist todt – die Zeit der großen Seelen –
Wir sind ein ärmlich Volk nur von Pygmäen, . . .
Die sich mit ihrer Afterweisheit frevelnd blähen
Und dreist sich mit der Lüge Schmutz vermählen –
15   Mit jener Lüge, die da Prunk und Kronen
Um leere Schädel flicht – um schmale Stirnen
Das Diadem der Gottentstammtheit schlingt –
Die Weihrauchduft ohnmächt'gen Götzen bringt!

1 *Im Orig. zur Verfasserang. in Klammern Ang. d. Pseudonyms* (Arminius Costo).

20 Was wir vollbringen, thun wir nach Schablonen,
Und uns're Herzen schrei'n nach Gold und Dirnen –
Und Keinen giebt's, der tief im Herzen trüge
Den *Haß*, der aufflammt gegen diese Lüge –
Wir knieen *Alle* vor den Götzen nieder
Und singen unserer Freiheit Sterbelieder!

JULIUS HART

Hört ihr es nicht?...

1884.

Hört ihr es nicht? In meinem Ohre bang
5 Ewig tönt herber dumpfer Trommelklang.

In heller Lenznacht in der Nachtigall
Verträumtes Lied rauscht schwerer Waffenschall.

Der Sommer glüht in dunkler Rosen Duft –
Wie Rossestampfen schallt es durch die Luft.

10 Und wenn der Wein im grünen Glase quillt, –
Hörst nicht das Schlachtwort, das so blutig schrillt?

O Winternacht! Der Sturmwind heulend fährt,
Die starrenden Wege leer sein Odem kehrt.

Vergebens glüht am Feuerheerd der Rost,
15 Stärker als Feuer brennt der kalte Frost.

An Haus und Wand und an des Weg's Geleis'
Fliegt Schnee und knarrt das demantharte Eis.

O Winternacht! Durch Eis und fliegenden Schnee
Lauter als Sturmgeist, schreit ein wildes Weh.

20 Wie an dem Strand die wüste Woge hallt,
Die Nacht hindurch Geschrei und Schlachtruf schallt.

In dunklen Schaaren drängt es finster an,
Mit Beil und Hammer wogt es dumpf heran.

Zerlumpte Haufen, wie vom Sturm verwirrt,
25 Das Eisen dröhnt, das blanke Messer klirrt.

Das Angesicht, blaß wie ein Wintertag,
Sagt, wie das Elend gar so fressen mag.

Das Auge tief, die Wange hohl und schmal,
Auf Stirn' und Wang' der Krankheit brand'ges Mal.

30   Das Haar gelöst auf braunen Nacken hängt,
Den nackten, schweren Fuß kein Schuh umzwängt.

Das Banner dräut, wie Herzblut dunkelroth,
Und dort die Fahn', schwarz wie der Würger Tod.

Parol' die Frag: Was für ein seltsam Wesen?
35   Antwort: Vom Elend wollen wir genesen.

Es drängt heran, es wogt die dunkle Fluth
Und in den Lüften schwimmt's wie schwarzes Blut.

Auf, auf die Herzen, die beim duft'gen Mahl
Ihr schwingt den silberstrahlenden Weinpokal.

40   Seht ihr es nicht, das Zeichen, das sich hebt?
Ein eherner Kelch vor euren Augen schwebt!

Ein eherner Kelch mit Thränen angefüllt,
In Dornen und in Stacheln eingehüllt.

Hört aus der Tiefe schmerzenbanges Schrein –
45   Auf, auf die Herzen, laßt die Liebe ein!

Reißt ab das rothe Gold vom Sammtgewand,
Den Demantschmuck, das schimmernde Perlenband.

Wir wandeln in der Lebenswüste Noth,
Des Goldes bedarf es nicht, o gebt nur Brod!

50   Auf, auf die Herzen, Thrän' um Thräne quillt
Dort in der Tiefe, und von Seufzern schwillt

Die bange Brust, das Aug' verderblich blitzt –
Auf, auf ihr Herzen, die am Thron ihr sitzt!

Hört ihr es nicht? In meinem Ohre bang
55   Ewig tönt herber dumpfer Trommelklang . . .

ARNO HOLZ

Aus: Berliner Schnitzel.
1884.

1.

Kein rückwärts schauender Prophet,
Geblendet durch unfaßliche Idole,
Modern sei der Poet,
Modern vom Scheitel bis zur Sohle.

3.

Ihr armen Dichter, die ihr „Philomele",
In jedem Lenze rhythmisch angeschwärmt,
O wenn ihr wüßtet, wie sich meine Seele
Um ihre gottverlassnen Schwestern härmt!
Dreht ihr auch noch so ernsthaft eure Phrase,
Der Teufel setzt sie lustig in Musik,
Denn eine ungeheuer lange Nase
Hat seine Großmama, die Frau Kritik.

6.

Ja, unsre Zeit ist eine Dirne,
Die sich als „Mistreß" producirt,
Mit Simpelfranzen vor der Stirne
Und schauderhaft decolletirt.
Sie raubt uns alle Illusionen,
Sie turnt Trapez und paukt Klavier –
Und macht aus Fensterglas Kanonen
Und Kronjuwelen aus Papier!

7.

Urewig ist des großen Welterhalters Güte,
Urewig wechselt Herbstblattfall und Frühlingsblüthe,
Urewig rollt der Klangstrom lyrischer Gedichte:
Ein jedes Herz hat seine eigne Weltgeschichte.

IHR ARMEN . . . 1 *Poetischer Name der Nachtigall.*   JA, UNSRE ZEIT . . . 3 *Die in die Stirn gekämmten Haare werden gerade und ziemlich kurz geschnitten; eine Art ‚Pony-Frisur'.*

Ein Bild.

1884.

Aus Sandstein ist das gelbliche Portal,
Die rothen Säulen aus Granit gehauen,
Und seitwärts in ein weißes Piedestal
Vergräbt ein Löwe seine Marmorklauen.
Doch schwarz verhängt sind alle Fenster heut
Und Lichter brennen nur im Erdgeschosse,
Der Straßendamm ist hoch mit Stroh bestreut
Und lautlos drüberhin rollt die Karosse.

Das Treppenhaus vertheidigt der Portier
Und schüttelt grimmig seine graue Mähne,
Und naht gar einer aus der haute volée,
Dann fletscht er cerberusgleich seine Zähne.
Im Prunksaal trauern hinter Flor und Tafft
Die bunten Inderstoffe aus Lahore,
Auch schleicht die goldbetreßte Dienerschaft
Nur auf Spitzzehen durch die Corridore.

Der hochgeborne Hausherr, Exzellenz,
Schwankt wie ein Rohr umher auf bleicher Düne,
Die erste Redekraft des Parlaments
Fehlt heute abermals auf der Tribüne.
Zwar trat man gestern erst in den Etat,
Doch hat sein Fehlen diesmal gute Gründe:
Schon viermal war der greise Hausarzt da
Und meinte, daß es sehr bedenklich stünde.

Nach Eis und Himbeer wird gar oft geschellt,
Doch mäuschenstill ist es im Krankenzimmer
Und seine düstre Teppichpracht erhellt
Nur einer Ampel röthliches Geflimmer.
Weit offen steht die Thür zum Vestibul
Und wie im Traum nur plätschert die Fontaine,
Die Luft umher ist wie gewitterschwül,
Denn ach, die „gnä'ge Frau" hat heut – Migräne!

Ein Andres.

1884.

Fünf wurmzernagte Stiegen geht's hinauf
Ins letzte Stockwerk einer Miethskaserne;
5   Hier hält der Nordwind sich am liebsten auf,
Und durch das Dachwerk schaun des Himmels Sterne.
Was sie erspähn, o, es ist grad genug,
Um mit dem Elend brüderlich zu weinen:
Ein Stückchen Schwarzbrod und ein Wasserkrug,
10   Ein Werktisch und ein Schemel mit drei Beinen!

Das Fenster ist vernagelt durch ein Brett,
Und doch durchpfeift der Wind es hin und wieder,
Und dort auf jenem strohgestopften Bett
Liegt fieberkrank ein junges Weib darnieder.
15   Drei kleine Kinder stehn um sie herum,
Die stieren Blicks an ihren Zügen hangen;
Vor vielem Weinen ward ihr Mündlein stumm
Und keine Thräne mehr netzt ihre Wangen.

Ein Stümpfchen Talglicht giebt nur trüben Schein,
20   Doch horch, es klopft, was mag das nur bedeuten?
Es klopft und durch die Thür tritt nun herein
Ein junger Herr, geführt von Nachbarsleuten.
Der Armenhilfsarzt ist's aus dem Revier,
Den sie geholt aus Mitleid mit der Kranken,
25   Indeß ihr Mann bei Branntwein oder Bier
Sich selbst betäubt und seine Wuthgedanken.

Der junge Doctor aber nimmt das Licht
Und tritt mit ihm ans Bett des armen Weibes;
Doch gelb wie Wachs und spitz ist ihr Gesicht
30   Und kalt und starr die Glieder ihres Leibes.
Da schluchzt sein Herz, indeß das Licht verkohlt,
Von niegekannter Wehmuth überschlichen:
Weint Kinder weint, ich bin zu spät geholt,
Denn eure Mutter ist bereits – verblichen!

OTTO ERICH HARTLEBEN

Wohin Du horchst...

Wohin Du horchst, vernimmst Du den Hülferuf
Der Noth! Wohin Du blickest, erschrecken Dich
    Gerungene Hände, bleiche Lippen,
      Welche des Todes Beschwörung murmeln!

Wohin Du helfend schreitest, versinkt Dein Fuß
Im Koth der Lügen. – Selbstischer Dummheit voll
    Schreit dort ein Protz nach „Ordnung", ihm ja
      Füllte der „gütige Gott" den Fleischtopf.

„Reformation", so heulen die Pfaffen rings.
„Es muß die Kirche wieder im Geisterreich
    Als Herrin thronen: ihre Lehren
      Scheuchen das Sorgen um *weltlich* Wohlsein!"

Des Staates Herren hoffen des Staates Heil
Vom sichren Maulkorb, welcher das Beißen wehrt,
    Sogar das unbequeme Bellen
      Wissen sie knebelgewandt zu dämpfen...

In diesem dunkelflutenden Wogenschwall
Wo ist der Boden, welcher den Anker hält?
    Wann naht der Gott im Sturm fahrend,
      Der die verpesteten Lüfte reinigt?

Wo blitzt ein Lichtstrahl kommenden Morgenroths
An diesem nachtbelasteten Horizont?
    Wo sieht der Jugend Thatensehnsucht
      Flattern die Wimpel des fernen Zieles?

ERNST VON WILDENBRUCH

Allvaters Anrufung.
(Deutsch-Oesterreichisch.)

Der Du einst im Waldesrauschen
    Deinem Volke Dich genaht,
Daß sein Herz in brünst'gem Lauschen
    sich entzündete zur That,

Der Du standst an Deutschlands Seite
immerdar und allerorts,
10 Kraft-Verleiher warst im Streite,
Spender tiefen Weisheits-Worts,
Wir, von Deinem Blut geboren,
Gott der Deutschen, nahen Dir,
Wir in fremdem Volk verloren,
15 Dich Allvater, rufen wir,
Hast es manchesmal gesehen
jenes Schauspiel voller Gram,
Sahst aus Deutschland Deutsche gehen,
deren keiner wiederkam.
20 Die in Angst vor fremden Spöttern
sich des Vaterlands geschämt,
Opfer brachten fremden Göttern,
sich mit fremdem Kleid verbrämt;
Hör' uns rufen, hör' uns schwören,
25 wir sind treu und wir sind Dein,
Unser Land soll uns gehören,
unsres Landes woll'n wir sein!
Sieh, der Fremdling will's verhindern,
altes Recht er schreibt es neu –
30 Vater bleibe Deinen Kindern,
Gott der Deutschen, bleib' uns treu!
Schüttle Deine heil'gen Locken,
wecke die allmächt'ge Hand,
Daß der Eindringling erschrocken
35 weiche aus dem Deutschen Land,
Daß er zagen lerne, zittern
vor urew'ger Majestät,
Wenn in heil'gen Ungewittern
Deutsche Gottheit aufersteht,
40 Daß das Herz uns muthig werde,
stark in neuer Zuversicht:
Vater-Gott und Vater-Erde
raubt uns Macht der Menschen nicht.

ARNO HOLZ

„So Einer war auch Er!"

Liegt ein Dörflein mitten im Walde,
Überdeckt von Sonnenschein,
Und vor dem letzten Haus an der Halde
Sitzt ein steinalt Mütterlein.
    Sie läßt den Faden gleiten
    Und Spinnrad Spinnrad sein
    Und denkt an die alten Zeiten
    Und nickt und schlummert ein.

Heimlich schleicht sich die Mittagsstille
Durch das flimmernde, grüne Revier.
Alles schläft; selbst Drossel und Grille
Und vorm Pflug der müde Stier.
    Da plötzlich kommt es gezogen
    Blitzend den Wald entlang
    Und vor ihm hergeflogen
    Wie Trommel und Pfeifenklang.

Und in das Lied vom alten Blücher
Jauchzen die Dörfler: „Sie sind da!"
Und die Mädels schwenken die Tücher
Und die Jungens rufen: „Hurrah!"
    Gott schütze die goldnen Saaten,
    Dazu die weite Welt;
    Des Kaisers junge Soldaten
    Ziehn wieder ins grüne Feld!

Sieh, schon schwenken sie um die Halde,
Wo das letzte der Häuschen lacht!
Schon verschwinden die ersten im Walde
Und das Mütterchen ist erwacht.
    Versunken in tiefes Sinnen,
    Wird ihr das Herz so schwer
    Und ihre Thränen rinnen:
    „So Einer war auch Er!"

Aus: Tagebuchblätter.

14.

Ins Meer versank des Abends letzte Röthe,
   Du gabst mir scheidend das Geleit,
Im nahen Wald blies eine Hirtenflöte
   Ein altes Lied aus alter Zeit.

Nicht Küsse waren's, die wir heimlich tauschten,
   – Es war die Zeit des Blätterfalls –
Doch als am Kreuzweg die drei Linden rauschten,
   Fielst du mir weinend um den Hals!

Und deiner Liebe langverhaltnes Leiden,
   Aus deinem Herzen brach's hervor,
Als ahntest du's, daß Jedes von uns Beiden
   Im Andern auch sich selbst verlor!

Und Worte sprachst du, die ich nie vergessen,
   Doch ach, uns gönnte das Geschick
Nur noch ein letztes Aneinanderpressen...
   Es war ein dunkler Augenblick!

Doch nicht entweihen will ich jene Stunde,
   Drum still, o still, Erinnerung!
Denn nie schließt sich ein Herz um seine Wunde,
   Ein echtes Leid bleibt ewig jung.

Noch immer, wenn des Abends letzte Röthe
   Ins Meer taucht, wird das Herz mir weit,
Und mich umklingt wie eine Hirtenflöte
   Ein altes Lied aus alter Zeit.

Aus: Phantasus.

1.

Ihr Dach stieß fast bis an die Sterne,
Vom Hof her stampfte die Fabrik,
Es war die richtge Miethskaserne
Mit Flur- und Leiermannsmusik!
Im Keller nistete die Ratte,
Parterre gab's Branntwein, Grogk und Bier,
Und bis ins fünfte Stockwerk hatte
Das Vorstadtelend sein Quartier.

10   Dort saß er nachts vor seinem Lichte
– Duck nieder, nieder, wilder Hohn! –
Und fieberte und schrieb Gedichte,
Ein Träumer, ein verlorner Sohn!
Sein Stübchen konnte grade fassen
15   Ein Tischchen und ein schmales Bett;
Er war so arm und so verlassen,
Wie jener Gott aus Nazareth!

Doch pfiff auch dreist die feile Dirne,
Die Welt, ihn aus: „Er ist verrückt!"
20   Ihm hatte leuchtend auf die Stirne
Der Genius seinen Kuß gedrückt.
Und wenn vom holden Wahnsinn trunken,
Er zitternd Vers an Vers gereiht,
Dann schien auf ewig ihm versunken
25   Die Welt und ihre Nüchternheit.

In Fetzen hing ihm seine Blouse,
Sein Nachbar lieh ihm trocknes Brod,
Er aber stammelte: „O Muse!"
Und wußte nichts von seiner Noth.
30   Er saß nur still vor seinem Lichte
Allnächtlich, wenn der Tag entflohn,
Und fieberte und schrieb Gedichte,
Ein Träumer, ein verlorner Sohn!

7.

Die Nacht liegt in den letzten Zügen,
Der Regen tropft, der Nebel spinnt...
O, daß die Märchen immer lügen,
Die Märchen, die die Jugend sinnt!
5   Wie lieblich hat sich einst getrunken
Der Hoffnung goldner Feuerwein!
Und jetzt? Erbarmungslos versunken
In dieses Elend der Spelunken –
O Sonnenschein! O Sonnenschein!

10   Nur einmal, einmal noch im Traume
Laßt mich hinaus, o Gott, hinaus!
Denn süß rauscht's nachts im Lindenbaume
Vor meines Vaters Försterhaus.

Der Mond lugt golden um den Giebel,
15   Der Vater träumt von Mars la Tour,
Lieb Mütterchen studirt die Bibel,
Ihr Nestling colorirt die Fibel
Und leise, leise tickt die Uhr!

O goldne Lenznacht der Jasminen,
20   O, wär ich niemals dir entrückt!
Das ewge Rädern der Maschinen
Hat mir das Hirn zerpflückt, zerstückt!
Einst schlich ich aus dem Haus der Väter
Nachts in die Welt mich wie ein Dieb
25   Und heut – drei kurze Jährchen später! –
Wie ein geschlagner Missethäter,
Schluchz ich: Vergieb, o Gott, vergieb!

Wozu dein armes Hirn zerwühlen?
Du grübelst und die Weltlust lacht!
30   Denn von Gedanken, von Gefühlen,
Hat noch kein Mensch sich satt gemacht!
Ja, Recht hat, o du süße Mutter,
Dein Spruch, vor dem's mir stets gegraust:
Was soll uns Shakespeare, Kant und Luther?
35   Dem Elend dünkt ein Stückchen Butter
Erhabner als der ganze Faust!

10.

„Ich schwamm auf purpurner Galeere
Durchs dunkelblaue Griechenmeer,
Da auf der Insel der Cythere
Traf ich den Juden Ahasver.
5   Und weiter fuhren die Gefährten,
Er aber ward mein Weggenoß
Und sprach: „Nun zeig ich dir die Gärten,
Die Gärten des Okeanos!

Die Welt, ich habe sie durchmessen,
10   Doch farblos schien mir Luft und Land;

DIE NACHT . . . 15 *Französisches Dorf bei Metz, wurde im Deutsch-Französischen Krieg bekannt durch die Schlacht von Vionville und Mars-la-Tour am 16. 8. 1870.*

ICH SCHWAMM . . . 3 Cythere *Name der Aphrodite nach ihrem Heiligtum, dem Purpurschrein auf Kythera.* 4 *Der ‚Ewige Jude' der Volkssage, ist zu ewiger Wanderschaft verurteilt.* 8 *Sohn der Gaia (Erde) und des Uranos (Himmel), Titan des Wassers.*

Nur ein Bild hab ich nie vergessen,
Nur *eins* ist werth, daß es entstand:
Das ist die Zuflucht der Verklärten,
Das ist des Meergotts grünes Schloß,
Das sind die wunderbaren Gärten,
Die Gärten des Okeanos!

Ich weiß, du bist ein deutscher Dichter,
Und ewig ruhlos bist du auch,
Wir sind zwei ähnliche Gesichter
Und um uns weht der gleiche Hauch.
Doch komm, der Kummer, den wir nährten,
Wankt wie ein thönerner Koloß,
Wenn wir uns tummeln durch die Gärten,
Die Gärten des Okeanos!"

Er sprach's, wir thaten's und die Jahre
Sie rollten tönend drüber her,
Doch immer ist mir's noch, ich fahre
Durchs dunkelblaue Griechenmeer.
O, daß die Götter mir gewährten,
Dereinst, wenn sich mein Leben schloß,
Ein selig Ende in den Gärten,
Den Gärten des Okeanos!"

1889

THEODOR FONTANE

Lebenswege.

Fünfzig Jahre werden es ehstens sein,
Da trat ich in meinen ersten „Verein".
Natürlich Dichter. Blutjunge Waare.
Studenten, Leutnants, Refrendare.
Rang gab's nicht, *den* verlieh das „Gedicht",
Und *ich* war ein kleines Kirchenlicht.

So stand es, als Anno 40 wir schrieben,
Aber ach, wo bist Du Sonne geblieben,
Ich bin noch immer, was damals ich war,

Ein Lichtlein auf demselben Altar,
Aus den Leutnants aber und Studenten
Wurden Genräle und Chefpräsidenten.

15 Und mitunter, auf stillem Thiergartenpfade,
Bei „Köngin Luise" trifft man sich grade.

„Nun lieber F., noch immer bei Wege?"
„„Gott sei Dank, Exzellenz... Trotz Nackenschläge...""

„Kenn' ich, kenn' ich. Das Leben ist flau...
20 Grüßen Sie Ihre liebe Frau."

Meine Gräber.

Kein Erbbegräbniß mich stolz erfreut,
Meine Gräber liegen weit zerstreut,
Weit zerstreut über Stadt und Land,
5 Aber all in märkischem Sand.

Verfallene Hügel, die Schwalben ziehn,
Vorüber schlängelt sich der Rhin,
Über weiße Steine, zerbröckelt all',
Blickt der alte Ruppiner Wall,
10 Die Buchen stehn, die Eichen rauschen,
Die Gräberbüsche Zwiesprach tauschen
Und Haferfelder weit auf und ab, –
Da ist meiner Mutter Grab.

Und ein andrer Platz, dem verbunden ich bin:
15 Berglehnen, die Oder fließt dran hin,
Zieht vorüber in trägem Lauf,
Gelbe Mummeln schwimmen darauf,
Am Ufer Werft und Schilf und Rohr
Und am Abhange schimmern Kreuze hervor,
20 Auf eines fällt heller Sonnenschein, –
Da hat mein Vater seinen Stein.

Der Dritte, seines Todes froh,
Liegt auf dem weiten Teltow-Plateau,
Dächer von Ziegel, Dächer von Schiefer,
25 Dann und wann eine Krüppelkiefer,
Ein stiller Graben die Wasserscheide,
Birken hier und da eine Weide,
Zuletzt eine Pappel am Horizont, –
Im Abendstrahle sie sich sonnt.

30   Auf den Gräbern Blumen und Aschenkrüge,
Vorüber in Ferne rasseln die Züge,
Still bleibt das Grab und der Schläfer drin, –
Der Wind, der Wind geht drüber hin.

1891

FRIEDRICH WILHELM NIETZSCHE

Oh Mensch! Gieb Acht!
Was spricht die tiefe Mitternacht?
„Ich schlief, ich schlief –,
5   „Aus tiefem Traum bin ich erwacht: –
„Die Welt ist tief,
„Und tiefer als der Tag gedacht.
„Tief ist ihr Weh –,
„Lust – tiefer noch als Herzeleid:
10   „Weh spricht: Vergeh!
„Doch alle Lust will Ewigkeit –,
„– will tiefe, tiefe Ewigkeit!"

Die Sonne sinkt.

1.

Nicht lange durstest du noch,
     verbranntes Herz!
Verheissung ist in der Luft,
aus unbekannten Mündern bläst mich's an,
5   – die große Kühle kommt...

Meine Sonne stand heiß über mir im Mittage:
seid mir gegrüsst, dass ihr kommt,
     ihr plötzlichen Winde,
10   ihr kühlen Geister des Nachmittags!

Die Luft geht fremd und rein.
Schielt nicht mit schiefem
     Verführerblick
die Nacht mich an?...
15   Bleib stark, mein tapfres Herz!
Frag nicht: warum? –

2.

Tag meines Lebens!
die Sonne sinkt.
Schon steht die glatte
      Fluth vergüldet.
Warm athmet der Fels:
      schlief wohl zu Mittag
das Glück auf ihm seinen Mittagsschlaf?
      In grünen Lichtern
spielt Glück noch der braune Abgrund herauf.

Tag meines Lebens!
gen Abend geht's!
Schon glüht dein Auge
      halbgebrochen,
schon quillt deines Thaus
      Thränengeträufel,
schon läuft still über weisse Meere
deiner Liebe Purpur,
deine letzte zögernde Seligkeit...

3.

Heiterkeit, güldene, komm!
      du des Todes
heimlichster süssester Vorgenuss!
– Lief ich zu rasch meines Wegs?
Jetzt erst, wo der Fuss müde ward,
      holt dein Blick mich noch ein,
      holt dein *Glück* mich noch ein.

Rings nur Welle und Spiel.
      Was je schwer war,
sank in blaue Vergessenheit, –
müssig steht nun mein Kahn.
Sturm und Fahrt – wie verlernt' er das!
      Wunsch und Hoffen ertrank,
      glatt liegt Seele und Meer.

Siebente Einsamkeit!
      Nie empfand ich
näher mir süsse Sicherheit,
wärmer der Sonne Blick.
– Glüht nicht das Eis meiner Gipfel noch?
      Silbern, leicht, ein Fisch
      schwimmt nun mein Nachen hinaus...

1892

STEFAN GEORGE

Aus: Pilgerfahrten

Mühle lass die arme still
Da die haide ruhen will
5   Teiche auf den thauwind harren
Ihrer pflegen lichte lanzen
und die kleinen bäume starren
Wie getünchte ginsterpflanzen

Weisse kinder schleifen leis
10 Ueberm see auf blindem eis
Nach dem segentag · sie kehren
Heim zum dorf in stillgebeten
DIE beim fernen gott der lehren
DIE schon bei dem naerflehten

15 Kam ein pfiff am grund entlang?
Alle lampen flackern bang
War es nicht als ob es riefe?
Es empfingen ihre bräute
Schwarze knaben aus der tiefe...
20 Glocke läute   glocke läute

Aus: Algabal

Daneben war der raum der blassen helle
Der weisses licht und weissen glanz vereint
Das dach ist glas die streu gebleichter felle
5   Am boden schnee und oben wolke scheint

Der wände matte täfelung aus zedern ·
Die dreissig pfauen stehen dran im kreis
Sie tragen daunen blank wie schwanenfedern
Und ihre schleppen schimmern wie das eis

10 Für jede zier die freunden farbenstrahlen
Aus blitzendem und blinderem metall
Aus elfenbein und milchigen opalen
Aus demant alabaster und kristall

Und perlen ! klare gaben dumpfer stätte
Die ihr wie menschliche gebilde rollt
Und doch an einer wange warmer glätte
Das nasse kühl beharrlich wahren sollt

Da lag die kugel auch von murra-stein
Mit der in früher jugend er gespielt
Des kaisers finger war am tage rein
Wo thränend er sie vor das auge hielt

Mein garten bedarf nicht luft und nicht wärme
Der garten den ich mir selber erbaut
Und seiner vögel leblose schwärme
Haben noch nie einen frühling geschaut

Von kohle die stämme von kohle die äste
Und düstere felder am düsteren rain
Der früchte nimmer gebrochene läste
Glänzen wie lava   im pinienhain

Ein.grauer schein aus verborgener höhle
Verrät nicht wann morgen wann abend naht
Und staubige dünste der mandel-öle
Schweben auf beeten und anger und saat

Wie zeug ich Dich aber im heiligtume
– So fragt ich wenn ich es sinnend durchmass
In kühnen gespinsten der sorge vergass –
Dunkle grosse schwarze blume?

Hugo von Hofmannsthal

Vorfrühling

Es läuft der frühlingswind
Durch kahle alleen
5   Seltsame dinge sind
In seinem wehn

Er hat sich gewiegt
Wo weinen war
Und hat sich geschmiegt
10   In zerrüttetes haar

Er schüttelte nieder
Akazienblüten
Und kühlte die glieder
Die atmend glühten

15   Durch die glatten
Kahlen alleeen
Treibt sein wehen
Blasse schatten

Und den duft
20   Den er gebracht
Von wo er gekommen
Seit gestern nacht

Lippen im lachen
Hat er berührt
25   Die weichen und wachen
Fluren durchspürt

Er glitt durch die flöte
Als schluchzender schrei
An dämmernder röte
30   Flog er vorbei

Er flog mit schweigen
Durchs flüsternde zimmer
Und löschte im neigen
Der ampel schimmer

1893

MAX DAUTHENDEY

Vision

gemälde von Munch

! Stöhnendes graugelb –
Aber das stöhnen nur im blick,
Lautlos sonst und mit unterdrücktem atem.

!Und ein blau –
Ein blau aus dem ganz zarte
      silberne glockenspiele singen,
Und ein duft geht von sonnenwärme
      und mandelblüten.

!Silber darüber.
Duftleeres schneekühles silber.

Aber aus allem hebt sich steif
Und hebt sich fahl, wie gewitterlicht,
Das stumme graugelb.
Und hebt sich lautlos stöhnend, wie asche
Mit welkem darbendem blick.

Es ist ein gesicht – die starre maske eines toten –
Ein kopf – aus dem blau – aus dem
      blauen glatten wasser,
Braunviolette strähne – haare in die stirn –
Das eine auge schief, spitze wangenknochen.
Und streift von den schläfen das
      braunviolette haar
Über das öde aschige gelb.

Und darüber: über das blaue wasser
Silbern ein schwan.
Silbern die reflexe von wolken,
Duftleer, schneekühl.

In das blau –
In das silber
Ragt der gelb-aschige kopf des Ertrunkenen.
Und der schwan zieht reglos vorbei,
Und reglos die reflexe der wolken.

FRIEDRICH FREIHERR VON LILIENCRON*

Aus: Sicilianen.

„Es zog eine Hochzeit den Berg entlang".

Sie sang das Lied, die Worte sind verklungen,
Die Finger liegen lässig auf den Tasten,
Es wächst der Mond aus leichten Dämmerungen
Und grüßt ins Fenster, die Gedanken rasten.
Hört sie Musik? Vor hundert frischen Jungen
Flog grün ein Attila mit Silberquasten,
Durchs Herz geschossen ruht er, schlachtverschlungen,
Im grünen Attila mit Silberquasten.

Vorfrühling am Waldrand.

In nackten Bäumen um mich her der Häher,
Der ewig kreischende, der Eichelspalter,
Und über Farnkraut gaukelt nah und näher
Und wieder weiter ein Citronenfalter,
Ein Hühnerhabicht schießt als Mäusespäher,
Pfeilschnell knicklängs vorbei dem Pflugsterzhalter,
Der Himmel lacht, der große Knospensäer
Und auf den Feldern klingen Osterpsalter.

Acherontisches Frösteln.

Schon nascht der Staar die rothe Vogelbeere,
Zum Erntekranze juchheiten die Geigen,
Und warte nur, bald nimmt der Herbst die Scheere
Und schneidet sich die Blätter von den Zweigen,
Dann ängstet in den Wäldern eine Leere,
Durch kahle Äste wird ein Fluß sich zeigen,
Der schläfrig an mein Ufer schickt die Fähre,
Die mich hinüberholt ins große Schweigen.

Es zog . . . 3 *Zitat nach Eichendorff; vgl. S. 59 dieses Bandes.*

ARNO HOLZ

Alter Garten.

Kein Laut!
Nur die Pappeln flüstern . . .

5   Der alte Tümpel vor mir schwarz wie Tinte,
Um mich, über mir, von allen Seiten,
Auf Fledermausflügeln,
Die Nacht,
Und nur drüben noch,
10   Zwischen den beiden Weidenstümpfen,
Die sich im Dunkel wie Drachen dehnen,
Matt, fahl, verröchelnd,
Ein letzter Schwefelstreif.

Auf ihm, scharf, ein Schattenbild:
15   Ein Faun, der die Flöte bläst.

Ich sehe deutlich seine Finger.
Zierlich alle gespreizt
Und die beiden kleinsten höchst kokett aufwärts gehoben.
Das graziöse Röhrchen quer in ihrer Mitte
20   Schwebt fast wagerecht über der linken Schulter.
Auf die rechte seh ich.
Nur den Kopf nicht.
Der fehlt.
Der ist runtergekullert.
25   Der liegt seit hundert Jahren schon
Unten im Tümpel.

Plitsch! –?
Ein Frosch.

Ich bin zusammengeschrocken.
30   Der Streif drüben erlischt,
Ich fühle, wie das Wasser Kreise treibt,
Und die uralte Steinbank,
Auf der ich sitze,
Schauert mir plötzlich ihre Kälte
35   Bis ins Genick hinauf.

Still!! Schritte?

Nein. Nichts.
Nur die Pappeln . . . . .

LUDWIG SCHARF

Traumbild.

Aus tiefem Schlaf bin ich erwacht –
War eine kummersatte Nacht.

Ein Traumbild war es grausig fast
Und lag auf meiner Brust wie Last.

Ich saß in einer Zelle leer –
Es drückte auf das Hirn mir schwer.

In einer Ecke saß ich dort
Mit stumpfem Blick und sprach kein Wort.

Schon zwanzig Jahre saß ich hier
Und sah zu Boden wie ein Thier.

Und immer stand vor meinem Blick
Ein längst gestorbenes Erdenglück:

Ich schlief mit Ihr in *einem* Bett –
Als ob ich's jüngst verlassen hätt,

So stand's vor mir. Ich schlief zur Nacht,
Da stahl sie sich davon ganz sacht.

Zu einem Buhlen schlich sie hin,
Ich kannte ihn am blonden Kinn. –

Dann kam sie wieder mir zurück
Mit leerem, kaltem, blödem Blick.

Ich fragte sie, da log sie nicht:
Ich sah ihr fahles Angesicht.

Ich weiß nicht mehr, was dann geschah:
In ihrem Blute lag sie da.

Und zwischen Blut und Därmen quoll
Ein junges Leben unruhvoll.

Dann kamen sie mit Stricken noch
Und schleppten mich in dieses Loch.

So saß ich dumpf in leerer Zell
Und saß und sah auf *eine* Stell.

Wohl zwanzig Jahre war's schon her –
Ich saß und sah und sprach nicht mehr.

35 Und immer stand vor meinem Blick
Dies ferne todte Erdenglück.

Und immer, wenn der Wärter kam,
Er solchen stummen Sang vernahm.

Er sah in mir das Konterfei
40 Der blinden Glücksuchtsraserei.

Er sah in mir das Bild des Manns
Verzehrt durch eine dumme Gans.

PAUL SCHEERBART

Die andere Welt.
Eine Phantastensure.

Laß die Erde! Laß die Erde!
5 Laß sie liegen, bis sie fault.
Über schwarzen Wiesentriften
Fliegen große Purpurengel,
Ihre Scharlachlocken leuchten
In dem grünen Himmel
10 Meiner Welt.

Laß die Erde! Laß die Erde!
Laßt sie schlafen, bis sie fault.
Über weißen Bernsteinkuppeln
Flattern blaue Turteltauben,
15 Ihre Saphirflügel flimmern
In dem grünen Himmel
Meiner Welt.

Laßt die Erde! Laßt die Erde!
Laßt sie, laßt sie, bis sie fault.
20 Über goldnen Schaumgewässern
Spielen zahme Silberfische,
Ihre langen Flossen zittern
In dem grünen Himmel
Meiner Welt.

25 Haßt die Erde! Haßt die Erde!

3 Sure *Kapitel des Korans*.

LUDWIG JACOBOWSKY

Das letzte Weib.

Lachend reckt sich im Sonnenglanze
Das letzte Weib auf meiner Gruft;
Die Brüste geschmückt mit dem Lorbeerkranze
Und Rosen im Haare voll Purpur und Duft.

Die Lüfte schimmern vor Glanz und Wonne,
Die Rosen athmen so schwül und satt;
Sie blinzelt schläfrig hinein in die Sonne
Und kaut mit den Zähnen ein Rosenblatt.

Und wie sich dehnt auf dem frischen Grabe
In Liebesbrünsten der leuchtende Leib,
Rauscht aus dem Walde ein riesiger Rabe
Und senkt sich herab auf das zitternde Weib.

Fest um die Hüften die pressenden Krallen
Treibt er das teuflischste Liebesspiel;
Blutstropfen purpurn zur Erde fallen,
Zum Lorbeer, der jäh von den Brüsten fiel.

Und wie an die zuckenden weißen Lenden
Die Federn peitscht das brünstige Thier;
Preßt sie mit zitternden heißen Händen
An sich die Flügel mit wüthender Gier.

Da sinkt sie erschauernd zurück auf den Hügel
Ihr Blut erstarrt in Grauen und Noth,
Und rauschend erhebt sich mit mächtigem Flügel
Als krächzender Rabe der lachende Tod.

RICHARD DEHMEL

Die zweite Nacht.

Drum komm, o komm, noch einmal schweigt
so voll ins Feld, so weiß und weit
der Mond ins Feld; noch einmal zeigt
die weite Nacht,
die zweite Nacht,
uns unsre nackte Seligkeit.

O komm, o komm, ich will dich sehn –
10
und silbern rauscht der Eichenhain;
die langen Wiesenhalme stehn
so still, so weich
am kleinen Teich,
und schimmernd tauchen wir hinein.

15
Und schimmernd, schimmernd heb' ich dich
heraus ins dunkelgrüne Kraut,
dein schwarzes Haar umrieselt mich,
der Thau wird warm,
und Arm um Arm
20
erkennt den Bräutigam die Braut.

Und dann, o komm – oh flieh! denn dann:
wir hatten Schooß in Schooß geruht,
von einer gelben Blüthe rann,
du sahst es nicht,
25
im bleichen Licht
ein Tropfen Blut – Dein Tropfen Blut.

Neue Liebe.

Bettle nicht vor mir mit deinen Brüsten,
deinen Brüsten bin ich kalt;
tausend Jahre alt
5
ist dein Blick mit seinen Lüsten.

Sieh mich an, wie du als Braut gethan:
mit dem Blick des Grauens vor der Schlange!
Viel zu lange
war ich, Weib, dein Mann.

10
Willst du Gift aus meiner Wurzel saugen?
unverwundbar bin ich deinem Biß!
Folge mir ins Paradies:
sieh mich an mit deinen Menschenaugen . . .

Nicht doch!

Mädel, laß das Stricken – geh,
thu den Strumpf bei Seite heute;

das ist was für alte Leute,
5   für die jungen blüht der Klee!
Laß, mein Kind;
komm, mein Schätzchen!
siehst du nicht, der Abendwind
schäkert mit den Weidenkätzchen...

10   Mädel liebes, sieh doch nicht
immer so bei Seite heute;
das ist was für alte Leute,
junge sehn sich ins Gesicht!
Komm, mein Kind,
15   sieh doch, Schätzchen:
über uns der Abendwind
schäkert mit den Weidenkätzchen...

Siehst du, Mädel, war's nicht nett
so an meiner Seite heute?
20   Das ist was für junge Leute,
alte gehn allein zu Bett! –
Was denn, Kind?
weinen, Schätzchen?
Nicht doch – sieh, der Abendwind
25   schäkert mit den Weidenkätzchen...

CÄSAR FLAISCHLEN

Ein Jugend-Golgatha.

Doch: ich hob nicht die Hand zum Stoße,
Ich weinte still nur eine Nacht;
5   Dann aber fing ich an zu lachen,
Und lachte, bis ich's durchgelacht.

Und stieß die Fackel in die Trümmer;
Hei, wie das aufschlug! tollen Brand's!
Und niederbarst die letzte Säule
10   In lohewildem Flammentanz.

Dann ging ich ruhig von der Stätte
Und schritt hinein in's Dämmergrau'n
Und ließ des Morgens heit're Sonne,
Den Nachtfrost mir vom Herzen thau'n.

15 Nun steh' ich frei im freien Leben,
Und aus dem Jüngling ward ein Mann,
Und weitab liegt in Nacht und Nebel
Was seine Jugend hielt im Bann.

JOHANNES SCHLAF

Papa Opitz:

Gleichwie das Taggestirn aus schwarzen Wolken strahlet
Und rings das Frühlingsfeld mit güldnem Schein bemahlet: –
5 Es blüht in neuer Pracht Ros', Lili' und Tulipan',
Narziß' und Ehrenpreiß, jed' Blümlein auf dem Plan, –
Gleichwie ob Paphos Hain ein linder Zephir säuselt
Und in das helle Blau das Laub sich milde kräuselt,
Von heimlichem Ergetzen recht inniglich beweget
10 Jed winzig Blättlein sich in sanfter Wollust reget,
Gleichwie das Sternenheer am nächt'gen Himmel schimmert,
Der noch der Tummelplatz von Aeols Brüderschaar
Hie kurtz zuvor und ihres blinden Wüthens war,
Indeß itzt still ein Glantz auf Wiesenbächlein flimmert:
15 So hat, o Cynthia, mich dein holder Reitz berühret,
Davon dir itzt von mir der höchste Preiß gebühret.

1894

OTTO ERICH HARTLEBEN

Im Arm der Liebe schliefen wir selig ein . . .
Am offnen Fenster lauschte der Frühlingswind
und unsrer Athemzüge Frieden
5 trug er hinaus in die helle Mainacht.

Und aus dem Garten tastete zagend sich
ein Rosenduft an unserer Liebe Bett
und gab uns wundervolle Träume,
Träume des Rausches – so reich an Sehnsucht . . .

PAPA OPITZ 2 *S. Bd. 4 dieser Anthologie unter Martin* Opitz *von Boberfeld.* 7 Paphos
auf Zypern, Kultort der Aphrodite; Zephir *Westwind, wie Blumen, Hain und Wiesenbäch-*
lein (Z. 14) Bestandteil des Locus-Amoenus-Topos. 12 *Gott der Winde.* 15 Cyn-
thia *Schäferinnen-Name; der Name der Geliebten in Properz' Elegien.*

Auf einem weißen Thierfell kugeln sich
ein nacktes Kind und ein defecter Globus.
Die blondgelockte Kleine setzt bedächtig
sich oben auf des Nordpols eisige Spitze –
und dann –: Hallo! Mit Jauchzen und Beinestrampeln
fährt sie hernieder in das zottige Fell! –
Und gar nicht müde wird das Kind des Spiels:
es ist ganz außer sich vor toller Freude,
daß Gott der Herr die Welt so *rund* geschaffen . . .
Wie herrlich läßt mit dieser Welt sich spielen!

OTTO JULIUS BIERBAUM

Ritter rät dem Knappen dies:

Sitz im Sattel, reite,
Reite auf die Freite,
Freie dir die Fee der Freien,
Freie sie im milden Maien.
Mit Narzissen in den Händen
Geh ihr nah, doch an der Lenden
    Schwebe dir dein Schwert!

Sprich zu ihr: Madleine,
Rose, Rose, Reine,
Willst du dich mir zärtlich neigen,
Willst du mir den Himmel zeigen?
Und sie wird die Augen senken,
Wird dir alle Himmel schenken.
    Nimm sie auf dein Pferd!

Sitz im Sattel, sause,
Reit' mit ihr nach Hause.
Unter seidenbunten Decken
Sollst du dir dein Glück verstecken.
Alle Thore zugeschlossen!
Dämmergold ist ausgegossen
    Über euern Herd.

RITTER RÄT . . . 4 *Brautschau.*

Überschriftreime.

Deutsche Mäzene.
Oh Gott, oh Gott, oh Gott, oh Gott!
Ich zerdrücke eine Thräne.

5
Deutsche Literaturgeschichte.
Sie entspringt der Abschreckungstheorie:
Daß nie ein Deutscher mehr dichte.

Im Kirchenstuhle.
Frau Langeweile gähnt und dreht
10 Die abgegriffene Spule.

„Unter den Linden".
Ich möchte gern weniger Uniform,
Dafür mehr Menschen finden.

„Die Waffen nieder!"
15 Ein Traum: Der letzte Leutnant hängt den Säbel auf,
Baronin Suttner singt ihm Wiegenlieder.

Reklamegrößen.
Sie brauchen in der That mehr als *ein* – Zeitungsblatt,
Zu decken ihre Blößen.

20
Hermann Bahr.
Wann seh' ich, Freund, dich tanzen auf dem Seil
Im Alkazar?

FRIEDRICH FREIHERR VON LILIENCRON*

Schöne Junitage.

Mitternacht, die Gärten lauschen,
Flüsterwort und Liebeskuß,
5 Bis der letzte Klang verklungen,
Weil nun alles schlafen muß –
Flußüberwärts singt eine Nachtigall.

---

16 *Bertha von* Suttner *(1843–1914) pazifistische Schriftstellerin; ihr Roman* ,Die Waffen nieder' *(1889), erregte internationales Aufsehen.* 20 *Kritiker und Schriftsteller (1863 bis 1934).* 22 Alkazar *arab.-span.* ,Burg'; *Anspielung auf Bahrs Verhältnis zum Wiener Burgtheater?*

Sonnengrüner Rosengarten,
Sonnenweiße Stromesflut,
10 Sonnenstiller Morgenfriede,
Der auf Baum und Beeten ruht –
  Flußüberwärts singt eine Nachtigall.

Straßentreiben, fern, verworren,
Reicher Mann und Bettelkind,
15 Myrtenkränze, Leichenzüge,
Tausendfältig Leben rinnt –
  Flußüberwärts singt eine Nachtigall.

Langsam graut der Abend nieder,
Milde wird die harte Welt,
20 Und das Herz macht seinen Frieden,
Und zum Kinde wird der Held –
  Flußüberwärts singt eine Nachtigall.

CÄSAR FLAISCHLEN

Laub am Boden.

> „Einen ganzen Sommer lang Sonnen-
> schein und blauen Himmel... –
5 > Sei glücklich, glücklich gewesen zu
> sein!"   Jost Seyfried.

Laub am Boden, Laub am Boden,
Gelb und rot und braun,
Dorn und Hagebutt am Strauche,
10 Leere Nester im Zaun!

Sommerende – Spätoktober ...
Glauben muß ich's nun doch:
Daß wir lange auseinander
Eh' Dezember es noch!

15 Sturm am Himmel – Schneegestöber ...
Frost im Herzen und Hohn;
Daß es anders einst gewesen,
Du bereust es ja schon!

Laub am Boden, Laub am Boden,
20 Gelb und rot und braun;
Und der nächste Windstoß kehrt es
Lachend hinter den Zaun.

MAX DAUTHENDEY

Gesänge der Düfte.

Geruch der Walderde.

Unter schwarzen röchelnden Algen,
Scharfen Harzen, rothen Blättern
Stumm eine qualmende Quelle.

In lallender Welle sengender Wein.
Nelken, entzündet, scharlachwild,
Müdes Glimmen schwüler Amethysten.
Kühler Narzissen weiße Stimmen
Singen und lachen im Welken.
Nächte fliehen auf eisigen Schwingen.
Heiß schleichen der Wein und die Nelken.

Regenduft.

Schreie. Ein Pfau.
Gelb schwankt das Rohr.
Glimmendes Schweigen von faulem Holz.
Flüstergrün der Mimosen.
Schlummerndes Gold nackter Rosen
Auf braunem Moor.

Rauschende Dämmerung in weißen Muscheln.
Granit blinkt eisengrau.
Matt im Silberflug Kranichheere
Über die Schaumsaat stahlkühler Meere.

Jasmin.

Wachsbleich die Sommernacht.
Auf erddunkeln Moderlachen
Singen rosigblaue Irislichter.
Wetterleuchten, schwefelgrün, in Splittern.
Eine weiße dünne Schlange sticht
Züngelnd nach dem blauen Mond.

Morgenduft.

Schwergebogen nasse Zweige.
Trübe Aprikosenblüten.
35 Unter tiefem Himmel schleichen
Feuchte Wege.

Aschenweiche Buchenwälder.
Kahle perlenmatte Fjorde.
Kaltes Schilf. Auf nacktem Grunde
40 Spielen scheue Rosenmuscheln.

Rosen.

Weinrot brennen Gewitterwinde.
Purpurblau der Seerand.
Hyazinthentief die ferne Küste.

45 Ein Regenbogen, veilchenschwül,
Schmilzt durch weihrauchblaue Abendwolken.

Im Thaudunkel lacht
Eine heiße Nachtigall.

GUSTAV FALKE

Der Citronenbaum.

Weinend sitzt die alte Frau im Garten.
Wo ihr Schmerz die schwarze Erde feuchtet,
5 Sprießt ein Baum, in dessen dunklen Laube
Frucht bei Frucht in gelbem Golde leuchtet.

Kommt der Sohn und sieht der Mutter Thränen.
Die Citronen pflückt er, pflückt sie alle,
Schlürft den Saft mit seinen jungen Lippen,
10 Daß kein herber Tropfen ihm entfalle.

Spricht die Mutter: Lieber, meinen Kummer
Nahmst du von mir, mag dich Gott belohnen.
Und der Sohn drauf: Kann es Früchte geben,
Die noch süßer sind als die Citronen?

WILHELM FRIEDRICH NIETZSCHE

Der Herbst.

Dies ist der Herbst:
der – bricht dir noch das Herz!
Flieg fort! flieg fort!
Die Sonne schleicht zum Berg
und steigt und steigt.
Und ruht bei jedem Schritt.

Was ward die Welt so welk!
Auf müd gespannten Fäden spielt
der Wind sein Lied:
die Hoffnung floh,
er klagt ihr nach . . .

Dies ist der Herbst:
der – bricht dir noch das Herz!
Flieg fort! flieg fort! –
O Frucht des Baums,
du zitterst, fällst!
Welch ein Geheimnis lehrte dich
die Nacht,
daß eisger Schauder deine Wange,
die Purpur-Wange deckt? –

Du schweigst? antwortest nicht?
Wer redet noch?

Dies ist der Herbst:
der – bricht dir noch das Herz!
Flieg fort! flieg fort!
„Ich bin nicht schön"
– so spricht die Sternenblume –,
„doch Menschen lieb ich
„und Menschen tröst ich:
„sie sollen jetzt noch Blumen sehn,
„nach mir sich bücken,
„ach, und mich brechen:
„in ihrem Auge glänzt dann
„*Erinnerung an Schöneres als ich*,
„Erinnerung an Glück, an Menschen-Glück: –
„– ich sehs, ich sehs, und sterbe so!" –

7 *Punkt am Versende ergänzt.*

Dies ist der Herbst:
40 der – bricht dir noch das Herz!
Flieg fort, flieg fort!

Vereinsamt.
(1884).

Die Krähen schrein
Und ziehen schwirren Flugs zur Stadt:
5   Bald wird es schnein –
Wohl dem, der jetzt noch – Heimat hat!

Nun stehst du starr,
Schaust rückwärts, ach! wie lange schon!
Was bist du Narr
10 Vor Winters in die Welt – entflohn?

Die Welt ein Tor
Zu tausend Wüsten stumm und kalt!
Wer das verlor,
Was du verlorst, macht nirgends halt.

15 Nun stehst du bleich,
Zur Winter-Wanderschaft verflucht,
Dem Rauche gleich,
Der stets nach kältern Himmeln sucht.

Flieg, Vogel, schnarr
20 Dein Lied im Wüsten-Vogel-Ton! –
Versteck, du Narr,
Dein blutend Herz in Eis und Hohn!

Die Krähen schrein
Und ziehen schwirren Flugs zur Stadt:
25 Bald wird es schnein –
Weh dem, der keine Heimat hat!

Venedig.
(1888).

An der Brücke stand
jüngst ich in brauner Nacht.
5   Fernher kam Gesang:

goldener Tropfen quolls
über die zitternde Fläche weg.
Gondeln, Lichter, Musik –
trunken schwamms in die Dämmrung hinaus ...

10 Meine Seele, ein Saitenspiel,
sang sich, unsichtbar berührt,
heimlich ein Gondellied dazu,
zitternd vor bunter Seligkeit.
– Hörte jemand ihr zu? ...

CHRISTIAN WAGNER

Unveräusserlich
Ist alles Leben, auch das kleinste Ich.

Heilig ist der Leib und was lebendig:
5 Sei dein Wahlspruch immer und beständig;
Vor dem heil'gen Leib sollst du dich scheuen,
An des Leibes Kunstwerk dich erfreuen.

Pflanzen sollst du, find'st du sie zertreten,
Sorgsam in die Erde wieder betten!
10 Findest du am Weg ein hilflos Wesen,
Nimm's in Pflege, bis es ist genesen.

Werden Tiere dir am Weg begegnen,
Hebe deine Händ' auf, sie zu segnen;
Speise sollst du immer bei dir haben,
15 Schmachtende und Hungernde zu laben.

Keine Mühe sollst du jemals scheuen,
Vögel und Gefangne zu befreien;
Keine Kosten, auf den Markt zu wandeln,
Junge zu den Müttern rückzuhandeln.

Wie der Weise in der Schrift
Grauer Tempeltrümmer,
Les' ich in der Waldestrift
Und im Blumenflimmer
Längstvergangnen Hass und Fluch,
Längstvergangnes Lieben;
Alles in dem Blumenbuch
Sorgsam aufgeschrieben.

Kehr' ich von dem Grabgefild,
Klagen und Beweinen,
Les' ich Worte tröstlich mild,
Worte vom Vereinen.
Sel'ge Worte, rot wie Gold,
Stehn auf grünem Grunde,
Künden mir so wunderhold
Von erneutem Bunde.

Wenn vom Streit des Lebens matt
Oftmals still ich stehe,
Erdenmüde, lebenssatt
Mich im Wald ergehe,
Schauen mich so tröstlich an
Freundliche Gestirne,
Fragen, was man mir gethan
Und warum ich zürne!

Und wohin er tritt, mein Fuss,
Auf der Flur, der weiten,
Hör' ich fernen Liebesgruss
Aus vergangnen Zeiten;
Und wohin mein Auge fällt,
Seh' ich Fahnen schweben,
Grüne Botschaft aller Welt
Von dem Schuldvergeben.

Tausendmale werd' ich schlafen gehen,
Wandrer ich, so müd und lebenssatt;
Tausendmale werd' ich auferstehen,
Ich Verklärter, in der sel'gen Stadt.

5   Tausendmale werde ich noch trinken,
        Wandrer ich, aus des Vergessens Strom;
        Tausendmale werd' ich niedersinken,
        Ich Verklärter, in dem sel'gen Dom.

        Tausendmale werd' ich von der Erden
10   Abschied nehmen durch das finstre Thor;
        Tausendmale werd' ich selig werden,
        Ich Verklärter, in dem sel'gen Chor.

        Sage mir, ewiges Licht:
        Ist nicht
        Jegliche Blüte
        Eine zur Wiedererscheinung gelangte urewige Mythe?
5   Jegliche Rose
        Eines verachteten Dornstrauchs Apotheose?

STEFAN GEORGE

Der herr der insel

        Die fischer überliefern dass im süden
        Auf einer insel reich an zimmt und öl
5   Und edlen steinen die im sande glitzern
        Ein vogel war der wenn am boden fussend
        Mit seinem schnabel hoher stämme krone
        Zerpflücken konnte. wenn er seine flügel
        Gefärbt wie mit dem saft der Tyrer-schnecke
10   Zu schwerem niedren flug erhoben habe
        Er einer dunklen wolke gleich gesehn.
        Des tages sei er im gehölz verschwunden
        Des abends aber an den strand gekommen
        Im kühlen windeshauch von salz und tang
15   Die süsse stimme hebend dass delfine
        Die freunde des gesanges näher schwammen
        Im meer voll goldner federn goldner funken .
        So habe er seit urbeginn gelebt
        Gescheiterte nur hätten ihn erblickt .

DER HERR DER INSEL 9 *Purpurschnecke.*

20 Denn als zum ersten mal die weissen segel
Der menschen sich mit günstigem geleite
Dem eiland zugedreht sei er zum hügel
Die ganze teure stätte zu beschaun gestiegen
Verbreitet habe er die grossen schwingen
25 Verscheidend in gedämpften schmerzeslauten

MAX DAUTHENDEY

Amselsang

Fliehende kühle von jungen syringen.
Dämmernde grotten cyanenblau.
5 Wasser in klingenden bogen –
Wogen –
Auf fosfornen schwingen
Sehnende wogen.

Purpurne inseln in schlummernden fernen.
10 Silberne äste auf mondgrüner au.
Goldne lianen auf zu den sternen.
Von zitternden welten
Sinkt feuerthau.

LEOPOLD FREIHERR VON ANDRIAN-WERBURG*

Sie schwieg und sah mit einem blick mich an
In dem der geist den geist versteht
Durch den der eignen seele leises fühlen
5 Unendlich rührend uns entgegenweht:

Wie wenn in einer alten kirche
Die dunkelheit sich langsam neigt
Und trüber duft von alten schmerzen
Herb-lächelnd auf uns niedersteigt

10 Der duft der längst verstorbnen seiten
Die leise in der seele weinen.
An wänden welche endlos fliessen
Uns träume jener fraun erscheinen

15 Die uralt welk und zeitenmatt
Um längst entflohne leiden klagen
Und zitternd in der gelben hand
Durchgeistigt helle kerzen tragen

Indes in schwülen lila düften
Die leis um die gewölbe beben
20 Wie grosse blasse grüne perlen
Die fenster mystisch leuchtend beben

Und endlos suchend durch die seele
Ein grosses bleiches sehnen klingt
In dem der traum von heut und morgen
25 Vereint verblasst die brust durchsingt

Und uns altar und kruzifix verfliessen
– Ein dom den fieberkranke baun –
Und nur aus einer goldnen weiten glorie
Zwei rätselhafte augen in uns schaun

STEFAN GEORGE

Rückkehr

Ich fahre heim auf reichem kahne
Das ziel erwacht im abendrot
5 Vom maste weht die weisse fahne
Wir übereilen manches boot

Die alten ufer und gebäude
Die alten glocken neu mir sind
Mit der verheissung neuer freude
10 Bereden mich die winde lind

Da taucht aus grünen wogenkämmen
Ein wort   ein rosenes gesicht:
Du wohntest lang bei fremden stämmen
Doch unsre liebe starb dir nicht

15 Du fuhrest aus im morgengrauen –
Als ob du einen tag nur fern
Begrüssen dich die wellenfrauen
Die ufer und der erste stern

KARL WOLFSKEHL

Nänie

Bebend lauscht er   mohnes-güsse
Fliessen auf die weissen glieder
5   Dass er heute sterben müsse
Singen ihm die quellen wieder

In den pinien das rauschen
Schwebt heran auf schwarzen schwingen
Weisse mäntel drüben bauschen
10   Und die fernen saiten klingen

Milde lieder fromme laute
Labet ihn mit linden schatten
Streuet rosmarin und raute
Todesblumen um den matten

15   Meister eile ihn zu krönen
Schlinge ihm die purpurbinde –
Dass auch um die stirn dem schönen
Eppich sich und flieder winde!

Sonett.

Am sklavenherde muss die glut ermatten
Im zähen moder strauchelte und glitt
Der zage fuss der einst zur kuppe schritt
5   Gesenkt das haupt auf schlimmer schwellen schatten

Die hand die keine rosenbande litt
Lässt sich in ehrnem frohn der schwester gatten
Die weissen zelter weiden auf den matten
Da nimmer sie zum sieg der könig ritt

10   Die saiten gar vergassen ihre lieder
Sie beben ohne laut – gelöst der bann
Die fessel fällt der trübe spuk zerrann

In heiliger stille er die huld gewann
Die gnade die kein flehn erringen kann
15   Die lande grüssen ihren fürsten wieder

1895

STEFAN GEORGE

Aus: Nach der lese

Komm in den totgesagten park und schau!
Der schimmer ferner lächelnder gestade
Der reinen wolken unverhofftes blau
Erhellt die weiher und die bunten pfade.

Dort nimm das tiefe gelb das weiche grau
Von birken und von buchs · der wind ist lau
Die späten rosen welkten noch nicht ganz
Erlese küsse sie und flicht den kranz

Vergiss auch diese letzten astern nicht!
Den purpur um die ranken wilder reben
Und auch was übrig blieb von grünem leben
Verwinde leicht im herbstlichen gesicht.

Wir schreiten auf und ab im reichen flitter
Des buchenganges beinah bis zum thore
Und sehen aussen in dem feld vom gitter
Den mandelbaum zum zweiten mal im flore

Wir suchen nach den schattenfreien bänken
Dort wo uns niemals fremde stimmen scheuchten
In träumen unsre arme sich verschränken
Wir laben uns am langen milden leuchten

Wir fühlen dankbar wie zu leisem brausen
Von wipfeln strahlenspuren auf uns tropfen
Und horchen nur und blicken wenn in pausen
Die reifen früchte an den boden klopfen.

Wir stehen an der hecke graden wall
In reihen kommen kinder mit der nonne
Sie singen lieder von der himmelswonne
In dieser erde sichrem klarem hall

Die wir uns in der abendneige sonnten
Uns schreckten deine worte und du meinst:
Wir waren glücklich blos solang wir einst
20   Nicht diese hecken überschauen konnten.

Nun säume nicht die gaben zu erhaschen
Des scheidenden gepränges vor der wende
Die grauen wolken sammeln sich behende
Die nebel können bald uns überraschen

5   Die wespen mit den goldengrünen schuppen
Sind von verschlossnen kelchen fortgeflogen
Wir fahren mit den kahn in weitem bogen
Um bronzefarbnen laubes inselgruppen.

Hugo von Hofmannsthal*

Terzinen

Die Stunden! wo wir auf das helle Blauen
Des Meeres starren und den Tod verstehn
5   So leicht und feierlich und ohne Grauen,

Wie kleine Mädchen, die sehr blass aussehn,
Mit grossen Augen, und die immer frieren,
An einem Abend stumm vor sich hinsehn

Und wissen, dass das Leben jetzt aus ihren
10   Schlaftrunk'nen Gliedern still hinüberfliesst
In Bäum' und Gras, und sich matt lächelnd zieren,

Wie eine Heilige die ihr Blut vergiesst.

Zuweilen kommen niegeliebte Frauen
Im Traum als kleine Mädchen uns entgegen
15   Und sind unsäglich rührend anzuschauen,

Als wären sie mit uns auf fernen Wegen
Einmal an einem Abend lang gegangen,
Indess die Wipfel athmend sich bewegen,

Und Duft herunterfällt und Nacht und Bangen.
20 Und längs des Weges, unsres Wegs, des dunkeln
Im Abendschein die stummen Weiher prangen,

Und, Spiegel unsrer Sehnsucht, traumhaft funkeln,
Und allen leisen Worten, allem Schweben
Der Abendluft und erstem Sternefunkeln

25 Die Seelen schwesterlich und tief erbeben
Und traurig sind und voll Triumphgepränge
Vor tiefer Ahnung, die das grosse Leben

Begreift und seine Herrlichkeit und Strenge.

1896

CHRISTIAN MORGENSTERN

Liebeslied.

Ich bin eine Harfe
Mit goldenen Saiten,
5 Auf einsamem Gipfel
Über die Fluren
Erhöht.

Du lass die Finger leise
Und sanft darübergleiten,
10 Und Melodieen werden
Aufraunen und aufrauschen,
Wie nie noch Menschen hörten.
Das wird ein heilig Klingen
Über den Landen sein.

15 Ich bin eine Harfe
Mit goldenen Saiten,
Auf einsamem Gipfel
Über die Fluren
Erhöht,
20 Und harre Deiner,
Oh Priesterin!
Dass meine Geheimnisse
·Aus mir brechen

Und meine Tiefen
25   Zu reden beginnen
Und wie ein Mantel
Meine Töne
Um Dich fallen –
Ein Purpurmantel
30   Der Unsterblichkeit.

STEFAN GEORGE

Aus: Traurige tänze

III.

Es lacht in dem steigenden jahr dir
Der duft aus dem garten noch leis
5   Flicht in dem flatternden haar dir
Eppich und ehrenpreis

Die wehende saat ist wie gold noch
Vielleicht nicht so hoch mehr und reich
Rosen begrüssen dich hold noch
10   Ward auch ihr glanz etwas bleich

Verschweigen wir was uns verwehrt ist
Geloben wir glücklich zu sein
Wenn auch nicht mehr uns bescheert ist
Als noch ein rundgang zu zwein.

HUGO VON HOFMANNSTHAL

Ein traum von grosser magie

Viel königlicher als ein perlenband
Und kühn wie junges meer im morgenduft
5   So war ein grosser traum wie ich ihn fand.

Durch offene glasthüren ging die luft
Ich schlief im pavillon zu ebner erde
Und durch vier offne thüren ging die luft

Und früher liefen schon geschirrte pferde
Hindurch und hunde eine ganze schaar
An meinem bett vorbei.   doch die geberde

Des magiers, des ersten, grossen, war
Auf einmal zwischen mir und einer wand
Sein stolzes nicken, königliches haar

Und hinter ihm nicht mauer: es entstand
Ein weiter prunk von abgrund, dunklem meer
Und grünen matten hinter seiner hand.

Er bückte sich und zog das tiefe her.
Er bückte sich und seine finger gingen
Im boden so als ob es wasser wär.

Vom dünnen quellenwasser aber fingen
Sich riesige opale in den händen
Und fielen tönend wieder ab in ringen.

Dann warf er sich mit leichtem schwung der lenden,
Wie nur aus stolz, der nächsten klippe zu
– An ihm sah ich die macht der schwere enden.

In seinen augen aber war die ruh
Von schlafend doch lebendgen edelsteinen.
Er sezte sich und sprach ein solches Du

Zu tagen die uns ganz vergangen scheinen
Dass sie herkamen trauervoll und gross:
Das freute ihn zu lachen und zu weinen.

Er fühlte traumhaft aller menschen los
So wie er seine eignen glieder fühlte.
Ihm war nichts nah und fern, nichts klein und gross.

Und wie tief unten sich die erde kühlte
Das dunkel aus den tiefen aufwärts drang,
Die nacht das laue aus den wipfeln wühlte

Genoss er allen lebens grossen gang
So sehr dass er in grosser trunkenheit
So wie ein löwe über klippen sprang.

. . . .

Cherub und hoher herr ist unser geist,
Wohnt nicht in uns und in die obern sterne
Sezt er den stuhl und lässt uns viel verwaist:

Doch Er ist feuer uns im tiefsten kerne
– So ahnte mir da ich den traum da fand –
Und redet mit den feuern jener ferne

Und lebt in mir wie ich in meiner hand.

Ballade des äusseren lebens

Und kinder wachsen auf mit tiefen augen
Die von nichts wissen, wachsen auf und sterben
Und alle menschen gehen ihre wege

5   Und süsse früchte werden aus den herben
Und fallen nachts wie tote vögel nieder
Und liegen wenig tage und verderben,

Und immer weht der wind und immer wieder
Vernehmen wir und reden viele worte
10 Und spüren lust und müdigkeit der glieder

Und strassen laufen durch das gras, und orte
Sind da und dort, voll fackeln bäumen teichen
Und drohende, und totenhaft verdorrte...

Wozu sind diese aufgebaut? und gleichen
15 Einander nie? und sind unzählig viele?
Was wechselt lachen weinen und erbleichen?

Was frommt das alles uns und diese spiele
Die wir doch gross und ewig einsam sind,
Und wandernd nimmer suchen irgend ziele?

20 Was frommt's dergleichen viel gesehen haben?:
Und dennoch sagt der viel der abend sagt,
Ein wort daraus tiefsinn und trauer rinnt
Wie schwerer honig aus den hohlen waben.

Terzinen
über vergänglichkeit

Noch spür ich ihren atem auf den wangen:
Wie kann das sein dass diese nahen tage
5 Fort sind für immer fort und ganz vergangen?

Dies ist ein ding das keiner voll aussinnt
Und viel zu grauenvoll als dass man klage:
Dass alles gleitet und vorüberrinnt

Und dass mein eignes ich durch nichts gehemmt
Herüber glitt aus einem kleinen kind,
Mir wie ein hund unheimlich stumm und fremd.

Dann: dass ich auch vor hundert jahren war
Und meine ahnen die im totenhemd
Mit mir verwandt sind wie mein eignes haar.

So eins mit mir als wie mein eignes haar.

KARL WOLFSKEHL

Aus: Im kreuzgange

II.

Zum feierlichen amt geweihte schreiten
Die sänge dröhnen dumpf: „in ewigkeiten
Gelobt gelobt..." geschmückte kerzen gleiten.

Der schwarze zug verschleiert in gebeten!
Darf sie im kreis der schwestern vor dich treten
Der lenz und nacht den weissen kranz verwehten?

Darf heut ihr auge ruhn auf deinen wangen?
Der gestern alle nachtigallen sangen
Darf sie bei des altares lilien prangen?

Im heiligen rauch verhauchen leise schritte
Die schwestern knieen: erhör der bräute bitte
Ist eine sünderin in unsrer mitte

In glut vertilge sie... die dämpfe wallen
Aus goldner weite weht ein lichtes schallen:
Die sünderin erheb ich ob euch allen

In grosser liebe durfte sie gesunden
Die himmelskrone hält ihr haupt umwunden
An ihrem leibe strahlen meine wunden.

STEFAN GEORGE

Aus:　　　　　　　Sieg des sommers

Gemahnt dich noch das schöne bildnis dessen
Der nach den schluchten-rosen kühn gehascht
5　Der über seiner jagd den tag vergessen
Der von der dolden goldnem seim genascht?

Der nach dem parke sich zur ruhe wandte
Trieb ihn ein flügel-schillern allzuweit
Der sinnend sass an jenes weihers kante
10　Und lauschte in die tiefe heimlichkeit?

Und von der insel mossgekrönter steine
Verliess der schwan das spiel des wasserfalls
Und legte in die kinderhand die reine
Die schmeichelnde den schlanken hals.

HUGO VON HOFMANNSTHAL

Die verwandlungen

„und sie welken dahin in ihrer unendlichen schönheit"
Vers von Leopold Andrian

I.

5　Lang kannte er die muscheln nicht für schön:
Er war zusehr aus einer welt mit ihnen,
Der duft der hyacinthen war ihm nichts
So wie das spiegelbild der eignen mienen.

Doch alle seine tage waren so
10　Geöffnet wie ein leierförmig thal
Darin er herr zugleich und knecht zugleich
Des weissen lebens war und ohne wahl.

Wie einer der noch thut was ihm nicht ziemt
Doch nicht für lange, ging er auf den wegen:
15　Der heimkehr und unendlichem gespräch
Hob seine seele ruhig sich entgegen.

II.

Eh er gebändigt war für sein geschick
Trank er viel flut die bitter war und schwer
Dann richtete er sonderbar sich auf
20 Und stand am ufer seltsam leicht und leer.

Zu seinen füssen rollten muscheln hin
Und hyacinthen hatte er im haar
Und ihre schönheit wusste er, und auch
Dass dies der grosse trost des schönen lebens war.

25 Doch mit unsicherm lächeln liess er sie
Bald wieder fallen, denn ein grosser blick
Auf diese schönen kerker zeigte ihm
Das eigne unbegreifliche geschick.

Inschrift

Entzieh dich nicht dem einzigen geschäfte!
Vor dem dich schaudert, dieses ist das deine:
Nicht anders sagt das leben was es meine,
5 Und schnell verwirft das chaos deine kräfte.

KARL WOLFSKEHL

Erfüllung

Goldene tage verhallen – winzerlieder –
Schauernd schreitet der meister übers gefilde
5 Blau-gewandet mit dem blick der milde
Mit dem tiefen reichen lächeln der milde.

Hirt und heerde lagern auf den matten
Mohnesgluten schlummern in den ähren
Von den halden steigen wehende schatten.

10 Weben um die garben tauende schleier –
Heilig erntefroh erbebt das leben
Küsst sich stumm und rüstet sich zur feier.

Harrt des Nahenden mit dem blick der milde
Kränzet einmal noch die reifen glieder
15 Blau-gewandteter du beugst dich nieder
Beugest lächelnd dich zum leben nieder.

1897

ARNO HOLZ

Aus: Phantasus.

II.

Lachend in die Siegesallee
schwenkt ein Mädchenpensionat.

5   Donnerwetter, sind die chic!

Wippende, grünblau schillernde Changeantschirme,
lange, buttergelbe schwedische Handschuhe,
sich bauschende, silbergraue, von roten Tulpen durchflammte
Velvetblousen.

Drei junge Leutnants drehn ihre Schnurrbärte

10   Monocles.

Die Kavalkade amüsiert sich.

Fünfzig braune, trappelnde Strandschuhe
fünfundzwanzig klingelnde Bettelarmbänder.

Links
15   hinter ihnen drein,
die Blicke kohlschwarz,
ihr Drache.

Wehe!

Wie die Sonne durch die Bäume goldne Kringel wirft . . .

20   Ach was!

Und ich kriege die Schönste, die sich nicht sträubt, um die Taille,
– die ganze Gesellschaft stiebt kreischend auseinander,
Huuch! die alte Anstandsglucke fällt in Ohnmacht –
und rufe:

25 Mädchen, entgürtet euch und tanzt nackt zwischen den Schwertern!

JOHANNES SCHLAF

Spätherbst.

I.

Wie ist mein Herz so müd und alt,
So müd und kalt! ...
5   Die roten Hagebutten
Hängen über den Rain:
Ich starre in die welken
Blätter hinein
Und suche
10   Nach jenen alten warmen Ofenmärchen ...

II.

Prinz Zuckerkant
Kommt in's Land.
Seine Pracht schimmert auf gelben Blättern,

An Stamm und Kraut,
15   Auf dunklem Ackerbraun.
Wie heimisch ist sie zu schaun!
Nun könnt' ich hier immer so bei den grauen Weiden stehn
Und die blinkenden Tropfen fallen sehn! ...

III.
Am Kamin

20   Alt, alt bin ich
Wie der greise Wandrer, der nun kommt,
Und so still und dunkeläugig froh.

Ein kleines Liedchen
Hüpft und gaukelt immer so lieb
25   Und so schlicht über meine Tiefen ...

CHRISTIAN MORGENSTERN

Meeresbrandung.

„Wie viel schon riss ich ab von dir
in den Aeonen unsres Kampfs –
   warte nur . . .
wie viele stolze Festen wird
mein Arm noch in die Tiefe ziehn –
   warte nur . . .

Zurück und vor, zurück und vor,
und immer vor mehr denn zurück –
   warte nur . . .
so heute mild und morgen wild,
doch nimmer schwach und immer wach –
   warte nur . . .

Umsonst dein Dämmen, Rammen, Baun,
dein Wehr zerfällt, ich habe Zeit –
   warte nur . . .
wenn erst der Mensch dich nicht mehr schützt,
wer schützt dich dann, verloren Land –
   warte nur . . .

Mein Reich ist nicht von seiner Zeit,
Er stirbt, Ich aber werde sein –
   warte nur . . .
und will nicht ruhn, bis daß du ganz
in meinen Grund gerissen liegst –
   warte nur . . .

Bis deiner höchsten Firne Eis
von meinem Salz zerfressen schmilzt –
   warte nur . . .
und endlich nichts mehr, nichts als Ich
und Ich und Ich und Ich und Ich
   warte nur . . .“

LUDWIG DERLETH

Der Reiter

Wir kannten den Reiter
und ahnten die Macht –
er faßte die flatternde
Mähne der Nacht,
die Scharlachdecken
bluteten rot –
wir kannten den Reiter –
es war der Tod.

Venus Maria

Du bist die Reine
die in Gefahr
keiner sterblichen Mutter
Schoß gebar.

Frei über des Daseins
farbiges Meer
fährst du in silberner
Muschel daher.

Und wo du erscheinest
bei Kummer und Not
hellen die finsteren
Wellen sich rot;

Und alle die Dinge,
nah und fern,
sie stimmen die Lichter
nach deinem Stern.

Ich höre der Lieder
dämonische Ruh –
ich höre die Stürme –
und das bist du!

1898

Cäsar Flaischlen

Aus: Aus Lehr- und Wanderjahren.

II.

Auf den Höhen des Lebens . . .
du dachtest:
in Ewigkeiten zu senken
das trunkene Auge . . .
und erkennst
noch tiefer nur
des ganzen Getriebs
kernlose Schalheit . . .
auf den Höhen des Lebens!

auch diese Erkenntnis aber
ist . . . Sieg!

IV.

Da war ein ganzer Tisch voll Freunde,
und alle tranken sie dir zu
und alle machten mit dir Du . . .

und schöne Frau'n bei Küssen und Kosen
kränzten die Stirn dir mit blühenden Rosen . . .

und schließlich
bist du doch allein geblieben
und einsam, wie du immer warst.

Paul Scheerbart

Der tote Palast.
Ein Architektentraum.

Ich wußte, wo ich hin wollte.
Ich stieg daher unverdrossen die schlecht behauene Felstreppe
höher – und war bald da.

Und ich stand vor dem markigen Palast, den ich mein ganzes
Leben hindurch haben wollte.

Aber so deutlich wie damals hab ich ihn nie gesehen.

10   –

Der Palast sitzt auf der Bergkuppe wie ein zackiger Stachelhelm.

Ich bin sehr erstaunt.

Aber – es ist so still.

Ich habe eine so furchtbare Einöde noch niemals empfunden.

15   Und die Rubinsäulen stechen mir ins Auge – und die weiten
Säle der Sonnenglut brennen so stark.

Das also ist der markige Palast, den ich mein ganzes Leben hin-
durch haben wollte!

Es ist Alles so tot!

20   Und eine Stimme spricht zu mir:

„Die Kunst, die du erträumtest, ist immer tot. Die Paläste haben
kein Leben. Bäume leben – Thiere leben – aber Paläste leben nicht."

„Dennoch," versetz' ich, „ich will das Tote!"

„Ja wohl!" hör' ich rufen – aber ich weiß nicht, wer das sagt.

25   „Ich wollte die Ruhe – den Frieden!" schrei ich wild in grausi-
gem Ekel.

„Die Ruhe," hör' ich nun, „wirst du schon finden – sei doch
nicht so gierig!"

– –

30   Und ich wußte, was ich wollte – ich wollte die Ruhe – ohne
Lust – den Abgang ins Unendliche!!!

Der tote Palast zitterte – zitterte!

RAINER MARIA RILKE

Aus: Lieder der Mädchen

Ouverture:

Ihr Mädchen seid wie die Gärten
5   am Abend im April:
Frühling auf vielen Fährten,
aber noch nirgends ein Ziel.

I.

Geh ich die Gassen entlang,
da sitzen alle die braunen
Mädchen und schauen und staunen
hinter meinem Gang.

Bis eine zu singen beginnt
und Alle aus ihrem Schweigen
sich lächelnd niederneigen:

Schwestern, wir müssen ihm zeigen
wer wir sind.

II.

Königinnen seid ihr und reich.
Und die Lieder noch reicher
als blühende Bäume.
Nicht wahr, der Frühling ist bleich?
Aber noch viel, viel bleicher
sind seine Lieblingsträume,
sind wie Rosen im Teich.

Das empfandet ihr gleich:
Königinnen seid ihr und reich.

IV.

Ihr Mädchen seid wie die Kähne,
und an die Ufer der Stunden
seid ihr immer gebunden, –
darum bleibt ihr so bleich;
ohne hinzudenken,
wollt ihr den Winden euch schenken:
euer Traum ist der Teich.
Manchmal nimmt euch der Strandwind
mit – bis die Ketten gespannt sind
und dann liebt ihr ihn:
        „Schwestern, jetzt sind wir Schwäne,
        „die am Goldgesträhne
        „die Märchenmuschel ziehn".

XI.

Die Mädchen am Gartenhange
haben lange gelacht
und mit ihrem Gesange
wie mit weitem Gange
sich so müd gemacht.

Die Mädchen bei den Cypressen
zittern: die Stunde beginnt,
da sie nicht wissen, wessen
alle die Dinge sind.

ARNO HOLZ

Im Thiergarten, auf einer Bank, sitz ich und rauche;
und freue mich über die schöne Vormittagssonne.

Vor mir, glitzernd, der Kanal:
den Himmel spiegelnd, beide Ufer leise schaukelnd.

Über die Brücke, langsam Schritt, reitet ein Leutnant.

Unter ihm,
zwischen den dunklen, schwimmenden Kastanienkronen,
pfropfenzieherartig ins Wasser gedreht,
– den Kragen siegellackrot –
sein Spiegelbild.

Ein Kukuk
ruft.

In meinem schwarzen Taxuswald
singt ein Märchenvogel –
die ganze Nacht.

Blumen blinken.

Unter Sternen, die sich spiegeln,
treibt mein Boot.

Meine träumenden Hände
tauchen in schwimmende Wasserrosen.

Unten,
lautlos, die Tiefe.

Fern die Ufer! Das Lied ..

Um mein erleuchtetes Schloss wehn Cypressen.

Ich höre sie nicht. Ich fühle sie.

Alle meine Lichter werden erlöschen,
der letzte Geigenton verklingt,
durchs Fenster
in meinem brechenden Blick
spiegelt sich der Mond.

BÖRRIES FREIHERR VON MÜNCHHAUSEN

Augen.

Schwarze Schwäne ziehen
Über meiner Seele Meer,
Gestern: Rosenblühen,
Heute: alle Beete leer;
Dunkle Wolken jagen,
Schwarz und düster steht der Tann,
Meine Schultern tragen,
Was ich ja nicht tragen kann!

Was ich nicht kann tragen,
Hat mein Loos mir aufgelegt,
Und ich muß entsagen,
Wo mein Herz in Liebe schlägt.
Nicht zum Leben taugen
Mag ich, wie ein andrer Mann,
Denn ich weiß zwei Augen,
Die ich nicht vergessen kann.

1899

PAULA DEHMEL
RICHARD DEHMEL

Die ganze Welt.

Wo hängt der größte Bilderbogen?
Beim Kaufmann, Kinder! ungelogen!
Man braucht bloss draussen stehn zu bleiben,
Kuckt einfach durch die Ladenscheiben,
da sieht man ohne alles Geld
die ganze Welt.

Man sieht die braunen Kaffeebohnen;
die wachsen, wo die Affen wohnen.
Man sieht auf Waschblau, Reis und Mandeln
Kameele unter Palmen wandeln,
und einen Ochsen ganz bepackt
mit Fleischextrakt.

Am Eingang aber lehnt ne Leiter,
mit Hasen, Hühnern und so weiter,
und manchmal hängt an ihren Sprossen
ein grosser Hirsch, ganz totgeschossen;
dann kommt *so*'n kleiner Hundemann
und schnuppert dran.

FRIEDRICH FREIHERR VON LILIENCRON*

An der Grenze

Noch fliegt die Schwalbe ein und aus
Und flitzt im Wege auf und ab.
Doch aus des Pappelbaumes Flaus
Sprang schon ein gelbes Knöpfchen ab.

Noch treibt der bunte Schmetterling
Auf grünen Wiesen hin und her.
Ein Fädchen, das am Hute hing,
Kams schon von kahlen Koppeln her?

Vereinzelt noch ein treues Wort
Und eine Freude dann und wann –
Was nähert sich, was schaukelt dort?
Die Hadesfähre? Ankunft: Wann?

THEODOR FONTANE

An meinem Fünfundsiebzigsten

Hundert Briefe sind angekommen,
Ich war vor Freude wie benommen,
Nur etwas verwundert über die Namen
Und über die Plätze, woher sie kamen.

Ich dachte, von Eitelkeit eingesungen:
Du bist der Mann der „Wanderungen",
Du bist der Mann der märkschen Gedichte,
Du bist der Mann der märkschen Geschichte,
Du bist der Mann des alten Fritzen
Und derer, die mit ihm bei Tafel sitzen,
Einige plaudernd, andre stumm,
Erst in Sanssouci, dann in Elysium;
Du bist der Mann der Jagow und Lochow,
Der Stechow und Bredow, der Quitzow und Rochow,
Du kanntest keine größeren Meriten
Als die von Schwerin und vom alten Zieten,
Du fand'st in der Welt nichts so zu rühmen,
Als Oppen und Groeben und Kracht und Thümen;
An der Schlachten und meiner Begeisterung Spitze
Marschierten die Pfuels und Itzenplitze,
Marschierten aus Uckermark, Havelland, Barnim,
Die Ribbecks und Kattes, die Bülow und Arnim,
Marschierten die Treskows und Schlieffen und Schlieben –
Und über alle hab' ich geschrieben.

Aber die zum Jubeltag da kamen,
Das waren doch sehr sehr andre Namen,
Auch „sans peur et reproche", ohne Furcht und Tadel,
Aber fast schon von prähistorischem Adel:
Die auf „berg" und auf „heim" sind gar nicht zu fassen,
Sie stürmen ein in ganzen Massen,
Meyers kommen in Bataillonen,
Auch Pollacks und die noch östlicher wohnen;

35   Abram, Isack, Israel,
Alle Patriarchen sind zur Stell',
Stellen mich freundlich an ihre Spitze,
Was sollen mir da noch die Itzenplitze!
Jedem bin ich was gewesen,
40   Alle haben sie mich gelesen,
Alle kannten mich lange schon
Und das ist die Hauptsache ... „kommen Sie, Cohn".

Veränderungen in der Mark
Die Mark und die Märker
(Anno 390 und 1890)

Waren's Germanen, waren's Teutonen,
5   Spreeaufwärts sassen die Semnonen,
Schopfhaarige, hohe Menschengebilde,
Sechs Fuss sie selber und sieben die Schilde.

Neben ihnen, in Höfen und Harden,
Sassen elbwärts die Longobarden,
10   Sassen von Laub und Kränzen umwunden
Oderwärts die blonden Burgunden,
Sassen am Bober, in Kotten und Kralen,
Zechend und streitend die Vandalen,
Sassen am Saalfluss, auf Wiesen und Fluren,
15   Den Kreis abschliessend, die Hermunduren.

Aber Semnonen, Burgunden, Vandalen,
Alle mussten der Zeitlichkeit zahlen,
Longobarden und Hermunduren,
Alle nach Walhall aufwärts fuhren; –
20   Bis hin vor die Welten-Esche sie ziehn,
Da lagern sie sich um Vater Odin.

Tick, tick,
Tausend Jahre sind ein Augenblick!

Und als nun Bismarck den Abschied nahm,
Eine Sehnsucht über die Märkischen kam,
25   Und sie sprachen: „Herr, lass uns auf Urlaub gehn,
Wir möchten die Spree mal wieder sehn,

---

8 Harden *Bezirk mehrerer Dörfer.*   12 *Hütten und Rundlingsiedlungen.*   24 *Am*
20. 3. 1890.

Die Spree, die Havel, die Notte, die Nuthe,
Den ,kranken Heinrich', die Räuberkute,
30 Wir sind unsrer fünf, und haben wir Glück,
Bis Donnerstag sind wir wieder zurück."
Odin hat sich huldvoll verneigt –
Alles zur Erde niedersteigt.

Und zunächst in der Neumark, in Nähe von Bentschen,
35 Landen sie. „Himmel, was sind das für Menschen!"
Und als sie kopfschüttelnd sich weiter schleppen,
Bis Landsberg, Zielenzig, bis Schwiebus und Reppen,
Spricht einer: „Lasst uns mehr westwärts ziehn."
Und so westwärts kommen sie nach Berlin.
40 Am Thore rücken sie sich stramm,
Erst Neuer Markt, die Börse, Mühlendamm,
Dann Spandauer- und dann Tiergartenstrasse, –
Wohin sie kommen, dieselbe Race.

Sie kürzen freiwillig den Urlaub ab,
45 In wilde Carrière fällt ihr Rückzugstrab.
Ihr Rücktritt ist ein verzweifeltes Fliehn.
„Wie war es?" fragt teilnahmsvoll Odin,
Und der Hermundure stottert beklommen:
„Gott, ist die Gegend 'runtergekommen."

BÖRRIES FREIHERR VON MÜNCHHAUSEN

Ein Lied aus dem lateinischen Viertel.

Ich bin der Ritter Habenichts
Mit dem zerrissnen Rocke,
5 Ein Tagedieb, ein Taugenichts,
Zuhaus im fünften Stocke.
Heut hab ich Geld, heut leb ich fein
Und ess', wie Kön'ge essen,
Und morgen – hab ich alles klein,
10 Und alles ist – vergessen!

Und wenn mir der Verleger mal
Fünfhundert Mark wird pumpen,
Wenn besser mal zahlt das „Journal",
Dann laß ich mich nicht lumpen,

---

46 Rücktritt *altertümlich für ,Rückzug', mit Klangassoziation an den vorher gebräuchlichen*
französischen Ausdruck ,retraite'.

15 Was kümmert dann mich Geld und Preis,
Ich schenk euch tausend Gulden,
Und wenn ich gar nichts bessres weiß, –
Vielleicht bezahl ich Schulden!

Doch vorher, Ninon, kauf ich dir
20 Drei Kleider ganz von Seide,
Und kaufe dir und kaufe mir
Ein Häuschen für uns beide.
Doch wenn zu Ende Geld und Wein,
Der Trubel all vertrubelt, –
25 Dann – Ninon, laß uns offen sein!
Wirds Häuschen auch verjubelt!

Ich hab nun einmal keine Hand
Fürs Wahren und fürs Sparen, –
All Geld und Gut zerrinnt wie Sand
30 Bei meinem Wanderfahren.
Und wandre ich bergab, bergan
Den Weg, auf dem ich wohne,
Mit keinem König tausch ich dann
Auf seinem Königsthrone.

35 Mein Thronstuhl ist der Rasenrain,
Mein Reich liegt auf der Straßen.
Ich flechte mir ins Haar hinein
Aus Hahnklee die Topasen.
Kornblumen such ich allerwärts
40 Und grünes Laub der Bäume,
Und flechte um mein Liederherz
Viel kornblumblaue Träume.

Nächtliche Fahrt.

Glutverdorrt schläft rings der Wald, der kranke,
Kaum, daß lautlos eine Eule streift,
Kaum, daß hakend eine Brombeerranke
5 Nach den Speichen meines Rades greift.

Meines Lichts erschrockne Leuchten irren
Groß, phantastisch an den Stämmen her,
Nächtge Falter tollen Fluges schwirren
Gegen der Laterne Scheiben schwer.

10 Häher kreischen fern im Nebelthale,
Und der Schwaden zieht den Weg herauf,
Nasses Gras streift klatschend die Pedale,
Fern ein Murren – und der Wald wacht auf.

Und ich lausche, wie der Forst dem Tage
15 Bang ein sehnend Kehrewieder singt ...
Aengstlich tief das Dunkel. Und ich schlage
Gegen meine Glocke, daß sie klingt.

STEFAN GEORGE

Der freund der fluren

Kurz vor dem frührot sieht man in den fähren
Ihn schreiten in der hand die blanke hippe
5 Und wägend greifen in die vollen ähren
Die gelben körner prüfend mit der lippe.

Dann sieht man zwischen reben ihn mit basten
Die losen binden an die starken schäfte
Die harten grünen herlinge betasten
10 Und brechen einer ranke überkräfte.

Er schüttelt dann ob er dem wetter trutze
Den jungen baum und misst der wolken schieben
Er giebt dem liebling einen pfahl zum schutze
Und lächelt ihm dem erste früchte trieben.

15 Er schöpft und giesst mit einem kürbisnapfe
Er beugt sich oft die quecken auszuharken
Und üppig blühen unter seinem stapfe
Und reifend schwellen um ihn die gemarken.

KARL WOLFSKEHL

Ariadne

Still geht das licht... am fernen himmelsbogen
Ziehn weisse vögel leise brausen die wogen
5 Dunkles geschehen wandelt um mich her

Halt ich ihn nicht den Fäller der mich küsste
Den gnade giessenden – o meine brüste –
Ihr zittert noch und meine brauen schwer

So warm und süss erglühen mir die glieder..
Ein junges rauschen weckt die wipfel wieder
Das goldne horn klingt übers helle meer

Scheu lockt das wild dich hin zu nahen tränken
Rötlich entstrahlt der tau den felsenbänken
Um meine seele fliesst ein weicher schein

Nun gährts und dröhnt und grüne funken stieben
Das fest beginnt wo ist mein fürst geblieben
Bereit – o komme – wartet kelch und wein

Entgürtet wart ich an des reiches thoren
Wann nahst du seliger zum gott erkoren?
Wer zu mir gehet geht ins leben ein

Das goldene horn .. so weit ... du willst verklingen
In dämpfen schwebt es her   die schatten singen
Kein fest beginnt kein fest .. die welt ist leer.

Eine strasse baun wir unserm ruhme
Die am saume der bucht sich weithin windet
Immer nächst dem meere dem liebenden
Mit den hellen segeln den flimmernden inseln. –
Durch cypressengeäst und graue oliven
Blicke scheu und selten der menschen mühsal
Wie ein traum versinkt wie der abendwolke
Tieferer schatten am blau vorüberweht.
Doch auf unsrer weissgedehnten strasse
Dürfe nie das belastete saumtier keuchen
Unsre brüder nur die leichten freien

Ziehn dahin und grüssen uns und scheiden
Und dem schönsten gott in der träufelnden **grotte**
Wo die felsen sich neigen zur wegesmarke
Opfern die schönsten sterblichen ihre seele.

Aus: ALFRED WALTER HEYMEL

So soll es sein.

Malaga und Malvasier
Süßen, heißen Wein
5 Trinken alle Tage wir:
So soll es sein.

Junges Volk und Sonnenschein,
Bunter Strauß und Kranz.
Fliehen, Greifen, Ringelreihn,
10 Schritt, Schwung und Tanz.

Hände los! Die Wiesen hin:
Laube wird Palast,
Drinnen ich ein König bin;
Du, sei mein Gast.

15 Küsse werden nicht gezählt.
Liebe lädt uns ein.
Jugend ist nun jung vermählt:
So soll es sein!

RUDOLF ALEXANDER SCHRÖDER

Lieder in der Nacht.

O süße Nacht!
Du bist den Seelen ein geliebter Gast,
Und du bewirtest den,
5 Den du besuchet hast.

O Dunkelheit!
Kein Balsam träuft, der so wie du mich labt,
Und bist mit Wohlgeruch,
10 Du schimmernde, begabt.

O tiefe Ruh!
Wohl sehn ich mich nach Nächten immerzu;
Doch keine Nacht ist tief
Und ohne Wunsch, wie du.

15
O liebes Herz!
Was wanderst du so fremd durch Nacht und Tag?
Und kennst die Stunde nicht,
Die dich befrieden mag?

Von Meer zu Meer
20
Geht wohl mit immer unruhvollem Schritt
Ein Wind und geht ein Sturm –
Und wandert vieles mit.

Aus den Wäldern kam die Nacht. –
O, wie still!
Rufe, die mich krank gemacht,
Die mein Sehnen angefacht,
5
Schwinden und verhallen sacht
In die Nacht. –

ROBERT WALSER

Träume.

Verworrene Träume schnellten
Durch meinen Schlaf, vergällten
5
Mir also diesen Schlaf.

Nun können die Gestalten
Der Nacht sich nicht mehr halten,
Da sie der Morgen traf.

Wie trüb auch dieser Morgen,
10
Es drängen schon die Sorgen
Des Tags sie aus dem Tag,

Der mir vor allen Dingen
Beruhigung wird bringen,
Was er auch bringen mag.

Beruhigung.

Seit ich mich der Zeit ergeben,
Spür ich etwas in mir leben,
Warme, wundervolle Ruh.

Seit ich scherze unumwunden
Mit den Tagen, mit den Stunden,
Schließen meine Klagen zu.

Und ich bin der Bürd entladen,
Meiner Schulden, die mir schaden
Durch ein unverblümtes Wort.

Zeit ist Zeit, sie mag entschlafen:
Immer findet sie als braven
Menschen mich am alten Ort.

RICHARD DEHMEL

Hoffnung.

Es ist ein Schnee gefallen,
hat alles Graue zugedeckt,
die Bäume nur gen Himmel nicht;
bald trinkt der Schnee das Sonnenlicht,
dann wird das alles blühen,
was unter unsern Bäumen jetzt
kaum Wurzeln streckt.

Das alte Wunder.

An kleinen, bemoosten Dörfern vorbei,
durch eilende Wiesen und blühenden Mai.
Die Achsen dröhnen, ich sehne mich
nach Einer, die denkt still an mich.
Sie denkt wohl auch, was wohl die Welt
so im stillen zusammenhält.
Und selig seh ich zwei Schafe stehn,
die dem rollenden Zug nachsehn.

RUDOLF ALEXANDER SCHRÖDER

Sprüche in Reimen.

I.

Du trage nie dein Festkleid auf der Gassen.
Sie werdens sicher unbeschmutzt nicht lassen.

Willst du vom Volk unangefochten leben,
Mußt dich mit steilster Felsenburg umgeben.

Nun lärmt und rast ihr draußen immer zu.
Zugbrücke auf! – So lebe ich in Ruh.

„Bist in Wut nicht wider sie entbrannt?
Sie schmähten dich." – Ich hab sie nie gekannt.

Die Hunde fern zu halten sei beflissen.
Sie werden früh genug dein Grab bep...en.

„Wo ist, was gestern war?" Vorbei, verklungen,
Wie Stromeswellen, die das Meer verschlungen.

„Wo ist, was gestern war?" Freund, schaue nieder!
Die heutige Welle blinkt und bringt es wieder.

„Sprich, welcher Führung soll ich mich ergeben?"
Zuerst *vertraue* dir. Dich führt das Leben.

Uns bleibt nichts übrig, – laßt euchs nicht verdrießen, –
Als mit der Thorheit frohen Bund zu schließen.

Denn die erlauchte Weisheit wird am Schluß
Zur Närrin selbst, weil sie sich fügen muß.

ALFRED WALTER HEYMEL

Gesellschaftslied.

Wir sind jung, und das ist schön;
Sprach der junge Goethe.
Soll der Spruch uns neu erstehn!
Geige her und Flöte!
Wir sind jung, und das ist schön.

Rosen brachen wir vom Strauch,
Zweige zu Guirlanden,
10 Die nach altem Schäferbrauch
Unsre Mädchen wanden. –
    Sie sind jung, und das ist schön.

Süßer Weine Mancherlei
Rötet unsre Wangen;
15 Singen, Flüstern, zwei und zwei,
Zärtliches Verlangen. –
    Ich bin jung, und das ist schön.

Tanz, im Garten sich Ergehn;
Bitte, Kampf, Erliegen.
20 Kuß um Kuß. – Wer hat's gesehn?
Amors Pfeile fliegen. –
    Er ist jung, und das ist schön.

Lassen nun sich Träume sehn,
Stumm sind Geig und Flöte. –
25 Mög' uns allen es ergehn,
Wie dem jungen Goethe:
    Er ward alt, und das ist schön!

ROBERT WALSER

Helle.

Graue Tage, wo die Sonne
sich wie ein blasse Nonne
5 hat gebärdet, sind nun hin.
Blauer Tag steht blau da oben,
eine Welt ist frei erhoben,
Sonn und Sterne blitzen drin.

Alles das begab sich stille,
10 ohne Lärm, als großer Wille,
der nicht Federlesens macht.
Lächelnd öffnet sich das Wunder;
nicht Raketen und nicht Zunder
braucht's dazu, nur klare Nacht.

STEFAN GEORGE*

Nietzsche.

Schwergelbe wolken ziehen überm hügel
Und kühle stürme halb des herbstes boten
5 Halb frühen frühlings... also diese mauer
Umschloss den Donnerer – ihn der einzig war
Von tausenden aus rauch und staub um ihn?
Hier sandte er auf flaches mittelland
Und tote stadt die lezten stumpfen blitze
10 Und ging aus langer nacht zur längsten nacht.

Blöd trabt die menge drunten · scheucht sie nicht!
Was wäre stich der qualle schnitt dem kraut!
Noch eine weile walte fromme stille
Und das getier das ihn mit lob befleckt
15 Und sich im moder-dunste weiter mästet
Der ihn erwürgen half sei erst verendet!
Dann aber stehst du strahlend vor den zeiten
Wie andre führer mit der blutigen krone.

Erlöser du! selbst der unseligste –
20 Beladen mit der wucht von welchen losen
Hast du der sehnsucht land nie lächeln sehn?
Erschufst du götter nur um sie zu stürzen
Nie einer rast und eines baues froh?
Du hast das nächste in dir selbst getötet
25 Um neu begehrend dann ihm nachzuzittern
Und aufzuschrein im schmerz der einsamkeit.

Der kam zu spät der flehend zu dir sagte:
Dort ist kein weg mehr über eisige felsen
Und horste grauser vögel – nun ist not:
30 Sich bannen in den kreis den liebe schliesst
Und wenn die strenge und gequälte stimme
Dann wie ein loblied tönt in blaue nacht
Und helle flut – so klagt: sie hätte singen
Nicht reden sollen diese neue seele.

---

33 f. *Zitat nach Nietzsche*, ‚Die Geburt der Tragödie‘. *Darin:* ‚Versuch einer Selbst-kritik‘, *3. Abschnitt. (1886).*

Anhang

Editorische Notiz

Textgestaltung, das heißt auch Orthographie und Interpunktion, ist die der Erstdrucke. Typographisch bedingte Abweichungen betreffen für die erste Hälfte des neunzehnten Jahrhunderts die Großbuchstaben A, O, U, mit beigeschriebenem e, die hier konsequent als Ä, Ö, Ü wiedergegeben werden, was freilich nicht für Fremdwörter lateinischer oder griechischer Herkunft gelten durfte. Auch die graphische Anordnung der Originale blieb, wo immer die Zeilenlänge es noch gestattete, bewahrt; es gilt dies auch für Zeileneinzug und Zeilenabstand bestimmter Gedichtformen, nur die Einrückung zu Anfang einer neuen Strophe wurde hier, weil größerer Abstand diese Kennzeichnung überflüssig machte, aufgegeben. Sperrdruck erscheint hier als Kursivdruck. Offenkundige Druckfehler des Originaldrucks wurden unter Hinweis korrigiert. In Winkelklammern gesetzte Titel sind aus dem Kontext (etwa in Brentanos ‚Romanzen vom Rosenkranz‘, Büchners ‚Leonce und Lena‘) erschlossen. Anonyme, pseudonyme und halbpseudonyme Veröffentlichung eines Gedichtes wird durch ein * beim Autorennamen signalisiert, obwohl dies gegen das annalistische Prinzip verstößt. – Der Herausgeber ist den Mitarbeitern der Göttinger Universität für ihre Hilfsbereitschaft, denen des Verlags für Geduld und Rat zu Dank verpflichtet.

R. R. W.

Verzeichnis der Quellen

Die Anordnung der Quellen entspricht der Reihenfolge ihres Auftretens in dieser Anthologie. Es wird jeweils der Originaltitel angegeben; darauf folgt in heutiger Schreibweise der Ort und das (nominelle) Erscheinungsdatum. Bei Almanachen und sonstigen Periodika folgt darauf die Angabe der weiteren benutzten Jahrgänge; Änderungen des Titels werden in eckigen Klammern hinter der jeweiligen Jahreszahl vermerkt. Wurden einer Quelle mehrere Gedichte verschiedener Autoren entnommen, so sind deren Namen in Kursivdruck hinzugefügt.

1 Musenalmanach für das Jahr 1831. Herausgegeben von Amadeus Wendt. – Leipzig [o. J.] – *Weiterer benutzter Jahrgang:* 1832
Goethe, Mayer, Platen, Waiblinger

2 Berliner Musenalmanach. Herausgegeben von Moritz Veit. – Berlin 1831
Eichendorff

3 Morgenblatt für gebildete Stände. – Stuttgart 1831 – *Weitere benutzte Jahrgänge:* 1844 [Morgenblatt für gebildete Leser]. 1846 *[Titel wie 1844]*
Droste-Hülshoff, Heine, Mörike, Niembsch Edler von Strehlenau [Lenau]

4 [Anton Alexander Graf von Auersperg:] Spaziergänge eines Wiener Poeten. – Hamburg 1831

5 Maler Nolten. Novelle in zwei Theilen von Eduard Mörike. Mit einer Musikbeilage. *[2 Bde]*. – Stuttgart 1832

6 Gedichte von Nicolaus Lenau [Nikolaus Franz Niembsch Edler von Strehlenau]. – Stuttgart und Tübingen 1832

7 Deutscher Musenalmanach für das Jahr 1833. Hg. von A. v. Chamisso und G. Schwab. – Leipzig [o. J.] – *Weitere benutzte Jahrgänge:* 1834. 1835. 1836. 1837. 1838. 1839
Chamisso, Eichendorff, Fouqué, Freiligrath, Geibel, Goethe, Hoffmann von Fallersleben, Kerner, Ludwig I., Mayer, Niembsch Edler von Strehlenau [Lenau], Rückert, A. W. Schlegel

8 *Erstdruck* 1833. *Abdruck nach:* Rahel. Ein Buch des Andenkens für ihre Freunde. [Herausgeber: Carl August Varnhagen von Ense] Neue Auflage. 3. Theil. – Berlin 1834

9 *Erstdruck* 1835. *Abdruck nach:* Demokratisches Taschenbuch für 1848. – Leipzig 1847
Sauerwein

Verzeichnis der Quellen

10 Der Freimüthige oder: Berliner Konversations-Blatt. 23. Jahrgang. 1. Dezember
1835. No. 239   *Uhland*

11 Karl Immermann's Schriften. I. Band. Gedichte. – Düsseldorf 1835

12 Schutt. Dichtungen von Anastasius Grün [Anton Alexander Graf von Auers-
perg]. – Leipzig 1835

13 Frauenlob, ein Taschenbuch. – Wien 1835   *Feuchtersleben*

14 Goethe's Poetische und prosaische Werke in zwei Bänden. 1. Band. – Stuttgart
und Tübingen 1836

15 Carl Gustav Jochmann's von Pernau, Reliquien. Aus seinen nachgelassenen
Papieren. Gesammelt von Heinrich Zschokke. Erster Band. – Hechingen 1836

16 Gedichte von Ernst Freiherrn von Feuchtersleben. – Stuttgart und Tübingen
1836

17 Ferdinand Raimund's sämmtliche Werke. Herausgegeben von Johann N. Vogel.
Vierter Theil. – Wien 1837

18 Denkwürdigkeiten und vermischte Schriften von Karl August Varnhagen von
Ense. – Mannheim 1837   *Schlabrendorf, Varnhagen von Ense*

19 Gedichte von Eduard Mörike. – Stuttgart und Tübingen 1838

20 Neuere Gedichte von Nikolaus Lenau. (Nic. Niembsch von Strehlenau). –
Stuttgart 1838

21 Gockel, Hinkel und Gakeleia. Mährchen, wiedererzählt von Clemens Bren-
tano. – Frankfurt am Main 1838

22 Gedichte von J. P. Eckermann. – Leipzig 1838

23 Gedichte Ludwigs des Ersten Königs von Bayern. Dritter Theil. – München
1839

24 Unpolitische Lieder von Hoffmann von Fallersleben. – Hamburg 1840

25 Gedichte von Emanuel Geibel. – Berlin 1840

26 Gedichte von Karl Schimper. – Erlangen 1840

27 J. W. L. Gleim's sämmtliche Werke. Erste Originalausgabe aus des Dichters
Handschriften durch Wilhelm Körte. Achter oder Supplementband. Vater
Gleims Zeitgedichte von 1789–1803. – Leipzig 1841

28 Geistliche Blumenlese aus deutschen Dichtern von Novalis bis auf die Gegenwart. Mit einem Anhange biographischer Nachrichten. Herausgegeben von H. Kletke. – Berlin 1841   *Brentano*

29 [Georg Herwegh:] Gedichte eines Lebendigen. Mit einer Dedikation an den Verstorbenen. – Zürich und Winterthur 1841

30 Gedichte von Friedrich Hebbel. – Hamburg 1842

31 Lieder eines Erwachenden. Von Moritz Graf Strachwitz. – Breslau 1842

32 Lieder eines kosmopolitischen Nachtwächters. I. (Von Franz Dingelstedt, erschienen November 1841). – Hamburg 1842

33 [Georg Herwegh:] Gedichte eines Lebendigen. Zweiter Teil. – Zürich und Winterthur 1843

34 Liederbuch dreier Freunde. Theodor Mommsen. Theodor Storm. Tycho Mommsen. – Kiel 1843   *Theodor Mommsen, Storm*

35 Literarhistorisches Taschenbuch. Herausgegeben von R. E. Prutz. Erster Jahrgang: 1843. – Leipzig   *Hegel*

36 Wiener Zeitschrift. 2. Jänner 1844   *Grillparzer*

37 Die Grenzboten. eine deutsche Revue für Politik, Literatur und öffentliches Leben, redigiert von J. Kuranda. III. Jahrgang. 1844. No. 25. – Leipzig
Grillparzer

38 Kölnische Zeitung. 1844. 1846   *Droste-Hülshoff, Heine*

39 Gedichte von Annette Freiin von Droste-Hülshoff. – Stuttgart und Tübingen 1844

40 Ein Glaubensbekenntniß. Zeitgedichte von Ferdinand Freiligrath. – Mainz 1844

41 Clemens Brentano's Frühlingskranz aus Jugendbriefen ihm geflochten, wie er selbst schriftlich verlangte. Erster Band. – Charlottenburg 1844

42 Der Zerrissene. Posse mit Gesang in drei Acten. Von Johann Nestroy. – Wien 1845

43 Deutsches Taschenbuch. Erster Jahrgang. – Zürich und Winterthur 1845
Hoffmann von Fallersleben, Keller, Prutz

44 Gedichte und kritische Aufsätze aus den Jahren 1839 und 1840 von Georg Herwegh. Belle-Vue bei Constanz. – [Konstanz] 1845

Verzeichnis der Quellen

45 Sonntags-Blätter. Redacteur Dr. L. A. Frankl. Fünfter Jahrgang. – Wien 1846
Auersperg [Grün], Hebbel

46 Friedrich Hölderlin's sämmtliche Werke herausgegeben von Christoph Theodor Schwab. Zweiter Band. Nachlaß und Biographie. – Stuttgart und Tübingen 1846

47 Gedichte von Gottfried Keller. – Heidelberg 1846

48 Die Märchen des Clemens Brentano. Zum Besten der Armen nach dem letzten Willen des Verfassers herausgegeben von Guido Görres. Erster Band. – Stuttgart und Tübingen 1846

49 Producte der Rothen Erde. Gesammelt von Mathilde Franziska, verehelicht gewesene v. Tabouillot, geb. Giesler. [. . .]. – Münster 1846   *Droste-Hülshoff*

50 Karl Rosenkranz, Gedichte. (Studien 4. Theil. Metamorphosen des Herzens. Eine Confession.). – Leipzig 1847

51 Gedichte Ludwigs des Ersten, Königs von Bayern Vierter Teil. – München 1847

52 Volkslieder für das freie Deutschland. Ohne Censur. – Erfurt 1848   *Prutz*

53 Neue Rheinische Zeitung hg. von Karl Marx. – Köln 1848   *Weerth*

54 Goethes Briefe an Frau von Stein aus den Jahren 1776–1826. Zum erstenmal herausgegeben durch A. Schöll. Erster Band. – Weimar 1848

55 Neue Gedichte von Friedrich Hebbel. – Leipzig 1848

56 Juniuslieder von Emanuel Geibel. – Stuttgart und Tübingen 1848

56a Demokratisches Taschenbuch für 1848. – Leipzig 1847   *Bergmann, Wittig*

57 Ansichten der Natur, mit wissenschaftlichen Erläuterungen von Alexander von Humboldt. Band 1. – Stuttgart und Augsburg 1849   *Curtius*

58 März-Almanach von Adolf Brennglas [Glasbrenner]. – Leipzig 1849

59 Neue Gedichte von Robert Prutz. – Mannheim 1849

60 Nachgelassene Schriften von Georg Büchner. – Frankfurt am Main 1850

61 Nacht und Morgen. Neue Zeitgedichte von Franz Dingelstedt. – Stuttgart und Tübingen 1851

62 Heinrich Heine: Romanzero. Gedichte 3. Band. – Hamburg 1851

63 Neuere Gedichte von Gottfried Keller. – Braunschweig 1851

64 Neuere politische und sociale Gedichte von Ferdinand Freiligrath. Zweites Heft. – Düsseldorf 1851

65 Das geistliche Jahr. Nebst einem Anhang religiöser Gedichte von Annette von Droste-Hülshoff. – Stuttgart und Tübingen 1851

66 Nicolaus Lenau's Dichterischer Nachlaß. Herausgegeben von Anastasius Grün [Anton Alexander Graf von Auersperg]. – Stuttgart und Tübingen 1851

67 Deutscher Musenalmanach Zweiter Jahrgang. Hg. v. Christian Schad. – Nürnberg 1852 – *Weitere benutzte Jahrgänge:* 1853 [Würzburg. *Ders. Erscheinungsort auch bei den folgenden Jahrgängen*]. 1854. 1856. 1857
Bodenstedt, Daumer, Delius, Hebbel, Heine, Hensel, Heyse, Keller, Kinkel, Mayer, Rodenberg, Scherenberg, Tieck, Vogl

68 Deutscher Musenalmanach für das Jahr 1852. Hg. v. O. F. Gruppe. – Berlin [o. J.] – *Weitere benutzte Jahrgänge:* 1853. 1854. 1855
Bodenstedt, Eichendorff, Geibel, Heyse, Meinhold, Precht, Schack

69 Clemens Brentano's Gesammelte Schriften. Herausgegeben von Christian Brentano. – Frankfurt am Main 1852

70 Der letzte Blütenstrauß von Justinus Kerner. – Stuttgart und Tübingen 1852

71 Gedichte von Theodor Storm. – Kiel 1852

72 Sonette von Wilhelm von Humboldt. – Berlin 1853

73 Frauenbilder und Huldigungen von G. F. Daumer. – Leipzig 1853

74 Argo. Belletristisches Jahrbuch für 1854. Herausgegeben von Theodor Fontane und Franz Kugler. – Dessau 1854 – *Weitere benutzte Jahrgänge:* 1857 [Album für Kunst und Dichtung, herausgegeben von F. Eggers, Th. Hosemann, Franz Kugler. – Breslau 1857]. 1860 [*Untertitel wie 1857* herausgegeben von Fr. Eggers Th. Hosemann, B. v. Lepel. – Breslau 1860]
Fontane, Grimm, Heyse, Kugler, Storm

75 Vermischte Schriften von Heinrich Heine. Erster Band. – Hamburg 1854

76 Gedichte von Friedrich Hebbel. Gesammt-Ausgabe stark vermehrt und verbessert. – Stuttgart und Augsburg 1857

77 Dichtungen Alexander Petöfis. Herausgegeben von Karl Maria Kertbeny. – Leipzig 1858
Bettina von Arnim

Verzeichnis der Quellen

78 Deutschland über Alles! Zeitgemäße Lieder von Hoffmann von Fallersleben. – Leipzig 1859

79 Gedichte von Ernst Moritz Arndt. Vollständige Sammlung. – Berlin 1860

80 Letzte Gaben. Nachgelassene Blätter von Annette Freiin von Droste-Hülshoff. – Hannover 1860

81 Aus goldnen Tagen. Neue Gedichte von Robert Prutz. – Wien und Prag 1861

82 Ein Münchner Dichterbuch. Hg. v. Emanuel Geibel. – Stuttgart 1862
Bodenstedt, Dahn, Geibel, Lingg, Scheffel

83 Gedichte und Gedenkblätter von Emanuel Geibel. – Stuttgart 1864

84 [Conrad Ferdinand Meyer:] Zwanzig Balladen von einem Schweizer. – Stuttgart 1864

85 Gaudeamus! Lieder aus dem Engeren und Weiteren. von Joseph Victor von Scheffel. – Stuttgart 1868

86 Letzte Gedichte und Gedanken von Heinrich Heine. Aus dem Nachlasse des Dichters zum ersten Male veröffentlicht. Zweite Auflage. – Hamburg 1869 [*Supplementband von* sämmtliche Werke *als Titelauflage.*]

87 Die Gartenlaube. Illustrirtes Familienblatt. Herausgeber Ernst Keil. – Berlin 1869 *Lingg, Rückert, Scheffel*

88 Strophen und Stäbe. Von Wilhelm Jordan. – Frankfurt am Main 1871

89 Historische Volkslieder der Zeit von 1756 bis 1871. Zweiter Band. Aus fliegenden Blättern, handschriftlichen Quellen und dem Volksmunde gesammelt und herausgegeben von Franz Wilhelm Freiherrn von Dithfurth. – Berlin 1871–72 *Unbekannte Verfasser*

90 Der Salon für Literatur, Kunst und Gesellschaft. Hg. von Julius Rodenberg. Band X. – Leipzig 1872 *Fontane, Storm*

91 Friedrich Rückerts Kindertodtenlieder. Aus seinem Nachlasse. – Frankfurt am Main 1872

92 Kunterbunt von Wilhelm Busch. – München [1872]

93 Gedichte von Friederike Kempner. – Leipzig 1873

94 Kritik des Herzens von Wilhelm Busch. – Heidelberg 1874

95 Neue Monatshefte für Dichtkunst und Kritik. Herausgegeben von Oscar Blumenthal. Erster Band. – Berlin 1875   *Bodenstedt, Bürger, Storm*

96 Gedichte von Theodor Fontane. zweite, vermehrte Aufl. – Berlin 1875

97 Neue Gedichte von Georg Herwegh. Herausgegeben nach seinem Tode. – Zürich 1877

98 Deutsche Revue über das gesammte nationale Leben der Gegenwart. Herausgegeben von Richard Fleischer. Dritter Jahrgang. Erster Band. (October bis December 1878.). – Berlin 1879   *Bürger, Dahn*

99 *Erstdruck* 1881. *Abdruck nach:* Gedichte von Conrad Ferdinand Meyer. – Leipzig 1882

100 Gedichte von Conrad Ferdinand Meyer. – Leipzig 1882

101 Gesammelte Gedichte von Gottfried Keller. – Berlin 1883

102 Moderne Dichter Charaktere herausgegeben von Wilhelm Arent. – Leipzig [1885]   *Adler, Arent, Conradi, Hart, Hartleben, Holz, Wildenbruch*

103 Das Buch der Zeit. Lieder eines Modernen. Von Arno Holz. – Zürich 1886

104 Gedichte von Theodor Fontane. Dritte vermehrte Auflage. – Berlin 1889

105 Also sprach Zarathustra. Ein Buch für Alle und Keinen. Von Friedrich Nietzsche. Vierter und letzter Theil. – Leipzig 1891

106 Blätter für die Kunst Begründet von Stefan George. Herausgegeben von Carl August Klein 1892–1919. – *Abdruck nach:* Abgelichteter Neudruck Zum Jubiläumsjahr 1968. – Düsseldorf und München

107 Moderner Musen-Almanach auf das Jahr 1893 herausgegeben von Otto Julius Bierbaum. Ein Sammelbuch deutscher Kunst. – München [o. J.] – *Weiterer benutzter Jahrgang:* 1894 [*Untertitel in:* Jahrbuch deutscher Kunst. Zweiter Jahrgang. *geändert*].
Bierbaum, Dauthendey, Dehmel, Falke, Flaischlen, Hartleben, Holz, Jacobowsky, Liliencron, Scharf, Scheerbart, Schlaf

108 Das Magazin für Litteratur. hg. von R. Steiner u. O. E. Hartleben. – Berlin 1894
Nietzsche

109 Neuer Glaube von Christian Wagner Bauer in Warmbronn. Literarisches Schatzkästlein I. Band. – Stuttgart, Leipzig, Berlin, Wien [1894]

Verzeichnis der Quellen

110 PAN herausgegeben von der Genossenschaft PAN 1895. – [Berlin] – *Weitere benutzte Jahrgänge:* 1896. 1897. 1898. 1899
P. u. R. Dehmel, Derleth, Flaischlen, Fontane, Hofmannsthal, Holz, Liliencron, Morgenstern, Rilke, Scheerbart

111 Phanthasus von Arno Holz. – Berlin 1898

112 Göttinger Musen-Almanach für 1898. Herausgegeben von Göttinger Studenten. – Göttingen 1898 – *Weiterer benutzter Jahrgang:* 1899 [Göttinger Musenalmanach für 1900.]   *Münchhausen*

113 Die Insel/Monatsschrift mit Buchschmuck und Illustrationen. Herausgegeben von Otto Julius Bierbaum/Alfred Walter Heymel/Rudolf Alexander Schröder. Erster Jahrgang. Erstes Quartal Oktober bis Dezember 1899. Mit Buchschmuck von Georges Lemmen. – [Brüssel]   *Dehmel, Heymel, Schröder, Walser*

Verzeichnis der Autoren und ihrer Gedichte

Die Autoren werden, unter ihrem bürgerlichen Namen und mit Angabe ihrer Lebensdaten – soweit zu ermitteln –, alphabetisch aufgeführt. Die Gedichte werden in der Reihenfolge angeführt, in der sie in der vorliegenden Sammlung auftreten. Die Halbfett-Ziffer hinter dem Gedichttitel bzw. der Anfangszeile (*kursiv*) verweisen auf die entsprechende Nummer des Quellenverzeichnisses. Ihr folgt die Seitenzahl; gegebenenfalls wird der Fundort des Gedichtes noch durch Zusätze wie Jahrgang, Bandnummer etc. genauer bestimmt. Wo nötig werden auch die originalen Rubriktitel, Zyklustitel oder andere Zwischentitel (in runden Klammern) mitgeteilt. Anführungszeichen in runden Klammern (") verweisen jeweils auf den zuletzt genannten Zwischentitel. Am rechten Seitenrand werden die Seitenzahlen dieser Sammlung angegeben.

ADLER, Friedrich (1857–1938)
Nach dem Strike **102** S. 88 f. 298

ANDRIAN-WERBURG, LEOPOLD FREIHERR VON (1875–1951)
Sie schwieg und sah mit einem blick mich an **106** Zweite Folge. 1. Bd. Jänner 1894
(Buch der Traurigkeit) S. 17 f. 337

ARENT, WILHELM
À la Makart **102** S. 18 f. 297

ARNIM, BETTINA VON (1785–1859)
Petöfi dem Sonnengott **77** S. 581–584 233

ARNDT, ERNST MORITZ (1769–1860)
Jugend und Alter **7** 6. Jg. 1835 (Gedichte.) 2. S. 238 f. 43
Der Dämon des Sokrates **79** 615 f. 237

AUERSPERG, ANTON ALEXANDER GRAF VON (1806–1876)
Warum? **4** S. 46–49 19
Unsere Zeit **4** S. 89 ff. 21
Ihr, denen in die Hände ward gegeben **12** (Der Thurm am Strande.) S. 22 49
Drei Liebchen **45** 25. 1. 1846 (Volkslieder aus Krain von Anastasius Grün.)
VII. S. 79 139

BERGMANN, THEODOR
An der Eisenbahn **9** S. 325 167

BIERBAUM, OTTO JULIUS (1865–1910)
Ritter rät dem Knappen dies: **107** 1894 S. 75 327
Überschriftenreime **107** 1894 S. 78 ff. 328

Verzeichnis der Autoren und ihrer Gedichte

BODENSTEDT, FRIEDRICH MARTIN (1819–1892)
›Stammbuchblatt‹ *Und thut dir's weh daß ich von dir geh'* 68 (Stammbuchblätter.)
4. S. 176 f. 192
Verschieden von Gut und von Geld 67 3. Jg. 1853 S. 72 204
Einem jungen Dichter in's Album 68 S. 18 f. 210
Völkerhaß 82 S. 158 246
Der Kampf um's Dasein 95 (Neue Gedichte.) 5. S. 3 282
Lebensregel 95 (Sprüche.) S. 3 282

BRENNGLAS siehe GLASSBRENNER, ADOLF

BRENTANO, CLEMENS (1778–1842)
›Ein Lied‹ *Wie so leis die Blätter wehn* 21 S. 14 f. 76
›Kindergebet‹ *Guten Abend, gute Nacht* 21 S. 144 77
›Reime‹ *Wenn der lahme Weber träumt, er webe* 21 S. 271 f. 78
›Ausgang‹ *Was reif in diesen Zeilen steht* 21 S. 345 78
Erbarme dich, Herr! 28 S. 69 f. 92
Lieb und Leid im leichten Leben 41 S. 259 f. 124
Himmel oben, Himmel unten 48 S. 128 f. 144
Wie klinget die Welle! 48 S. 154 144
Wer nie sein Brod in Thränen aß 48 S. 336 f. 145
Herr, ich steh' in deinem Frieden 69 3. Bd. (Romanzen vom Rosenkranz.) S. 313 f. 194
›Lied der Biondetta‹ *Meerstern, wir dich grüßen* 69 3. Bd. (") S. 171–174 195
Wo schlägt ein Herz, das bleibend fühlt? 69 2. Bd. S. 237 198
Ich weiß wohl was dich bannt in mir! 69 2. Bd. S. 238 199

BÜCHNER, GEORG (1813–1837)
›Lied der Rosetta‹ *O meine müden Füße, ihr müßt tanzen* 60 (Leonce und Lena.
I. 3) S. 163 f. 172

BÜRGER, GOTTFRIED AUGUST (1747–1794)
Für Wen, du gutes deutsches Volk 95 (Bürgers politische Ansichten. Nach unge-
druckten Briefen, Gedichten und Aufsätzen seines literarischen Nachlasses.
Von Adolf Strodtmann.) S. 224 283
Zu spät 98 (Ungedruckte Gedichte G. A. Bürgers. Aus dem handschriftlichen
Nachlasse desselben mitgetheilt von Adolf Strodtmann.) S. 158 287

BUSCH, WILHELM (1832–1908)
Trauriges Resultat einer vernachlässigten Erziehung 92 S. 57 ff. 274
Wirklich, er war unentbehrlich! 94 S. 22 281

CHAMISSO, ADELBERT VON (1781–1838)
Wie hat mir Einer Stimme Klang geklungen 7 5. Jg. 1834 (Gedichte. 1. Die Blinde.)
S. 119 36
Die alte Waschfrau 7 6. Jg. 1835 (Gedichte.) 5. S. 162 ff. 42
Sonett 7 7. Jg. 1836 (Gedichte.) 6. S. 41 60
Zweites Lied von der alten Waschfrau 7 10. Jg. 1839 (Gedichte.) 7. S. 38 f. . . 81

Verzeichnis der Autoren und ihrer Gedichte

CONRADI, HERMANN (1862–1890)
Pygmäen **102** S. 91 299

CURTIUS, ERNST (1814–1896)
›Der Aturen-Papagei‹ *In der Orinoco-Wildniß* **57** S. 314 f. 168

DAHN, FELIX (1834–1912)
Jung Sigurd **82** S. 184–187 246
Welt-Anschauung **98** S. 366–369 288

DAUMER, GEORG FRIEDRICH (1800–1875)
Um Mitternacht, da grüßte hell und golden **73** Erstes Bändchen. (Rosa.) S. 55 ff. . . 207
Deiner harrend hingebracht **73** Erstes Bändchen. (Adele.) 125 f. 208
Das Weib in unsrer sittlichen Welt **73** Erstes Bändchen. (Anhang. Zerstreute
Blätter. Eigen und fremd.) S. 222 208
Ihr schaudert immer und immer **73** Erstes Bändchen. (”) S. 228 209
Sie hat ihm Alles hingeopfert **73** Erstes Bändchen. (”) S. 232 f. 209
Schon sank die Nacht; es dämmert auf den Straßen **73** Erstes Bändchen. (”)
S. 240 209
Wo Liebende sich finden **73** Drittes Bändchen. (Zweite Abtheilung. Vermischte
Form.) LXI. S. 167 209
›Propheteneifer‹ *Propheteneifer übermannte mich –* **67** 6. Jg. 1856 S. 211 223

DAUTHENDEY, MAX (1867–1918)
Vision gemälde von Munch **106** [Erste Folge.] 3. Bd. 1893 S. 81 f. 318
Gesänge der Düfte **107** 1894 S. 205 f. 330
Amselsang **106** Zweite Folge. 1. Bd. Jänner 1894 (Stimmen des Schweigens)
S. 16 337

DEHMEL, PAULA (1862–1918) und RICHARD DEHMEL
Die ganze Welt **110** 5. Jg. 1. H. 1899 (Kindergedichte von Paula und Richard
Dehmel) S. 23 358

DEHMEL, RICHARD (1863–1920)
Die zweite Nacht **107** 1893 S. 208 f. 323
Neue Liebe **107** 1893 S. 212 324
Nicht doch! **107** 1893 S. 216 f. 324
Hoffnung **113** S. 144 367
Das alte Wunder **113** S. 145 367

DELIUS, NICOLAUS
Germania rediviva **67** 3. Jg. 1853 S. 309 205

DERLETH, LUDWIG (1870–1948)
Der Reiter **110** 3. Jg. 1. H. 1897 S. 29 352
Venus Maria **110** 3. Jg. 1. H. 1897 S. 29 352

Verzeichnis der Autoren und ihrer Gedichte

DINGELSTEDT, FRANZ FREIHERR VON (1814–1881)

Weib gib mir Dekkel, Spieß und Mantel 32 (Nachtwächters Stillleben.) S. 3 f. . . 100

Abschied von Wien 32 (Nachtwächters Weltgang. Deutschland. Erste Station.) S. 142 102

Herr Michel und der Vogel Strauß 32 (Drei neue Stücklein mit alten Weisen. (Für deutsche Liedertafeln.)) I. S. 184 104

Märzveilchen. 1848 61 (Tagesanbruch.) S. 89 172

„Verthierte Söldlinge" 61 (Licht und Schatten.) S. 205 173

DROSTE-HÜLSHOFF, ANNETTE ELISABETH FREIIN VON (1797–1848)

Das Ich, der Mittelpunkt der Welt 3 10. 8. 1844 S. 765 114

Die todte Lerche 3 28. 8. 1844 S. 825 119

Im Grase 38 24. 11. 1844 *[ohne Seitenangabe]* 120

Das Spiegelbild 39 S. 199 121

Durchwachte Nacht 49 S. 522–525 148

Am zweiten Sonntag nach Ostern 65 S. 99 ff.. 182

Am fünften Sonntag nach Ostern 65 S. 109 f. 183

Am letzten Tage des Jahres 65 S. 250 ff. 184

Das Wort 80 S. 1 f. 237

O Nacht! 80 (Klänge aus dem Orient.) S. 127 238

ECKERMANN, JOHANN PETER (1792–1854)

Land Weimar 22 S. 170 f. 79

Musengunst 22 S. 81 80

Überwunden. Nach Voltaire 22 S. 113 80

EICHENDORFF, JOSEPH FREIHERR VON (1788–1857)

Malers Morgenlied 2 S. 39 f. 14

Winterlied 7 4. Jg. 1833 (Gedichte.) 1. S. 68 33

Nachts 7 5. Jg. 1834 (Gedichte.) 5. S. 236 36

Auf den Tod meines Kindes 7 6. Jg. 1835 (Gedichte.) 1. S. 259 f. 44

Im Walde 7 7. Jg. 1836 (Gedichte.) 1. S. 26 59

Meeresstille 7 8. Jg. 1837 (Gedichte.) 4. S. 234 f. 68

Der Einsiedler 7 8. Jg. 1837 (") 11. S. 242 69

Wünschelruthe 7 9. Jg. 1838 (Gedichte.) 4. S. 287 72

Prinz Roccocco 68 S. 38 f. 211

FALKE, GUSTAV (1853–1916)

Der Citronenbaum 107 1894 S. 210 331

FEUCHTERSLEBEN, ERNST FREIHERR VON (1806–1849)

Es ist bestimmt in Gottes Rath 13 (Nach altdeutscher Weise.) S. 164 50

Ist doch – so rufen sie vermessen – 16 (Resultate.) S. 179 57

Mit Stein und Stahl schlägt man sich Licht 16 (") S. 91 57

Erst gab es Lieder ohne Sinn 16 (") S. 103 57

Dir zu bekennen, hast du Muth 16 (") S. 116 57

Verzeichnis der Autoren und ihrer Gedichte

FLAISCHLEN, CÄSAR (1864–1920)

Ein Jugend-Golgatha **107** 1893 S. 336 325
Laub am Boden **107** 1894 S. 191 329
Auf den Höhen des Lebens . . . **110** 4. Jg. 3. H. 1898 (Gedichte. Aus Lehr- und
Wanderjahren.) S. 164 353
Da war ein ganzer Tisch voll Freunde **110** 4. Jg. 3. H. 1898 (") S. 165 353

FONTANE, THEODOR (1819–1898)

›James Monmouth‹ *Es zieht wie eine blutige Spur* **74** 1854 (James Monmouth.)
S. 328 213
Prinz Louis Ferdinand **74** 1860 S. 7 239
Der 6. November 1632 **90** S. 285 269
„O trübe diese Tage nicht" **96** S. 7 284
Mittag **96** S. 10 284
Lebenswege **104** S. 33 f. 311
Meine Gräber **104** S. 47 f. 312
An meinem Fünfundsiebzigsten **110** 5. Jg. 1. H. 1899 S. 7 f. 359
Veränderungen in der Mark Die Mark und die Märker (Anno 390 und 1890)
110 5. Jg. 1. H. 1899 S. 5 f. 360

FOUQUÉ, FRIEDRICH DE LA MOTTE (1777–1843)

Wahrhafte Fabel **7** 10. Jg. 1839 (Gedichte.) 2. S. 94f. 82

FREILIGRATH, FERDINAND (1810–1876)

Löwenritt **7** 6. Jg. 1835 (Gedichte.) 2. S. 91–94 39
Anno Domini . . . . . . ? **7** 6. Jg. 1835 (") 4. S. 99–102 40
Vorgefühl **7** 8. Jg. 1837 (Gedichte.) 6. S. 78 f. 65
Hamlet **40** S. 253–257 122
Ein Umkehren. 1792 **64** S. 40–45 179

GEIBEL, EMANUEL (1815–1884)

Gondelfahrt **7** 7. Jg. 1836 S. 281 f. 60
Rheinsage **7** 8. Jg. 1837 (Gedichte.) 2. S. 203 f. 66
Die stille Lotosblume **25** (Jugendliebe als Intermezzo. 1834–1836) S. 53 . . . 85
An Ludwig Achim von Arnim **25** S. 128 86
Für Musik **56** S. 34 162
Hoffnung **56** S. 136 f. 163
Das ist der Fluch von diesen trüben Zeiten **56** (Deutsche Klagen vom Jahre 1844.)
S. 164 164
O hätt' ich Drachenzähne statt der Lieder **56** (Für Schleswig-Holstein.) S. 186 . . 164
Zum Schlusse **68** S. 133 191
Wo des Oelwalds Schatten dämmern **82** (Erinnerungen aus Griechenland.) S. 98 244
Zwei Schwestern sah ich heut geschmückt **82** (") S. 110 244
Julin **82** S. 218 f. 248
Einst geschieht's, da wird die Schmach **83** (Lieder aus alter und neuer Zeit.) XV.
S. 23 f. 250
Deutsch und Fremd **83** (Vermischte Gedichte. Erstes Buch.) S. 96 ff. 251

Verzeichnis der Autoren und ihrer Gedichte

GEORGE, STEFAN (1868–1933)

Mühle lass die arme still **106** [Erste Folge.] 1. Bd. 1892 (Pilgerfahrten) S. 7 · · 315

Daneben war der raum der blassen helle **106** [Erste Folge.] 1. Bd. 1892 (Algabal)
S. 10 f. · · · · · · · · · · · · · · · · · · · 315

Mein Garten bedarf nicht luft und nicht wärme **106** [Erste Folge.] 1. Bd. 1892
(") S. 11 · · · · · · · · · · · · · · · · · · · 316

Der Herr der Insel **106** Zweite Folge. 1. Bd. Jänner 1894 S. 3 · · · · · · 336

Rückkehr **106** Zweite Folge. 3. Bd. August 1894 (Drei Gedichte) S. 66 · · · 338

Komm in den totgesagten park und schau! **106** Zweite Folge. 5. Bd. Februar 1895
(Nach der Lese) S. 130 · · · · · · · · · · · · · 340

Wir schreiben auf und ab im reichen flitter **106** Zweite Folge. 5. Bd. Februar 1895
(") S. 132 · · · · · · · · · · · · · · · · · · 340

Nun säume nicht die gaben zu erhaschen **106** Zweite Folge. 5. Bd. Februar 1895 (")
S. 133 · 341

Es lacht in dem steigenden jahr dir **106** Dritte Folge. 1. Bd. Jänner 1896 (Traurige
Tänze) S. 6 · · · · · · · · · · · · · · · · · 343

Gemahnt dich noch das schöne bildnis dessen **106** Dritte Folge. 4 Bd. August 1896
(Sieg des Sommers) S. 102 f. · · · · · · · · · · · 346

Der Freund der Fluren **106** Vierte Folge. 3. Bd. 1899 (Teppich des Lebens)
S. 70 · 363

Nietzsche **106** Fünfte Folge. 1900/1901 S. 5 f. · · · · · · · · · · 370

GLASSBRENNER, ADOLF (1810–1876)

1–10 **58** (Aus dem Tagebuche eines Berliner Arbeiters.) S. 85 · · · · · · 169

Gebet der belagerten Berliner **58** (") S. 89 · · · · · · · · · · · · 169

GLEIM, JOHANN WILHELM LUDWIG (1719–1803)

Mainzer Siegeslied **27** (Die Deutschen.) 12. S. 108 · · · · · · · · · 91

GOETHE, JOHANN WOLFGANG VON (1749–1832)

Den vereinigten Staaten **1** S. 42 · · · · · · · · · · · · · · · · 13

Dornburg, September 1828 **7** 4. Jg. 1833 S. 6 · · · · · · · · · · · 32

Verpflanze den schönen Baum **14** (An meinen Freund. 1767) Erste Ode. S. 52 · 54

Sey gefühllos! **14** (") Dritte Ode. S. 53 · · · · · · · · · · · · 52

Mit der Deutschen Freundschaft **14** (West-oestlicher Divan. Buch des Unmuths.)
S. 349 f. · · · · · · · · · · · · · · · · · · 54

Nicht mehr auf Seidenblatt **14** (West-oestlicher. Divan. Buch Suleika.) S. 363 · · 54

›An Frau von Stein‹ *Warum gabst du uns die tiefen Blicke* **54** S. 24 ff. · · · · · · 160

GRILLPARZER, FRANZ (1791–1872)

Abschied von Wien **36** S. 11 · · · · · · · · · · · · · · · · · 113

Episteln **37** S. 787–790 · · · · · · · · · · · · · · · · · · 115

GRIMM, HERMAN (1828–1901)

Sommergefühl **74** 1857 S. 24 · · · · · · · · · · · · · · · · 231

GRÜN, ANASTASIUS siehe AUERSPERG, ANTON ALEXANDER GRAF VON

Verzeichnis der Autoren und ihrer Gedichte

HART, JULIUS (1859–1930)
Hört ihr es nicht? ... **102** S. 67 f. 300

HARTLEBEN, OTTO ERICH (1864–1905)
Wohin du horchst ... **102** S. 203 f. 305
Im Arm der Liebe schliefen wir selig ein ... **107** 1894 S. 51 326
Auf einem weißen Thierfell kugeln sich **107** 1894 S. 52 327

HEBBEL, FRIEDRICH (1813–1863)
An eine Unbekannte **30** S. 72 96
Abendgefühl **30** S. 159 97
Schlafen, Schlafen, Nichts als Schlafen! **30** S. 199 97
Requiem **30** S. 213 f. 98
Unsere Zeit **30** (Ein Buch Sonette.) S. 229 98
Kleist **30** ('') S. 235 99
Ballade **45** 18. 1. 1846 S. 52 131
Sommerbild **55** S. 21 162
Virtuosen-Portrait's **55** S. 139 162
Antwort **67** 3. Jg. 1863 (Neue Epigramme.) S. 51 203
Die alten Naturdichter Brocker, Geßner und ihre modernen Nachzügler Stifter,
    Kompert u.s.w. **67** 3. Jg. 1853 ('') S. 55 203
Herbstbild **76** S. 168 230
Alle Wunden hören auf zu bluten **76** (Dem Schmerz sein Recht.) S. 275 f. 231

HEGEL, GEORG WILHELM FRIEDRICH (1770–1831)
Eleusis. An Hölderlin **35** (Hegels Leben von Karl Rosenkranz.) S. 99 f. . . . 110

HEINE, HEINRICH (1797–1856)
Durch den Wald, im Mondenscheine **3** 28. 2. 1831 (Neuer Frühling.) S. 198 . . . 18
In Gemäldegalerien **3** 28. 2. 1831 ('') S. 198 19
Himmel grau und wochentäglich! **3** 4. 7. 1831 S. 630 19
Der Asra **3** 2. 9. 1846 S. 837 133
Frau Jutte **3** 2. 9. 1846 S. 837 133
Herr Schelm von Bergen **38** 31. 5. 1846 *[ohne Seitenangabe]* 140
Erinnerung **62** S. 174 f. 173
Gedächtnisfeier **62** S. 184 f. 174
An die Engel **62** S. 190 f. 175
Enfant perdu **62** S. 201 f. 175
Babylonische Sorgen **75** (Gedichte. 1853 und 1854.) V. S. 134 f. 215
Laß die heil'gen Parabolen **75** ('') (VIII. Zum Lazarus.) S. 148 f. 216
Wie langsam kriechet sie dahin **75** ('') ('') S. 150 f. 216
Erinnerung aus Krähwinkels Schreckenstagen ('') XX. S. 198 f. 217
Epilog ('') XXIII. S. 213 f. 218
Moral **67** 7. Jg. 1857 S. 381 229
Jammerthal **67** 7. Jg. 1857 S. 381 f. 229
Mein Tag war heiter, glücklich meine Nacht **67** 7. Jg. 1857 (Zum Lazarus.) S. 390 230
Hymnus **86** S. 55 258

Verzeichnis der Autoren und ihrer Gedichte

1649–1793 – ???? **86** S. 157 f. 259
Die Wanderratten **86** S. 159 ff. 259
Wo? **86** S. 52 261

HENSEL, LOUISE (1798–1876)
Anne Marie **67** 6. Jg. 1856 S. 270 ff. 223

HERWEGH, GEORG (1817–1875)
Reiterlied **29** S. 34 f. 94
Die Geschäftigen **29** (Sonette. Aus einer größern Sammlung „Dissonanzen".)
   XXII. S. 152 95
Hölderlin **29** (") XLVIII. S. 178 95
Grabschrift **29** (") LII. S. 182 96
Die Partei. An Ferdinand Freiligrath **33** S. 61–64 105
Wiegenlied **33** S. 88 f. 106
Entpuppung **33** (Xenien.) S. 97 107
Unglückliche Liebe **33** (") S. 105 107
Platen **33** (") S. 114 107
Guten Morgen, Nachbar! **33** (") S. 122 107
Metternich **33** (") S. 125 108
Frühlingsnacht **44** S. 51 f. 126
Immer mehr! April 1866 **97** S. 147 285
Groß. Mai 1872 **97** S. 218 f. 285
An Richard Wagner. 8. Februar 1873 **97** S. 235 286
Den Reichstäglern **97** S. 241 287

HEYMEL, ALFRED WALTER (1878–1914)
Malaga und Malvasier **113** (So soll es sein.) S. 34 f. 365
Gesellschaftslied **113** S. 306 368

HEYSE, PAUL (1830–1914)
Wenn das Haus im Wüsten liegt **67** 2. Jg. 1862 (Speranza.) S. 103 f. 187
Du bist so heiter wie der Tag **67** 2. Jg. 1852 (") S. 109 187
Ach, da ich bei dir saß **68** S. 303 194
Euch beneid' ich ihr Lazerten **74** 1854 (Lieder aus Sorrent von Paul Heyse.) S. 346 f. 214
Seit du nun schweigst, sind mir die Dinge stumm **74** 1854 (") S. 349 214

HÖLDERLIN, FRIEDRICH (1770–1843)
Höhere Menschheit **46** S. 347 134
Der Herbst **46** S. 345 f. 134
Der Sommer **46** S. 347 135
Das Angenehme dieser Welt **46** S. 315 135

HOFFMANN [VON FALLERSLEBEN], AUGUST HEINRICH (1798–1874)
Weihnachtslied **7** 8. Jg. 1837 (Kinderlieder.) 5. S. 294 69
Schlafe! was willst du mehr? **24** (Erste Sitzung.) S. 24 83
Die modernen Heiden **24** (Dritte Sitzung.) S. 60 f. 83

Verzeichnis der Autoren und ihrer Gedichte

Der Wehrstand **24** (Sechste Sitzung.) S. 127 84
Heimweh nach Frankreich. Zwischen Saône und Rhône **24** (Siebente Sitzung.)
S. 158 85
Classischer Boden **43** (Diavolini.) 5. S. 9 126
Römisches Helldunkel **43** (") 6. S. 10 127
Michel-Enthusiast **43** (") 7. S. 11 f. 127
Die Fremdherrschaft **78** S. 25 f. 235
Bundeszeichen **78** S. 7 236

HOFMANNSTHAL, HUGO VON (1874–1929)
Vorfrühling **106** [Erste Folge.] 2. Bd. 1892 S. 43 f. 317
Terzinen **110** 1. Jg. 2. H. 1895 S. 86 f. 341
Ein Traum von grosser Magie **106** Dritte Folge. 1. Bd. Jänner 1896 S. 9 ff. . 343
Ballade des äusseren Lebens **106** Dritte Folge. 1. Bd. Jänner 1896 S. 12 . 345
Terzinen über vergänglichkeit **106** Dritte Folge. 1. Bd. Jänner 1896 S. 38 . 345
Die Verwandlungen **106** Dritte Folge. 4. Bd. August 1896 S. 111 f. 347
Inschrift **106** Dritte Folge. 4. Bd. August 1896 S. 112 348

HOLZ, ARNO (1863–1929)
Kein rückwärts schauender Prophet **102** (Berliner Schnitzel.) S. 148 302
Ihr armen Dichter, die ihr ,,Philomele" **102** (") S. 148 302
Ja, unsre Zeit ist eine Dirne **102** (") S. 149 302
Urewig ist des großen Welterhalters Güte **102** (") S. 150 302
Ein Bild. 1884 **102** S. 154 f. 303
Ein Andres. 1884 **102** S. 155 f. 304
,,So Einer war auch Er!" **103** S. 90 f. 307
Ins Meer versank des Abends letzte Röthe **103** (Tagebuchblätter.) S. 211 f. . . . 308
Ihr Dach stieß fast bis an die Sterne **103** (Phantasus.) S. 394 f. 308
Die Nacht liegt in den letzten Zügen **103** (") S. 406 f. 309
,,*Ich schwamm auf purpurner Galeere* **103** (") S. 412 f. 310
Alter Garten **107** 1893 S. 78 320
Lachend in die Siegesallee **110** 3. Jg. 2. H. 1897 (Lyrik aus einem Neuen Cyklus:
Phantasus.) S. 82 349
Im Thiergarten, auf einer Bank, sitz ich und rauche **111** 1. H. S. 19 *[unpaginiert]* . 356
In meinem schwarzen Taxuswald **111** 1. H. S. 31 *[unpaginiert]* 356
Um mein erleuchtetes Schloss wehn Cypressen **111** 1. H. S. 32 *[unpaginiert]* . . . 357

HUMBOLDT, WILHELM VON (1767–1835)
Die Tigerin **72** S. 36 206
Die Cypressenallee **72** S. 218 206

IMMERMANN, KARL (1796–1840)
Ich schau' in unsre Nacht und seh' den Herrn **11** (Sonette.) S. 573 47
Er wird als Held nicht kommen, Kriegumweht **11** (") S. 574 47
Wie Wahnwitz müssen klingen euch die Worte **11** (") S. 575 48
Wenn auf des Königs Einzug harrt die menge **11** (") S. 576 48
Wenn sich, mein Fürst, vor deiner Sohlen Spangen **11** (") S. 577 48

Verzeichnis der Autoren und ihrer Gedichte

JACOBOWSKY, LUDWIG
  Das letzte Weib **107** 1893 S. 112 f. 323

JOCHMANN, CARL GUSTAV (1789–1830)
  An Jenny, in Reading **15** S. 85 55
  Stanzen **15** S. 92 ff. 55

JORDAN, WILHELM (1819–1904)
  Reichslied. 10. Juli 1870 **88** S. 178 ff. 265
  Psalm 90 **88** (Nachbildungen.) S. 283 f. 266

KELLER, GOTTFRIED (1819–1890)
  Herwegh **43** (Lieder eines Autodidakten.) Sonette. V. S. 196 125
  Willkommen, klare Sommernacht **43** ('') Nacht. S. 181 f. 129
  Es wandert eine schöne Sage **43** ('') Frühling. S. 187 130
  Den Göthe-Filistern **43** ('') Sonette. IV. S. 195 130
  Es wiegt die Nacht mit sternbesäten Schwingen **47** (Nacht.) S. 23 ff. 135
  Arm in Arm und Kron an Krone steht der Eichenwald verschlungen **47** (Sommer. III.
     Im Wald.) S. 43 ff. 136
  Warnung **47** (Vaterländische Sonette.) 3. S. 89 137
  Erwiderung auf Justinus Kerner's Lied: Unter dem Himmel **47** S. 294–298 . 138
  Von Kindern **63** (Sonette. 1847.) S. 57 ff. 176
  Dich zieret dein Glauben, mein rosiges Kind **63** (Aus dem Leben. 1849.) X. S. 191 f. 178
  Wie schlafend unter'm Flügel ein Pfau den Schnabel hält **63** (Gaselen. 1847.) S. 71 . 178
  Wenn schlanke Lilien wandelten, vom Weste leis geschwungen **63** ('') S. 75 179
  Für die Roten **67** 3. Jg. 1853 S. 231 ff. 204
  Jung gewohnt, alt gethan **67** 4. Jg. 1854 S. 37 f. 219
  Die öffentlichen Verläumder **101** (Pandora. (Antipanegyrisches.)) S. 267 f. . 295

KEMPNER, FRIEDERIKE (1836–1904)
  Drei Schlagworte **93** S. 25 f. 278
  Wollte Gott **93** S. 60 f. 279
  Die Poesie **93** S. 90 279
  Dorten aus der grünen Hecke **93** S. 115 279
  Poesie ist Leben **93** S. 122 280
  Dem Kaiser Wilhelm. Sonett **93** S. 129 280
  O Faust, Du Bild des Menschen **93** S. 136 280

KERNER, JUSTINUS (1786–1862)
  Im Winter **7** 4. Jg. 1833 (Gedichte.) 5. S. 81 33
  Wenn ein Baum, ein morscher, alter **70** S. 1 196
  Im Eisenbahnhofe **70** S. 62 ff. 196
  Impromptu im Jahre 1848. In Schillers Album in Weimar geschrieben **70** S. 143 198

KINKEL, GOTTFRIED (1815–1882)
  Holzlahr **67** 2. Jg. 1852 S. 177 ff. 188

Verzeichnis der Autoren und ihrer Gedichte

KUGLER, FRANZ (1808–1858)
Friede **74** 1854 S. 109 . . . . **212**
Karaibisch **74** 1857 S. 13 . . . . **232**

LENAU, NIKOLAUS siehe NIEMBSCH EDLER VON STREHLENAU, NIKOLAUS FRANZ

LILIENCRON, FRIEDRICH FREIHERR VON [d. i. DETLEV VON LILIENCRON] (1844–1909)
„Es zog eine Hochzeit den Berg entlang" **107** 1893 (Sicilianen.) S. 10 . . . **319**
Vorfrühling am Waldrand **107** 1893 (") S. 12 . . . . **319**
Acherontisches Frösteln **107** 1893 (") S. 11 f. **319**
Schöne Junitage **107** 1894 S. 153 f. **328**
An der Grenze **110** 5. Jg. 4. H. 1899 S. 223 . . . . **358**

LINGG, HERMANN (1820–1905)
Am Telegraphen **82** S. 247 ff. **249**
Die Genesene **87** No. 33. S. 522 . . . . **262**

LUDWIG (I.), KÖNIG VON BAYERN (1786–1868)
Elegie **7** 7. Jg. 1836 (Gedichte) 2. S. XIII ff. **58**
In Italien im November 1835 **23** S. 189 . . . . **82**
Trennung des Griechen von seinen Göttern **51** S. 28 f. **152**
An mein teutsches Vaterland in der ersten Hälfte des Jahres 1846 **51** S. 330 f. **153**

MAYER, KARL (1786–1870)
Wanderlust **1** 1831 (Lieder aus des Sommers Tagen) S. 14 . . . . **17**
Sorgenbefreiung **1** 1831 (") S. 14 . . . . **17**
Verlegenheit **1** 1831 (") S. 16 . . . . **17**
Änderung **1** 1831 (") S. 19 . . . . **17**
Vorgefühl **7** 4. Jg. 1833 (Lieder.) S. 124 . . . . **34**
Die Sommerblumen **7** 7. Jg. 1836 (Lieder.) 15. S. 119 . . . . **59**
Meine Gegend **7** 9. Jg. 1838 (Lieder.) S. 252 . . . . **72**
Die Gewölke **67** 2. Jg. 1852 S. 238 . . . . **189**
Leider **67** 2. Jg. 1852 S. 238 . . . . **189**
Nach langem Leben **67** 2. Jg. 1852 S. 239 . . . . **190**
Sommeranblick **67** 6. Jg. 1856 S. 98 . . . . **222**

MEINHOLD, WILHELM (1797–1851)
Das Preußische Hurrah-Lied. 1848 **68** S. 222 f. **193**

MEYER, CONRAD FERDINAND (1825–1898)
Der Hugenot **84** S. 125–133 . . . . **252**
Möwenflug **99** S. 146. . . . . **291**
Fülle **100** S. 3 . . . . **291**
Lenzfahrt **100** S. 10 . . . . **292**
Schwüle **100** S. 47 . . . . **292**
Der römische Brunnen **100** S. 125 . . . . **293**
Stapfen **100** S. 166 f. **293**

Verzeichnis der Autoren und ihrer Gedichte

Die todte Liebe **100** S. 180 f. 294
Napoleon im Kreml **100** S. 139 295

MÖRIKE, EDUARD (1804–1875)
Sehet ihr am Fensterlein **5** Erster Theil. S. 45 f. 22
Früh, wenn die Hähne krähn **5** Erster Theil. S. 266 23
Frühling läßt sein blaues Band **5** Zweiter Theil. S. 330 24
Die Hochzeit **5** Zweiter Theil S. 557 f. 24
Warnung **5** Zweiter Theil S. 558 f. 25
Scheiden von Ihr **5** Zweiter Theil. S. 559 f. 26
Und wieder **5** Zweiter Theil. S. 560 27
Der Himmel glänzt vom reinsten Frühlingslichte **5** Zweiter Theil. S. 602 27
Wahr ist's, mein Kind, wo ich bei dir nicht bin **5** Zweiter Theil. S. 602 f. 28
Wenn ich, von deinem Anschaun tief gestillt **5** Zweiter Theil. S. 603 28
Schön prangt im Silberthau die junge Rose **5** Zweiter Theil. S. 603 f. 28
Am Waldsaum kann ich lange Nachmittage **5** Zweiter Theil. S. 604 29
In der Charwoche **5** Zweiter Theil. S. 604 f. 29
Jesu benigne! **5** Zweiter Theil. S. 619 30
An einem Wintermorgen. Vor Sonnenaufgang **7** 5. Jg. 1834 (Gedichte.)
2. S. 339 f. 37
Verborgenheit **19** S. 143 72
Auf ein altes Bild **19** S. 147 73
Frage und Antwort **19** S. 67 73
Gesang Weyla's **19** S. 190 73
Abschied **19** S. 229 74
Auf einer Wanderung **3** 7. 3. 1846 S. 224 141
Götterwink **3** 27. 11. 1846 S. 1133 142
Früh, im Wagen **3** 27. 11. 1846 S. 1133 f. 143

MOMMSEN, THEODOR (1817–1903)
Sonett **34** S. 63 *[signiert: Theodor M.]* 109
Eduard Mörike **34** S. 157 *[signiert: Theodor M.]* 110

MORGENSTERN, CHRISTIAN (1871–1914)
Liebeslied **110** 1. Jg. 5. H. 1896 S. 279 342
Meeresbrandung **110** 3. Jg. 1. H. 1897 S. 28 351

MÜNCHHAUSEN, BÖRRIES FREIHERR VON (1874–1945)
Augen **112** 1898 S. 26 357
Ein Lied aus dem lateinischen Viertel **112** 1899 S. 50 f. 361
Nächtliche Fahrt **112** 1899 S. 28 362

NESTROY, JOHANN (1801–1862)
Lied **42** S. 18 125

NIEMBSCH EDLER VON STREHLENAU, NIKOLAUS FRANZ (1802–1850)
Himmelstrauer **3** 26. 9. 1831 (Heidebilder.) S. 920 18
Bitte **6** (Lieder der Sehnsucht.) S. 61 31

Auf dem Teich, dem regungslosen **6** (Schilflieder.) S. 65 31
Heimatklang **7** 7. Jg. 1836 (Gedichte.) 7. S. 384 61
Die drei Zigeuner **20** (Gestalten.) S. 76 f. 74
An die Entfernte **20** (Liebesklänge.) S 146 f. 75
Doppelheimweh **20** (Sonette.) S. 165 76
Die bezaubernde Stelle **66** S. 165 186
Blick in den Strom **66** S. 200 f. 186

NIETZSCHE, FRIEDRICH WILHELM (1844–1900)
  O Mensch! Gieb Acht! **105** S. 129. 313
  Die Sonne sinkt **105** (Dionysos-Dithyramben.) S. 10 ff. . . . 313
  Der Herbst **108** Nr. 28. S. 882 f. 332
  Vereinsamt. (1884) **108** Nr. 45. S. 1431 333
  Venedig (1888) **108** Nr. 45. S. 1431 333

PLATEN, AUGUST GRAF VON (1796–1835)
  Aschermittwoch **1** 1831 S. 114. 13
  Loos des Lyrikers **1** 1832 (Oden.) S. 81 f. 22

PRECHT, VICTOR
  Der freie deutsche Mann **68** S. 298 f. 210

PRUTZ, ROBERT EDUARD (1816–1872)
  Bretagne. 1793 **7** 8. Jg. 1837 S. 227–230 67
  Noch ist die Freiheit nicht verloren **43** (Vier Gedichte.) S. 115 f. 128
  Lügenmärchen **52** S. 41–45 154
  Sechs und dreißig Vaterländer **59** (Neuspanische Romanzen, nämlich von Einem
     dem Verschiedenes heutzutage spanisch vorkommt.) S. 57 f. 170
  Der zehnte November 1848 **59** S. 179 f. 170
  Metternich und Messerstich **59** (Aus schuldiger Rücksicht.) S. 195 171
  Das sind der Freiheit schlimmste Feinde nicht **81** (Terzinen.) S. 361 ff. 241
  Nie wird der Zukunft goldner Morgen tagen **81** (") S. 381 ff. 243

RAIMUND, FERDINAND (1790–1836)
  ›Lied‹ *Wie sich doch die reichen Herr'n* **17** (Der Verschwender. Original-Zauber-
     märchen in drei Aufzügen.) S. 187 f. 62
  ›Lied‹ *Da streiten sich die Leut' herum* **17** (") S. 273 f. 63

RILKE, RAINER MARIA (1875–1926)
  Ouverture: **110** 4. Jg. 4. H. 1898 (Lieder der Mädchen) S. 209 354
  Geh ich die Gassen entlang **110** 4. Jg. 4. H. 1898 (") S. 209 355
  Königinnen seid ihr und reich **110** 4. Jg. 4. H. 1898 (") S. 209 355
  Ihr Mädchen seid wie die Kähne **110** 4. Jg. 4. H. (") S. 210 355
  Die Mädchen am Gartenhange **110** 4. Jg. 4. H. 1898 (") S. 210 356

RODENBERG, JULIUS LEVY (1831–1914)
  Das Leben der Nacht **67** 6. Jg. 1856 S. 347 f. 225

Verzeichnis der Autoren und ihrer Gedichte

Rosenkranz, Karl (1805–1879)
Es ist Alles egal! **50** (IV. Diabolische Katastrophe.) 5. S. 71 151
Der willkommene Tod **50** (IX. Transsubstantiation.) 7. S. 141 151

Rückert, Friedrich (1788–1866)
Wer Philolog und Poet ist in Einer Person, wie ich Armer **7** 4. Jg. 1833 (Neue
Lieder.) 12. S. 26 32
Herbsthauch **7** 5. Jg. 1834 (Neue Lieder.) 3. S. 11 35
Das Land der Kindheit ließ ich hinterm Rücken liegen **7** 8. Jg. 1837 (Bruchstücke
eines Lehrgedichts.) S. 15 64
Das Denken, das sich treibt in ungemessnem Gleise **7** 8. Jg. 1837 (") S. 62 64
Entgegen geh' ich nun den trüben Tagen **7** 9. Jg. 1838 (Gedichte. 28. Nachträge zu
den (ungedruckten) Kindertodtenliedern.) 1. S. 37 71
Entzauberung zum zweiten Sommer der Amaryllis. 1813 **87** No. 47. S. 749 . 262
Du bist ein Schatten am Tage **91** (Kindertodtenlieder.) S. 19 272
Ich hab es allen Büschen gesagt **91** (") S. 237 f. 273

Sauerwein, Wilhelm
Lied der Verfolgten **9** S. 315 38

Schack, Adolph Friedrich von (1815–1894)
Alte Lust. An Karl v. L. **68** 1852 S. 92 190
Am Grabe Conradins **68** 1855 S. 338 ff. 221

Scharf, Ludwig
Traumbild **107** 1893 S. 95 321

Scheerbart, Paul (1863–1915)
Die andere Welt. Eine Phantastensure **107** 1893 S. 108 322
Der tote Palast. Ein Architektentraum **110** 4. Jg. 3. H. 1898 S. 165 353

Scheffel, Joseph Victor (1826–1886)
Wiedersehen **82** S. 142 f. 244
Wanderlied **85** S. 54 ff. 257
Maimorgengang **87** No. 22. S. 327 263

Scherenberg, Christian Friedrich (1798–1881)
Galeeren-Poesie **67** 6. Jg. 1856 S. 285 225

Schimper, Karl (1803–1867)
Bekenntniß **26** S. 3 86
Frühling **26** S. 45 87
Reifes **26** S. 49 87
Ein Leser **26** S. 52 f. 88
Glosse **26** S. 195 f. 89
Versteck **26** (Ghasele.) XV. S. 231 90
Das Distichon **26** S. 296 91

Verzeichnis der Autoren und ihrer Gedichte

SCHLABRENDORF, GUSTAV GRAF VON (1750–1824)

Volkstümlichkeiten. V. **18** 1. Bd. (Graf Schlabrendorf, amtlos Staatsmann,
heimatfremd Bürger, begütert arm.) 26–30. S. 193 70
Volkstümlichkeiten. VI. **18** 1. Bd. ('') 21–30 S. 195 ff. 70

SCHLAF, JOHANNES (1862–1941)

Papa Opitz: **107** 1893 S. 343 326
Spätherbst **110** 3. Jg. 1. H. 1897 S. 27 350

SCHLEGEL, AUGUST WILHELM VON (1767–1845)

Recept **7** 7. Jg. 1836 (Gedichte.) 1. S. 18 58
Gespräch über die Lieblingsgegenstände der Poesie **7** 7. Jg. 1836 ('') 2. S. 19 . 59

SCHRÖDER, RUDOLF ALEXANDER (1878–1962)

Lieder in der Nacht **113** S. 92 365
Aus den Wäldern kam die Nacht **113** S. 95 366
Sprüche in Reimen **113** S. 216 368

STORM, THEODOR (1817–1888)

Das Hohelied **34** S. 29 108
Käuzlein **34** S. 35 108
Dämmerstunde **34** S. 89 109
Octoberlied **71** S. 1 f. 199
Lied des Harfenmädchens **71** S. 8 200
Die Stadt **71** S. 129 200
Hyazinthen **71** S. 18 200
Waldweg. Fragment **71** S. 66 ff. 201
Von Katzen **71** S. 59 f. 202
Und webte auch auf jenen Matten **74** 1854 (Ein grünes Blatt. Pagina 113.) S. 307 . 213
Trost **74** 1854 (Gedichte von Theodor Storm.) S. 311 213
Nächtens **90** S. 541 278
Über die Haide **95** (Liebeslieder.) S. 134 283

STRACHWITZ, MAURITZ KARL WILHELM ANTON GRAF VON (1822–1847)

Bei Platens Tode **31** (Sonette.) 9. S. 112 99
Ihr, die ihr schwatzt von Winkeln, Polygonen **31** ('') 10. S. 113 100

TIECK, LUDWIG (1773–1853)

Dem Ärmsten bietet sich des Lebens Gastmahl dar **67** 4. Jg. 1854 S. 1 f. 219

UHLAND, LUDWIG (1787–1862)

Wanderung **10** S. 959 f. 44

VARNHAGEN, RAHEL (1771–1833)

Spanisch **8** S. 264 34
Sprüche **8** S. 276 34

Verzeichnis der Autoren und ihrer Gedichte

VARNHAGEN VON ENSE, CARL AUGUST (1785–1858)
Goethes Werke **18** 2. Bd. S. 536 71
Nur weiter **18** 2. Bd. S. 544 71

VOGL, JOHANN NEPOMUK (1802–1866)
Die Braut des Bergmanns **67** 7. Jg. 1857 S. 243–246 226

WAGNER, CHRISTIAN
Unveräusserlich ist alles Leben, auch das kleinste Ich **109** S. 20 f. 334
Wie der Weise in der Schrift **109** S. 66 f. 335
Tausendmale werd' ich schlafen gehen **109** S. 89 335
Sage mir ewiges Licht: **109** S. 90 336

WAIBLINGER, WILHELM (1804–1830)
Die Felsen des Cyclopen **1** (Sizilianische Lieder.) S. 196–199 14
Agrigent **1** ('') S. 200 f. 16

WALSER, ROBERT (1878–1956)
Träume **113** S. 118 366
Beruhigung **113** S. 119 367
Helle **113** S. 358 369

WEERTH, GEORG (1822–1856)
Heute Morgen fuhr ich nach Düsseldorf **53** 14. 7. 1848 *[ohne Seitenangabe]* . . 158

WILDENBRUCH, ERNST VON (1845–1909)
Allvaters Anrufung **102** S. 240 f. 305

WITTIG, LUDWIG
Auf dem Bau **9** S. 321 ff. 165

WOLFSKEHL, KARL (1869–1948)
Nänie **106** Zweite Folge. 3. Bd. August 1894 (Heroische Zierate) S. 87 . . . 339
Sonett **106** Zweite Folge. 4. Bd. Oktober 1894 S. 119 339
Zum feierlichen Amt geweihte schreiten **106** Dritte Folge. 3. Bd. Juni 1896 (Im
   Kreuzgange) S. 78 346
Erfüllung **106** Dritte Folge 4. Bd. August 1896 S. 118 348
Ariadne **106** Vierte Folge. 4. Bd. 1899 S. 100 f. 363
Eine strasse baun wir unserm ruhme **106** Vierte Folge. 5. Bd. 1899 S. 136 364

UNBEKANNTE VERFASSER

Die letzten Kämpfe bei Belfort. 30.–31. Januar und 1. Februar 1871 **89** 1871
   (Historische Volks- und volksthümliche Lieder des Krieges von 1870–1871.)
   Nr. 116 S. 168 267

Am Friedenstage **89** 1871 ('') Nr. 121 S. 175 f. 268

Freifrau von Droste-Fischering. 1845 **89** 1872 (I. Die Historischen Volks-
lieder von 1815–1866.) Nr. 57. S. 82 270

Nachtwächterlied Aus den Papieren eines reaktionären Ober-Nachtwächters.
1848 ('') Nr. 133 S. 212 271

Verzeichnis der Gedichtüberschriften und -anfänge

À la Makart 297
Abendgefühl 97
Abschied 74
Abschied von Wien 113
Ach, da ich bei dir saß 194
Ach wie oft kommt uns zu Ohren . . . 274
Acherontisches Frösteln 319
Adele 208
Änderung 17
Agrigent 16
Algabal 315
Alle Wunden hören auf, zu bluten . . 231
Allüberall Geschrei nach Brot . . . 285
Allvaters Anrufung 305
Als dich zuletzt ein warmer Blüthenstreuer 87
Als meine Freunde 33
Als sie vom Paradiese ward gezwungen . 61
Also dies ist der Mann, durch den mich Mo-
  zart entzückte! 162
Alte Lust 190
Alter Garten 320
Am Friedenstage 268
Am fünften Sonntag nach Ostern . 183
Am Grabe Conradin's 221
Am Grabe Hölty's 31
Am grauen Strand, am grauen Meer . . 200
Am Hals ein Eisen, eins am Fuß . . 165
Am Himmel wächst der Sonne Glut . . 292
Am Himmelsantlitz wandelt ein Gedanke 18
Am Kamin 350
Am letzten Tage des Jahres . . . 184
Am Rhein, am grünen Rheine . . . 66
Am sklavenherde muss die glut ermatten 339
Am Telegraphen 249
Am Walde 29
Am Waldessaume träumt die Föhre . . 284
Am Waldsaum kann ich lange Nachmittage
  29
Am zweiten Sonntag nach Ostern . 182
Amerika du hast es besser 13
Amerika's Pflug gewinnt Land; Europens
  Schwert . . . Knechte! 70
Amselsang 337

An dem kühlen Bächlein sitzt 17
An den Ufern der Bretagne horch! welch
  nächtlich Wiederhallen! 67
An der Brücke stand 333
An der Eisenbahn 167
An der Grenze 358
An Deutschlands bald'ger 1heit . . . 169
An die Engel 175
An die Entfernte 75
An die Geliebte 28
An eine Unbekannte 96
An einem Wintermorgen. Vor Sonnen-
  aufgang 37
An Frau von Stein 160
An Jenny, in Reading 55
An kleinen, bemoosten Dörfern vorbei . 367
An Ludwig Achim von Arnim . . 86
An Luise 28
An mein teutsches Vaterland in der ersten
  Hälfte des Jahres 1846 153
An meinem Fünfundsiebzigsten . . 359
An meinen Freund 51
An Richard Wagner 286
Anne Marie 223
Anno Domini . . . . . . ? . . 40
Antwort 203
Arm in Arm und Kron an Krone steht der
  Eichenwald verschlungen 136
Ariadne 363
Aschermittwoch 13
Auf dem Bau 165
Auf dem grünen Tische prangen Kruzifix und
  Kerzenlicht 21
Auf dem Teich, dem regungslosen . . . 31
Auf den Höhen des Lebens 353
Auf den Tod meines Kindes . . . 44
Auf des Waldes Scheidewegen 17
Auf ein altes Bild 73
Auf einer Wanderung 141
Aufgeschmückt ist der Freudensaal . . 24
Aufsteigt der Strahl und fallend gießt . 293
Augen 357
Aus den Wäldern kam die Nacht . . . 366

Aus Lehr- und Wanderjahren . . . 353
Aus Sandstein ist das gelbliche Portal . 303
Aus schuldiger Rücksicht 171
Aus tiefem Schlaf bin ich erwacht . . . 321
Aus Wolken, eh im nächtgen Land . . 14
Ausgang 78

Babylonische Sorgen 215
Ballade 131
Ballade des äusseren Lebens . . . 345
Bebend lauscht er mohnes-güsse . . . 339
Bei Platens Tode 99
Bekenntniß 86
Bereuen soll ich jene bess're Stunde . . . 55
Berliner Schnitzel 302
Beruhigung 367
Bettle nicht vor mir mit deinen Brüsten . 324
Bitte 31
Blick in den Strom 186
Bretagne. 1793 67
Bruchstücke eines Lehrgedichts . 64
Bundeszeichen 236

Classischer Boden 126

Da sitzt der Kauz im Ulmenbaum . . 108
Da streiten sich die Leut' herum . . . 63
Da war ein ganzer Tisch voll Freunde . 353
Dämmerstunde 109
Daneben war der raum der blassen helle . 315
Das alte Wunder 367
Das Angenehme dieser Welt hab' ich ge-
nossen 135
Das Denken, das sich treibt in ungemessnem
Gleise 64
Das Distichon 91
Das erste Veilchen dieses Jahres stand . 172
Das Hohelied 108
Das Ich der Mittelpunkt der Welt . 114
Das ist der böse Thanatos 175
Das ist der Fluch von diesen trüben Zeiten 164
Das ist's, was mich ganz verstöret . . . 36
Das Jahr geht um 184
Das Land der Kindheit ließ ich hinterm
Rücken liegen 64
Das Leben der Nacht 225
Das letzte Weib 323

Das Preußische Hurrah-Lied . . . 193
Das sind der Freiheit schlimmste Feinde
nicht 241
Das Spiegelbild 121
Das verlassene Mägdlein 23
Das waren harte Tage 267
Das Weib in unsrer sittlichen Welt . 208
Das Wort 237
Das Wort gleicht dem beschwingten Pfeil 237
Dein Lied ist rührend, edler Sänger! . . 138
Deiner harrend hingebracht 208
Dem Ärmsten bietet sich des Lebens Gast-
mahl dar 219
Dem Einen die Perle, dem Andern die Truhe
. . . . 173
Dem Kaiser Wilhelm 280
Dem Schmerz sein Recht 231
Den Göthe-Filistern 130
Den Klugen leiten sicher stets die Horen 95
Den Reichstäglern 287
Den vereinigten Staaten 13
Der Asra 133
Der Aturen-Papagei 168
Der Billige 59
Der Citronenbaum 331
Der Dämon des Sokrates 237
Der Du einst im Waldesrauschen . . 305
Der Einsiedler 69
Der freie deutsche Mann 210
Der Freund der Fluren 363
Der Fürst mit allen Herrlichkeiten . . 80
Der Geist genügt sich überall 210
Der Grämliche 59
Der Herbst 134
Der Herbst 332
Der Herr der Insel 336
Der Himmel glänzt vom reinsten Frühlings-
lichte 27
Der Hugenot 252
Der Kampf um's Dasein 282
Der Knabe träumt: man schike ihn fort 131
Der Krieg, der hat ein Ende 268
Der Markt ist leer, die Bude ist verlassen 108
Den Menschen ist der Sinn in's Innere gegeben
. . . . 134
Der Mond sieht in die Kammer . . . 273
Der Nachtwind durch die Luken pfeift 229

Überschriften und Anfänge

Der Nebel steigt, es fällt das Laub . . 199

Der Reiter 352

Der römische Brunnen 293

Der 6. November 1632 269

Der Sommer 135

Der Spiegel dieser treuen braunen Augen 25

Der Thurm am Strande 49

Der tote Palast 353

Der Wehrstand 84

Der willkommene Tod 151

Der zehnte November 1848 . . . 170

Deserteur? – „Mit Stolz. Ich habe des Königs Fahne 107

Deutsch und Fremd 251

Deutsch zu sein in jeder Richtung . . . 235

Deutsche Klagen vom Jahre 1844 . 164

Deutsche Literaturgeschichte . . . 328

Deutsche Mäzene 328

Deutschland – auf weichem Pfühle . . . 106

Deutschland. Erste Stazion. IV. Abschied von Wien 102

Deutschland ist Hamlet! – Ernst und stumm 122

Dich zieret dein Glauben, mein rosiges Kind 178

Die alte Waschfrau 42

Die alten Naturdichter Brockes, Geßner und ihre modernen Nachzügler Stifter, Kompert u. s. w. 203

Die andere Welt 322

Die bange Nacht ist nun herum . . . 94

Die bezaubernde Stelle 186

Die Blinde 36

Die Braut des Bergmanns . . . 226

Die Britten zeigten sich sehr rüde . . . 259

Die Cypressenallee 206

Die Dämmerung war längst herein gebrochen 96

Die deutsche Strömung ward zum Sumpf 189

Die drei Zigeuner 74

Die dunkelgrünen Tannen 279

Die Felsen der Cyclopen . . . 14

Die fischer überliefern dass im süden . . 336

Die Fremdherrschaft 235

Die Füße im Feuer 252

Die ganze Welt 358

Die Genesene 262

Die Geschäftigen 95

Die Gewölke 189

Die Hochzeit 24

Die Krähen schrein 333

Die letzten Kämpfe bei Belfort . 267

Die Liebe war nicht geringe 281

Die modernen Heiden 83

Die Nacht ist still. Kein Hauch bewegt die Luft 225

Die Nacht liegt in den letzten Zügen . 309

Die nüchterne Spree hat sich berauscht . 286

Die öffentlichen Verläumder . . . 295

Die Partei. An Ferdinand Freiligrath 105

Die Poesie 279

Die Poesie, die Poesie 279

Die Ritterzeit hat aufgehört. 229

Die Sagen, die der Erde sich entfernen. . 134

Die Schenke dröhnt und an dem langen Tisch 219

Die Sonne sinkt 313

Die Sommerblumen 59

Die Stadt. 200

Die steh'nden Heere sind der Throne Stützen 173

Die stille Lotosblume 85

Die Stunden! wo wir auf das helle Blauen 341

Die Tigerin. 206

Die Tigerin ist aller Thiere Schrecken . 206

Die todte Lerche 119

Die todte Liebe 294

Die treuste Liebe steht am Pfahl gebunden 27

Die Verwandlungen 347

Die Waffen nieder! 328

Die Wahrheit ist's, ich muß mich ihr ergeben 152

Die Wanderratten 259

Die Welt ist reizend, viel zu lieben drin . 34

Die Zeit ist todt, da große Helden schufen 299

Die zweite Nacht 323

Dies ist der Herbst 332

Dieß ist ein Herbsttag, wie ich keinen sah! 230

Diese Rose pflück ich hier. 75

Dir zu bekennen, hast du Muth . . . 57

Doch: ich hob nicht die Hand zum Stoße. 325

Doppelheimweh. 76

Dornburg, September 1828 32
Dorten aus der grünen Hecke . . . 279
Drei Liebchen 139
Drei Schlagworte 278
Drei Zigeuner fand ich einmal . . . 74
Dritte Ode 52
Drum komm, o komm, noch einmal schweigt
. . . . 323
Du bist der Dichtkunst tapf'rer Bogen-
schwinger 99
Du bist die Reine 352
Du bist ein Schatten am Tage . . . 272
Du bist Orplid, mein Land! . . . 73
Du bist so heiter wie der Tag . . 187
Du drückst den Kranz auf eines Mannes
Stirne 105
Du siehst geschäftig bei dem Linnen . 42
Du sollst nicht rechten und richten . . 34
Du Stauffe, dem zum Throne . . . 221
Du trage nie dein Festkleid auf der Gassen
. . . . 368
Du wunderreiche Nachtigall . . . 87
Durch den Wald, im Mondenscheine. . 18
Durch einen Nachbarsgarten ging der Weg
. . . . 201
Durch Zäune trennt man Heerden auf der
Weide 246
Durchwachte Nacht 148

Eduard Mörike 110
Ein Andres 304
Ein Bild 303
Ein Funfziger, noch ziemlich rüstig . . 82
Ein guter Hirt läßt seine Schafe nimmer! 182
Ein Irrsal kam in die Mondscheinsgärten 26
Ein Jugend-Golgatha 325
Ein Leser 88
Ein Lied 76
Ein Lied aus dem lateinischen Viertel
. . . . 361
Ein Traum: Der letzte Leutnant hängt den
Säbel auf 328
Ein Traum von grosser Magie . 343
Ein Umkehren 179
Ein Ungeziefer ruht 295
Ein zankender, ein dankender . . . 88
Eine strasse baun wir unserm ruhme. . 364

Einem jungen Dichter in's Album . 210
Eingang 78
1 – 10 169
Einst geschieht's, da wird die Schmach. 250
Elegie 58
Eleusis. An Hölderlin 110
Elsaß und Lothringen habt Ihr . . . 287
Enfant perdu 175
Entgegen geh' ich nun den trüben Tagen. 71
Entpuppung 107
Entzauberung zum zweiten Sommer der
Amaryllis 262
Entzieh dich nicht dem einzigen geschäfte!
. . . . 348
Epilog 218
Episteln 115
Er ist's 24
Er nickt mit seinem großen Haupt . . 295
Er war ein Dichter und ein Mann, wie Einer
. . . . 99
Er wird als Held nicht kommen, Kriegum-
weht 47
Erbarme dich, Herr! 92
Erfüllung 348
Erinnerung 173
Erinnerung aus Krähwinkels Schrek-
kenstagen 217
Erinnerungen aus Griechenland . . 244
Erst gab es Lieder ohne Sinn 57
Erste Ode 51
Erstlingssonne des Jahres, sie ruft frühzei-
tiger Blüthen 71
Erwacht! der Zeitenzeiger hat . . . 183
Erwiderung auf Justinus Kerner's Lied:
Unter dem Himmel 138
Erzeugt hat Schriftblei mehr, als zu tilgen
vermag Schußblei 70
Es fliehen die Wellen, sie zittern, sie eilen 231
Es giebt zwei Sorten Ratten. 259
Es graut vom Morgenreif. 143
Es hat euch anzuhören wohl behagt. . . 81
Es ist Alles egal! 151
Es ist bestimmt in Gottes Rath . . . 50
Es ist die Zeit des stummen Weltgerichts 98
Es ist ein Flüstern in der Nacht. . . . 278
Es ist Schnee gefallen 367
Es lacht in dem steigenden jahr dir . . 343

Überschriften und Anfänge

Es läuft der frühlingswind 317
Es rauscht der Wind, es rinnt die Welle. 248
Es reist so mancher Philister 127
Es wandelt der Neuzeit gewaltiger Fortschritt 282
Es wandert eine schöne Sage 130
Es wiegt die Nacht mit sternbesäten Schwingen. 135
Es zieht wie eine blutige Spur 213
Es zog eine Hochzeit den Berg entlang. 59
„Es zog eine Hochzeit den Berg entlang" 319
Euch beneid' ich, ihr Lazerten . . . 214

Fern hallt Musik; doch hier ist stille Nacht 200
Fliehende kühle von jungen syringen . 337
Frage und Antwort 73
Fragst du mich, woher die bange . . . 73
Frau Jutte 133
Frau Langeweile gähnt und dreht . . 328
Frei und unerschütterlich 236
Freifrau von Droste-Fischering. 1845 270
Freifrau von Droste-Fischering . . . 270
Freuden wollt' ich dir bereiten . . . 44
Friede 212
Friedlich bekämpfen. 97
Früh, im Wagen 143
Früh, wenn die Hähne krähn . . . 23
Früh wenn Thal, Gebirg und Garten. 32
Früher, da ich unerfahren 281
Frühling 87
Frühling 130
Frühling läßt sein blaues Band . . . 24
Frühlingsnacht 126
Fülle 291
Fünf wurmzernagte Stiegen geht's hinauf 304
Fünfzig Jahre werden es ehstens sein . 311
Für die Roten. 204
Für Musik 162
Für Schleswig-Holstein 164
Für Wen, du gutes deutsches Volk . . 283

Galeeren-Poesie 225
Gaselen 178
Gebet der belagerten Berliner . . . 169

Gedächtnisfeier 174
Gemahnt dich noch das schöne bildnis dessen 347
Genug ist nicht genug! Gepriesen werde. 291
Germania rediviva 205
Geruch der Walderde 330
Gesänge der Düfte. 330
Gesang Weyla's 73
Gesellschaftslied. 368
Gespräch über die Lieblingsgegenstände der Poesie 59
Gleichwie das Taggestirn aus schwarzen Wolken strahlet 326
Glosse 89
Glutverdorrt schläft rings der Wald, der kranke 362
Goldene tage verhallen – winzerlieder. . 348
Goethe's Werke 71
Götterwink 142
Gondelfahrt 60
Gott grüß euch, lieben Kriegsknechte!. . 84
Grabschrift 96
Graue Tage, wo die Sonne. 369
Groß 285
Guten Abend, gute Nacht 77
Guten Morgen, Nachbar! 107

Ha! würde man dich jetzt erwecken. . 198
Hamlet 122
Hei! da fliegen sie von dannen . . . 167
Heidebilder 18
Heilig ist der Leib und was lebendig . 334
Heimatklang 61
Heimweh in Frankreich. Zwischen Saône und Rhône 85
Helle 369
Herbstbild 230
Herbsthauch 35
Hermann Bahr 328
„Herr, ich steh' in deinem Frieden . . 194
Herr Michel und der Vogel Strauß . 104
Herr Schelm von Bergen 140
Herr, von Geschlechte zu Geschlecht mein Hort 266
Herwegh. 125
Herz, nun so alt und noch immer nicht klug 35
Heut' dient zur Augenweide 222

Heute Morgen fuhr ich nach Düsseldorf
. . . . 158
Heute Morgen fuhr ich nach Düsseldorf. 158
Heute, nur heute 200
Himmel grau und wochentäglich! . . . 19
Himmel oben, Himmel unten . . . 144
Himmelstrauer 18
Hob sich der Strahl bis hinan, gleich senkt er
    wieder und plätschert. 91
Höhere Menschheit 134
Hölderlin 95
Hölty! dein Freund, der Frühling ist gekom-
    men! 31
Höret mich, Kleingläubige! – 40
Hört ihr den Pfiff, den wilden, grellen. 196
Hört ihr es nicht? 300
Hört ihr es nicht? In meinem Ohre bang. 300
Hoffnung 163
Hoffnung 367
Holzlahr 188
Hundert Briefe sind angekommen . . . 359
Hyazinthen 200
Hymnus 258

Ich bin das Schwert, ich bin die Flamme. 258
Ich bin der Ritter Habenichts 361
Ich bin eine Harfe 342
Ich bin kein Mächtiger der Erde . . . 210
,,Ich bin rot und hab's erwogen . . . 204
Ich fahre heim auf reichem Kahne . . . 338
Ich fühle mehr und mehr die Kräfte schwinden
. . . . 60
Ich hab die Jahre nicht gezählt . . . 244
Ich hab' es allen Büschen gesagt . . 273
Ich hab vierzehn Anzüg, theils licht theils
    dunkel 125
Ich möchte gern weniger Uniform . . . 328
Ich nahm den Stab, zu wandern . . . 44
Ich sah des Sommers letzte Rose stehn . 162
Ich sah jüngst einen Schwarm von schönen Kna-
    ben 176
Ich schau' in unsre Nacht und seh' den Stern
. . . . 47
Ich schritt, die Nacht war schon genaht . 249
Ich schwamm auf purpurner Galeere . 310
Ich seh' von des Schiffes Rande 68
Ich stand an deines Landes Grenzen . 119

Ich weiß wohl was dich bannt in mir! 199
,,Ich weiß wohl was dich bannt in mir. . 199
Ich wußte, wo ich hin wollte 353
Ihr Amorn und ihr Grazien, welch' ein
    Schwindel 262
Ihr armen Dichter, die ihr ,,Philomele". 302
Ihr Dach stieß fast bis an die Sterne . 308
Ihr, denen in die Hände ward gegeben . . 49
Ihr Deutschen hört und laßt euch sagen . 271
Ihr, die ihr schwatzt von Winkeln, Polygonen
. . . . 100
Ihr Mädchen seid wie die Gärten . . . 354
Ihr schaudert immer und immer 209
Ihr wollt denn wirklich deutsche Poesie . 115
Im Arm der Liebe schliefen wir selig ein . . .
. . . . 326
Im Eisenbahnhofe 196
Im Grase 120
Im Kirchenstuhle 328
Im Kreuzgange 346
Im Nebenzimmer saßen ich und du. . . 109
Im Schatten wir 294
Im Schloß zu Düsseldorf am Rhein . . 140
Im silberblauen Mondlicht schwimmt die Bai
. . . . 225
Im Thiergarten, auf einer Bank, sitz ich und
    rauche 356
Im Wald 136
Im Walde 59
Im Winter 33
Immer hoffe ich und immer 82
Immer mehr! 285
Immer ward ich noch krank, verließ ich die
    gastliche Stätte 55
Impromptu im Jahre 1848 198
In den Wassern der Laguna 60
In der Char-Woche 29
In der Orinoco-Wildniß 168
In ein freundliches Städtchen tret' ich ein 141
In grüner Landschaft Sommerflor . . . 73
In Italien im November 1835 . . . 82
In jungen Jahren war's. Ich brachte dich 293
In meinem schwarzen Taxuswald . . . 356
In nackten Bäumen um mich her der Häher
. . . . 319
Ins Meer versank des Abends letzte Röthe 308
Inschrift 348

Überschriften und Anfänge

Ist doch – rufen sie vermessen – 57

Ja, bei Gott! ihr Welschen dürfet . . . 126
*Ja, du bist frei, mein Volk! – von Eisen-
ketten* 137
Ja, die Welt ist alt geworden 190
Ja, es waren schöne Zeiten 17
Ja, unsre Zeit ist eine Dirne . . . 302
*Ja wahrlich sie war schön, die Nacht der Bar-
rikaden* 170
James Monmouth 213
Jammerthal 229
Jasmin 330
Jesu, benigne! 30
Jüngst hast die Phrase scherzend du gestellt
. . . . 114
Jüngst stieg ich einen Berg hinan . . . 154
Jugend und Alter 43
Jugendliebe als Intermezzo 85
Julin 248
Jung gewohnt, alt gethan 219
Jung Sigurd 246
Jung Sigurd war ein Wickinger stolz . . 246

Käuzlein 108
*Kalt und stolz, ein Gletscher, erhebst du dich
über die Fläche* 107
Karaibisch 232
Karwoche 29
Kein Erbbegräbniß mich stolz erfreut . 312
Kein Laut! 320
Kein rückwärts schauender Prophet . . 302
Keine Messe wird man singen . . . 174
Kinder die am Rand des Abgrunds spielen 153
Kindergebet 77
Kindertodtenlieder 272
Kleine Schlange, bunte Schlange . . . 232
Kleist 99
Komm in den totgesagten park und schau! 340
Komm, mein Freund, wir wollen lachen 151
Komm' Trost der Welt, du stille Nacht! 69
Krähe nur, Gallischer Hahn! . . . 107
Kurz vor dem frührot sieht man in den fähren
. . . . 363

Lachend in die Siegesallee 349
Lachend reckt sich im Sonnenglanze . 323

Land Weimar 79
Lang kannte er die muscheln nicht für schön
. . . . 347
Laß die Erde! Laß die Erde! . . . 322
Laß die heil'gen Parabolen 216
Laß, o Welt, o laß mich seyn! . . . 72
Laub am Boden 329
Laub am Boden, Laub am Boden . . 329
Leb' wohl, du stolze Kaiserstadt . . 113
Lebens-Momente 97
Lebensregel 282
Lebenswege 311
Leider! 189
Lenettchen schlief im weichen Gras . . 287
Lenzfahrt 292
Lieb und Leid im leichten Leben . . 124
Liebende, die weinend mußten scheiden . 186
Liebeslied 342
Lied 62
Lied 63
Lied 125
Lied der Biondetta 195
Lied der Rosetta 172
Lied der Verfolgten 38
Lied des Harfenmädchens 200
Lieder aus des Sommers Tagen . . 17
Lieder aus Sorrent 214
Lieder der Mädchen 354
Lieder in der Nacht 365
Liegt ein Dörflein mitten im Walde . 307
Löwenritt 39
Loos des Lyrikers 22
Lügenmärchen 154

Macht nur nicht so ernste Gesichter . . 117
Mädel, laß das Stricken – geh . . . 324
Märzveilchen 172
Maimorgengang 263
Maimorgengang, o still Entzücken . 263
Mainzer Siegeslied. (1793) 91
Malaga und Malvasier 365
Malers Morgenlied 14
Masse Wolken ob den Wäldern . . 189
Merresbrandung 351
Meeresstille 68
,,Meerstern, wir dich grüßen" . . . 195
Mein Freund! du mußt dich wohl bequemen 59

404

Mein garten bedarf nicht luft und nicht
wärme 316

Mein Loos ist, viel zu überleben 190

Mein Tag war heiter, glücklich meine Nacht
. . . . 230

Meine Gegend 72

Meine Gräber 312

Meister, ohne dein Erbarmen 92

Metternich 108

Metternich und Messerstich 171

Mich ruft der Tod – Ich wollt', o Süße . 215

Mich selber oft im Geist hab' ich gesehn . 65

Michel-Enthusiast 127

Mir träumt', ich ruhte wieder 33

Mit dämonischen Reizen 297

Mit der Deutschen Freundschaft . . . 54

Mit Liebe willst du die Welt umfassen? 34

Mit Stein und Stahl schlägt man sich Licht
. . . . 57

Mittag 284

Mitternacht, die Gärten lauschen . . . 328

Möcht' ich mir todt sein, möcht' ich doch ver-
gehen! 151

Mögst du dies nie verstehn! 35

Möwenflug 291

Möwen sah um einen Felsen kreisen . 291

Moral 229

Morgen kommt der Weihnachtsmann . . 69

Morgenduft 331

Mühle lass die arme still 315

Musengunst 80

Mußt kein Gedicht durch tiefes Sinnen . 80

Nach altdeutscher Weise 50

Nach dem Strike 298

Nach der Lese 340

Nach langem Leben 190

Nacht 129

Nacht 135

Nachts 36

Nachts auf einsamer Bank saß ich im thauen-
den Garten 142

Nachtwächterlied 271

Nachtwächters Stillleben 100

Nachtwächters Weltgang 102

Nächtens 278

Nächtliche Fahrt 362

Nänie 339

Napoleon im Kreml 295

Natur durchforschend und Geschichte . 288

Nein! Er altert euch nicht; vergebens harret
Ihr laurend 71

Neue Epigramme 203

Neue Liebe 324

Neuer Frühling 18

Neuspanische Romanzen, nämlich von
Einem dem Verschiedenes heutzutage
spanisch vorkommt 170

Nicht an den Königen liegt's – die Könige lie-
ben die Freiheit 107

Nicht doch! 324

Nicht Einen Hauch vergeuden sie, nicht Einen
. . . . 95

Nicht lange durstest du noch 313

Nicht mehr auf Seidenblatt 54

Nie wird der Zukunft goldner Morgen tagen
. . . . 243

Nietzsche 370

Noch fliegt die Schwalbe ein und aus . . 358

Noch ist die Freiheit nicht verloren . . 128

Noch spür ich ihren atem auf den wangen 345

Nun die Schatten dunkeln 162

Nun säume nicht die gaben zu erhaschen . 341

Nun seid bereit mit Gut und Blut . . . 265

„Nur Ordnung, Anmuth!" tönt es immerdar
. . . . 130

Nur weiter 71

Nur zu! 29

O Faust, Du Bild des Menschen 280

O flaumenleichte Zeit der dunkeln Frühe! 37

O hätt' ich Drachenzähne statt der Lieder 164

O Land! mit deinen Bergen, deinen Wäldern 79

O meine müden Füße, ihr müßt tanzen . 172

O Nacht! 238

O Nacht, du goldgesticktes Zelt . . . 238

O süße Nacht! 365

„O trübe diese Tage nicht" 284

O trübe diese Tage nicht 284

O welche Sprache, leis metallen . . . 34

O Woche, Zeugin heiliger Beschwerde! . 29

Octoberlied 199

Oh Gott, oh Gott, oh Gott, oh Gott! . . 328

Oh Mensch! Gieb Acht! 313

Überschriften und Anfänge

Papa Opitz 326
Peregrina 24
Petöfi dem Sonnengott 233
Pfalzgräfin Jutte fuhr über den Rhein . 133
Phantasus 308
Phantasus 349
Pilgerfahrten 315
Platen 107
Poesie ist Leben 280
Poeterei, die schlichte, lieb' ich 86
Preist eure Gegend meinethalb! . . . 72
Prinz Louis Ferdinand 239
Prinz Roccocco 211
Prinz Roccocco, hast dir Gassen . . . 211
Propheteneifer 223
Propheteneifer übermannte mich . . . 223
Psalm 90 266
Pygmäen 299

Recept 58
Regenduft 330
Reichslied 265
Reifes 87
Reime 78
Reiterlied 94
Reklamegrößen 328
Reqiem 98
Resultate 57
Rheinsage 66
Ritter rät dem Knappen dies . . . 327
Römisches Helldunkel 127
Rosa 207
Rosen 331
Rückkehr 338

Sage mir, ewiges Licht 336
Sahst du ein Glück vorübergehn. . . . 186
Schäum' brausend auf! – Wir haben lang ge-
  dürstet 125
Schaust mich an aus dem Kristall . . . 121
Scheiden von Ihr 26
Schläft ein Lied in allen Dingen. . . 72
Schlafe! was willst du mehr? . . . 83
Schlafen, Schlafen, Nichts als Schlafen!. 97
Schön prangt im Silberthau die junge Rose
  29
Schöne Junitage 328

Schöner als je ich dich sah, erblick' ich dich,
  ewige Roma!. 58
Schon nascht der Staar die rothe Vogelbeere
  319
Schon sank die Nacht; es dämmert auf den
  Straßen 209
Schreie. Ein Pfau. 330
Schwarze Amsel singt gar schön. . . . 139
Schwarze Schwäne ziehen 357
Schwedische Haide, Novembertag. . . 269
Schwergebogen nasse Zweige 331
Schwergelbe wolken ziehen überm hügel. 370
Schwüle 292
Sechs Fuss hoch aufgeschossen. 239
Sechs und dreißig Vaterländer 170
1649–1793 – ???? 259
Seele, vergiß sie nicht. 98
Sehet ihr am Fensterlein 22
Seht, sie haben an das Rathhaus aufgeklebt ein
  neu Edikt. 19
Sey gefühllos! 52
„Seid umschlungen, Milliarden!" . . . 285
Sein oder Nichtsein ist hier keine Frage
  96
Seit du nun schweigst, sind mir die Dinge
  stumm 214
Seit ich mich der Zeit ergeben. 367
Septembermorgen 73
Seufzer (Altes Lied) 30
Sicilianen. 319
Sie brauchen in der That mehr als ein – Zei-
  tungsblatt 328
Sie entspringt der Abschreckungstheorie. 328
Sie hat ihm Alles hingeopfert. . . . 209
Sie schwieg und sah mit einem blick mich an
  337
Sie war so gut! Der Himmel war's ihr schul-
  dig 262
Sie zog mit kleiner Habe 223
Sieh, das ist es was auf Erden 191
Sinds Gedanken, sind es Träume . . . 89
Sitz im Sattel, reite 327
Sizilianische Lieder 14
So Einer war auch Er! 307
So komme, was da kommen mag! . . . 213
So sel'ge Stille traf ich nie! 126
So soll es sein 365

Sokrates, der große Geisteskämpfer . . 237
Sommeranblick 222
Sommerbild 162
Sommergefühl 231
Sonett 60
Sonett 109
Sonett 339
Sonette 47
Sorgenbefreiung 17
Spätherbst 350
Spanisch 34
Speranza 187
Sprüche 34
Sprüche in Reimen 368
Stammbuchblatt 192
Stanzen 55
Stapfen 293
Staunest ob der Alpenhöhe 280
Stets am Stoff klebt unsere Seele, Handlung
. . . . 22
Still geht das licht . . . am fernen himmelsbogen
. . . . 363
! Stöhnendes graugelb 318
Stoßet an den vollen Becher 91
Süße Ruh', süßer Taumel im Gras . . 120

Täglich ging die wunderschöne 133
Tagebuchblätter 308
Tausend Blumen in dem Busen 59
Tausendmale werd' ich schlafen gehen . 335
Terzinen 241
Terzinen 341
Terzinen über vergänglichkeit . . . 345
Träume 366
Traumbild 321
Traurige Tänze 343
Trauriges Resultat einer vernachlässigten
Erziehung 274
Trennung des Griechen von seinen Göt-
tern 152
Trost 213
Trüb verglomm der schwüle Sommertag . 292

Über die Haide 283
Über die Haide hallet mein Schritt . . . 283
Überschriftreime 328
Überwunden. Nach Voltaire . . . 80

Um mein erleuchtetes Schloss wehn Cypressen
. . . . 357
Um mich, in mir wohnt Ruhe. Der geschäft'gen
Menschen 110
Um Mitternacht, da grüßte hell und golden 207
Unangeklopft ein Herr tritt Abends bei mir
ein 74
Und dräut der Winter noch so sehr . . . 163
Und in meiner Jugend schalt ich . . . 43
Und kinder wachsen auf mit tiefen augen . 345
Und muß ich sterben in Kerkerluft . . . 188
Und thut dir's weh daß ich von dir geh' . 192
Und webte auch auf jenen Matten . . . 213
Und wieder 27
Unglückliche Liebe 107
Unser Grab erwärmt der Ruhm . . . 218
Unsere Zeit 21
Unsere Zeit 98
Unter den Linden 328
Unter schwarzen röchelnden Algen . . . 330
Unveräußerlich Ist alles Leben, auch das
kleinste Ich 334
Urewig ist des großen Welterhalters Güte 302

Vater Wrangel, der Du bist im Schlosse 169
Venedig 333
Venus Maria 352
Veränderungen in der Mark 360
Verblühet hinter mir die Jugend lieget . 206
Verborgenheit 72
Vereinsamt 333
Vergangenen Maitag brachte meine Katze 202
Vergeblich ist der Wunsch, der Segen! . 35
Verlegenheit 17
Verlor'ner Posten in dem Freiheitskriege 175
Verpflanze den schönen Baum . . . 51
Verschieden von Gut und von Geld . . 204
Versteck 90
„Verthierte Söldlinge" 173
Verworrene Träume schnellten . . . 366
Viel königlicher als ein perlenband . . 343
Vier Gedichte 128
Virtuosen-Portrait's 162
Vision 318
Völkerhaß 246
Volksthümlichkeiten 70
Vom Meer heran der Abend graute . . 179

Überschriften und Anfänge

Von hohem fremden Geist sind wir bewegt 35
Von Katzen 202
Von Kindern 176
Von Rosen und von Nachtigallen . . . 59
Vor dem Spiegel auf den Zehen . . . 226
Vorfrühling 317
Vorfrühling am Waldrand 319
Vorgefühl 34
Vorgefühl 65
Vorüber fluthen stolz des Elbstroms Wellen
. . . . 110

Wachsbleich die Sommernacht 330
Wahr ist's, mein Kind, wo ich bei dir nicht bin
. . . . 28
Wahrhafte Fabel 82
Waldweg 201
Wanderlied 257
Wanderlust 17
Wanderung 44
Wandle die Gärten, die blühenden, hin am
Fuße des Aetna 14
Wann seh' ich, Freund, dich tanzen auf dem
Seil 328
Waren's Germanen, waren's Teutonen . 360
Warnung 25
Warnung 137
Warum? 19
Warum gabst du uns die tiefen Blicke . . 160
Was predigt der Pöbel von Volksmajestät
. . . . 193
Was reif in diesen Zeilen steht 78
Was soll der Pegasus noch springen . . 83
Weib, gib mir Dekkel, Spieß und Mantel 100
Weihnachtslied 69
Weil' auf mir, du dunkles Auge 31
Weil mich Geselligkeit mit Vielen nicht ver-
eint 115
Weinbau und Politik sind Dir verwandte Ge-
schäfte 108
Weinend sitzt die alte Frau im Garten . 331
Weinrot brennen Gewitterwinde . . . 331
Welt-Anschauung 288
Wenn auf des Königs Einzug harrt die Menge
. . . . 48
Wenn dann vorbei des Frühlings Blüthe
schwindet 135

Wenn das Haus im Wüsten liegt . . . 187
Wenn der lahme Weber träumt, er webe 78
Wenn der Sternenschein bei Nacht . . . 212
Wenn die Fürsten fragen 38
Wenn ein Baum, ein morscher, alter . 196
Wenn ich die vielen Pfaffen sehe . . . 127
Wenn ich, von deinem Anschaun tief gestillt
. . . . 28
Wenn schlanke Lilien wandelten, vom Weste
leis geschwungen 179
Wenn sich ein Geist erhebt in ungeschwächter
. . . . 86
Wenn sich, mein Fürst, vor deiner Sohlen
Spangen 48
Wenn Wald und Haide junges Grün gewinnen
. . . . 251
Wenn wir auch das Ganze nicht verstehn 35
Wer etwas freudig will genießen 282
Wer geht dort sonnig über den Steg . . . 17
Wer nie sein Brod in Thränen aß . . . 145
Wer Philolog und Poet ist in Einer Person,
wie ich Armer 32
Wie aus heiterstem Grün, o erhabenste Tem-
pel Girgentis 16
Wie bleich, wie hold, wie schmachtend hinge-
gossen 102
Wie der Weise in der Schrift 335
Wie hat mir Einer Stimme Klang geklungen
. . . . 36
Wie heißt das Wort, das in der halben Welt
. . . . 278
Wie ist mein Herz so müd und alt . . . 350
Wie klinget die Welle! 144
Wie langsam kriecht sie dahin 216
Wie mich die eignen bösen Geister faßten 109
Wie mir der Dichter gefällt? Wenn ihm vor
innerer Fülle 203
Wie sank die Sonne glüh und schwer! . . 148
Wie schlafend unter'm Flügel ein Pfau den
Schnabel hält 178
Wie sehn' ich mich nach deinen Bergen wieder
. . . . 85
Wie sich doch die reichen Herr'n . . . 62
Wie so leis die Blätter wehn 76
Wie viel schon riss ich ab von dir . . . 351
Wie Vögel, die kaum befiedert im Frühlicht
flattern 233

Wie Wahnwitz müssen klingen euch die Worte 48
Wiedersehen 244
Wiegenlied 106
Wild zuckt der Blitz, der Donner kracht 252
Willkommen, klare Sommernacht . . . 129
Winterlied 33
Wir, Bürgermeister und Senat 217
Wir kannten den Reiter 352
Wir können uns nicht selber fassen . . . 35
Wir saßen schön versteckt und lobten es versteckt zu seyn 90
Wir schreiten auf und ab im reichen flitter 340
Wir schweigen schon. Ihr habt gewonnen 298
Wir sind jung, und das ist schön 368
Wirf den Schmuck, schönbusiges Weib, zur Seite 13
Wirklich, er war unentbehrlich! . . . 281
Wißt ihr, warum Euch die Käfer, die Butterblumen so glücken? 203
Wo? 261
Wo des Oelwalds Schatten dämmern . . 244
Wo hängt der größte Bilderbogen? . . . 358
Wo Liebende sich finden 209
Wo schlägt ein Herz, das bleibend fühlt? 198
Wo sind noch Würm' und Drachen . . 83
Wo wird einst des Wandermüden . . . 261
Wohin Du horchst 305

Wohin Du horchst, vernimmst Du den Hülferuf 305
Wohl läßt ein Damm sich ziehen einem Bache 205
Wohlauf die Luft geht frisch und rein . 257
Wollte Gott 279
Wollte klüger sein, als Träume 34
Wo schlägt ein Herz, das bleibend fühlt? 198
Wünschelruthe 72
Wüstenkönig ist der Löwe; will er sein Gebiet durchfliegen 39

Xenien 107

Zerstreute Blätter 208
Zu guten Muß-Almanachen 58
Zu spät 287
Zu viel 27
Zum feierlichen amt geweihte schreiten 346
Zum Lazarus 216
Zum Lazarus 230
Zum Schlusse 191
Zwei Schwestern sah ich heut geschmückt 244
Zweites Lied von der alten Waschfrau 81
Zweifaches Heimweh hält das Herz befangen 76

Herausgeber und Verlag danken den folgenden Inhabern der Urheberrechte für die freundliche Erlaubnis zum Abdruck von Gedichten:

George, Stefan: Verlag Klett-Cotta, Stuttgart

Münchhausen, Börries Freiherr von (Nächtliche Fahrt): Deutsche Verlags-Anstalt, München

Münchhausen, Börries Freiherr von (Augen; Ein Lied aus dem lateinischen Viertel): Ludwig von Breitenbuch, Nörten-Hardenberg

Schlaf, Johannes: Hildegard Bäte, Osnabrück

Schröder, Rudolf Alexander: Suhrkamp Verlag, Frankfurt

Walser, Robert: Suhrkamp Verlag, Frankfurt

Wolfskehl, Karl: Deutsche Schillergesellschaft, Marbach am Neckar

Da in einigen Fällen die Inhaber der Rechte trotz aller Bemühungen nicht festzustellen oder erreichbar waren, verpflichtet sich der Verlag, rechtmäßige Ansprüche abzugelten.